LE PUITS
DES HISTOIRES PERDUES

DÉJÀ PARUS

Les Tribulations d'une jeune divorcée	Agnès ABÉCASSIS
Mariée à tout prix	Zoë BARNES
Ni fleurs, ni couronnes	James BIRRELL
Six filles dans le vent	Laura Shaine CUNNINGHAM
L'amour est un sport comme un autre	John DEARIE
Mécano Girl	Janet EVANOVICH
Les Secrets d'une femme au foyer (pas) désespérée	Jenny ECLAIR
Un caméléon, une araignée et 157 escargots	Lissa EVANS
Le Puits des Histoires Perdues	Jasper FFORDE
Du côté des garçons	Alex GEORGE
Les Infortunes de Lucas	Alex GEORGE
L'Amour sans les ennuis	Lauren GRODSTEIN
Embarquement immédiat	John HARDING
La Mâle donne	John HARDING
Chaud business	Wendy HOLDEN
Chic et choc à New York	Corrie KARASYOV et Jill KARGMAN
L'Art d'accommoder les restes	Nina KILLHAM
Ma vie sur un plateau	India KNIGHT
Nos amis les hommes	India KNIGHT
P... d'anniversaire !	Merrill MARKOE
Quatre de cœur	Jane MOORE
Un pour toutes	Frances PYE
Presque parfaites	Carmen RICO-GODOY
Ma sœur, ce boulet	Claire SCOVELL LAZEBNIK
Je vous aime	Catherine SIGURET
Bubbles se lâche	Sarah STROHMEYER
Bubbles coupe les cheveux en quatre	Sarah STROHMEYER
Blonde attitude	Plum SYKES
Femme au bord de la crise de mère	Alejandra VALLEJO-NÁGERA
Le diable s'habille en Prada	Lauren WEISBERGER
People or not people	Lauren WEISBERGER
Changement de programme	Owen WHITTAKER
Sauve qui peut l'amour !	Lili WRIGHT

JASPER FFORDE

LE PUITS DES HISTOIRES PERDUES

Traduit de l'anglais
par Roxane Azimi

Fleuve Noir

Titre original :
The Well of Lost Plots

ISBN : 2-265-08284-8

A Mari

Qui redonne de l'éclat aux flambeaux

Un homme sage désire seulement une nourrissante
soupe aux choux ; ne recherchez pas autre chose.
A l'exception peut-être d'un grille-pain.

Des enseignements de St Zvlkx™

La sagesse de St Zvlkx™ est la propriété exclusive
du Comité pour la Promotion des Tartines Grillées

Sommaire

1

L'absence du petit déjeuner

Le Puits des Histoires Perdues : Pour comprendre le *Puits*, il faut avoir une idée de la topographie de la *Grande Bibliothèque*. C'est là, dans cette bibliothèque, que sont conservées toutes les œuvres de fiction jamais publiées afin qu'elles soient accessibles aux lecteurs du Monde Extérieur ; elle compte vingt-six étages, un pour chaque lettre de l'alphabet. La bibliothèque est bâtie en forme de croix, avec quatre couloirs qui partent du point central. Sur tous les murs, pan après pan, étagère après étagère, il y a des *livres*. Des centaines, des milliers, des millions de livres. Brochés, cartonnés, reliés de cuir, tout. Mais sous la Grande Bibliothèque, il y a vingt-six étages de sous-sols glauques et nonobstant industrieux connus sous le nom du Puits des Histoires Perdues. C'est ici qu'on construit les livres, qu'on les polit et qu'on les peaufine en attendant qu'ils trouvent une place dans la bibliothèque du dessus. Mais la ressemblance entre ces livres et ceux que nous lisons chez nous n'est guère plus grande que la ressemblance entre une photographie et son sujet ; ces livres-là sont *vivants*.

THURSDAY NEXT
Chroniques de la Jurifiction

Le fait d'élire domicile dans un roman non publié n'était pas dépourvu d'avantages. Toutes les corvées assommantes auxquelles nous nous livrons dans le monde réel sont généralement supprimées afin de ne pas alourdir la narration. Nul besoin de faire le plein d'essence, on ne se trompait jamais de numéro, il y avait toujours de l'eau chaude, et les sacs d'aspirateur n'existaient qu'en deux formats : droit et allongé. On relevait d'autres différences, plus subtiles, celles-là. Par exemple, il n'était pas nécessaire de se répéter au cas où l'autre n'aurait pas bien entendu, personne ne portait le même nom, ne parlait en même temps et n'avait fâcheusement un mot « sur le bout de la langue ». Par-dessus tout, le méchant, on le connaissait d'avance et – Chaucer mis à part – les pets étaient rares. Mais on notait des inconvénients aussi. La relative absence du petit déjeuner représentait un changement notable dans mon quotidien. Dans les livres, on décrit souvent le dîner, tout comme le déjeuner ou le thé de cinq heures, sans doute parce qu'ils offrent davantage l'occasion de relancer le récit. Il n'y avait pas que le petit déjeuner qui manquait. On rencontrait peu ou pas de cinémas, papiers peints, toilettes, couleurs, livres, animaux, sous-vêtements, odeurs, coiffures et, curieusement, maladies bénignes. Si quelqu'un tombait malade dans un roman, c'était forcément incurable et extrêmement invalidant, ou alors c'était un simple rhume de cerveau… l'un ou l'autre.

J'eus cette opportunité de m'installer à l'intérieur d'une œuvre de fiction grâce à un dispositif intitulé « Programme d'Echange de Personnages ». Vu le nombre croissant de transfuges, chassés de leur livre par le mécontentement et l'ennui – des Saute-Pages, comme nous les appelions –, les autorités mirent en place un système leur permettant de changer de décor. Chaque année, on assiste ainsi à près de dix mille échanges, qui n'affectent pratiquement pas l'intrigue ou les dialogues ; en général, le lecteur ne se doute de rien. Dans la mesure où je venais du monde réel et n'étais pas à proprement parler un personnage de roman, l'Homme à la Cloche et Miss Havisham m'avaient accordé de vivre dans le Monde des Livres en échange d'une collaboration au sein de la Jurifiction... aussi longtemps, du moins, que ma grossesse le permettrait.

Le choix du livre pour mon exil volontaire n'avait pas été arbitraire. Lorsque Miss Havisham me demanda dans quel roman je préférais résider, une intense réflexion me fut nécessaire. *Robinson Crusoé* paraissait parfait au point de vue du climat, mais aucun personnage féminin dont j'aurais pu prendre la place n'existait. J'aurais pu aller dans *Orgueil et Préjugés*, mais je n'étais pas fana de cols montants, de bonnets, de corsets... et de manières délicates. Non, pour éviter toute complication et ne pas avoir à déménager le cas échéant, j'avais opté pour un livre d'une qualité tellement improbable et inégale que les chances de sa publication, et donc de mon éjection forcée, étaient quasi nulles. Ce livre, je le dénichai au fin fond du Puits des Histoires Perdues, parmi les tentatives avortées d'écriture et les épopées inachevées d'une ineptie si éclatante qu'elles ne verraient jamais le jour. C'était un roman policier, un vague thriller situé à Reading et intitulé *Les Hauts de Caversham*. J'avais prévu de n'y rester qu'un an, mais le sort en décida autrement. Les plans et moi, c'est comme les bouquins de De Floss : on a beau se creuser la tête, on ne sait jamais *vraiment* comment ça va finir.

Je lus mon passage dans *Les Hauts de Caversham.* L'air était doux après le temps hivernal qui régnait chez nous, et je me tenais sur un ponton en bois au bord d'un lac. En face de moi se trouvait un gros hydravion d'aspect délabré, comme ceux qui cabotaient le long de nos côtes. J'en avais pris un moi-même voilà six mois à peine, en quête de quelqu'un qui prétendait avoir découvert des poèmes inédits de Burns. Mais ça se passait dans une autre vie, à l'époque où j'étais OpSpec à Swindon, un monde laissé temporairement derrière moi.

Je chaussai des lunettes noires et contemplai l'antique aéronef qui se balançait doucement, tirant sur les amarres avec des craquements sourds. Pendant que je me demandais comment une épave pareille pouvait se maintenir à flot, une jeune femme bien habillée sortit par la porte ovale percée dans la coque, avec une valise à la main. Ayant lu *Les Hauts de Caversham*, je connaissais déjà Mary, même si elle ne me connaissait pas.

— Bonjour ! cria-t-elle en accourant, la main tendue. Je suis Mary. Et vous, vous devez être Thursday. Bonté divine ! Qu'est-ce que c'est ?

— Un dodo. Elle s'appelle Pickwick.

Pickwick gloussa en dardant sur elle un œil soupçonneux.

— Ah bon ?

Mary observait l'oiseau avec curiosité.

— Je ne suis pas une experte, évidemment, mais... je croyais que les dodos avaient disparu.

— Là d'où je viens, ils sont une vraie plaie.

— Ah ? dit-elle, songeuse. Je n'ai pas souvenir d'un livre avec des dodos *vivants*.

— Je ne suis pas un personnage de fiction. Je suis réelle.

— Oh! s'exclama-t-elle, écarquillant les yeux. Vous venez du Monde Extérieur.

Elle me toucha du bout de l'index, comme si j'étais en verre.

— C'est la première fois que je vois quelqu'un qui vient de l'autre côté, annonça-t-elle, clairement soulagée de constater que je n'allais pas voler en éclats. Dites-moi, est-ce vrai que vous êtes obligés de vous couper les cheveux régulièrement? Vos cheveux poussent donc pour de bon?

— Oui, fis-je en souriant. Et mes ongles aussi.

— Vraiment? J'ai entendu des rumeurs là-dessus, mais je me disais que c'était une légende de plus. J'imagine que vous devez manger également? Pour rester en vie, je veux dire, pas parce que c'est mentionné dans le récit?

— C'est un des grands plaisirs de l'existence, lui assurai-je.

Je n'allais pas lui parler des désagréments qu'on rencontre dans le monde réel tels que dents gâtées, incontinence ou vieillesse. Mary vivait à l'intérieur d'une fenêtre de trois ans : elle ne vieillissait pas, ne mourait pas, ne se mariait pas, n'avait pas d'enfants, ne tombait pas malade et ne changeait d'aucune façon. Si elle avait l'air volontaire et déterminée, c'était seulement parce qu'elle avait été *écrite* ainsi. Malgré toutes ses qualités, elle n'était qu'un simple faire-valoir pour Jack Spratt, le policier des *Hauts de Caversham*, la fidèle adjointe qu'il tenait au courant de ses investigations afin que le lecteur puisse mieux suivre. Elle était ce que les auteurs appellent un personnage *expositionnel*, mais jamais je n'aurais eu l'impolitesse de le lui dire en face.

— C'est ici que je vais habiter? m'enquis-je en désignant l'hydravion décrépit.

— Je sais ce que vous pensez.

Mary sourit avec fierté.

— N'est-ce pas qu'il est splendide? *Short Sunderland*, construit en 1943, mais dont le dernier vol remonte à 1954. Je suis en train de le convertir en house-boat... Si vous avez envie de filer un coup de main, surtout ne vous gênez pas. Simplement, n'oubliez pas de pomper l'eau de la sentine, et si vous pouviez faire tourner le moteur numéro trois une fois par mois, je vous en serais très reconnaissante : la check-list de mise en route est dans le cockpit.

— Euh... O.K., marmonnai-je.

— Bien. J'ai laissé un bref résumé de l'histoire scotché sur le frigo, avec ce que vous avez à dire en gros, mais ne vous en faites pas, dans la mesure où nous ne sommes pas publiés, vous pouvez dire ce que vous voulez... dans les limites du raisonnable, bien sûr.

— Bien sûr.

Je réfléchis un instant.

— Je suis nouvelle dans ce programme, dis-je. Quand est-ce qu'on va m'appeler pour faire quelque chose?

— Wyatt, notre agent de liaison inter-livres, vous avertira. Jack peut paraître bougon au premier abord, poursuivit Mary, mais il a un cœur d'or. S'il vous demande de conduire son Allegro, pensez à débrayer à fond avant de changer de vitesse. Le café, il le boit noir, et l'attirance qui existe entre moi et l'agent Baker n'est *absolument* pas partagée, est-ce clair?

— Très clair, répondis-je, soulagée de n'avoir pas à jouer de scènes d'amour.

— Bien. Est-ce qu'on vous a fourni tous les documents nécessaires, la carte d'identité, tout ça?

Je tapotai ma poche, et elle me tendit un bout de papier avec un trousseau de clés.

— Parfait. Ça, c'est mon numéro de NDBDP-phone

en cas d'urgence, et voici les clés de l'hydravion et de ma BMW. Si un gros naze nommé Arnold appelle, dites-lui de ma part d'aller pourrir en enfer. Des questions ?

— Je ne crois pas.

Elle sourit.

— Alors, nous nous sommes tout dit. Vous vous plairez ici. Allez, à dans un an !

Avec un joyeux signe de la main, elle s'éloigna sur le chemin poussiéreux. Je la suivis des yeux, puis m'assis sur un branlant siège en bois à côté d'une vasque de fleurs totalement desséchées. Je fis sortir Pickwick de son sac. Elle hérissa ses plumes avec indignation et cligna des paupières à la lumière du jour. Je regardai le lac et les bateaux à voiles, triangles multicolores qui le sillonnaient au loin. Plus près de la berge, un couple de cygnes battait furieusement des ailes et pédalait sur l'eau pour essayer de décoller ; à peine dans les airs, ils se posèrent à nouveau, laissant un long sillage d'écume sur les flots calmes. C'était beaucoup d'efforts pour parcourir quelques dizaines de mètres.

Je reportai mon attention sur l'hydravion. Les couches de peinture qui protégeaient le fuselage s'étaient écaillées par endroits, découvrant l'habit coloré d'une compagnie aérienne depuis longtemps tombée dans l'oubli. Les hublots en Plexiglas étaient devenus opaques au fil des ans, et tout là-haut, sur l'aile massive, des câbles emmêlés pendaient mollement des capotages tachés de cambouis, dans les trois baies propulseurs désormais vides où des oiseaux avaient fait leur nid. Goliath, Aornis et les OpSpecs semblaient être à des années-lumière… mais d'un autre côté, Landen aussi. *Landen*. Les souvenirs de mon mari n'étaient jamais bien loin. Je songeai à tous ces moments vécus ensemble, mais pas dans la vie réelle. Aux lieux que nous n'avions pas visités, aux choses que nous n'avions pas faites. Même éradiqué à l'âge de deux ans, je conservais nos souvenirs – sauf que je n'avais personne avec qui les partager.

Je fus tirée de mes pensées par le bruit d'une motocyclette. Le conducteur avait du mal à maîtriser son engin; heureusement qu'il s'était arrêté au ponton : sa conduite hasardeuse avait failli le mener droit dans le lac.

— Bonjour! lança-t-il gaiement en retirant son casque.

C'était un homme encore jeune, de type méditerranéen, avec un teint mat et des yeux profondément enfoncés.

— Je m'appelle Arnold. C'est la première fois que je vous vois par ici, non?

Je me levai pour lui serrer la main.

— Moi, c'est Next. Thursday Next. Programme d'Echange de Personnages.

— Oh, zut! marmonna-t-il. Zut et rezut! Ça veut dire que je l'ai ratée?

J'acquiesçai, et il contempla la route en secouant tristement la tête.

— A-t-elle laissé un message pour moi?

— Oui-i, répondis-je, hésitante. Elle a dit qu'elle... euh... vous verrait à son retour.

— Ah oui? fit Arnold, ragaillardi. C'est bon signe, ça. D'habitude, elle me traite de gros naze et me dit d'aller pourrir en enfer.

— Elle ne rentrera pas avant un moment, ajoutai-je pour me rattraper de n'avoir pas transmis le message de Mary correctement. Un an... peut-être plus.

— Je vois, murmura-t-il.

Et, avec un profond soupir, il s'absorba dans la contemplation du lac. Soudain, il aperçut Pickwick qui affrontait du regard un étrange oiseau aquatique au bec arrondi.

— Qu'est-ce que c'est? demanda-t-il à brûle-pourpoint.

— Je pense que c'est un canard, mais je n'en suis pas sûre... on n'en a pas chez nous.

— Non, l'autre.

— C'est un dodo[1].

— Qu'y a-t-il? dit Arnold.

J'étais branchée sur le NDBDP-phone : dans le Monde des Livres, on communiquait au moyen des notes de bas de page.

— Un appel, répliquai-je, mais ce n'est pas un message, ça ressemble plutôt à la radio de chez nous[2].

Arnold ouvrit de grands yeux.

— Vous n'êtes pas d'ici, hein?

— Je viens de ce que vous appelez le Monde Extérieur[3].

— Vous voulez dire que... vous êtes *réelle*?

— J'en ai bien peur, opinai-je, légèrement décontenancée.

— Juste ciel! Est-il vrai que vous autres êtes incapables de dire rapidement et à plusieurs reprises « Buick rouge, Buick bleue »?

1. ... Ici PHP-12, la station interne du Puits des Histoires Perdues qui diffuse en direct toutes les heures pour vous donner les dernières nouvelles de la Fabrique de la Fiction...

2. ... Après le journal, vous entendrez une émission spéciale sur le lancement du nouveau système d'exploitation UltraWord™ avec pour invité le WordMaster Xavier Libris du Grand Central du Texte...

3. ... et voici les principaux titres du journal. Les prix des deux-points, des procédés narratifs, des prologues et des éléments déclencheurs poursuivent leur baisse ; l'indice Tom Jones a ainsi perdu vingt-huit points. Le Conseil des Genres a publié les nominations pour les 923e Livres d'Or ; pour la soixante-dix-septième fois, Heathcliff est donné favori pour le Jeune Premier le Plus Ombrageux de l'année...

— C'est vrai, oui. Chez nous, on appelle ça s'écorcher la langue.

— Incroyable. Ici, ce n'est pas pareil. Je peux dire : « Un chasseur sachant chasser sans son chien » autant de fois que je veux !

Et, pour me le prouver, il le répéta trois fois.

— A vous maintenant.

J'inspirai profondément.

— Un chasseur chachant sasser chans chon chien.

Arnold rit comme une baleine. A mon sens, de sa vie il n'avait jamais entendu quelque chose d'aussi drôle. Je souris.

— Refaites-moi ça ! implora-t-il.

— Non, merci[1]. Comment procéder pour couper tout ce blabla à l'intérieur de mon crâne ?

— Pensez « Stop » très fort.

J'obtempérai, et le NDBDP-phone se tut.

— Ça va mieux ?

Je hochai la tête.

— Vous apprendrez vite.

Il réfléchit une minute, inspecta le lac d'un air exagérément innocent, puis me dit :

— Vous ne voulez pas acheter quelques verbes ? Ce n'est pas de la camelote, je vous assure. Des verbes réguliers sains et vigoureux, tout frais pêchés dans la Mer de Texte... J'ai un ami qui travaille sur un chalutier.

Je souris.

— Je ne le crois pas, Arnold... et vous ne devriez pas me proposer ça, j'appartiens à la Jurifiction.

— Oh, fit-il en blêmissant.

1. ... La semaine prochaine s'ouvrira une nouvelle chaîne de magasins qui commercialisera des accessoires narratifs tout faits. L'enseigne s'appellera *Prêt-à-Ecrire*...

Il se mordit la lèvre et me lança un regard tellement suppliant que j'eus envie de rire.

— Cessez de transpirer, lui dis-je. Je ne le répéterai pas.

Il poussa un grand soupir de soulagement, marmonna un remerciement, remonta sur sa moto et repartit en tressautant, manquant percuter les boîtes aux lettres à l'entrée du chemin.

L'intérieur de l'hydravion était plus clair et plus spacieux que je ne l'imaginais, mais ça sentait un peu le renfermé. En fait de conversion, Mary n'en était qu'au tout début. Les murs étaient à moitié lambrissés de pin, et l'isolation en laine de verre pointait en dessous en même temps que des câbles électriques inutilisés. La coque caverneuse de l'appareil pouvait abriter deux étages ; au rez-de-chaussée, il y avait une grande pièce à vivre avec deux vieux canapés tournés vers un poste de télévision. J'essayai de l'allumer, mais il ne marchait pas : sauf indication contraire, il n'y avait pas de télévision dans le Monde des Livres. La plupart des objets qui m'entouraient étaient de simples accessoires, nécessaires pour le chapitre où Jack Spratt venait dans le Sunderland pour discuter de l'enquête en cours. Sur le linteau au-dessus d'un petit poêle à bois s'alignait des photos de Mary du temps où elle était élève à l'école de police, et une autre photo lorsqu'elle avait été promue brigadier.

J'ouvris une porte qui donnait sur une petite cuisine. Sur le frigo trônait un résumé des *Hauts de Caversham*. Je le feuilletai. L'ordre des événements ressemblait en gros à ce que j'avais lu la première fois dans le Puits, même si Mary semblait avoir exagéré son rôle dans la résolution de certaines énigmes. Je reposai le résumé, trouvai un bol et le remplis d'eau à l'intention de Pickwick. Puis je sortis son œuf de mon sac et le plaçai sur le canapé, où elle entreprit aussitôt de le retourner en le tapotant à petits coups de bec. Je continuai la visite et tombai sur une chambre qui occupait la partie avant du fuselage. Je grimpai ensuite une étroite échelle en aluminium qui conduisait au cockpit : d'ici, les grandes vitres en Plexiglas offraient la plus belle vue sur le lac. Les gouvernails massifs faisaient face à deux fauteuils confortables, et au-delà d'un enchevêtrement de leviers de commande on trouvait un tableau de bord complexe avec tout un tas d'instruments usés et cassés. A ma droite, on apercevait le seul moteur demeuré intact qui avait une bien piètre allure avec son hélice maculée de fiente.

Derrière les sièges des pilotes, à la place normalement réservée au mécanicien de bord, il y avait un bureau avec une lampe, un NDBDP-phone et une machine à écrire. L'étagère était occupée surtout par des revues internes à la police et des manuels de médecine légale. Je franchis une embrasure de porte exiguë et découvris une agréable mais petite chambre à coucher, néanmoins un ensemble bien isolé et douillet, aux murs lambrissés de pin avec un hublot au-dessus du grand lit. Derrière la chambre se trouvait une réserve, une chaudière, du bois empilé et un escalier en colimaçon. Alors que je m'apprêtais à redescendre, j'entendis des voix dans la pièce du dessous.

— C'est quoi, à ton avis ?

Le timbre était neutre et monocorde ; je n'aurais su distinguer si c'était un homme ou une femme.

Je m'arrêtai et tirai instinctivement mon automatique de mon holster. Mary vivait seule… du moins, c'est ce qui était écrit dans le livre. Pendant que je descendais lentement les marches, une autre voix a dit :

— Je pense que ça doit être un oiseau.

Cette voix-là ne différait guère de la première ; en

fait, si elle n'avait pas répondu à la question, j'aurais pu penser que c'était la seule et même personne.

Arrivée en bas, je vis deux silhouettes plantées au milieu de la pièce, en train de fixer Pickwick qui s'était courageusement planquée derrière le canapé pour défendre son œuf.

— Eh, vous! dis-je en pointant mon arme dans leur direction. Pas un geste, hein!

Les deux intrus me dévisagèrent sans expression aucune sur leurs traits aussi effacés et insipides que leurs voix. Il était impossible de les distinguer l'un de l'autre. Leurs bras pendaient, inertes, sur leurs côtés. Qu'ils soient en colère, curieux, inquiets ou ravis – leur attitude ne laissait rien paraître de leurs sentiments.

— Qui êtes-vous? demandai-je.

— Nous sommes personne, répondit celui de gauche.

— Tout le monde est quelqu'un, dis-je.

— Ce n'est pas tout à fait exact, rectifia celui de droite. Nous avons un numéro de code, mais c'est tout. Je suis TSI-1404912-A, et lui, c'est TSI-1404912-C.

— Et qu'est-il arrivé au B?

— Il a été enlevé par un grammasite mardi dernier.

Je baissai mon arme. Miss Havisham m'avait déjà parlé des Génériques, créés ici, dans le Puits, pour peupler les livres à venir. A ce stade de la création, c'étaient de simples formes humaines sans ornement, lisses comme une pièce de monnaie en attente d'être frappée d'un sceau d'individualité. Ils n'avaient pas d'histoire, pas de conflits, pas de faiblesses – rien qui puisse les rendre lisibles ou intéressants d'un quelconque point de vue. C'était aux institutions d'en faire ensuite des membres utiles de la fiction. Répartis en catégories : de A à D, et de un à dix; ceux qu'on classait parmi les D étaient comme des abeilles ouvrières dans la foule et les rues populeuses; les C avaient un rôle avec un bout de dialogue; les B formaient généralement le gros des personnages, à l'exception des premiers rôles. Ceux-là étaient dévolus normalement – mais pas toujours – à la catégorie des A, triés sur le volet pour leur talent de se projeter dans un personnage et d'incarner de multiples facettes. Huckleberry Finn, Tess et Anna Karénine étaient tous des A, mais Mr. Hyde, Hannibal Lecter et le professeur Moriarty l'étaient aussi. Je regardai ces Génériques sans grade de plus près. Héros ou assassins? Impossible de dire ce qu'ils deviendraient. Toutefois, à ce stade de leur développement, je les savais inoffensifs. Je rengainai mon arme.

— Vous êtes des Génériques, c'est ça?

— En effet, répondirent-ils à l'unisson.

— Et qu'est-ce que vous faites là?

— Vous vous rappelez l'engouement pour le minimalisme? demanda celui de droite.

— Oui? fis-je, me rapprochant pour scruter avec curiosité leurs visages inexpressifs.

Bien des choses existaient dans le Puits auxquelles il fallait que je m'habitue. Ces deux-là, bien qu'inoffensifs, me donnaient néanmoins la chair de poule. Pickwick était toujours planquée derrière le canapé.

— Il a été provoqué par une pénurie de personnages en 1982, dit celui de gauche. Vikram Seth projette d'écrire un gros livre dans les prochaines années, et le Puits ne tient pas à se faire avoir une nouvelle fois. Nous sommes donc fabriqués et envoyés dans les romans non publiés en attendant de prendre du service.

— On vous stocke, en quelque sorte?

— Je préfère le terme de *cantonnement*, répliqua celui de gauche.

Son ton légèrement offusqué montrait qu'il ne resterait pas indéfiniment sans personnalité.

— Depuis combien de temps êtes-vous ici ?

— Ça fait deux mois, répondit celui de droite. Nous attendons d'entrer à l'Ecole des Génériques Ste Tabularasa pour commencer notre formation de base. J'occupe la chambre d'amis en queue.

— Moi aussi, ajouta celui de gauche. Pareillement.

Je marquai une brève pause.

— Très bien. Puisque nous allons tous vivre ensemble, je vais vous donner des noms. Toi, déclarai-je en pointant le doigt sur celui de droite, dorénavant tu t'appelleras *ibb*. Et toi, dis-je à celui de gauche, on va t'appeler *obb*.

Je réitérai ma démonstration, vu qu'ils ne manifestaient aucun signe de compréhension, ni même qu'ils m'avaient entendue.

— Toi, tu es ibb, et toi, tu es obb.

Je m'interrompis. Quelque chose clochait, mais je ne voyais pas quoi.

— ibb, répétai-je.

Puis :

— obb. ibb. ibb-obb. Vous trouvez ça bizarre ?

— Pas de majuscules, remarqua obb. On n'y a pas droit tant qu'on n'a pas commencé l'école… et on ne s'attendait pas non plus à recevoir un nom aussi vite. On peut le garder ?

— C'est cadeau, leur dis-je.

— Je suis ibb, fit l'autre, comme pour marquer le coup.

— Et moi, je suis obb, déclara obb.

— Moi, c'est Thursday.

Je leur tendis la main. Ils la serrèrent à tour de rôle,

lentement et sans émotion. Décidément, ces deux-là faisaient une sacrée paire de joyeux drilles.

— Et elle, c'est Pickwick.

Ils regardèrent Pickwick qui gloussa doucement, sortit de derrière le canapé, s'installa sur son œuf et feignit de dormir.

— Bien, annonçai-je en frappant dans mes mains, est-ce que quelqu'un sait faire la cuisine ? Moi, je ne suis pas très douée pour ça, et si vous ne voulez pas manger des haricots sauce tomate toute l'année, autant vous y mettre tout de suite. Je suis ici pour remplacer Mary ; laissez-moi vivre, et je vous laisserai vivre aussi. Je me couche tard et me lève tôt. J'ai un mari qui n'existe pas et j'attends un bébé… je risque donc d'être un peu irritable et de doubler de volume. Vous avez des questions ?

— Oui, dit celui de gauche. Lequel d'entre nous est *obb*, déjà ?

Je déballai mes quelques affaires dans la petite chambre contiguë au poste de pilotage. J'avais dessiné un portrait de Landen de mémoire ; je le plaçai sur la table de nuit et le contemplai un moment. Il me manquait atrocement, et je me demandai pour la énième fois si, au lieu de me terrer ici, je ne devrais pas être *là-bas*, dans mon propre monde, pour tenter de le récupérer. L'ennui, c'est que j'avais déjà essayé et que je m'étais complètement plantée ; sans l'intervention providentielle de Miss Havisham, je serais encore en train de croupir quelque part dans les oubliettes de Goliath. Comme je portais notre enfant, j'avais décidé que la fuite n'était pas une preuve de lâcheté, mais une solution de bon sens : j'allais rester ici jusqu'à la naissance du bébé, après quoi je pourrais planifier mon retour et, partant, celui de Landen.

Je descendis et expliquai à obb les rudiments de la cuisine, qui lui étaient aussi étrangers que le fait d'avoir un nom. Par chance, je dénichai un vieil exemplaire de *La Parfaite Ménagère* de Mrs. Beeton, et j'invitai obb à l'étudier, en plaisantant à moitié, à titre de recherche. Trois heures plus tard, il avait mitonné un excellent gigot d'agneau et tout ce qui allait avec. J'avais découvert une chose sur les Génériques : aussi fades et inintéressants soient-ils, au moins ils apprenaient vite.

2

Dedans *Les Hauts de Caversham*

Livre/YGIO/1204961. **Titre :** *Les Hauts de Caversham*. Royaume-Uni, 1976, 90 000 mots. **Genre :** roman policier. **Système d'exploitation :** LIVRE V7.2. **Infestation par les grammasites :** un couple de parenthiums en train de nicher (protégé). **Intrigue :** polar de base avec un policier stéréotypé, Jack Spratt. Située à Reading (Angleterre), l'intrigue tourne autour d'un nabab de la drogue qui cherche à asseoir son emprise sur la pègre locale. Ordinaire et sans grand intérêt, *Les Hauts de Caversham* incarne les pires aspects de l'amateurisme en écriture. Personnages sans relief, enquête policière peu convaincante et un rythme si lent qu'un escargot le traverserait en une seule nuit. **Recommandation :** impubliable. A envoyer au recyclage dans les plus brefs délais. **Statut actuel :** en attente du rapport d'inspection du Conseil des Genres avant la démolition.

Index du sous-sol de la Bibliothèque, 1982,
volume CLXI

Le lendemain matin, j'appris à ibb et à obb les rudiments du petit déjeuner. Je leur expliquai que les céréales venaient traditionnellement *avant* les œufs au bacon, mais que le café et les toasts n'avaient pas de place attitrée au cours du repas ; le fait que la marmelade fût presque exclusivement réservée au petit déjeuner parut leur poser problème, et je leur décortiquais l'aspect technique des mouillettes quand un numéro de *Krapo* atterrit sur le paillasson. Le seul article qu'il contenait portait sur une guerre des gangs à Reading autour de la drogue. Cela faisait partie de l'intrigue des *Hauts de Caversham* et me fit penser que, tôt ou tard – et sans doute plus tôt que tard –, je serais appelée à endosser l'habit de Mary dans le cadre du Programme d'Echange des Personnages. Je relus attentivement le résumé qui me donna un bon aperçu de l'histoire chapitre par chapitre, mais sans aucun dialogue ni indication d'aucune sorte sur ce que je devrais faire. Je n'eus pas à m'interroger longtemps ; on frappa à la porte qui s'ouvrit sur un homme agité avec un clipboard à la main.

— Miss Next ?

— Oui ?

— Je m'appelle Wyatt.

— Comment ?

— Wyatt... W-Y-A-T-T.

— Que puis-je faire pour vous ?

— Ramener votre fraise à Reading, voilà ce que vous pouvez faire.

— Minute...

— Je ne sais pas pourquoi dans le Programme d'Echange de Personnages, les gens se croient en vacances, ajouta-t-il, clairement exaspéré. Ce n'est pas parce qu'on a un ordre de démolition qui nous pend au nez depuis dix ans que vous avez tous le droit de glander comme bon vous semble.

— Loin de moi cette idée, je vous assure, répondis-je

pour apaiser le courroux de ce personnage secondaire chargé de me surveiller.

Pour avoir lu le livre, je savais qu'il apparaissait seulement comme une voix au bout du fil.

— Je pars tout de suite.

J'allai chercher mon manteau et me dirigeai vers la voiture de Mary.

— Vous avez une adresse pour moi ?

Il me remit un bout de papier et me rappela que j'étais en retard.

— Et pas d'improvisation, ajouta-t-il comme après réflexion.

Je promis et me hâtai vers la voiture.

Pour me rendre à Reading, je traversai la M4, aussi encombrée que chez nous ; cette route, je l'empruntais moi-même pour circuler entre Swindon et Londres. Ce fut seulement en arrivant au carrefour en haut de Burghfield Road que je me rendis compte qu'il n'y avait pas plus de cinq ou six véhicules différents sur la chaussée. Le premier à attirer mon attention sur cet étrange phénomène fut un grand camion blanc avec l'inscription *Produits de soins des pieds du Dr Spongg* sur le côté. En moins d'une minute, j'en croisai trois, avec un chauffeur identique en bleu de travail et casquette. Le deuxième véhicule le plus facilement repérable fut une Coccinelle rouge conduite par une jeune femme, suivie d'une Morris Marina bleue fatiguée, avec un monsieur âgé au volant. Le temps d'arriver sur le lieu du premier meurtre des *Hauts de Caversham*, j'avais compté quarante-trois camions blancs, vingt-deux Coccinelles rouges, et seize Morris Marina tout aussi fatiguées, sans oublier plusieurs Ford Escort vertes et une flopée de Chevrolet blanches. Ce devait être une limitation imposée par le texte, sans plus. Je me garai, relus rapidement les notes de Mary pour bien mémoriser mon rôle, inspirai profondément et m'approchai du périmètre de sécurité. Plusieurs policiers en uniforme s'affairaient tout autour. Je leur montrai ma plaque et plongeai sous le ruban estampillé « *Police – accès interdit* ».

La cour était rectangulaire, environ quatre mètres sur six, entourée d'un haut mur en brique rouge au mortier effrité. Une toile blanche avait été tendue au-dessus de la scène de crime et, agenouillé près du cadavre minutieusement décrit, le médecin légiste dictait son rapport dans un magnétophone.

— Bonjour ! fit une voix joviale.

Je me retournai et vis un gros homme en imperméable qui me souriait.

— Brigadier Mary Jones, lui dis-je docilement. On m'a transférée ici de Basinstoke.

— Vous avez le temps ; pour l'instant, l'histoire suit Jack qui est en train de parler à l'agent Tibbit dehors, dans la rue. Inspecteur principal Briggs, votre chef sympathique et d'une patience à toute épreuve dans cette petite comédie. Quoique bourru et tendance soupe au lait, je vous soutiens secrètement. Je serai obligé de suspendre Jack au moins une fois avant la fin du roman.

— Comment allez-vous ? bredouillai-je.

— Excellent ! s'écria Briggs en serrant ma main avec gratitude. Mary m'a dit que vous faisiez partie de la Jurifiction. C'est vrai ?

— Oui.

— Vous n'auriez pas une idée de la date de l'inspection du Conseil des Genres ? s'enquit-il. On aimerait bien savoir, nous.

— Du Conseil des Genres ? répétai-je, m'efforçant de ne pas trahir mon ignorance. Désolée, ça ne fait pas longtemps que je suis dans le Monde des Livres.

— Vous venez du Monde Extérieur? fit Briggs en ouvrant de grands yeux. Ici, dans *Les Hauts de Caversham*?

— Oui, je suis…

— Dites-moi, interrompit-il, comment c'est quand les vagues se brisent sur la grève?

— Qui vient du Monde Extérieur? intervint le médecin légiste, une Indienne d'âge moyen qui soudain bondit sur ses pieds et me dévisagea intensément. Est-ce vous?

— Oui-i.

— Dr Singh, dit-elle, me gratifiant d'une vigoureuse poignée de main. Je suis quelqu'un de terre à terre, apparemment dénué d'humour, j'aime les chats et les gens qui aiment les chats, je ne supporte pas la bêtise, mais à l'occasion, il m'arrive de faire preuve d'une certaine chaleur. Dites, vous trouvez que j'ai l'air d'un *vrai* médecin légiste?

— Bien sûr, répondis-je, essayant de me rappeler sa brève apparition dans le livre.

— Voyez-vous, poursuivit-elle, je n'ai jamais vu un vrai médecin légiste, et je ne sais pas très bien ce que je dois faire.

— Vous vous en sortez parfaitement, la rassurai-je.

— Et moi? demanda Briggs. Pensez-vous que je devrais travailler davantage mon personnage? Suis-je comme ces vraies gens que vous côtoyez ou suis-je un peu unidimensionnel?

— Eh bien…, commençai-je.

— J'en étais sûr! s'exclama-t-il, découragé. C'est mes cheveux, hein? Vous les verriez plus courts? Plus longs? Et une particularité bizarre, qu'en diriez-vous? J'apprends le trombone… ce n'est pas très courant, si?

— Il y a quelqu'un du Monde Extérieur dans le livre,

paraît-il? s'interposa un agent en uniforme qui venait de pénétrer dans la cour avec un collègue. Je suis Agent Sans Nom N° 1, et lui, c'est Agent Sans Nom N° 2. Je peux vous poser une question sur votre monde?

— Je vous écoute.

— A quoi ça sert, le potage aux nouilles alphabétiques?

— Aucune idée.

— Vous êtes sûre que vous venez du Monde Extérieur? fit-il, soupçonneux. Dites-moi dans ce cas, pourquoi n'existe-t-il pas de singulier pour *latrines*?

— Je ne sais pas.

— Vous n'êtes *pas* du Monde Extérieur, dit Agent Sans Nom N° 1 tristement. Vous devriez avoir honte de mentir et de nous donner de faux espoirs!

— Très bien, rétorquai-je en me couvrant les yeux. Je vais vous le prouver. Parlez-moi à tour de rôle, mais laissez de côté les verbes introducteurs.

— O.K., fit Agent Sans Nom N° 1. Qui parle, là?

— Et maintenant? ajouta le Dr Singh.

— Je vous ai dit de laisser tomber les verbes introducteurs. Allez, essayez encore.

— C'est plus dur qu'il n'y paraît, soupira Agent Sans Nom N° 1. Bon, on y va.

Il y eut une pause.

— Lequel d'entre nous est en train de parler?

— Et moi, qui suis-je?

— Mrs. Singh d'abord, Agent Sans Nom N° 1 ensuite. Je me trompe?

— Stupéfiant! murmura le Dr Singh. Comment faites-vous?

— Je reconnais vos voix. Et j'ai aussi le sens de l'odorat.

— Sans blague ? Vous connaissez quelqu'un dans l'édition ?

— Personne qui pourrait vous être utile. Mon mari est, ou était, écrivain, mais ses relations ne sauraient même pas qui je suis, à présent. Je suis agent des OpSpecs ; la littérature contemporaine n'est pas vraiment mon rayon.

— OpSpecs ? s'enquit ASN N° 2. Qu'est-ce que c'est ?

— On va nous envoyer au pilon, interrompit Briggs, sauf si on trouve un éditeur.

— On nous découpera en lettres, renchérit ASN N° 1 d'une voix sourde, et on nous jettera dans la Mer de Texte. J'ai une femme et deux gosses… enfin, d'après les notes de l'auteur.

— Je ne peux pas vous aider, répondis-je. Je ne suis même pas…

— A vos postes, s'il vous plaît ! beugla Briggs si soudainement que je sursautai.

Le médecin légiste et les deux agents regagnèrent précipitamment leurs places et attendirent Jack qu'on entendait discuter avec quelqu'un dans la maison.

— Bonne chance ! siffla Briggs du bout des lèvres, me faisant signe de m'asseoir sur un muret. Si jamais vous séchez, je vous soufflerai.

— Merci.

L'inspecteur principal Briggs se tenait assis sur un muret avec une femme policier en civil. Occupée à prendre des notes, elle ne lui accorda pas la moindre attention. En voyant Jack, Briggs se leva et consulta ostensiblement sa montre. Jack répondit à la question informulée sur un ton défensif, ce qui, comprit-il rapidement, était une erreur.

— Désolé, monsieur, je suis venu aussi vite que j'ai pu.

Briggs grogna et agita la main en direction du cadavre.

— On dirait qu'il est mort de blessures par balle, annonça-t-il d'un air sombre. Il a été découvert ce matin, à 8 h 47.

— Autre chose que je devrais savoir? demanda Spratt.

— Deux ou trois précisions. *Primo*, le défunt est le neveu d'un parrain de la mafia, Angel DeFablio ; il me faut donc quelqu'un qui sache manier la presse, au cas où les médias voudraient exploiter le filon. *Secundo*, je vous confie ce boulot comme une faveur. En ce moment, vous n'êtes pas en odeur de sainteté auprès du septième étage. Certaines gens aimeraient bien vous voir prendre une gamelle - or moi, je n'y tiens pas.

— Et *tertio*?

— Il n'y a personne d'autre de disponible.

— J'aurais préféré m'arrêter aux deux premiers points.

— Ecoutez, Jack, poursuivit Briggs, vous êtes un bon policier, bien qu'il vous arrive de péter un câble de temps à autre, et je veux vous garder dans mon équipe sans qu'il y ait d'histoires.

— C'est là que je vous dis merci?

— Absolument. Torchez-moi ça vite et bien, et remettez-moi un rapport préalable aussitôt que possible. O.K.?

Briggs désigna du menton la jeune femme qui attendait patiemment.

— Je vous présente Thurs... je veux dire le brigadier Mary Jones.

— Bonjour, dit Jack.

— Ravie de vous rencontrer, monsieur, fit la jeune femme.

— *Idem*. Avec qui travaillez-vous ?

— Next... je veux dire *Jones* est votre nouvelle adjointe, déclara Briggs qui s'était mis à transpirer pour une raison inexplicable. Transférée de Swindon avec un dossier A1.

— Basingstoke, rectifia Mary.

— Pardon. *Basingstoke*.

— Sans vouloir vexer le brigadier Jones, je comptais plutôt sur Butcher, Spooner ou...

— Ce n'est pas possible, Jack, trancha Briggs sur un ton sans réplique. Bon, j'y vais. Je vous laisse avec, euh...

— Jones.

— Jones, c'est ça, pour que vous fassiez connaissance. N'oubliez pas, je veux ce rapport au plus vite. Compris ?

Jack avait compris, et Briggs se retira.

Frissonnant de froid, il regarda à nouveau la jeune femme brigadier.

— Mary Jones, hein ?

— Oui, monsieur.

— Qu'avez-vous découvert jusque-là ?

Elle fouilla dans sa poche à la recherche d'un calepin et, ne le trouvant pas, compta sur ses doigts.

— Le nom du défunt est Sonny DeFablio.

Durant une courte pause, Jack ne dit rien, et Jones, quelque peu décontenancée, continua comme s'il avait parlé.

— L'heure du décès ? Il est trop tôt pour le dire. Trois heures du matin, sans doute, à une heure

près. On en saura plus quand on aura examiné le corps. L'arme du crime? On le saura...

— ... Jack, ça ne va pas?

Il s'était assis avec lassitude et fixait le sol, la tête dans les mains. Je regardai autour de moi, mais le Dr Singh, ses assistants et les agents sans nom étaient absorbés dans leurs tâches pour ne pas se laisser déstabiliser... ou alors parce qu'ils se sentaient gênés.

— Je n'en peux plus, marmonna Jack.

— Monsieur, persistai-je en optant pour l'improvisation, voulez-vous voir le corps ou est-ce qu'on peut l'emmener?

— A quoi bon? sanglota le protagoniste effondré. Personne ne nous lit – ça n'a aucune importance.

Je posai ma main sur son épaule.

— J'ai essayé d'améliorer le bouquin, mais il n'y a rien à faire. Ma femme ne m'adresse pas la parole, mon poste est en jeu, Reading croule sous la drogue, et si je ne parviens pas à rendre le récit tant soit peu lisible, nous serons tous démolis, et il ne restera plus rien, à part peut-être un trou dans la bibliothèque et le souvenir de ce qui a failli être dans la tête de l'auteur.

— Votre femme vous a quitté uniquement parce que les policiers solitaires et francs-tireurs ont *tous* des problèmes dans leur vie privée. Je suis sûre qu'au fond elle vous aime sincèrement.

— Non, non, hoqueta-t-il de plus belle. Tout est perdu. Ça ne se voit pas? D'habitude, un type comme moi conduit une voiture qui sort de l'ordinaire. J'avais une magnifique Delage-Talbot Supersport modèle 1924. Mais l'idée a été piquée et remplacée par cette minable Austin Allegro. Il suffit qu'on nous efface quelques scènes, et on sera baisés pour de bon.

Il leva les yeux sur moi.

— Comment vous appelez-vous ?

— Thursday Next.

Il s'anima soudain.

— Thursday Next? Celle qui est apprentie chez Miss Havisham à la Jurifiction ?

Je hochai la tête. Les nouvelles allaient vite, au Puits.

Une lueur d'excitation s'alluma dans son œil.

— J'ai lu un papier sur vous dans *Le Mot*. Dites-moi, y aurait-il moyen de savoir quand la commission d'inspection envisage de lire notre roman ? J'ai trouvé sept travailleurs indépendants, des B-2 tridimensionnels, qui viendraient booster le livre... pendant une heure et quelques. Avec leur aide, on arriverait peut-être à tenir le coup. Il faut juste que je sache *quand*.

— Je regrette, Mr. Spratt, soupirai-je. Je suis une novice en la matière ; c'est quoi exactement, le Conseil des Genres ?

— Ils sont chargés d'appliquer la législation, expliqua-t-il. Les conventions dramatiques, principalement. Un représentant de chaque genre siège au conseil : ce sont eux qui fixent les conventions narratives et qui décident – par le biais de la commission d'inspection – s'il faut garder ou pas un livre non publié.

— Ah !

Décidément, le Monde des Livres était régi par presque autant de lois et de règlements que le nôtre.

— Dans ce cas, je ne peux rien pour vous.

— Et le Grand Central du Texte ? Vous ne connaissez personne là-dedans ?

Le GCT, j'en avais entendu parler : ils surveillaient les ouvrages dans la Grande Bibliothèque et signalaient tous les problèmes textuels à la Jurifiction, qui était une institution purement policière. Mais je n'en savais pas plus. Je secouai la tête.

— Zut ! marmonna-t-il en fixant le sol. J'ai adressé une requête au Conseil pour procéder à un relooking inter-genres, mais autant solliciter un entretien avec le Grand Manitou en personne.

— Et pourquoi ne pas changer le livre de l'intérieur ? demandai-je.

— Sans autorisation ? rétorqua-t-il, choqué par ma suggestion. Ce serait de la mutinerie. Je voudrais attirer l'attention du Conseil, mais pas de cette façon-là... on nous démolirait en moins d'un chapitre !

— Si l'inspection n'a pas encore eu lieu, dis-je lentement, comment sauraient-ils qu'il y a eu des changements ?

Il réfléchit un instant à ma proposition.

— C'est plus facile à dire qu'à faire. Si je me mets à bidouiller le récit, tout risque de s'écrouler comme un château de cartes !

— Commencez par de petites choses, alors. Vous-même, tout d'abord. Et, si ça marche, vous pourrez essayer d'infléchir légèrement l'intrigue.

— Oui-i, dit Jack doucement. A quoi pensez-vous ?

— Laissez tomber la bouteille.

— Comment savez-vous que j'ai un problème avec l'alcool ?

— Tous les policiers solitaires et francs-tireurs avec une vie privée perturbée ont un problème avec la boisson. Arrêtez de boire et rentrez chez votre femme.

— Ce n'est pas comme ça que j'ai été écrit. Je ne peux pas faire ça, ce serait contraire au personnage. Les lecteurs...

— Il n'y a pas de lecteurs, Jack. Et si vous restez là sans rien faire, il n'y en aura *jamais* – et pas de Jack

Spratt non plus. En revanche, si vous réussissez votre coup, il y aura peut-être même… une suite.

— Une suite? répéta Jack, l'air rêveur. Vous voulez dire une série Jack Spratt?

— Et un jour, qui sait, ajoutai-je, elle sera peut-être vendue en coffret.

Il se leva, les yeux brillants.

— Un coffret, murmura-t-il, le regard perdu dans le lointain. Et il ne tient qu'à moi, hein?

— Tout à fait. Changez-vous, changez le livre… et rapidement, avant qu'il ne soit trop tard, transformez-le en quelque chose que la commission d'inspection aura *envie* de lire.

— O.K., déclara-t-il enfin. Commençons par le prochain chapitre. Au lieu de me disputer avec Briggs pour savoir s'il faut relaxer un suspect plutôt que de l'inculper, j'emmène mon ex-femme déjeuner.

— Non.

— Non?

— Non, répétai-je fermement. Ni demain, ni dans le prochain chapitre, ni même dans le paragraphe suivant. Vous allez changer maintenant!

— On ne peut pas! protesta-t-il. Il nous reste au moins neuf pages pendant que vous et moi discutons de l'état du corps avec le Dr Singh en égrenant tous les détails techniques fastidieux.

— Laissez-moi faire. On retourne un ou deux paragraphes en arrière. Vous êtes prêt?

Il acquiesça, et nous regagnâmes le haut de la page précédente, au moment du départ de Briggs.

Jack avait compris, et Briggs se retira.

Frissonnant de froid, il regarda à nouveau la jeune femme brigadier.

— Mary Jones, hein?

— Oui, monsieur.

— Qu'avez-vous découvert jusque-là?

Elle fouilla dans sa poche à la recherche d'un calepin et, ne le trouvant pas, compta sur ses doigts.

— Le nom du défunt est Sonny DeFablio.

— Quoi d'autre?

— Votre femme a appelé.

— Ah... bon?

— Elle a dit que c'était important.

— Je passerai la voir ce soir.

— Elle a dit que c'était *très* urgent, insista Jones.

— Vous voulez bien garder la boutique?

— Pas de problème, monsieur.

Jack s'éloigna, laissant Jones en compagnie du Dr Singh.

— Bien, dit Mary, où en étions-nous?...

Nous rejouâmes donc toute la scène : le Dr Singh me livra les informations qu'elle avait plus l'habitude de donner à Jack. Elle ne m'épargna aucun détail concernant l'heure du décès et me décrivit par le menu comment, d'après elle, c'était arrivé. La balistique, la trajectoire, la direction dans laquelle le sang avait giclé... rien ne manquait à l'appel. Franchement, je fus contente que ça se termine et qu'on passe au rendez-vous improvisé de Jack avec son ex-femme. Aussitôt qu'elle eut fini, le Dr Singh se tourna vers moi et dit anxieusement :

— J'espère que vous savez ce que vous faites.

— Pas du tout.

— Moi non plus, avoua le médecin légiste malgré elle. Au sujet de ce long discours que je viens de vous faire sur les hématomes survenus après le décès, les angles de pénétration du projectile et la décoloration des tissus… ?

— Oui ?

Elle se pencha plus près.

— Je n'ai pas compris un traître mot. Huit pages de dialogue technique, et pas la moindre idée de ce que je raconte là-dedans. J'ai été formée à l'Ecole des Génériques pour jouer les personnages de mère dans les romans de gare. Si j'avais su que j'allais être recrutée pour *ça*, j'aurais fait un séjour de quelques heures dans un Cornwell. Qu'est-ce que je suis censée faire, à votre avis ?

Je fourrageai dans sa trousse et sortis un gros thermomètre.

— Tenez, essayez ça.

— Et comment ça marche ?

Je lui montrai.

— Vous *plaisantez*, répondit le Dr Singh, horrifiée.

3

Trois sorcières, choix multiple et sarcasme

La Jurifiction est le nom donné à une organisation de maintien de l'ordre qui opère *à l'intérieur* des livres. Dans le cadre légal défini par le Conseil des Genres, et en collaboration avec le service de renseignements du Grand Central du Texte, les forces d'intervention se composent d'un ramassis de personnages de romans, mais aussi d'êtres humains réels, comme Harris Tweed et moi-même. Les problèmes survenant dans les œuvres littéraires sont repérés par des « guetteurs » employés par le Grand Central du Texte et signalés à l'Homme à la Cloche, élu pour dix ans et qui dirige la Jurifiction selon les règles strictement définies par le Conseil des Genres. La Jurifiction dispose de son propre code de conduite, d'un service technique, d'une cantine et d'une blanchisseuse à demeure.

THURSDAY NEXT
Chroniques de la Jurifiction

Profitant de l'aubaine, Mrs. Singh réunit plusieurs autres médecins légistes stagiaires qu'elle connaissait dans le Puits. Bouche bée, ils m'écoutèrent dispenser le maigre savoir que je possédais. Epuisée, je réussis enfin à m'échapper au bout de quatre heures. Le soir était tombé quand je rentrai à la maison. Je poussai la porte de l'hydravion et me débarrassai de mes chaussures. Pickwick se précipita à ma rencontre et tira, tout excitée, sur la jambe de mon pantalon. Je la suivis dans le séjour, puis dus attendre qu'elle se rappelle où elle avait mis son œuf. Nous le découvrîmes finalement derrière la chaîne hi-fi, et je la félicitai, bien que je n'aie constaté aucun changement dans son aspect.

Je retournai dans la cuisine. ibb et obb avaient passé la journée à potasser Mrs. Beeton, et ibb s'était lancé dans la confection du steak Diane avec des frites. Une recette que Landen me préparait souvent, et je me sentis soudain seule et petite, si loin de chez moi que j'aurais aussi bien pu me trouver exilée sur Pluton. obb mettait la dernière main à une pièce montée de quatre étages.

— Salut, ibb, dis-je. Comment va?

— Comment va quoi? répondit le Générique.

Cette manière qu'ils avaient de s'exprimer littéralement avait le don de m'énerver.

— Et je suis obb.

— Désolée... obb.

— Pourquoi désolée? Vous avez fait quelque chose?

— Laisse tomber.

Je m'assis à table et ouvris le paquet qui venait d'arriver. C'était *L'examen d'entrée à la Jurifiction* envoyé par Miss Havisham. La Jurifiction était une police interne aux œuvres littéraires dont je faisais partie presque malgré moi : j'avais décidé de sortir Jack Maird du *Corbeau*, et ça m'avait semblé le meilleur moyen d'apprendre. Peu à peu, j'y avais pris goût, et aujourd'hui, le maintien de la parole écrite me tenait particulièrement à cœur. C'était le même genre de boulot que je faisais chez les OpSpecs, seulement de l'autre côté de la barrière. J'eus l'impression, cependant, que sur ce coup-là Miss Havisham se trompait : je n'étais pas encore prête à devenir membre à part entière.

L'épais volume contenait cinq cents questions, presque toutes à choix multiple. L'examen, remarquai-je, se surveillait lui-même ; sitôt que j'ouvris le livre, une horloge dans le coin supérieur gauche entama le décompte de minutes sur une durée globale de deux heures. Les questions se rapportaient principalement à la littérature, ce qui ne me posait pas de problème. Le règlement de la Jurifiction, c'était déjà plus délicat ; il me faudrait probablement consulter Miss Havisham. Je m'y plongeai et, dix minutes plus tard, je réfléchissais à la question quarante-six : *Lequel de ces poètes n'a jamais employé le mot prohibé « majestueux » dans son œuvre ?*, quand on frappa à la porte. Les coups furent suivis d'un roulement de tonnerre.

Je refermai le livre d'examen et allai ouvrir. Sur le ponton se tenaient trois vieilles hideuses, vêtues de haillons crasseux. Elles avaient les traits décharnés, la peau rêche et verruqueuse, et, à peine la porte ouverte, elles se lancèrent dans un numéro bien rodé.

— Quand nous réunirons-nous de nouveau toutes les trois ? fit la première sorcière. Dans Thurber, Wodehouse ou dans Greene ?

— Quand le hourvari aura cessé, dit la deuxième, quand l'histoire sera pensée et contée !

Elles marquèrent une pause, jusqu'à ce que la deuxième sorcière donne un coup de coude à la troisième.

— Ce sera avant-Eyre le coucher du soleil, ajouta celle-ci précipitamment.

— En quel lieu ?

— Dans le texte.

— Pour y rencontrer Miss Next !

Elles s'interrompirent, et je les regardai, ne sachant pas très bien ce que je devais faire.

— Merci beaucoup, répondis-je.

Mais la première sorcière renifla avec dédain et coinça le pied dans la porte que je m'apprêtais à fermer.

— Des prophéties, gente dame ? demanda-t-elle pendant que les deux autres gloussaient abominablement.

— Je ne crois pas, dis-je en repoussant son pied. Une autre fois, peut-être.

— *Salut, Miss Next ! Salut à toi, citoyenne de Swindon.*

— Ecoutez, je regrette... je n'ai pas de monnaie.

— *Salut à toi, Miss Next, salut à toi, qui seras agent de la Jurifiction à part entière !*

— Si vous ne partez pas, rétorquai-je, commençant à perdre patience, je...

— *Salut à toi, Miss Next, qui plus tard seras Homme à la Cloche !*

— Mais oui, c'est ça. Maintenant dégagez, oracles imparfaits... Allez casser les oreilles à quelqu'un d'autre avec votre charabia !

— Un shilling, fit la première. Et nous vous en dirons plus... ou moins, c'est comme vous voudrez.

Je fermai la porte malgré leurs grommellements et retournai à mes choix mutiples. Je venais juste de répondre à la question quarante-neuf : *Lequel parmi les mots suivants n'est pas un gérondif?*, lorsqu'on frappa à nouveau.

— Zut ! marmonnai-je.

Je me levai en me cognant la cheville contre le pied de la table. C'étaient encore les trois sorcières.

— Six pence, alors, dit la première en tendant sa main décharnée.

— Non, répliquai-je fermement en frottant ma cheville. Je n'achète rien à des gens qui font du porte-à-porte.

Là-dessus, elles entonnèrent en chœur :

— *Trois tours pour toi, et trois pour moi, et trois de plus pour faire...*

Je claquai la porte. Je n'étais pas superstitieuse, et j'avais des soucis autrement plus graves en tête.

Je venais de me rasseoir et, tout en sirotant mon thé, j'avais répondu à la question suivante : *Qui a écrit « Crapaud, baron Têtard »* ?, quand j'entendis frapper une fois de plus.

— Bien, déclarai-je en traversant la pièce à grandes enjambées. Vous commencez à m'échauffer sérieusement, toutes les trois.

J'ouvris la porte à la volée.

— Ecoute, vieille peau, ton baratin, tu peux te le... oh !

J'écarquillai les yeux. C'était mamie Next. Je crois que l'apparition de l'amiral Nelson en personne ne m'aurait pas surprise davantage.

— Mamie !? m'exclamai-je. Mais qu'est-ce que tu fais ici ?

Elle était entièrement vêtue de vichy bleu, depuis sa robe jusqu'au pardessus, en passant par le chapeau, les chaussures et le sac.

Je la serrai dans mes bras. Elle sentait Bodmin pour Femme. Son accolade à elle était fragile comme chez toutes les vieilles gens. Et Dieu sait qu'elle était vieille... cent huit printemps, aux dernières nouvelles.

— Je suis venue m'occuper de toi, petite Thursday, annonça-t-elle.

— Euh... merci, mamie.

Comment avait-elle fait pour arriver jusqu'ici ?

— Tu attends un bébé et tu as besoin qu'on prenne

soin de toi, ajouta-t-elle, magnanime. Ma valise est sur le ponton, et il va falloir que tu paies le taxi.

— Bien sûr, marmonnai-je.

Je sortis et tombai sur un taxi jaune avec *TransGenre Taxis* écrit sur la portière.

— Combien ? demandai-je au chauffeur.

— Dix-sept et six.

— Ah oui ? répondis-je, sarcastique. Vous avez pris le chemin des écoliers.

— Pour une course dans le Puits, c'est le tarif double. Si vous refusez de payer, je préviens la Jurifiction.

Je lui tendis une livre, et il tapota ses poches.

— Désolé, vous n'avez pas plus petit ? Je n'ai pas beaucoup de monnaie sur moi.

— Gardez tout.

Son NDBDP-phone se mit à grésiller ; il était question d'un groupe de dix personnes qui souhaitaient quitter Florence dans *Le Décaméron*. Il me donna un reçu et disparut. Je pris la valise de mamie et la traînai dans le Sunderland.

— Voici ibb et obb, expliquai-je. Des Génériques cantonnés chez moi. Celui de gauche, c'est ibb.

— Je suis obb.

— Excuse-moi. Lui, c'est ibb, et *lui*, c'est obb. Je vous présente ma grand-mère.

— Salut, dit mamie Next en scrutant mes locataires.

— Vous êtes très vieille, observa ibb.

— Cent huit ans, annonça mamie avec fierté. Vous faites autre chose, vous deux, à part fixer les gens ?

— Pas vraiment, dit ibb.

— *Plock*, fit Pickwick qui avait passé la tête dans l'embrasure de la porte.

Elle hérissa ses plumes et fonça saluer mamie qui semblait toujours avoir des marshmallows sur elle.

— Comment c'est, être vieille ? demanda ibb, examinant de près les plis roses dans la peau de mamie.

— C'est l'adolescence de la mort, dit mamie. Et vous savez le pire ?

ibb et obb secouèrent la tête.

— A trois jours près, je vais rater mon enterrement.

— Mamie ! la réprimandai-je. Tu vas les embrouiller... ils ont tendance à tout prendre au pied de la lettre.

Trop tard.

— Rater votre propre enterrement ? marmonna ibb, plongé dans une intense réflexion. Comment est-ce possible ?

— Réfléchis, ibb, dit obb. Si elle vit trois jours de plus, elle pourra faire un discours à son propre enterrement... comprends-tu ?

— Mais oui, acquiesça ibb. Suis-je bête !

Et ils passèrent à côté en parlant de Mrs. Beeton et de la meilleure façon de gérer une aventure amoureuse entre la fille de cuisine et le groom – ce devait être une vieille édition.

— Quand est-ce qu'on dîne ? s'enquit mamie en jetant un coup d'œil méprisant sur l'intérieur de l'hydravion. J'ai une faim de loup, mais la graisse de bœuf, c'est le plus dur que je puisse mastiquer. Mes ratiches ne sont plus ce qu'elles étaient.

Je l'aidai délicatement à retirer son manteau en vichy et l'installai à table. Le steak Diane pour elle, ce serait comme manger des traverses de rails ; j'entrepris donc de préparer une omelette.

— Bien, mamie, dis-je en cassant des œufs dans un bol. Maintenant, tu vas m'expliquer ce que tu fais ici.

— Il faut que je sois là pour te rappeler des choses que tu risques d'oublier, petite Thursday.

— Quelles choses ?

— Landen, par exemple. Mon mari a été éradiqué aussi, et j'ai eu besoin de quelqu'un pour m'aider à tenir le coup, c'est pour ça que je suis venue.

— Mais je ne vais pas l'oublier, mamie !

— Oui, acquiesça-t-elle d'un air un peu bizarre. J'y veillerai.

— Ça, c'est le *pourquoi*, persistai-je, mais le *comment* ?

— Moi aussi, j'ai eu l'occasion de travailler pour la Jurifiction, il y a longtemps. C'était l'un des nombreux métiers que j'ai exercés dans ma vie… Remarque, ce n'était pas le plus insolite.

— Et qu'est-ce que c'était ? demandai-je, sachant au fond de moi que je ne devrais pas poser cette question.

— Une fois, j'ai été Dieu Empereur de l'Univers, répondit-elle comme on admet être allée au cinéma. Et se retrouver vingt-quatre heures dans la peau d'un homme, ça fait vraiment drôle.

— Oui, opinai-je, j'imagine.

ibb mit le couvert et, dix minutes plus tard, nous passâmes à table. Pendant que mamie suçotait son omelette, je m'efforçai de faire la conversation à ibb et obb. L'ennui, c'est qu'aucun des deux n'avait la faculté d'assimiler les éléments du discours autres que des faits bruts. J'essayai une plaisanterie que m'avait racontée Bowden, mon coéquipier chez les OpSpecs, sur une pieuvre et une cornemuse. Mais au moment de la chute, ils se contentèrent de me regarder.

— Pourquoi la cornemuse porterait-elle un pyjama ? demanda ibb.

— C'était un tartan, répliquai-je. C'est la pieuvre qui l'a pris pour un pyjama.

— Je vois, dit obb qui ne voyait rien du tout. Pourriez-vous répéter depuis le début ?

— Bon, décrétai-je, vous allez avoir une personnalité, même si je dois y laisser ma peau.

— Laisser votre peau ? fit ibb le plus sérieusement du monde. Et pourquoi y laisseriez-vous votre peau ?

Je réfléchis soigneusement. Il fallait bien commencer par quelque chose. Je fis claquer mes doigts.

— Le sarcasme. On va partir de là.

Ils me dévisagèrent sans comprendre.

— O.K., déclarai-je, le sarcasme est proche de l'ironie et implique un double point de vue : un sens littéral et une intention totalement différente de ce qui est énoncé. Exemple, si vous avez mangé tous les anchois que j'ai laissés dans le placard et que vous me dites : « Ce n'est pas moi », je vous réponds : « Mais bien sûr », insinuant que je sais que c'est vous, mais d'une manière ironique ou sarcastique.

— C'est quoi, un anchois ? fit ibb.

— Un petit poisson très salé.

— Je vois, dit ibb. Et le sarcasme, ça marche pour autre chose, ou pour le poisson seulement ?

— Non, les anchois volés, ce n'était qu'un exemple. Allez, c'est à vous maintenant.

— Les anchois ?

— Non, essayez de trouver un sarcasme.

Ils continuèrent à me fixer d'un œil inexpressif. Je poussai un soupir.

— Autant pisser dans un violon, marmonnai-je dans ma barbe.

— *Plock*, fit Pickwick dans son sommeil avant de tomber à la renverse. *Plocketty-plock.*

— Le sarcasme s'explique mieux à travers l'humour, intervint mamie qui observait mes efforts avec intérêt. Vous savez que Pickwick n'est pas très maligne, n'est-ce pas ?

Pickwick remua après s'être écroulée et se rendormit, les pattes en l'air.

— Oui, nous le savons, répondirent ibb et obb à qui on ne pouvait nier un certain sens de l'observation.

— Bon, alors si je dis qu'il est plus facile d'apprendre des tours à un pot de confiture qu'à Pickwick, je me montre gentiment sarcastique à son égard.

— Un pot de confiture? répéta ibb. Mais la confiture n'a aucune intelligence.

— Justement, rétorqua mamie. Ma remarque sarcastique signifie que Pickwick a moins de cervelle qu'un pot de confiture. Allez, à vous.

Le Générique réfléchit longuement, péniblement.

— Voyons... Pickwick est tellement maligne qu'elle s'assoit sur la télé et regarde le canapé.

— C'est un début, approuva mamie.

obb s'y mit également.

— Si une pensée lui traversait l'esprit, ce serait le trajet le plus court de l'histoire...

— Pickwick ferait sensation à Oxford, mais seulement à l'intérieur d'un bocal...

— C'est bon, ça suffit, dis-je rapidement. Je sais bien que Pickwick n'est pas une lumière, mais c'est une compagne fidèle.

Je jetai un œil en direction de Pickwick qui glissa du canapé et atterrit sur le sol dans un bruit mat. Elle se réveilla et gloussa contre le canapé, la table basse, le tapis – tout ce qui se trouvait là, en fait –, avant de se calmer, de remonter sur son œuf et de se rendormir.

— C'est très bien, les gars, leur dis-je. La prochaine fois, on s'attaquera au sous-texte.

Peu après, ibb et obb se retirèrent dans leur chambre en débattant du lien entre le sarcasme et l'ironie, et se demandant si l'ironie elle-même pouvait être cultivée en laboratoire. Mamie me donna des nouvelles de la maison. Maman allait bien, semblait-il, et Joffy, Wilbur et Orville étaient aussi cinglés que d'habitude. Connaissant mes démêlés avec Yorrick Kaine dans le passé, mamie me raconta que Kaine était revenu après l'épisode du Glatissant à Vole Towers et, qu'ayant perdu son siège au Parlement, il avait repris la direction de sa société de presse et d'édition. Personnage de fiction, je savais qu'il représentait un danger pour notre monde, mais je ne voyais pas bien ce que je pouvais faire d'ici. Nous parlâmes jusque tard dans la nuit du Monde des Livres, de Landen, des éradications et du fait d'avoir des enfants. Mamie, qui en avait eu trois, m'expliqua tout ce qu'on ne nous dit pas lorsqu'on signe sur la ligne en pointillé.

— Considère les chevilles qui enflent comme des trophées, ajouta-t-elle sans me rassurer pour autant.

Cette nuit-là, je mis mamie dans ma chambre et dormis dans la chambre sous le cockpit. Je me déshabillai, me lavai et grimpai dans le lit, fatiguée après une journée de dur labeur. Les yeux rivés sur les reflets qui dansaient au plafond, je songeai à mon père, à Emma Hamilton, à Jack Spratt, au Coulis Magique et aux bébés. J'étais censée être là pour me reposer, mais la menace de démolition qui pesait sur *Les Hauts de Caversham* ne pouvait être ignorée. J'aurais pu déménager, mais je me plaisais bien ici, et puis j'en avais assez de fuir. L'arrivée de mamie fut une sacrée surprise ; d'un autre côté, il y avait tellement de choses étranges dans le Puits que l'étrange faisait partie de l'ordinaire. A ce train-là, tout ce qui était ennuyeux et sans intérêt aurait tôt fait de devenir passionnant.

4

Landen Parke-Laine

On dit que personne ne meurt réellement tant qu'on ne l'a pas oublié, et dans le cas de Landen, ç'a été particulièrement vrai. Depuis son éradication, j'avais découvert que je pouvais le ramener à la vie dans mes rêves et mes souvenirs, et j'attendais avec impatience l'heure d'aller dormir pour retrouver les moments précieux que nous passions ensemble, ne serait-ce que fugitivement.

Landen a perdu une jambe à cause d'une mine et son meilleur ami à cause d'une bavure militaire. Cet ami, c'était mon frère Anton. Landen a témoigné contre lui à l'audience qui a suivi la désastreuse « Charge de la brigade de blindés légers » en 1973. Mon frère a été rendu responsable de la débâcle, Landen a été démobilisé avec les honneurs, et moi, on m'a décerné l'Etoile de Crimée pour actes de bravoure. On ne s'est pas parlé pendant dix ans, et on s'est mariés il y a deux mois. Certains disent que c'était une idylle peu orthodoxe... mais personnellement, je n'ai pas eu cette impression.

THURSDAY NEXT
Chroniques de la Jurifiction

Cette nuit-là, je retournai en Crimée. Non pas que ce fût ma destination préférée, dans mes rêves. Cette péninsule représentait une source permanente d'angoisse dans ma vie de tous les jours; une période de stress, de souffrance et de mort violente. Mais c'était aussi en Crimée que j'avais rencontré Landen, et que nous étions tombés amoureux. Ces souvenirs m'étaient d'autant plus chers aujourd'hui que cette rencontre n'avait jamais eu lieu, et c'est pour cette raison que je revivais parfois cette douloureuse époque. Je me détendis et me laissai transporter dans les bras de Morphée au bord de la mer Noire, il y a douze ans de ça.

A mon arrivée là-bas en 1973, aucun coup de feu n'avait été échangé depuis dix ans, même si le conflit durait depuis cent vingt ans déjà. Je fus affectée en tant que chauffeur à la 3e Brigade de Blindés Légers de Wessex; j'avais vingt-trois ans et conduisais treize tonnes de véhicule blindé sous les ordres du major Phelps qui plus tard devait perdre son avant-bras – et l'esprit – lors d'une attaque intempestive contre le gros de l'artillerie russe. Avec la candeur de la jeunesse, je croyais que j'allais bien m'amuser en Crimée… mais j'allais vite déchanter.

— Présentez-vous à quatorze heures zéro zéro au parc de véhicules, me dit notre sergent un matin.

C'était un type brusque mais gentil du nom de Tozer. Il allait survivre à la charge pour périr huit ans plus tard au cours d'un exercice. J'étais allée à son enterrement. C'était un brave homme.

— Ce sera pour quoi faire, sergent? demandai-je.

Il haussa les épaules.

— Mission spéciale. On m'a dit d'envoyer quelqu'un

d'intelligent… mais comme ils étaient tous pris, tant pis, j'ai pensé à vous.

J'éclatai de rire.

— Merci, sergent.

Cette scène, j'en rêvais souvent ces temps-ci, et pour une raison simple : c'était la première fois que Landen et moi, on passait un moment ensemble. Mon frère Anton, qui effectuait son service au même endroit, nous avait présentés quelques semaines plus tôt… mais ça, c'était Anton. Aujourd'hui, je devais conduire Landen dans une voiture de reconnaissance vers un poste d'observation surplombant une vallée où l'on nous avait signalé un rassemblement d'artillerie impériale russe. Nous parlions de cet incident comme de « notre premier rendez-vous ».

J'arrivai au rapport et on me donna un Dingo, un petit véhicule blindé à deux places, suffisamment puissant pour nous sortir rapidement du pétrin… ou nous y plonger, suivant le niveau de compétence du conducteur. J'allai chercher le véhicule et attendis presque une heure sous une tente, avec un tas d'autres chauffeurs qui bavardaient, riaient, buvaient du thé et se racontaient des histoires à dormir debout. Il faisait frisquet, mais j'étais contente d'échapper à mes corvées quotidiennes, telles que le ménage, le nettoyage et autres tâches fastidieuses.

— Caporal Next ? dit un officier, passant la tête dans la tente. Lâchez le thé… on s'en va !

Il n'était pas beau, mais il m'intriguait et, contrairement à la plupart des officiers, il semblait avoir un côté relax.

— Bonjour, monsieur, répondis-je, ne sachant pas trop s'il se souvenait de moi.

Mes inquiétudes étaient vaines. Ce que j'ignorais

alors, c'est qu'il m'avait spécialement demandée, moi, au sergent Tozer. Je l'intriguais aussi, mais la fraternisation en service commandé était un art subtil. Les sanctions pouvaient se révéler sévères.

Je le conduisis à l'endroit où était garé le Dingo et grimpai à bord. J'appuyai sur le starter, et le moteur se mit à vrombir. Landen se posa sur le siège du commandant.

— Vous avez des nouvelles d'Anton ?

— Il est là-haut, sur la côte, pour quelques semaines, lui dis-je.

— Ah ! Vous m'avez rapporté cinquante livres en gagnant ce tournoi de boxe dames le week-end dernier. Je vous en suis très reconnaissant.

Je souris et le remerciai, mais il ne me regardait pas, occupé à étudier une carte.

— C'est ici que nous allons, caporal.

Je jetai un œil. C'était la première fois que j'approchais de si près de la ligne du front. A ma grande honte, je trouvai la notion de danger quelque peu grisante. Landen le sentit.

— Ce n'est pas aussi follement excitant que vous le croyez, Next. Sur la vingtaine de fois que j'y suis allé, je n'ai essuyé qu'un seul tir d'obus.

— Comment était-ce ?

— Désagréablement bruyant. Prenez la route de Balaklava... je vous dirai quand il faudra tourner à droite.

Nous bringuebalâmes donc sur la route, dans un paysage tellement bucolique qu'il était difficile d'imaginer qu'à quinze kilomètres de là, deux armées se faisaient face, avec une puissance de tir suffisante pour réduire la péninsule en cendres.

— Vous avez déjà vu un Russe ? demanda-t-il tandis

que nous doublions des camions militaires qui ravitaillaient nos batteries de canons ; leur seul boulot consistait à expédier deux ou trois obus vers les lignes russes, histoire de montrer qu'on était toujours là.

— Jamais, monsieur.

— Ils sont exactement comme vous et moi, figurez-vous.

— Ah bon ? Ils ne portent pas de grosses toques en fourrure et n'ont pas de neige sur les épaules ?

Le sarcasme ne lui échappa pas.

— Excusez-moi, je ne voulais pas vous prendre de haut. Depuis combien de temps êtes-vous ici ?

— Deux semaines.

— Moi, ça fait deux ans, dit Landen, mais c'est comme si c'était deux semaines. Tournez à droite là, devant le corps de ferme.

Je ralentis et m'arc-boutai sur le volant pour m'engager sur la piste poussiéreuse. Sur un Dingo, les amortisseurs sont assez durs ; on était donc pas mal secoués sur ce chemin de terre qui longeait des bâtiments agricoles vides portant les stigmates des batailles du passé. Un vieux blindé rouillé et d'autres débris éparpillés dans la campagne témoignaient de la durée de cette guerre immobile. On racontait qu'au milieu du no man's land, il y avait encore des pièces d'artillerie datant du XIXe siècle. Nous nous arrêtâmes à un poste de contrôle. Landen montra son laissez-passer, et nous poursuivîmes notre route, avec un soldat perché sur notre toit « à titre de précaution ». Il avait un second chargeur fixé sur son arme – comme quelqu'un qui s'attend à avoir des ennuis – et un poignard dans sa botte. Il lui restait quinze mots et vingt et une minutes à vivre avant de mourir dans un petit bosquet qui, en des temps plus heureux, aurait été parfait pour un pique-nique. La balle allait entrer sous son omoplate gauche, ricocher sur la colonne vertébrale, traverser le cœur et ressortir à huit centimètres sous l'aisselle avant de se loger dans la jauge de carburant du Dingo. Il allait mourir sur le coup, et dix-huit mois plus tard, je raconterais ce qui s'était passé à ses parents. Sa mère pleurerait, et son père me remercierait, la gorge sèche. Mais le soldat ne savait pas tout cela. C'étaient mes souvenirs, pas les siens.

— Avion espion russe ! siffla le soldat condamné.

Landen m'ordonna de reculer sous les arbres. Il ne restait plus que douze mots au soldat. Il serait mon premier mort dans cette guerre, mais surtout pas le dernier. En tant que civil, on est à l'abri de ces désagréments, mais dans les forces armées, ils sont monnaie courante… et on ne s'y habitue jamais.

Je tirai de toutes mes forces sur le volant et battis rapidement en retraite vers le bosquet. Sous le couvert des arbres, nous observâmes le petit avion à travers l'ombre pommelée. Nous ignorions à ce moment-là que des commandos russes avaient percé la ligne de front et avançaient dans notre direction. Le poste d'observation où nous nous rendions était tombé une demi-heure plus tôt. Les commandos étaient appuyés par l'avion espion que nous venions de voir et, derrière eux, il y avait vingt chars russes soutenus par l'infanterie. L'attaque allait échouer, bien sûr, mais uniquement grâce à la radio VHF qui équipait le Dingo. J'allais nous sortir de là, et Landen allait lancer un raid aérien. Voilà ce qui était arrivé. Et ça arrivait *toujours* de cette façon-là. Réunis dans le brasier incandescent des combats. Mais blottis sous les bouleaux dans notre blindé, nous n'en savions rien. On n'entendait que le caquètement d'une perdrix et le sourd ronronnement du moteur. Et notre seule crainte était que l'avion qui tournicotait au-dessus de nos têtes ne retarde notre arrivée au poste.

— Qu'est-ce qu'il fait? murmura Landen, mettant la main en visière pour mieux voir.

— On dirait un Yak-12, répondit le soldat.

Plus que sept mots et moins d'une minute à vivre. Je jetai un œil par l'ouverture rectangulaire à l'avant du blindé, et mon cœur manqua un battement. Je vis un Russe courir et sauter dans un ravin à une centaine de mètres du Dingo.

— Un Ruskoff! haletai-je. Cent mètres douze heures!

Je voulus refermer l'écoutille, mais Landen me saisit par le poignet.

— Pas tout de suite, chuchota-t-il. Enclenchez la vitesse.

Je m'exécutai pendant que Landen et le soldat se tournaient dans tous les sens.

— Vous voyez quoi? souffla Landen.

— Cinq, peut-être six, répondit le soldat dans un murmure, qui viennent par ici.

— Moi aussi, marmonna Landen. Allez, caporal, foncez!

J'accélérai, lâchai l'embrayage, et le Dingo bondit en avant. Presque aussitôt, on entendit crépiter les mitraillettes. Pour l'effet de surprise, c'était raté. Aux rafales se mêlèrent des coups de fusil plus proches – c'était notre soldat qui ripostait – et les déflagrations sporadiques d'un pistolet : ça, c'était Landen. Le blindé revint en cahotant sur le chemin et fit une embardée avant de prendre de la vitesse, sous une pluie de balles qui ricochaient sur sa cuirasse. Je sentis un poids s'affaisser dans mon dos, et un bras ensanglanté apparut dans mon champ de vision.

— Roulez ! cria le soldat. Ne vous arrêtez pas tant que je ne vous l'ai pas dit !

Il tira une nouvelle rafale, enleva le chargeur vide, rechargea son fusil et fit feu de plus belle.

— Ce n'est pas comme ça que ça s'est passé… ! marmonnai-je.

Le soldat avait dépassé le temps et le nombre de mots qui lui avaient été alloués. Je regardai la main ensanglantée qui était retombée contre moi. Une sourde angoisse m'étreignit. La jauge de carburant se trouvait toujours intacte… n'aurait-elle pas dû voler en éclats quand le soldat avait été touché ? Soudain, je compris. Le soldat avait survécu, et *l'officier* était mort.

En sueur, le souffle court, je me dressai d'un bond sur le lit. Mes souvenirs avaient certes pâli au fil des ans, mais là, il s'agissait de quelque chose de nouveau, d'inattendu. Je repassai les images dans ma tête, en regardant cette main ensanglantée retomber encore et encore. Tout ça était effroyablement réel, et pourtant, une chose m'échappait… une perte que je ne m'expliquais pas… une absence que je n'arrivais pas à situer…

— Landen, fit une voix douce dans le noir. Il s'appelait Landen.

— Landen ! m'écriai-je. Oui, oui, il s'appelait Landen.

— Et il n'est pas mort en Crimée. C'est le soldat qui a été tué.

— Non, non, je me souviens, je l'ai vu mourir…

— Tes souvenirs sont *faux*.

C'était ma grand-mère, assise près de moi dans sa chemise en vichy. Elle serrait ma main dans la sienne et me contemplait à travers ses lunettes et ses mèches grises éparses. En l'entendant parler, je me souvins. Landen avait survécu... forcément, puisqu'il avait demandé du renfort sous forme de raid aérien. Mais même éveillée, je le revoyais couché, mort, à côté de moi. Ça ne tenait pas debout.

— Il n'est pas mort ?

— Non.

Je pris le portrait que j'avais fait de lui sur la table de chevet.

— Est-ce que je l'ai revu ? demandai-je en scrutant ce visage inconnu.

— Et comment, répondit mamie. Tu l'as même épousé.

— Oui, c'est vrai !

Maintenant que ça me revenait, j'en avais les larmes aux yeux.

— A Notre-Dame-des-Homards à Swindon ! Tu y étais ?

— Bien sûr. Je n'aurais manqué ça pour rien au monde.

Je me sentais toujours désemparée.

— Qu'est-il devenu ? Pourquoi n'est-il pas ici, avec moi ?

— Il a été éradiqué, dit mamie à voix basse. Par Lavoisier... et Goliath.

— Ça y est, je me rappelle.

Ce fut comme si un rideau s'était levé dans mon esprit, et les ténèbres se dissipèrent devant l'afflux des images du passé.

— Jack Maird. Goliath. Ils ont éradiqué Landen pour faire pression sur moi. Et j'ai échoué. Je n'ai pas pu le ramener... c'est pour ça que je suis ici.

Je m'interrompis.

— Mais... mais comment aurais-je pu l'oublier ? Hier encore, je pensais à lui. Qu'est-ce qui m'arrive ?

— C'est Aornis, mon petit, expliqua mamie. Elle

est mnémonomorphe, elle a le pouvoir d'agir sur la mémoire. Tu te souviens des ennuis que tu as eus avec elle là-bas, chez nous ?

Oui, je m'en souvenais maintenant. Les paroles de mamie percèrent le délicat voile d'oubli qui enveloppait sa présence dans mon esprit, et tout ce qui concernait la petite sœur de Hadès remonta à la surface de ma mémoire. Aornis, qui avait juré de venger la mort de son frère ; Aornis, capable de manipuler les souvenirs à volonté ; Aornis, qui avait failli provoquer une Apocalypse gluante noyée dans du Coulis Magique. Seulement, Aornis n'était pas d'ici. Elle vivait dans...

— ... le monde *réel*, murmurai-je tout haut. Comment fait-elle pour être là, dans une œuvre de fiction ? Dans *Les Hauts de Caversham*, par-dessus le marché ?

— Elle n'est pas là, répliqua mamie. Aornis ne vit que dans ton esprit. Et pas complètement... c'est un simple parasite, une sorte de virus mental. Elle est ingénieuse, adaptable et malveillante ; je ne connais personne d'autre qui puisse mener une vie indépendante dans la mémoire de quelqu'un.

— Et comment je fais pour me débarrasser d'elle ?

— J'ai une certaine expérience des mnémonomorphes, fit ma grand-mère, mais il y a des choses que tu devras vaincre toute seule. Reste vigilante, et nous en reparlerons souvent et longuement.

— Alors, ce n'est pas fini ?

— Non, dit-elle en secouant tristement la tête. Malheureusement, non. Prépare-toi à un choc, petite Thursday... Quel est le nom complet de Landen ?

— Ne sois pas ridicule ! m'esclaffai-je. C'est Landen Parke...

Je me tus, et une main glacée m'étreignit le cœur. J'étais tout de même capable de me rappeler le nom de mon propre mari, non? Mais j'eus beau me creuser la cervelle, je n'y arrivai pas. Je regardai ma grand-mère.

— Je le connais, oui, souligna-t-elle, mais je ne te le dirai pas. Quand tu t'en seras souvenue, tu sauras que tu as gagné.

5

Le Puits des Histoires Perdues

NDBDP-phone : Bien que l'idée d'utiliser les notes de bas de page comme moyen de communication ait été suggérée par le Dr Faust dès 1622, il a fallu attendre 1856 pour procéder aux premiers essais d'un NDBDP-phone. En 1895, une version expérimentale a été installée dans *Les Temps difficiles*, et en l'espace de trois ans, la quasi-totalité de Dickens a été raccordée au réseau. Le système a été étendu rapidement, jusqu'à donner lieu à la première ligne interurbaine transgenre inaugurée en grande pompe en 1915. Le réseau n'a cessé d'être amélioré depuis, mais tout récemment, l'avènement de NDBDP-phones bon marché et la dérégulation des canaux d'information et de divertissement ont failli conduire à sa saturation. Un réseau de NDBDP-phones mobiles a été introduit en 1985.

LE CHAT DE L'A.U. DE W.
Guide de la Grande Bibliothèque (glossaire)

Mamie s'était levée de bonne heure pour préparer le petit déjeuner, et je la trouvai endormie dans le fauteuil avec la bouilloire en train de fondre sur le fourneau et

Pickwick inextricablement empêtrée dans son tricot. Je fis du café et me servis à manger, malgré la sensation de nausée. ibb et obb parurent un peu plus tard, proclamant qu'ils avaient dormi « comme des souches » et qu'ils avaient si faim qu'ils pourraient « manger un cheval entre deux matelas ». Ils venaient juste de me rejoindre à table quand on frappa à la porte. C'était Sassan LeRoussi, du duo Perkins & LeRoussi, héros d'une série policière. Agé d'une quarantaine d'années, il arborait un élégant costume de couleur fauve avec un feutre assorti, et une flamboyante moustache rousse. Avocat à la Jurifiction, il avait été nommé pour assurer ma défense : j'étais toujours sous le coup d'une inculpation pour avoir changé la fin de *Jane Eyre*.

— Bonjour! dit-il. Bienvenue dans le Monde des Livres!

— Merci. Vous allez bien?

— Au poil. J'ai évité à Œdipe d'être accusé d'inceste. Simple point de procédure : sur le moment, il ne savait pas que c'était sa mère.

— Evidemment. Et Fagin?

— Il risque toujours la pendaison, répondit-il tristement. Le Griffon y travaille... je suis sûr qu'il trouvera le moyen de le tirer d'affaire.

Tout en parlant, il promenait son regard sur l'intérieur défraîchi de l'hydravion.

— Eh bien! dit-il finalement. Vous avez de drôles de goûts, vous. Il paraît que le nouveau Daphne Farquitt est en construction juste à l'étagère du dessous. Ça se passe au XVIIIe siècle, et c'est beaucoup plus confortable qu'ici. Vous avez vu la critique de mon dernier livre?

Il faisait allusion au livre dont il était le héros, naturellement. LeRoussi se définissait comme un personnage de fiction depuis les semelles de ses richelieus jusqu'au sommet de son feutre et, comme la plupart de ses congénères, il se montrait quelque peu chatouilleux là-dessus. J'avais lu la critique de *Sentimental à mort*, une critique passablement assassine; ce genre de situation demandait à être traitée avec tact.

— Non, je crois que je l'ai ratée.

— Ah! C'était… c'était pas mal du tout, en fait. J'ai été couvert d'éloges, tels que : « LeRoussi est… très bon… bien campé…, dirais-je », et on a qualifié le livre lui-même de « plus gros… de 1986 ». On parle même d'une édition en coffret. Dites, je voulais vous prévenir que votre procès pour infraction à la fiction se tiendra probablement la semaine prochaine. J'ai essayé d'obtenir un nouvel ajournement, mais Hopkins est tenace, l'animal. La date et le lieu restent à déterminer.

— C'est grave? lui demandai-je.

La dernière fois que j'avais été jugée ici, dans le Monde des Livres, ç'avait été dans *Le Procès* de Kafka, et comme il fallait s'y attendre, l'audience avait pris un tour totalement inattendu.

— Pas vraiment, m'assura LeRoussi. Le fort taux de satisfaction chez les lecteurs devrait jouer en notre faveur. Inutile de mentir, puisque l'acte, vous l'avez commis. Dites, enchaîna-t-il sans reprendre son souffle, Miss Havisham m'a chargé de vous faire découvrir les merveilles du Puits; elle aurait dû être là ce matin, mais elle suit une formation d'extermination des grammasites.

— On a vu un grammasite dans *Les Grandes Espérances*.

— J'ai appris ça. On n'est jamais assez prudent, avec les grammasites.

Il regarda ibb et obb qui terminaient mes œufs au bacon.

— Ceci est un petit déjeuner?

Je hochai la tête.

— Extraordinaire ! Je me suis toujours demandé comment c'était, un petit déjeuner. Dans nos livres, on a vingt-trois dîners, douze déjeuners et dix-huit thés de l'après-midi, mais pas un seul petit déjeuner.

Il marqua une pause.

— Et pourquoi, à votre avis, la confiture d'oranges s'appelle-t-elle marmelade ?

Je répondis que je n'en savais rien et lui tendis une tasse de café.

— Vous avez des Génériques qui vivent dans vos bouquins ? m'enquis-je.

— Cinq ou six à la fois.

Il mit du sucre dans son café sans quitter des yeux ibb et obb qui, fidèles à eux-mêmes, le dévisagèrent à leur tour.

— Tant qu'ils n'ont pas de personnalité, on ne rigole pas beaucoup avec eux. Après, c'est plus amusant. L'ennui, c'est qu'ils ont la fâcheuse manie de se mettre dans la peau d'un personnage fort, et ça se répand comme une contagion. On ne les cantonne plus en masse depuis qu'on a logé six mille Génériques dans *Rebecca*. En moins d'un mois, tous sauf huit s'étaient transformés en Mrs. Danvers. Vous n'auriez pas besoin de deux ou trois gouvernantes, par hasard ?

— Non, merci, répliquai-je, songeant au caractère acariâtre de Mrs. Danvers.

— Je vous comprends, dit-il en riant.

— Du coup, on les accueille en nombre limité ?

— Vous apprenez vite. On a eu le même problème avec les Merlin. Les vieux magiciens barbus jouant les mentors, on en a eu à revendre pendant des années.

Il se pencha plus près.

— Savez-vous combien de Merlin le Puits des

Histoires Perdues a placés ces cinquante dernières années ?

— Dites-moi.

— Neuf mille ! souffla-t-il. On a même changé des intrigues pour y inclure un personnage de mentor âgé ! Vous pensez qu'on a eu tort ?

— Je ne sais pas, dis-je, déconcertée.

— Au moins, Merlin est un personnage populaire, ajouta LeRoussi. Avec un chapeau neuf, on peut le caser pratiquement n'importe où. Essayez donc de vous débarrasser de milliers de Mrs. Danvers. Il n'y a pas une énorme demande pour les gouvernantes de cinquante ans d'aspect patibulaire ; même avec « deux achetées, une offerte », ça n'a pas marché. On les utilise pour le service anti-fautes d'ortografe. Comme une sorte d'armée, quoi.

— Comment est-ce ? demandai-je.

— Quoi donc ?

— D'être un personnage de fiction ?

— Ah ! répondit-il lentement. Un personnage de fiction... oui.

Je me rendis compte alors que j'étais allée trop loin : c'est comme ça qu'un chien aurait réagi sans doute en entendant parler de maladie de Carré dans une conversation de salon.

— Je vous pardonne votre curiosité, Miss Next, et puisque vous venez du Monde Extérieur, je ne vous en voudrai pas. A votre place, je ne chercherais pas à fouiller dans le passé des fictifs. Chacun de nous aspire à être lui-même, un personnage inédit dans un océan de fiction tellement vaste que cela en devient impossible.

Après une formation de base à Ste Tabularasa, je suis entré à l'école de détectives Dupin ; j'ai fait des stages sur le terrain chez Hammett, Chandler et Sayers avant d'achever un troisième cycle à l'école Agatha Christie. J'aurais aimé être un inédit, mais pour ça, j'aurais dû naître soixante-dix ans plus tôt.

Il s'interrompit, songeur. Je regrettais d'avoir abordé le sujet. Ça ne doit pas être facile d'être un amalgame de tout ce qui a été écrit précédemment.

— Bien ! déclara-t-il en finissant son café. Assez parlé de moi. Vous êtes prête ?

Je hochai la tête.

— Alors, allons-y.

Il me prit par la main et nous transporta tous les deux des *Hauts de Caversham* dans les interminables couloirs du Puits des Histoires Perdues.

De par sa structure intérieure, le Puits rappelait la Bibliothèque – bois foncé, moquette épaisse, étagères à perte de vue –, mais la ressemblance s'arrêtait là. Tout d'abord, c'était *bruyant*. Artisans, commerçants, techniciens et Génériques apparaissaient et disparaissaient en passant d'un livre à l'autre ; ils bâtissaient, changeaient et effaçaient au gré de l'auteur. Cartons et caisses d'emballage s'empilaient dans le couloir. Les gens mangeaient, dormaient et menaient leurs affaires dans les petites maisons et échoppes agglutinées comme dans un bidonville. Partout, des panneaux et affiches publicitaires vantaient des services ou des marchandises indispensables au métier d'écriture[1].

— Je crois que je capte des messages de pub sur le

1. ... Visitez le Dictionorium : nous avons tous les mots dont vous aurez jamais besoin ! De *Je* à *Anticonstitutionnellement*, tout pour composer votre intrigue. Douzième étage, étagère soixante-dix-huit...

NDBDP-phone, dis-je au milieu du vacarme. C'est grave ?

— Vous en aurez tout le temps ici, répondit LeRoussi. Ne vous en occupez pas... et ne faites jamais circuler les chaînes de notes de bas de page.

Nous fûmes accostés par un corpulent homme-sandwich qui faisait la réclame d'ingrédients sur mesure pour « une intrigue de choix ».

— Non merci, glapit LeRoussi en m'entraînant dans un coin plus tranquille, entre le magasin de fins de chapitre et l'école des mentors.

Avec un geste de la main en direction de la foule animée, il m'expliqua :

— Il y a vingt-six étages dans le Puits, essentiellement des manufactures de prose comme ici, mais le vingt-sixième sous-sol permet d'accéder à la Mer de Texte... On y descendra un jour pour assister au déchargement des chalutiers.

— Et qu'est-ce qu'ils déchargent ?

— Des mots, fit-il en souriant. Des mots et encore des mots. Les composants de l'œuvre, l'ADN de l'Histoire.

— Mais je ne vois aucun livre en train d'être écrit, observai-je en regardant autour de moi.

Il s'esclaffa.

— Ah, ces gens du Monde Extérieur ! Un livre, ça n'a l'air de rien, des mots sur une page, mais en réalité, il s'agit d'une technologie infiniment complexe qui traduit des gribouillis bizarres tracés à l'encre en images à l'intérieur de votre crâne. Actuellement, nous utilisons le système d'exploitation V8.3. Mais le Grand Central du Texte a l'intention de procéder bientôt à une mise à jour.

— Hier soir, aux nouvelles, quelqu'un a parlé de UltraWord™.

— Un nom commercial, ça. Pour vous et moi, ce sera LIVRE V9. Le WordMaster Libris doit faire une présentation dans les jours qui viennent. UltraWord™ est encore à l'essai, mais s'il est aussi performant qu'on le dit, les livres ne seront plus jamais les mêmes !

— Ça alors, soupirai-je, m'efforçant de me faire à cette idée. Moi qui ai toujours cru que les romans étaient… écrits, tout bêtement.

— *Ecrire* est le terme qu'on emploie pour désigner le procédé d'enregistrement, dit LeRoussi tandis que nous nous remettions en chemin. Le Puits des Histoires Perdues est l'interface où l'imagination de l'écrivain rencontre l'intrigue et les personnages afin de faire sens dans l'esprit du lecteur. Au fond, la lecture est un processus bien plus créatif et imaginatif que l'écriture : quand le lecteur invoque l'émotion, ou les couleurs du ciel au soleil couchant, le parfum de la brise d'été sur son visage, il mérite autant de considération que l'écrivain… voire plus.

— Vous croyez? demandai-je avec une pointe de scepticisme.

— Mais bien sûr! répliqua-t-il en riant. *Les vagues qui se brisent sur les galets*, ça ne voudrait strictement rien dire si vous n'avez jamais vu l'écume venir mourir sur la plage, pas vrai?

— Si, peut-être.

— Les livres, déclara LeRoussi, c'est comme de la magie.

Je contemplai le chaos qui semblait régner dans cette manufacture de prose. Mon mari avait été ou *était* romancier; j'avais toujours voulu savoir ce qui se passait dans sa tête, et là, c'était sûrement l'occasion ou jamais. Nous dépassâmes une boutique qui s'appelait *Une minute s'est écoulée.* On y vendait des procédés descriptifs pour marquer le passage du temps ; cette semaine, ils faisaient une promo sur les changements de saison.

— Et qu'arrive-t-il aux livres qui ne sont pas publiés ? Les craintes des personnages des *Hauts de Caversham* étaient-elles si fondées que ça ?

— Le taux d'échec est relativement élevé, reconnut LeRoussi, et pas seulement pour une question de mérite. *Le Paillasson de Bunyan* de John McSquurd est l'un des meilleurs livres jamais écrits, et pourtant, il n'a jamais quitté le tiroir de l'auteur. La plupart des déchets, les livres refusés ou non publiés vivotent ici, dans le Puits, jusqu'à ce qu'on les envoie au recyclage. D'autres sont tellement nuls qu'on les démolit directement : on extrait les mots des pages et on les rejette dans la Mer de Texte.

— Les personnages sont donc recyclés comme du papier usagé, c'est ça ?

LeRoussi toussota poliment.

— A votre place, je ne pleurerais pas sur le sort des unidimensionnels, Thursday. Vous allez vous épuiser, et on n'a vraiment pas le temps ni les moyens de les rechaper de façon à les rendre plus intéressants.

— Mr. LeRoussi ?

C'était un jeune homme en costume élégant avec, à la main, une espèce de taie d'oreiller couverte de taches et contenant un objet lourd de la taille d'un melon.

— Bonjour, Alfred. Thursday, je vous présente Garcia… Ça fait dix ans qu'il fournit à la série Perkins & LeRoussi des procédés narratifs qui alimentent le suspense. Rappelez-vous le torse non identifié flottant sur le Humber dans *Vivants parmi les morts*. Ou le cadavre vieux de vingt ans, découvert avec un sac plein d'argent, emmuré dans la chambre d'amis dans *Requiem pour un perceur de coffre-fort*.

— Mais oui, dis-je en serrant la main du technicien. Un suspense à vous tenir en haleine page après page. Comment allez-vous ?

— Bien, merci.

Garcia sourit poliment et se tourna vers LeRoussi.

— Je crois que le prochain roman Perkins & LeRoussi est déjà dans les tuyaux, et j'ai ici un petit quelque chose qui pourrait vous intéresser.

Il ouvrit son sac, et nous regardâmes à l'intérieur. C'était une tête. Qui plus est, une tête *coupée.*

— Une tête dans un sac ? fit LeRoussi, fronçant les sourcils.

— En effet, murmura Garcia fièrement, mais pas n'importe quelle tête. Celle-ci a un tatouage bizarre dans la nuque. Vous pouvez la découvrir dans une benne, à la porte de votre agence, dans le congélateur d'un suspect défunt – les possibilités sont légion.

L'œil de LeRoussi brilla d'excitation. C'était justement ce dont il avait besoin après le massacre en règle de *Sentimental à mort.*

— Combien ? s'enquit-il.

— Trois cents, hasarda Garcia.

— Trois cents ! s'exclama LeRoussi. A ce prix-là, je pourrais m'offrir une douzaine de têtes et un trésor nazi caché en prime.

— Plus personne n'utilise le vieux procédé du « trésor nazi caché », ricana Garcia. Si vous ne voulez pas cette tête, tant pis, je n'aurai aucun problème pour la vendre. Je suis venu vous voir en premier parce qu'on a déjà fait des affaires ensemble et parce que je vous aime bien.

LeRoussi réfléchit brièvement.

— Cent cinquante.

— Deux cents.

— Cent soixante-quinze.

— Deux cents, et je vous ferai cadeau d'un cas d'erreur sur l'identité, d'une jolie fille agent double et d'un microfilm perdu.

— Ça marche !

— C'est un plaisir de traiter avec vous, dit Garcia en remettant la tête et empochant l'argent. Mes respects à Mr. Perkins.

Il sourit, nous serra la main à tous les deux et repartit.

— Génial ! jubila LeRoussi, excité comme un môme avec une bicyclette neuve. J'ai hâte que Perkins voie ça ! Où devrions-nous la trouver, à votre avis ?

Je pensais en toute honnêteté que le coup de la « tête dans un sac » était un peu bancal, mais étant trop polie pour le faire remarquer, je répondis donc :

— Personnellement, j'aime bien l'idée du congélateur.

— Moi aussi !

Nous passâmes devant une échoppe dont l'enseigne peinte annonçait : *Contextes sur commande. Tous types de travaux. Spécialiste des enfances malheureuses.*

— Contextes ?

— Mais oui. Tout personnage digne de ce nom a droit à un contexte. Venez jeter un coup d'œil.

Nous nous baissâmes pour franchir le seuil et nous retrouvâmes dans un atelier, petit et enfumé. Au centre de la pièce se dressait un établi avec tout un assortiment de cornues, éprouvettes et autres ustensiles ; les murs, remarquai-je, étaient tapissés d'étagères avec des bouteilles soigneusement bouchées contenant des liquides colorés : les étiquettes désignaient les différentes sortes de contextes, depuis *Enfance idyllique* jusqu'à *Hauts faits de guerre.*

— Celle-ci est presque vide, dis-je en montrant une grosse bouteille avec l'inscription *Sentiments de culpabilité infondés suite au décès d'un proche/collègue survenu dix ans plus tôt.*

— Eh oui, acquiesça un petit homme en costume de velours côtelé tellement avachi qu'on aurait dit que le tailleur était encore dedans pour les dernières retouches. Celle-là a beaucoup de succès. D'autres sont restées quasiment intactes. Regardez là-haut.

Je levai les yeux sur les bouteilles pleines qui amassaient la poussière sur l'étagère du dessus. Sur les étiquettes on lisait *Calmar étudié au Sri Lanka* ou encore *Apprenti taupier gallois.*

— Alors, que puis-je faire pour vous? s'enquit le contextiste radieux en se frottant les mains. Quelque chose pour madame? Des sévices infligés par des demi-sœurs sadiques? Un incident traumatisant avec un animal sauvage? Non? Cette semaine, on a une promotion sur les chagrins d'amour; pour un acheté, vous avez un frère cadet toxicomane sans supplément.

LeRoussi montra au commerçant son badge de la Jurifiction.

— On est en mission, Mr. Grnksghty... Je vous présente l'apprentie Next.

— Ah! fit-il, légèrement déconfit. Les forces de l'ordre.

— Mr. Grnksghty a rédigé des contextes pour les Brontë et Thomas Hardy, déclara LeRoussi, posant son sac et se perchant sur le bord d'une table.

— Ça, oui, dit le bonhomme en me dévisageant pardessus ses demi-lunes. Mais c'était il y a longtemps. Charlotte Brontë, ça, c'était un écrivain. Pour elle, j'ai fait de la belle ouvrage, et encore, tout n'a pas servi...

— Oui, c'est moi-même, interrompit LeRoussi, fixant distraitement les récipients en verre alignés sur l'établi.

Je suis en bas, dans le Puits, avec Thursday... C'est pour quoi ?

Voyant notre expression, il expliqua :

— C'est Miss Havisham, sur NDBDP-phone.

— Je trouve ça très mal élevé, grommela Mr. Grnksghty. Il n'a qu'à aller dehors, s'il veut parler dans ce machin-là.

— Ce n'est probablement rien, mais j'irai jeter un œil, dit LeRoussi en regardant dans le vide.

Il se tourna vers nous et, interceptant le regard noir de Mr. Grnksghty, sortit de la boutique avec un petit signe de la main, sans cesser de parler.

— Où en étions-nous, ma p'tite dame ?

— Vous me disiez que Charlotte Brontë vous avait commandé des contextes, mais qu'elle ne les a pas tous utilisés.

— Ah oui.

Il sourit, ouvrit délicatement un robinet et regarda une petite goutte de liquide huileux tomber dans une fiole.

— J'ai fabriqué un magnifique contexte pour Edward et Berthe Rochester, et elle n'en a gardé qu'une toute petite partie.

— Ça doit être frustrant.

— Très, soupira-t-il. Je suis un artiste, pas un technicien. Mais peu importe. Je l'ai vendu en l'état à *La Prisonnière des Sargasses*, il y a quelques années de ça. Le contexte de Mr. Pickwick, je l'ai conservé longtemps sans réussir à le vendre. J'en ai fait don au musée de la Jurifiction.

— Avec quoi fabrique-t-on un contexte, Mr. Grnksghty ?

— De la mélasse essentiellement, répondit-il en secouant la fiole où la substance huileuse se transforma en gaz. Et des souvenirs. Beaucoup de souvenirs. En fait, la mélasse sert de liant. Dites-moi, que pensez-vous de cette mise à jour de UltraWord™ ?

— Il faudrait que je l'examine en détail.

— Moi, j'aime particulièrement la notion de LectureZip™, fit le petit homme en ajoutant une goutte de liquide rouge et observant le résultat avec un grand intérêt. Il paraît que ça pourra compresser *Guerre et Paix* en quatre-vingt-six mots tout en préservant l'étendue et la grandeur de l'original.

— Voir, c'est croire, répliquai-je.

— Pas ici, rectifia Mr. Grnksghty. Ici, *lire*, c'est croire.

Il y eut une pause.

— Mr. Grnksghty ?

— Oui ?

— Comment prononce-t-on votre nom ?

A ce moment-là, LeRoussi revint dans la boutique.

— C'était Miss Havisham, annonça-t-il en récupérant sa tête. Merci de votre accueil, Mr. Grnksghty… Venez, on y va.

Il m'escorta dans le couloir où nous nous frayâmes le passage entre les commerces jusqu'aux ascenseurs en bronze et bois. Les portes s'ouvrirent, et plusieurs gamins des rues en jaillirent, avec des baguettes fourchues et un bout de papier coincé dans la fente.

— Des idées en route vers les livres en cours d'écriture, expliqua LeRoussi tandis que nous entrions dans la cabine. A tous les coups, les transactions viennent juste de démarrer. Le service de vente et de location d'idées se trouve au dix-septième étage.

L'ascenseur plongea vers le bas.

La sonnette tinta, et les portes coulissèrent ; un vent froid nous souffla au visage. Ici, il faisait plus sombre qu'à l'étage que nous venions de quitter, et des personnages d'allure louche nous dévisageaient dans la pénombre. Je m'apprêtais à sortir, mais LeRoussi m'arrêta. Regardant autour de lui, il chuchota :

— C'est le vingt-deuxième sous-sol. L'endroit le plus mal famé du Puits. Un repaire d'assassins, de chasseurs de primes, de voleurs, de tricheurs, de transformistes, de coupe-jarrets et de plagiaires.

— Chez nous, on ne tolère pas ça, murmurai-je.

— Ici, on les *encourage.* Que serait la littérature sans son lot de malfrats ? Et il faut bien qu'ils vivent quelque part.

Je perçus le danger aussitôt que nous sortîmes de l'ascenseur. Tout près de nous, des silhouettes encapuchonnées marmonnèrent entre elles ; leurs visages étaient dans l'ombre, leurs mains apparaissaient blanches et osseuses. Deux gros chats avec des flammes dans les yeux nous regardèrent passer avec convoitise en se léchant les babines.

— Le dîner, dit l'un en nous examinant de haut en bas. On les mange ensemble ou un par un ?

— Un par un, répondit l'autre chat, plus costaud et nettement plus effrayant. Mais on ferait mieux d'attendre le Grand Martin.

— Ouais, fit le premier en rentrant précipitamment ses griffes, t'as raison.

LeRoussi, qui ne leur prêta aucune attention, consulta sa montre.

— On va à l'Agneau Déchiré où j'ai rendez-vous avec l'un de mes contacts. Quelqu'un est en train de bricoler des procédés narratifs à partir d'unités endommagées qui auraient dû être condamnées. Ce n'est pas seulement illégal – c'est dangereux. La dernière chose dont on a besoin, c'est le procédé du *On tranche le fil bleu ou le fil rouge ?* qui se déclenche une heure trop tôt et gâche tout le suspense. Combien de romans avez-vous lus où la bombe est désamorcée avec une heure d'avance ?

— Pas beaucoup, j'imagine.

— Et vous faites bien. Ça y est, on est arrivés.

L'intérieur obscur de l'Agneau Déchiré était crasseux et sentait la bière. Trois ventilateurs au plafond brassaient l'atmosphère enfumée, et dans un coin, un orchestre jouait un air mélancolique. Le long des murs, se dressait une rangée de cabines individuelles entièrement plongées dans le noir ; le bar au milieu était l'endroit le plus éclairé de la salle et, massées autour de lui comme des moucherons attirés par la lumière, se tenaient de drôles de créatures conversant à voix basse. L'ambiance était tellement saturée de clichés théâtraux qu'on aurait pu la couper au couteau.

— Vous voyez, là-bas ? fit LeRoussi en désignant deux hommes absorbés dans leur discussion.

— Oui.

— C'est Mr. Hyde en train de parler à Blofeld. Le grand type avec une cape, c'est l'empereur Jark qui règne en tyran sur notre galaxie. Et là, avec les piquants, c'est Mrs. Tiggywinkle : ils doivent être en mission d'apprentissage, comme nous.

— Mrs. Tiggywinkle est une apprentie ? demandai-je, incrédule, en regardant le gros hérisson avec un panier de linge qui sirotait délicatement un sherry.

— Non, l'apprenti, c'est Jark ; Tiggy est un agent titulaire. Elle s'occupe de littérature enfantine... et fait notre lessive. Elle n'a pas sa pareille pour les taches rebelles, et elle ne roussit pas les manchettes. Juste une chose : ne lui parlez jamais de Tolstoï ou de Berlin ; c'est plus facile de discuter avec Tiggy quand on évite le sujet des divisions sociologiques et qu'on s'en tient aux températures de lavage pour les lainages.

— Je m'en souviendrai, murmurai-je. Finalement, il est pas mal, le bar, avec ces plantes en pots tout autour, hein ?

LeRoussi poussa un soupir.

— Ce sont des *Triffides*, Thursday. Le gros machin informe qui s'exerce au golf avec le Jabberwock est un Krell, et ce rhino, là-bas, c'est Rataxis. Arrêtez quiconque essaie de vous vendre des cachets de Soma, n'achetez pas de lutins à bouteille, même si on vous fait un prix, et par-dessus tout, *ne regardez pas Méduse*. Si vous voyez apparaître le Grand Martin ou la Bête de la Queste, prenez vos jambes à votre cou. Allez me chercher à boire ; je vous retrouve d'ici cinq minutes.

— O.K.

Il se fondit dans l'obscurité, me laissant seule et moyennement à l'aise. Je me frayai un chemin jusqu'au bar et commandai deux verres. A l'autre bout, un troisième chat s'était joint aux deux que nous avions croisés en arrivant. Il me désigna, mais ses deux compères secouèrent la tête et lui chuchotèrent quelque chose à l'oreille. Je me tournai et sursautai en me retrouvant face à une étrange créature échappée d'un mauvais roman de science-fiction, tout yeux et tentacules. Je dus réprimer un sourire, car la chose demanda durement :

— C'est quoi, le problème, t'as jamais vu un Thraal ?

Je ne compris pas tout de suite ; ça ressemblait à du **Courier gras**, mais comme je n'en étais pas sûre, je ne relevai pas, espérant le décourager.

— Dis donc, je te parle, Deux-Yeux !

L'altercation avait attiré l'attention d'un autre client, celui-là, on aurait dit le fruit d'une expérience génétique complètement ratée.

— Il dit qu'il ne vous aime pas.

— Je suis désolée.

— Moi non plus, je ne vous aime pas, décrète l'individu d'un ton menaçant.

Et il ajouta, comme si j'avais besoin de preuves :

— J'ai été condamné à mort dans sept genres.

— Je regrette d'apprendre ça, lui assurai-je.

Rien à faire.

— *Il y a autre chose que vous allez regretter!*

— Allons, Nigel, fit une voix familière. Tiens, je t'offre un verre.

Le mutant n'eut pas l'air d'apprécier car il porta la main à son arme; il y eut un bref remue-ménage et, en un éclair, je lui collai mon automatique sur la tête… le pistolet de Nigel était encore dans son holster. Dans la salle, les conversations se turent.

— Vous êtes rapide, fillette, dit Nigel. Alors là, respect.

— Elle est avec moi, déclara le nouveau venu. Allez, tout le monde se calme.

Je baissai mon arme et remis le cran de sécurité. Nigel hocha la tête avec déférence et reprit sa place au bar, à côté de l'alien bizarroïde.

— Ça va?

C'était Harris Tweed, un collègue de la Jurifiction, et qui venait comme moi du Monde Extérieur. La dernière fois que je l'avais vu, c'était il y a trois jours dans la bibliothèque de lord Volescamper, quand nous avions démasqué le renégat Yorrick Kaine, lequel avait invoqué la Bête de la Queste pour nous détruire. Depuis qu'il avait disparu, entraîné par un chien de chasse exubérant, je ne l'avais plus revu.

— Merci, Tweed, lui dis-je. Qu'est-ce qu'il voulait, l'alien?

— C'est un Thraal, Thursday… ils parlent en **Courier gras**, la langue traditionnelle du Puits. Les Thraals ne sont pas seulement yeux et tentacules ; c'est surtout une grande gueule – il ne vous aurait fait aucun mal. Nigel, en revanche, est réputé pour avoir passé les bornes, une fois ou deux. A ce propos, que faites-vous toute seule au vingt-deuxième sous-sol ?

— Je ne suis pas seule. Havisham est occupée, et c'est LeRoussi qui me fait visiter.

— Ah, fit Tweed en regardant autour de lui. Ça veut donc dire que vous vous présentez à l'examen d'entrée ?

— J'en suis déjà au tiers de l'écrit. Avez-vous réussi à débusquer Kaine ?

— Non. Nous sommes allés jusqu'à Londres où nous avons perdu sa trace. Nos limiers ne sont pas aussi performants à l'extérieur, et puis, il nous faut une autorisation spéciale pour poursuivre un Saute-Pages dans le monde réel.

— Et l'Homme à la Cloche, qu'en dit-il ?

— Il est pour, évidemment, répondit Tweed, mais le Conseil des Genres consacre actuellement toutes ses séances au lancement de UltraWord™. Nous en viendrons à Kaine en temps voulu.

Tant mieux, car Kaine n'était pas seulement un transfuge du monde fictif, mais un dangereux politicien de droite là-bas, chez nous. J'aurais été trop heureuse de le voir regagner – à demeure – le livre dont il s'était évadé.

Là-dessus, LeRoussi revint et hocha la tête à l'adresse de Tweed qui lui rendit poliment son salut.

— Bonjour, Mr. Tweed, dit LeRoussi. Vous prendrez un verre avec nous ?

— Hélas, non. On se verra demain matin à l'appel, O.K. ?

— Drôle de type, remarqua LeRoussi après son départ. Qu'est-ce qu'il fabriquait là?

Je lui tendis son verre, et nous nous installâmes dans une cabine libre, non loin des trois chats qui nous surveillaient d'un œil concupiscent tout en consultant un gros livre de recettes.

— J'ai eu un léger problème au bar, et Tweed m'est venu en aide.

— Il a bien fait. Vous avez déjà vu ce truc-là?

Il fit rouler un petit globe sur la table. Je l'attrapai : ça ressemblait à une décoration de Noël, mais en plus lourd. On y lisait une légende avec un code-barres et un numéro de série gravés sur le côté.

— « *Soudain, un coup de feu retentit*! FAD/167945 », lus-je tout haut. Qu'est-ce que c'est?

— C'est un procédé narratif lyophilisé qui a été volé. Entrouvrez-le et *paf!...* l'histoire va partir en digressions.

— Et comment sait-on qu'il a été volé?

— Il ne porte pas le tampon du Conseil des Genres. Sans le tampon, ces machins-là ne valent rien. Consignez-le comme pièce à conviction quand vous retournerez au bureau.

Il but une gorgée, toussa et examina le contenu de son verre.

— C-c'est quoi, ça?

— Je ne sais pas trop, mais le mien est tout aussi mauvais.

— Impossible. Bonjour, empereur, vous connaissez Thursday Next? Thursday, voici l'empereur Jark.

Un homme de haute taille drapé dans une cape à col montant s'était arrêté devant notre table. Il avait le teint pâle, des pommettes saillantes et un petit bouc taillé avec une extrême précision. Posant sur moi son regard noir et froid, il haussa impérieusement un sourcil.

— Salutations, entonna-t-il d'une voix monocorde. Transmettez mes respects à Miss Havisham. LeRoussi, comment se présente ma défense ?

— Pas très bien, Votre Implacabilité. La destruction de toutes les planètes de la constellation du Cygne ne plaide pas franchement en votre faveur.

— Ce sont ces maudits Rambosiens, rétorqua Jark, courroucé. Ils ont menacé mon empire. Si je n'avais pas anéanti des systèmes stellaires entiers, personne ne me respecterait ; c'est bon pour la paix intergalactique... la stabilité, vous savez, et puis, à quoi bon posséder un rayon de la mort dévastateur si on ne peut pas s'en servir ?

— A votre place, je garderais ça pour moi. Ne pourriez-vous pas alléguer que vous étiez en train de le nettoyer quand il s'est déclenché, par exemple ?

— Peut-être, fit Jark à contrecœur. C'est une tête que vous avez là-dedans ?

— Oui, acquiesça LeRoussi. Vous voulez voir ?

— Non, merci. Offre spéciale, hein ?

— Comment ?

— Offre spéciale. Vous savez, liquidation des stocks. Combien l'avez-vous payée ?

— Seulement... cent, dit-il avec un coup d'œil dans ma direction. Et même moins que ça.

— Vous vous êtes fait avoir, remarqua Jark, hilare. Elles sont à quarante la demi-douzaine chez Scène du Crime... avec un double tampon et tout.

Rouge de colère, LeRoussi bondit sur ses pieds.

— Petite fripouille ! éructa-t-il. C'est *lui* qui va finir dans un sac quand je le reverrai.

Il se tourna vers moi.

— Ça ira si je vous laisse repartir toute seule ?
— Pas de souci.
— Bien, répondit-il entre ses dents. Allez, à plus !
— Minute ! dis-je.
Trop tard. Il s'était volatilisé.
— Un problème ? s'enquit Jark.
— Non, fis-je lentement en ramassant la taie d'oreiller souillée. C'est juste qu'il a oublié sa tête et... Attention, empereur, il y a un Triffide derrière vous.
Jark pivota pour lui faire face. Sur le point d'attaquer, le Triffide s'arrêta et, se ravisant, rejoignit ses copains qui se rafraîchissaient les racines au bar.

Jark parti, je regardai autour de moi. A la table d'à côté, un quatrième chat s'était joint aux trois autres. Encore plus gros et beaucoup plus balafré, il ne possédait plus qu'un œil et ses oreilles portaient en lambeaux. Tous se léchaient les babines, et le quatrième chat énonça à voix basse :
— On se la mange ?
— Pas tout de suite, répondit le premier chat. On attend le Grand Martin.
Ils retournèrent à leurs boissons, mais sans me quitter des yeux. Je m'imaginais très bien ce que pouvait ressentir une souris. Au bout de dix minutes, je décidai que je n'allais pas me laisser intimider par des animaux de compagnie taille XXL et me levai pour sortir, en emportant la tête de LeRoussi. Les chats me suivirent dehors, dans le couloir glauque. Ici, les échoppes vendaient des armes, des plans infâmes pour dominer le monde et des idées fraîches de meurtre, vengeance, extorsion et autres méfaits en tout genre. Les Génériques, remarquai-je, pouvaient tout aussi bien être formés de bonne heure à la pratique des forces du mal. Les chats feulaient

d'excitation. Je pressai le pas et me retrouvai dans un espace vide parmi les masures en bois du bidonville. La raison en était simple. Perché sur une vieille caisse, trônait encore un chat, mais différent des autres. Rien à voir avec un animal domestique… cette bête-là faisait quatre fois la taille d'un tigre et me contemplait avec une malveillance non déguisée. Ses griffes étaient sorties, et ses crocs luisaient d'anticipation. Je m'arrêtai et me retournai ; les quatre autres chats s'étaient mis en rang et me regardaient en battant légèrement de la queue. Un bref tour d'horizon me fit comprendre qu'il était inutile d'attendre du secours ; les badauds se rassemblaient déjà comme au spectacle. Je dégainai mon automatique. L'un des chats bondit vers le bestiau perché et lui demanda :

— On peut la manger, s'il te plaît ?

L'autre posa une griffe sur la caisse et fendit le bois comme un ciseau acéré trancherait de l'argile molle. Puis, me fixant de ses immenses yeux verts, il dit d'une voix grave et rocailleuse :

— Ne devrait-on pas attendre l'arrivée du Grand Martin ?

— Si, soupira le chat, visiblement déçu. C'est vrai.

Brusquement, l'énorme félin dressa les oreilles et sauta de sa caisse. Je pointai mon arme, mais il n'attaquait pas… le tigre géant se sauvait, pris de panique. Les autres chats l'imitèrent, et les badauds se dispersèrent également. En quelques secondes, je me retrouvai seule dans le couloir avec, pour toute compagnie, les battements désordonnés de mon cœur et une tête dans un sac.

6

La nuit des grammasites

Grammasite : terme générique désignant une forme de vie parasitaire qui se développe à l'intérieur des livres et se nourrit de grammaire. Connus sous l'appellation technique de *Participes* ou *Gérondifs*, ils témoignent d'une tentative précoce de transformer les noms (qu'on trouvait en abondance) en verbes (qui à l'époque étaient denrée rare) en leur adjoignant simplement un « ant ». Echec cuisant de la direction des ressources verbales, ils se sont évadés et errent aujourd'hui en liberté dans les sous-sols. Heureusement peu nombreux dans la Bibliothèque même, on rencontre encore néanmoins des poches isolées de grammasites qui font l'objet d'une liquidation sans merci.

LE CHAT DE L'A.U. DE W.
Guide de la Grande Bibliothèque (glossaire)

Je tournai les talons et me dirigeai rapidement vers les ascenseurs. Quelque chose d'étrange était en train de se produire – j'en avais les cheveux qui se dressaient dans la nuque. Je pressai le bouton d'appel : rien. Je me précipitai vers les autres ascenseurs, en face, sans plus de succès. Je décidai de gagner l'escalier quand j'entendis un bruit, un gémissement sourd et distant qui ne ressemblait à rien de ce que je connaissais jusque-là, ni de ce que j'aimerais jamais entendre. Je posai le sac avec la tête ; les paumes moites, m'efforçant de croire que je restais calme, j'appuyai plusieurs fois sur le bouton d'appel et sortis mon automatique en voyant une ombre apparaître au fond du couloir. Elle volait au ras des étagères et tenait de la chauve-souris, mais aussi du lézard et du vautour. Couverte de touffes de fourrure grise, la créature arborait des chaussettes rayées et un gilet aux couleurs criardes. J'avais déjà vu quelque chose de semblable : c'était un grammasite et, bien que différent de l'adjectivore aperçu dans *Les Grandes Espérances*, il paraissait tout aussi nuisible, d'où le sauve-qui-peut général. Le grammasite passa en un éclair sans me remarquer et disparut dans un grondement pareil à un lointain tir d'artillerie. Je me détendis légèrement, m'attendant à ce que le Puits revienne à la vie, mais rien ne bougea. Quelque part au-delà de l'Agneau Déchiré, un brouhaha excité me parvint aux oreilles. Je rappuyai sur le bouton de l'ascenseur. Le vacarme s'accrut, et un souffle de brise m'effleura le visage, comme le zéphyr épais qui précède le passage d'une rame de métro. Je frissonnai. Dans mon monde à moi, un browning automatique représentait un argument de poids, mais j'ignorais l'effet qu'il produirait sur des parasites bouffeurs de grammaire… et ce n'était pas le moment de l'expérimenter. Je m'apprêtais à décamper quand, avec un « dring » mélodieux, le bouton d'appel se ralluma, et l'une des flèches lumineuses de l'ascenseur se déplaça lentement dans ma direction. Je m'y ruai et m'adossai aux portes, ôtant la sécurité de mon automatique tandis que le vent et le bruit s'amplifiaient. L'ascenseur n'était plus qu'à quatre étages de mon sous-sol quand le premier grammasite arriva. En volant, ils scrutaient le couloir et reniflaient les livres avec leurs longs museaux en poussant des cris stridents. Ça, c'était l'avant-garde. Quelques secondes plus tard, le gros de la troupe fit son apparition dans un rugissement assourdissant. Deux ou trois d'entre eux donnèrent de petits coups dans des livres jusqu'à les faire tomber des étagères, pendant que d'autres grammasites s'attaquaient en piaulant à des manuscrits inachevés, provoquant du remue-ménage : un personnage jaillit d'une page pour aussitôt se faire choper par un grammasite qui réduisit le malheureux à quelques phrases explicatives, dévorées par les charognards qui guettaient sur les bords. J'en avais assez vu. J'ouvris le feu et en touchai trois, qui à leur tour furent croqués par les mêmes charognards ; manifestement, ces créatures ne connaissaient ni la loyauté ni la solidarité. J'en descendis deux autres qui griffaient les étagères, essayant de déloger de nouveaux livres, et me tournai pour recharger mon arme. Un silence irréel se fit dans le couloir. Je relevai la tête. Une bonne centaine de grammasites me fixaient de leurs petits yeux noirs, et leur expression était tout sauf amicale. Je soupirai. Vous parlez d'une fin. Je voyais d'ici ma pierre tombale :

THURSDAY NEXT
1950-1986
Agent des OpSpecs et épouse bien-aimée
de quelqu'un qui n'existe pas
Tombée sans raison clairement définie
dans un lieu abstrait
sous les coups d'un ennemi abstrait

Je levai mon automatique, et les grammasites remuèrent, comme pour décider qui parmi eux serait sacrifié afin de permettre aux autres de donner l'assaut. Je pointai le canon sur le premier qui allait bouger, dans l'espoir de retarder l'inéluctable. Celui qui semblait être le chef – c'était lui qui portait le gilet le plus coloré – fit un pas vers moi. Je le mis en joue, et un autre grammasite en profita pour bondir sur moi, son bec acéré dirigé sur ma poitrine. Je pivotai à temps pour voir miroiter un millier de verbes bien digérés dans ses petits yeux noirs, quand une main m'agrippa par l'épaule et me tira brutalement en arrière, dans la cabine de l'ascenseur. Emporté par son élan, le grammasite planta son bec dans le cadre en bois. Je voulus enfoncer le bouton de la fermeture des portes, mais mon sauveur invisible me saisit prestement par le poignet.

— Nous ne fuyons *jamais* devant les grammasites.

Ce ton de remontrance, je ne le connaissais que trop bien. C'était Miss Havisham. Vêtue de sa robe de mariée et de son voile en lambeaux, elle me regardait avec accablement. Elle me considérait comme la pire apprentie qu'elle ait jamais eue... du moins, elle me donna l'impression de le penser.

— Nous n'avons rien à craindre hormis la peur elle-même, psalmodia-t-elle, tirant un derringer de sa poche pour expédier deux grammasites qui fonçaient vers les portes ouvertes de l'ascenseur. On dirait que je passe mon temps à vous sortir du pétrin, ma fille !

Les grammasites avançaient lentement sur nous. Ils étaient au moins trois cents à présent, et d'autres se joignaient à eux. Le rapport des forces était par trop inégal.

— Pardonnez-moi, dis-je rapidement.

J'esquissai une révérence, juste au cas où, et tirai dans le tas.

— Vous ne croyez pas qu'on ferait mieux de partir ?

— Je ne crains que la Bête de la Queste, déclara Havisham impérieusement. La Bête de la Queste, le Grand Martin et… la semoule.

Elle s'interrompit, le temps d'abattre un grammasite au gilet particulièrement tape-à-l'œil.

— Si vous vous étiez donné la peine de faire vos devoirs, vous sauriez que ceux-ci sont des Verbisoïdes et donc l'espèce probablement la plus facile à vaincre.

Et, presque sans reprendre son souffle, Miss Havisham entonna *Jérusalem*[1] d'une voix rauque et totalement fausse. Les grammasites se regardèrent. Quand je me joignis à elle au *saint agneau de Dieu*, effrayés, ils commençaient à battre en retraite. Nous chantâmes encore plus fort, Miss Havisham et moi. Ils prirent leur envol et, lorsque nous en arrivâmes à *amène-moi mon chariot de feu*, ils s'étaient complètement dispersés.

— Vite ! fit Miss Havisham. Récupérez les gilets… il y a une prime pour chaque pièce.

Nous ramassâmes les gilets des grammasites tombés. La tâche se révéla pénible : les corps dégageaient une telle odeur d'encre que cela me fit tousser. Les carcasses seraient enlevées par un verminator qui les ferait bouillir pour distiller le plus de verbes possible. Dans le Puits, rien ne se perd.

— Et les plus petits, c'était quoi ?

— J'ai oublié, dit Havisham en roulant les gilets en boule. Tenez, vous allez en avoir besoin. Etudiez-le bien si vous voulez réussir aux examens.

Elle me tendit mon guide de la Jurifiction, celui-là même que Goliath m'avait confisqué ; dedans, on trouvait pratiquement tous les tuyaux et l'équipement nécessaires pour se déplacer dans le Monde des Livres.

1. Hymne de William Blake, très populaire en Angleterre. *(N.d.T.)*

— Comment avez-vous fait ça?

Miss Havisham renifla et m'entraîna dans l'ascenseur. A l'évidence, le vingt-deuxième sous-sol n'était pas son endroit préféré. Ce qui était bien compréhensible, du reste.

A mesure que nous remontions dans l'univers plus ordonné de la Bibliothèque, elle semblait se détendre à vue d'œil.

— Pourquoi les grammasites portent-ils des chaussettes rayées? demandai-je en contemplant le tas d'habits sur le plancher de la cabine.

— Parce que les pois ne doivent plus être à la mode, répliqua-t-elle avec un haussement d'épaules, occupée à recharger son pistolet. Qu'y a-t-il dans ce sac?

— Oh, une... euh... acquisition de LeRoussi.

Miss Havisham rappelait un peu un parent sévère, un professeur redouté et un dictateur sud-américain de fraîche date tout à la fois. Ce n'est pas que je ne l'aimais pas – simplement, elle me donnait l'impression d'avoir neuf ans quand elle m'adressait la parole.

— Et pourquoi avons-nous chanté *Jérusalem* pour nous débarrasser d'eux?

— Comme je l'ai dit, c'étaient des Verbisoïdes, répondit-elle sans lever les yeux. Or, les verbes en « -er » sont si nombreux qu'ils préfèrent les éviter, par crainte d'une indigestion.

— N'importe quel verbe en « -er » suffit à les éloigner? m'enquis-je avec curiosité.

— En théorie, oui, mais certains verbes sont plus faciles à contourner que d'autres. Nous aurions pu *penser*, et même *rester*, mais on aurait abouti à une sorte de pantomime acharnée... Non, c'est beaucoup plus simple de chanter pour en finir une bonne fois pour toutes.

— Et si on avait *filé* ? hasardai-je.

— Sûrement pas, rétorqua Miss Havisham qui commençait à perdre patience. Ils auraient pu l'interpréter comme *partir* – notez bien la terminaison en « –ir ».

— Pas si on s'était *sauvées*, persistai-je, ne voulant pas céder.

Miss Havisham me toisa d'un air glacial.

— Certes. Mais un Verbisoïde affamé pourrait y voir le fait de fuir, de courir, de déguerpir, de disparaître, voire de prendre le large.

— Ah…

Je compris qu'avoir le dernier mot avec Miss Havisham revenait à peu près à clouer le spectre de Banquo à une table basse.

— Oui, vous avez raison.

— Ecoutez, fit Miss Havisham, radoucie, si se sauver pouvait tuer les grammasites, il n'en resterait plus un seul. Tenez-vous-en à *Jérusalem*, et tout ira bien… mais ne le faites pas avec les adjectivores ou les parataxis : ils risqueraient de se joindre à vous – pour vous manger ensuite.

L'ascenseur s'arrêta au onzième sous-sol. Les portes s'ouvrirent, et un gros Jaguar Tacheté monta avec son fils qui, les coussinets pleins de piquants, se plaignait amèrement d'avoir été mené en bateau par une tortue et un hérisson. Maman Jaguar secoua tristement la tête, leva les yeux au ciel et se tourna, exaspérée, vers son petit.

— Fils, fils, dit-elle, tant et tant de fois, ondulant gracieusement de la queue, que faisais-tu que tu n'aurais pas dû faire ?

— Alors, demanda Miss Havisham quand l'ascenseur se fut remis en marche, comment vous en sortez-vous dans cet horrible bouquin *Les Hauts de Caversham* ?

— Bien, merci, Miss Havisham, marmonnai-je. Mais les gens là-dedans craignent qu'on ne leur démolisse le livre sur la tête.

— Et à juste titre. Je l'ai lu, ce bouquin. Des comme ça, on en démolit des centaines par jour. Si on perd son temps à compatir, on devient fou, croyez-moi. C'est la loi de la jungle, dans le Puits. A votre place, je resterais dans mon coin et ne me ferais pas trop d'amis... ils ont tendance à mourir dès qu'on se prend d'affection pour eux. C'est la narration qui veut ça.

Elle se tut.

— Voyons, déclara Jaguar Tacheté qui avait du mal à distinguer une tortue d'un hérisson. Si c'est lourd et lent, je le jette à l'eau et l'extirpe de sa carapace...

— Fils, fils, fit sa mère, tant et tant de fois, ondulant gracieusement de la queue, maintenant écoute-moi et souviens-toi de ce que je dis. Un hérisson se roule en boule et ses piquants se dressent dans tous les sens.

— Avez-vous reçu les papiers d'examen que je vous ai envoyés ? demanda Miss Havisham. J'ai réservé la journée d'après-demain pour les épreuves pratiques.

— Oh !

— Un problème ? s'enquit-elle d'un air soupçonneux.

— Non, m'dame... c'est juste que je ne me sens pas tout à fait prête. J'ai peur de tout cochonner.

— Erreur, répondit-elle en surveillant l'indicateur d'étage. Je *sais* que vous allez tout cochonner. Mais ce n'est pas aussi simple que ça. Tout ce que je vous demande, c'est de ne pas vous ridiculiser ni d'y laisser votre vie... là, ce serait vraiment gênant.

— Bon alors, dit Jaguar Tacheté en se grattant la tête, si ça se roule en boule, c'est que ça doit être une tortue et...

— Aaahh ! cria Maman Jaguar en battant furieusement de la queue. Faux, entièrement faux ! Miss Havisham, que vais-je faire de ce garçon ?

— Aucune idée. Moi, ce que j'en dis, c'est que les hommes sont tous des ballots.

Jaguar Tacheté fixa le plancher d'un air malheureux.

— Puis-je faire une suggestion ? demandai-je.

— Vous êtes la bienvenue, dit Maman Jaguar.

— Si on en fait une comptine, peut-être qu'il s'en souviendra.

— Ça m'étonnerait, soupira-t-elle. Hier, il a oublié qu'il était un Jaguar Tacheté. J'en ai mal à mes taches, je vous assure.

— Tenez, par exemple…

Et j'improvisai illico :

— Si ça ne s'enroule pas, ça nage
C'est elle, Lourde-Lente !
Si ça ne nage pas, ça s'enroule,
C'est lui, Pique-Pointe[1] !

Maman Jaguar cessa d'agiter la queue et me pria de la noter par écrit. Elle en était toujours à essayer de la faire apprendre à son fils quand les portes de l'ascenseur s'ouvrirent au cinquième étage, et nous sortîmes.

— Je croyais qu'on allait dans les bureaux de la Jurifiction, dis-je tandis que nous longions les couloirs de la Grande Bibliothèque, dont les étagères en bois gémissaient sous le poids de presque deux millénaires d'imagination créatrice.

— La prochaine réunion aura lieu demain.

Miss Havisham lâcha les gilets des grammasites et prit un manuscrit grossièrement relié.

— Et j'ai dit à Perkins que vous l'aideriez à nourrir le Minotaure.

1. Traduction de Laurence Kiefé (Hachette, 2005).

— Ah oui ? répondis-je, non sans appréhension.

— Vous verrez, la zoologie fictionnelle est une matière passionnante et, entre nous, ça ne vous fera pas de mal d'en savoir un peu plus.

Elle me remit le manuscrit.

— Il est protégé par un mot de passe. Marmonnez *Saphir* pour pouvoir y accéder.

Miss Havisham ramassa les gilets.

— Je reviendrai vous chercher d'ici une heure environ. Perkins vous attendra de l'autre côté. Soyez attentive, je vous prie, et ne vous laissez pas convaincre de vous occuper de lapins. N'oubliez pas le mot de passe – sans ça, vous ne pourrez ni entrer ni ressortir.

— Saphir, répétai-je.

— Parfait.

Et elle disparut.

Je posai le livre sur une table de lecture et m'assis. Les bustes en marbre des écrivains qui ornaient la Bibliothèque semblaient me foudroyer du regard. J'allais me mettre à lire quand j'aperçus, là-haut sur l'étagère d'en face, une forme éthérée en train de se coaguler, tel un fantôme, sous mes yeux. Chez nous, ce phénomène aurait sûrement fait beaucoup de bruit, mais ici, ce n'était que le Chat du Cheshire faisant une de ses fameuses apparitions.

— Hello ! dit-il sitôt que sa gueule eut fini de se matérialiser. Comment ça se passe ?

Le Chat du Cheshire, bibliothécaire de son état, était le premier personnage que j'avais rencontré dans le Monde des Livres. Avec sa manie de sauter du coq à l'âne et ses commentaires loufoques, il était difficile de ne pas l'aimer.

— Je n'en sais trop rien, répondis-je. J'ai été attaquée par les grammasites, menacée par les copains du

Grand Martin et par un Thraal. J'ai deux Génériques cantonnés sous mon toit; les personnages des *Hauts de Caversham* comptent sur moi pour sauver leur livre, et là tout de suite, je dois aller servir son petit déjeuner au Minotaure.

— Rien d'extraordinaire jusqu'ici. Autre chose?

— Vous avez du temps devant vous[1] ?

Je tapotai mes oreilles.

— Ça ne va pas?

— J'ai deux Russes qui bavardent à l'intérieur de ma tête.

— Il doit y avoir un problème sur la ligne du NDBDP-phone.

Le Chat sauta à terre, pressa sa tête soyeuse contre la mienne et écouta attentivement.

— Vous les entendez? demandai-je au bout d'un moment.

— Pas du tout. Mais ce que vos oreilles sont chaudes! Vous aimez la cuisine chinoise?

1. — Véra Touchkevitch ! Vous m'entendez ?
— Oui, je suis là. Pas la peine de crier. Vous allez me rendre sourde, voyons !
— Je me méfie de ces étranges appareils. Avec ça, je suis sûre d'attraper quelque vilaine maladie prolétarienne. Quand est-ce qu'on s'est vues la dernière fois ? A la soirée chez les Schuetzburg, non ? Celle où on nous a servi des pommes mimosa ?
— Non, Sophia, mon mari et moi n'étions pas invités. Il a voté contre le comte Schuetzburg aux dernières élections.
— Alors ça devait être à la Bolchaïa Morskaïa chez la princesse Betsy. Qu'est-il donc arrivé à cette petite Karénine, vous avez une idée ?
— Anna ? Et comment... mais ne le dites à personne. Alexeï Vronski s'est amouraché d'elle à l'instant même où il l'a vue à la gare.
— La gare ? Quelle gare ?
— A Saint-Pétersbourg. Souvenez-vous, quand un garde est tombé sur la voie et s'est fait écraser par un train.
— C'est là qu'ils se sont rencontrés ? Dieu que c'est prosaïque !
— Ce n'est pas tout, ma chère. Un instant... on sonne à la porte. Je dois vous laisser ; pas un mot à quiconque, je vous rappellerai bientôt !

— Oh oui, acquiesçai-je, n'ayant pas mangé depuis un certain temps déjà.

— Moi aussi. Dommage qu'on n'en trouve pas ici. Qu'y a-t-il dans ce sac?

— Ça appartient à LeRoussi.

— Ah. Que pensez-vous de ce gadget de UltraWord™?

— Je ne saurais le dire, avouai-je. Et vous?

— Quoi, moi?

— Que pensez-vous du nouveau système d'exploitation?

— Quand il sera en place, j'étudierai la question en profondeur, répondit-il vaguement.

Avant d'ajouter :

— C'est pour rire, n'est-ce pas?

— Quoi donc?

— Ce bruit que vous émettez au fond de la gorge quand quelque chose vous amuse. Prévenez-moi si jamais je peux vous être utile. Allez, bye.

Et il s'évanouit tout doucement, depuis le bout de sa queue jusqu'au bout de son nez. Son sourire, comme toujours, demeura encore un moment après que tout le reste eut disparu.

Je me tournai vers le livre, marmonnai : « Saphir » et lus le premier paragraphe à voix haute.

7

Nourrir le Minotaure

Nom : Perkins, David « Pinky »
Numéro d'agent : AGD 136-323
Adresse : c/o série policière Perkins & LeRoussi
Date d'incorporation : septembre 1957

Notes : Pendant toutes ses années de service, Perkins a fait preuve d'une conduite exemplaire. Après s'être engagé pour une durée de vingt ans, il a rempilé pour une période identique en 1977. Au bout de cinq années à la tête de la brigade de protection de l'ortografe, il a été transféré à l'inspection et éradication des grammasites et, en 1983, il a pris la direction du département de recherche sur les grammasites.

Extrait des Archives Internes de la Jurifiction (abrégé)

Je me retrouvai dans un grand pré au bord d'un ruisseau gazouillant ; saules et mélèzes se miraient dans les eaux cristallines, et des chênes séculaires se dressaient à la lisière. Il faisait beau et chaud – on aurait dit une journée d'été idéale en Angleterre –, et je ressentis soudain une bouffée de nostalgie.

— J'avais l'habitude d'admirer ce paysage, fit une voix à côté de moi. Mais je n'en ai plus trop le temps, ces jours-ci.

Je me retournai et aperçus un homme de haute taille adossé à un bouleau argenté, avec la revue professionnelle de la Jurifiction, *Caractère Mobile*, sous le bras. Je le reconnus, bien que nous n'ayons jamais été présentés. C'était Perkins, le coéquipier de LeRoussi à la Jurifiction comme dans leur série de romans policiers.

— Bonjour, fit-il en me tendant la main avec un grand sourire. Moi, c'est Perkins. Sassan m'a dit que vous aviez réglé son compte à Hopkins une bonne fois pour toutes.

— Merci, répondis-je. Sassan est très gentil, mais ce n'est pas terminé.

Il balaya le paysage d'un geste large.

— Qu'en dites-vous, hein ?

Je contemplai le panorama. Des montagnes aux cimes enneigées s'élevaient à l'horizon au-dessus d'une vallée verdoyante, bordée de forêts et au milieu de laquelle coulait une rivière.

— Magnifique.

— Nous l'avons réquisitionné dans le rayon « fantasy » du Puits des Histoires Perdues. C'est tout un monde, écrit pour un roman d'épée et de sorcellerie intitulé *L'Epée des Zénobiens*. Derrière ces montagnes, il y a des étendues glacées, des fjords et des vestiges de civilisations anciennes, des châteaux, des choses comme ça. Cela a été vendu aux enchères quand le livre a été abandonné. Il n'y avait pas de personnages ni même d'événements, ce qui est dommage... compte tenu du travail accompli rien que sur ce monde, ç'aurait pu donner un best-seller. Mais bon, ce que les lecteurs ont perdu, nous, on l'a gagné. C'est ici qu'on garde les grammasites et autres bestiaux qui, pour une raison ou une autre, ne peuvent vivre dans leur propre livre.

— Une réserve naturelle, en quelque sorte ?

— Oui, également destinée à la recherche et à la détention… d'où le mot de passe.

— C'est fou ce qu'il y a comme lapins, observai-je en regardant autour de moi.

— Eh oui !

Perkins traversa le pont de pierre qui enjambait le ruisseau.

— On a mis un frein à la reproduction dans *Watership Down* ; livré à lui-même, ce bouquin serait tellement rempli de lagomorphes mangeurs de pissenlits qu'au bout d'un an, un mot sur deux serait « lapin ». Alors, Lenny prend du bon temps ici, quand il arrive à se libérer.

Nous suivîmes un sentier en direction d'un château en ruine. L'herbe recouvrait les monticules de maçonnerie qui s'étaient détachés du mur ; le bois du pont-levis avait pourri et s'était écroulé dans le fossé envahi par les ronces. Des volatiles qui ressemblaient à des corbeaux tournoyaient autour de la plus haute des tours.

— Ce ne sont pas des oiseaux, dit Perkins, me tendant une paire de jumelles. Tenez, regardez.

Je scrutai les créatures qui planaient sur de larges ailes reliées de peau.

— Des parenthiums ?

— Très bien. J'ai six couples qui nichent ici… purement à des fins de recherche, dois-je préciser. La plupart des livres peuvent en contenir une quarantaine sans que cela tire à conséquence ; c'est quand leur nombre devient incontrôlable que nous devons réagir. Un essaim de grammasites peut occasionner de sacrés dégâts.

— Je sais, acquiesçai-je. J'ai presque…

— Attention !

Il me poussa sur le côté tandis qu'un étron s'écrasait sur le sol, à l'endroit où je m'étais tenue. Je levai les yeux sur les remparts et vis un personnage, mi-homme, mi-bête, couvert d'épais poils noirs : il nous regarda et lâcha un cri étranglé.

— Des Yahoos, expliqua Perkins avec dédain. Pas très bien élevés et *totalement* irrécupérables.

— Des *Voyages de Gulliver* ?

— Exact. Quand on réédite des œuvres originales comme celles de Jonathan Swift, les personnages sont souvent dupliqués pour évaluation et à des fins de consultation. Les personnages encore, on peut les rééduquer, mais les *créatures* finissent généralement ici. Les Yahoos ne sont pas vraiment mes préférés, mais comme ils sont relativement inoffensifs, le mieux est de les ignorer.

Nous pénétrâmes rapidement dans le donjon pour échapper aux nouveaux projectiles et gagnâmes la cour intérieure où un couple de centaures broutaient paisiblement. En nous voyant, ils sourirent, nous saluèrent de la main et continuèrent à se nourrir. L'un des deux, remarquai-je, avait un Walkman sur les oreilles.

— Vous avez des centaures ici ?

— Oui, et des satyres, des troglodytes, des chimères, des elfes, des fées, des dryades, des sirènes, des Martiens, des korrigans, des gobelins, des harpies, des Daleks, des trolls… en veux-tu en voilà, énuméra Perkins en souriant. Bon nombre de romans non publiés appartiennent au genre fantastique et regorgent d'animaux mythiques. Chaque fois qu'un de ces livres est démoli, je me présente au recyclage. Ce serait dommage de les réduire en texte, vous ne trouvez pas ?

— Il y a des licornes ? demandai-je.

— Oui, soupira Perkins, à la pelle. Je ne sais plus où les mettre. J'aimerais que les écrivains potentiels se montrent plus responsables envers leurs créations. Je comprends que les enfants puissent écrire sur elles, mais les adultes devraient être capables de réfléchir davantage. La moindre licorne dans le moindre livre démoli atterrit ici. J'ai eu l'idée d'un autocollant : « Une licorne, ce n'est pas pour la page vingt-sept, c'est pour l'éternité. » Qu'en pensez-vous ?

— Je pense que vous n'empêcherez pas les gens d'écrire sur elles. Et si vous leur retirez la corne pour les placer dans un livre sur les poneys ?

— Je ferai comme si je n'avais rien entendu, rétorqua Perkins sèchement. On a des dragons aussi. On les entend quelquefois, la nuit, quand le vent souffle dans la bonne direction. Quand – à supposer que ça arrive un jour – Pellinore aura capturé la Bête de la Queste, elle viendra vivre ici également. A bonne distance, j'espère. Attention… ne marchez pas dans la merde d'orque. Vous venez du Monde Extérieur, n'est-ce pas ?

— Je suis un pur produit de là-bas.

— Quelqu'un s'est-il rendu compte que les hippocampes et les ornithorynques sont fictifs ?

— Ah bon, parce qu'ils le sont ?

— Evidemment ! Vous ne croyez pas que des bizarreries pareilles sont issues de l'évolution, hein ? Au fait, comment trouvez-vous Miss Havisham ?

— Je l'aime beaucoup.

— Comme nous tous ici. Je pense qu'elle nous aime bien aussi, même si elle ne l'admettra jamais.

Perkins poussa une porte. Derrière se trouvait son bureau et laboratoire. Un mur était couvert de bocaux en verre avec toutes sortes d'étranges créatures, et sur la table gisait un grammasite partiellement disséqué. Dans ses tripes, on voyait des mots à moitié décomposés en lettres.

— Je ne sais pas très bien comment ils font ça, dit Perkins en piquant la carcasse avec une cuillère. Vous connaissez Mathias ?

Je me tournai, mais ne vis qu'un gros cheval alezan aux flancs luisants. Le cheval me regarda, je le regardai, je regardai au-delà… il n'y avait personne d'autre dans la pièce. Je compris alors.

— Bonjour, Mathias, dis-je poliment. Je suis Thursday Next.

Perkins se mit à rire. Le cheval hennit et répondit d'une voix très grave :

— Ravi de faire votre connaissance, madame. Vous permettez que je me joigne à vous dans quelques minutes ?

J'acquiesçai, et il retourna à son occupation, des notes qu'il rédigeait dans un grand registre ouvert par terre. De temps en temps, il marquait une pause, trempait la plume fixée à son sabot dans un encrier et se remettait à écrire d'une belle écriture ronde.

— Un Houyhnhnm ? demandai-je. Toujours des *Voyages de Gulliver* ?

Perkins hocha la tête.

— Mathias, sa jument et les deux Yahoos ont servi de consultants à Pierre Boulle pour son remake de *La Planète des singes* en 1963.

— Louis Aragon a dit un jour, lança Mathias du fond de la pièce, que la fonction des génies est de fournir aux crétins des idées avec vingt ans d'avance.

— Je doute que Boulle soit un crétin, Mathias, fit Perkins et, de toute façon, avec toi, c'est toujours pareil. Voltaire a dit ceci, Baudelaire a dit cela… Des fois, je pense que tu… tu es…

Il s'interrompit, cherchant le mot juste.

— N'est-ce pas de Vinci qui a dit, suggéra le cheval, empressé, que quiconque cite des auteurs dans une conversation utilise sa mémoire et non son intellect ?

— Exactement, confirma Perkins, dépité. C'est ce que j'allais dire.

— *Tempora mutantur, et nos mutamur in illis*, murmura le cheval en fixant pensivement le plafond.

— Ce qui prouve seulement combien tu peux être pédant, marmonna Perkins. C'est toujours comme ça, quand on a de la visite.

— Il faut bien que quelqu'un hausse le ton dans ce trou perdu, riposta Mathias, et si tu me traites encore une fois d'» ongulé pseudo-érudit », je te mordrai douloureusement à la fesse.

Perkins et lui se défièrent du regard.

— Vous n'avez pas parlé d'un couple de Houyhnhnms ? demandai-je, histoire de faire diversion.

— Ma compagne, mon amour, ma jument, expliqua le cheval, est actuellement à Oxford, *votre* Oxford... où elle étudie les sciences politiques et arrondit ses fins de mois comme intermittente de la tradition orale.

— En faisant quoi ?

Où un cheval qui parle pouvait-il bien trouver du travail ?

— Des blagues sur les chevaux qui parlent, répondit Mathias avec un frisson d'indignation. Vous avez dû entendre celle du cheval qui parle dans un pub, j'en suis certain.

— Ça fait un bail.

— Cela ne m'étonne pas, déclara-t-il avec hauteur. Ses études lui prennent beaucoup de temps. Chaque fois qu'elle a besoin d'argent, elle fait des tournées avec une nouvelle blague. En ce moment, elle reprend le gag du cheval et du lévrier.

Effectivement, Bowden s'en était servi dans son numéro d'humoriste au Joyeux Calmar. Voilà pourquoi sans doute les blagues « faisaient le tour » : c'étaient les personnages fictifs au service de la tradition orale qui effectuaient leur tournée. Une autre pensée me frappa.

— Vous ne croyez pas qu'ils s'en seraient rendu compte ? demandai-je. Un cheval, à Oxford ?

— Vous n'imaginez pas à quel point certains professeurs peuvent être distraits, s'esclaffa Perkins. A votre avis, où Napoléon le cochon a-t-il étudié le marxisme ? Dans une fabrique de charcuterie ?

— Et les autres étudiants ne se sont pas plaints ?

— Bien sûr que si. Napoléon a été expulsé.

— A cause de l'odeur ?

— Non... parce qu'il avait triché. Par ici. Le Minotaure réside dans les souterrains. Vous connaissez la légende ?

— Naturellement. Il est moitié homme, moitié taureaun et a été engendré par la femme du roi Minos, Pasiphaé.

— Dans le mille, gloussa-t-il. La presse à scandale s'en est donné à cœur joie. « La reine crétoise sous le choc face au fruit de ses amours avec un taureau. » Nous lui avons construit une réplique du labyrinthe, mais la Société Protectrice des Monstres a tenu à ce que deux de ses fonctionnaires l'inspectent d'abord.

— Et alors ?

— C'était il y a plus de douze ans. A mon avis, ils y sont toujours. Voilà, c'est là que je garde le Minotaure.

Il ouvrit une porte qui donnait sur une cave voûtée située sous l'ancienne salle du château. Il faisait sombre à l'intérieur, et ça sentait la sueur et les os pourris.

— Euh... il est enfermé ? demandai-je en m'efforçant de voir dans la pénombre.

— Bien sûr !

Il désigna une grosse clé suspendue à un crochet.

— Vous me prenez pour un demeuré ou quoi ?

Une fois que mes yeux se furent accoutumés à l'obscurité, je m'aperçus que la cave était séparée en deux par des barreaux en fer rouillés. Il y avait une grille au milieu, fermée par un cadenas surdimensionné.

— Ne vous approchez pas trop, m'avertit Perkins, prenant un bol en acier sur une étagère. Ça fait bien cinq ans que je le nourris de yaourt et, pour ne rien vous cacher, il commence à se lasser.

— De yaourt ?

— Que je mélange avec un peu de son. L'alimenter en vierges grecques revenait beaucoup trop cher.

— Il n'a pas été tué par Thésée ?

Une silhouette émergea du fond de la cave, accompagnée par un grognement sourd. Barreaux ou pas, je ne me sentais pas très à l'aise.

— Normalement si, répondit Perkins en versant le yaourt à la louche. Mais des Génériques facétieux l'ont sorti des *Mythes grecs* de Graves en 1944 et l'ont lâché à Stalingrad. Un agent de la Jurifiction a compris, perspicace, ce qui s'était passé ; nous l'avons capturé, et depuis il est ici.

Il remplit le bol en acier, y ajouta du son qu'il conservait dans une grande poubelle et plaça le bol à un mètre cinquante des barreaux, avant de le pousser à l'aide d'un manche à balai.

Le Minotaure surgit des profondeurs de sa cage, et je sentis des cheveux se hérisser dans ma nuque. Son corps puissant et musclé était strié de boue ; deux cornes acérées surmontaient sa tête taurine. Il se déplaçait à la manière d'un grand singe en s'aidant de ses pattes avant. Pendant que je le regardais, il tendit deux mains griffues pour s'emparer du bol, puis se retira dans un coin sombre. J'eus le temps d'entrevoir l'éclat de ses crocs et une paire d'yeux jaunes profondément enfoncés qui brillaient d'une concupiscence maléfique.

— Je pense l'appeler Norman, murmura Perkins. Venez, j'ai quelque chose à vous montrer.

Nous quittâmes la cave obscure et fétide et regagnâmes le laboratoire où il ouvrit un gros livre relié de cuir posé sur la table.

— Ceci est le Bestiaire de la Jurifiction, expliqua-t-il, tournant la page pour dévoiler l'image d'un grammasite comme nous en avions vu dans *Les Grandes Espérances.*

— Un adjectivore, soufflai-je.

— Très bien. On en rencontre beaucoup dans le Puits, mais dans la littérature, ils sont en général sous contrôle.

Il tourna la page. Cette fois, ça ressemblait à une baudroie, mais au lieu d'une lumière accrochée au bout d'une baguette qui lui sortait de la tête, il y avait un article indéfini.

— Un poisson-nom, indiqua Perkins. On les trouve au large de la Mer de Texte où ils chassent les noms communs en passe de donner naissance à un embryon de phrase.

La page suivante représentait un petit asticot.

— Un ver correcteur? hasardai-je pour en avoir déjà vu dans l'atelier de mon oncle Mycroft.

— Tout à fait. Ils ne sont pas nuisibles strictement parlant; mieux que ça, ils sont indispensables à l'existence du Monde des Livres. Ils absorbent les mots et régurgitent des significations alternatives comme un radiateur chaud, par exemple. Chez vous, l'équivalent le plus proche, ce sont les vers de terre. Ils aèrent le sol, n'est-ce pas?

Je hochai la tête.

— Les vers correcteurs exercent la même fonction ici. Sans eux, les mots n'auraient qu'une seule signification, et les significations n'auraient qu'un mot. Ils vivent dans les dictionnaires des synonymes, mais leur action bénéficie à la littérature tout entière.

— On les considère quand même comme une nuisance ?

— Ils ont leurs défauts aussi. Trop de vers correcteurs dans un roman, et le langage devient insupportablement fleuri.

— Je connais, opinai-je.

Il tourna une nouvelle page, et je reconnus les grammasites auxquels j'avais eu affaire dans le Puits.

— Les Verbisoïdes, fit-il dans un soupir. A éliminer sans merci. Une fois que le Verbisoïde a extrait le verbe d'une phrase, celle-ci s'effondre en règle générale. A force, tout le récit part en lambeaux, comme un quignon de pain sous une averse.

— Pourquoi portent-ils des gilets et des chaussettes rayées ?

— Pour avoir chaud, je présume.

— Et ça, c'est quoi ? demandai-je. Encore un Verbinator ?

— En quelque sorte. Celui-ci, c'est un Converbilator. Il crée des verbes à partir de noms et d'autres mots. Principalement en leur ajoutant *–ifier* ou *–iser*, mais parfois directement, comme dans *dîner*, *lancer* ou *goûter*. En période de sécheresse, il leur est même arrivé de créer des composés tels que *petit déjeuner* ou *arc-bouter*. De même que les vers correcteurs, ils sont utiles, mais à condition de les surveiller.

— Certains trouvent qu'il y a déjà trop de verbes.

— Ceux qui disent ça, rétorqua Perkins avec humeur, devraient venir travailler à la Jurifiction et voir s'ils parviennent à les arrêter.

— Et le vyrus ortografique ? demandai-je.

— *Cancredius Epelleficarum*, marmonna Perkins.

Il prit un petit bocal en verre placé entre les piles de dictionnaires et me le montra. Une fine vapeur violette semblait virevolter à l'intérieur ; cela me fit penser aux ESM de Spike.

— C'est notre derniais vyrus, expliqua Perkins. Nous avon dû détruirre la souche. Il est trais puissan... vous pouvé le sentir, même à traverre le vair ?

— *Inutil*, dis-je tout haut pour le tester, *certènement, proffesseur, diarhée, nakajima.*

Il remit le récipient dans son dicto-coffre.

— Très répandu avant le dictionnaire de l'agent Johnson en 1744, commenta Perkins. Le Lavinia-Webster et le dictionnaire anglais d'Oxford ont enrayé l'épidémie, mais nous devons rester vigilants. Aujourd'hui, nous détruisons les nouveaux vyrus à l'aide de la batterie de dictionnaires conservés au dix-septième étage de la Grande Bibliothèque. Mais on n'est jamais trop prudent. Dès que vous rencontrez une faute d'ortografe, il faut la signaler au Chat à l'aide du formulaire S-12.

Un Klaxon de voiture éraillé se fit entendre au dehors.

— C'est l'heure, signala Perkins en souriant. Voici Miss Havisham.

Miss Havisham, oui, mais dans quel appareil ! Elle trônait dans une immense automobile avec un capot de trois mètres de long. Les grosses roues à rayons et sans enjoliveurs étaient dotées de pneus ridiculement maigres ; huit énormes tuyaux d'échappement émergeaient de part et d'autre de la capote et se rejoignaient en un tuyau unique qui faisait toute la longueur du châssis. L'arrière de l'auto était pointu comme une poupe de bateau. C'était une bête impressionnante. Une Higham Special vingt-sept litres.

8

A deux cent soixante sur la A419

Rejeton fortuné d'un comte polonais et d'une mère américaine, Louis Zborowski vécut à Higham Place près de Canterbury, où il construisit trois automobiles à aéromoteur, appelées toutes *Chitty Bang Bang*, et un quatrième monstre, la *Higham Special*, que lui et Clive Gallop conçurent en affublant un châssis Rubery Owen d'un aéromoteur de 27 litres et d'une boîte de vitesses Benz. Au moment de la mort de Zborowski à Monza au volant d'une Mercedes, la Special tournait sur le circuit de Brooklands à cent quatre-vingt-six kilomètres à l'heure, mais son potentiel restait encore à prouver. Après un bref passage entre les mains d'une femme dont l'identité ne fut pas révélée, la Special fut vendue à Parry Thomas qui, moyennant quelques minutieuses modifications de son cru, établit un record de vitesse de 274,5 km/h à Pendine Sands au pays de Galles en 1926.

COMTE TOURS DE PIST
Le Record de Vitesse

— Elle ne vous a pas trop importuné, Mr. Perkins? lança Havisham.

— Pas du tout, répondit Perkins, me gratifiant d'un clin d'œil. Ç'a été une élève des plus attentives.

— Hmph, marmonna Havisham. On peut toujours rêver. Allez, montez, ma fille, on s'en va !

J'hésitai. J'étais déjà montée une fois avec Miss Havisham, et cela dans une voiture que je pensais être relativement sûre. Avec cette bête-là, me dis-je, on avait toutes les chances de se tuer avant d'avoir passé la seconde.

— Qu'attendez-vous, ma fille ? s'impatienta Havisham. Si je tarde à redémarrer, on va finir par griller les bougies. Et puis, on aura besoin de tout le carburant pour faire la course.

— La course ?

— Ne vous inquiétez pas ! cria Miss Havisham en appuyant sur l'accélérateur.

L'auto fit une embardée, et un rugissement guttural s'éleva dans l'air.

— Vous ne serez pas à bord... j'ai d'autres tâches à vous confier.

Je pris une grande inspiration et grimpai dans le petit habitacle à deux places. Ça ressemblait fort à une voiture de course qu'on avait juste un peu arrangée pour lui faire faire de la route. Miss Havisham débraya et batailla un moment avec le levier de vitesses ; les énormes pignons se mirent en branle avec une légère secousse : on aurait dit un pur-sang qui venait de flairer un steeple-chase.

— Où est-ce qu'on va ? m'enquis-je.

— A la maison !

Miss Havisham actionna la manette qui commandait le papillon du carburateur, et la voiture bondit en avant à travers la cour envahie par les herbes.

— Dans *Les Grandes Espérances* ?

— Non, rétorqua-t-elle en tripotant les commandes au centre du volant massif. Pas chez moi, chez vous !

La voiture rugit et accéléra brutalement, mais pour aller où, je ne voyais pas très bien : devant nous, il y avait le pont-levis écroulé et les murailles du château.

— N'ayez pas peur ! glapit Havisham pour couvrir le bruit du moteur. Je vais nous transporter en cinq sec dans le Monde Extérieur.

La voiture prenait de la vitesse. Je croyais que le passage en question allait se faire dans l'instant ; au lieu de quoi, nous fonçâmes droit dans le mur de pierre à une allure incompatible avec la notion de survie.

— Miss Havisham ? hasardai-je anxieusement.

— Je cherche les mots qui conviendraient le mieux pour nous emmener là-bas, répondit-elle avec entrain.

— Stop ! hurlai-je tandis que nous atteignions et dépassions le point de non-retour.

— Voyons…, marmonna Havisham, le papillon des gaz toujours grand ouvert.

Je me couvris les yeux. La voiture roulait trop vite pour que je puisse sauter, et la collision semblait inévitable. Je m'agrippai à la carrosserie et me raidis pendant que Miss Havisham nous transportait, nous et les deux tonnes de ferraille, par-delà les barrières de la fiction dans le monde réel. Mon monde à moi.

Lorsque je rouvris les yeux, elle était en train d'étudier une carte routière tandis que la Higham Special zigzaguait au milieu de la chaussée. J'empoignai le volant pour éviter la camionnette du laitier qui alla s'encastrer dans la haie.

— Je ne prendrai pas la M4 au cas où le Conseil aurait vent de la chose, fit-elle en regardant autour d'elle. On va prendre la A419… C'est loin d'ici ?

Je reconnus instantanément l'endroit où nous nous

trouvions, au nord de Swindon, à la sortie d'une petite ville nommée Highworth.

— Faites le tour du rond-point et remontez la côte en direction de la ville, lui dis-je. Mais rappelez-vous, vous n'avez *pas* la priorité.

Trop tard. Miss Havisham estimait qu'elle avait *toujours* la priorité. La première voiture freina à temps, mais celle qui suivait eut moins de chance : elle heurta avec fracas la voiture de devant. Je me cramponnai de toutes mes forces pendant que Miss Havisham accélérait pour gravir la montée. Plaquée contre mon siège au-dessus de deux tonnes de mécanique rugissante, je compris soudain pourquoi Havisham aimait ça : c'était, en un mot, *exaltant.*

— Je n'ai fait qu'emprunter la Special au comte, expliqua-t-elle. Parry Thomas viendra la chercher la semaine prochaine ; il a l'intention de battre le record de vitesse lui-même. J'ai travaillé sur un nouveau mélange de carburants et, comme la A419 est plane et droite, je devrais arriver à la monter à deux cent quatre-vingt-dix.

— Tournez à droite sur la B4019 à Jesmond, lui dis-je, *après* que le feu sera passé au ve-e-e-ert !

Le camion nous évita d'une douzaine de centimètres.

— Qu'est-ce qu'il y a ?

— Rien.

— Franchement, Thursday, vous devriez vous lâcher un peu et apprendre à profiter de la vie... vous êtes tellement coincée, par moments !

Je me réfugiai dans le silence.

— Et ne faites pas la tête, ajouta Miss Havisham. S'il y a une chose que je ne supporte pas, c'est une apprentie qui fait du boudin.

Nous roulâmes à tombeau ouvert en manquant rater un virage en S et arrivâmes enfin par miracle à la grande route qui reliait Swindon à Cirencester. Malgré l'interdiction de tourner à droite, nous tournâmes quand même, dans un concert de crissements de pneus et de coups de Klaxon furibonds. Havisham accéléra, mais en haut de la montée, nous tombâmes sur un panneau « Déviation » qui bloquait la chaussée. Dépitée, elle frappa le volant.

— Je n'y crois pas ! beugla-t-elle.

— La route est fermée ? observai-je en m'efforçant de cacher mon soulagement. Tant mi... je veux dire tant pis, c'est vraiment dommage. Une autre fois, hein ?

Havisham enclencha la première ; nous contournâmes le panneau et redescendîmes la côte.

— C'est *lui*, je le sens, gronda-t-elle. Il essaie de me voler le record de vitesse sous le nez.

— Qui ça ?

Comme pour répondre à ma question, une autre voiture de course nous doubla avec un « tut tut ! » sonore.

— *Lui*, marmonna Havisham tandis que nous nous arrêtions sur le bas-côté devant un radar. Un si piètre conducteur qu'il représente un danger pour lui-même et tous les êtres sensibles qui circulent sur les autoroutes.

Ce devait être une vraie catastrophe pour que Havisham le remarque. Quelques minutes plus tard, l'autre voiture revint vers nous.

— Ohé, Havisham ! fit le conducteur avec un large sourire, ôtant les lunettes de protection de ses yeux globuleux. Toujours à faire joujou avec la vieille caisse du comte « Lambin » Zborowski, hein ?

— Bonjour, Monsieur Crapaud, dit Havisham. L'Homme à la Cloche sait que vous êtes dans le Monde Extérieur ?

— Bien sûr que non ! cria Monsieur Crapaud en

explosant de rire. Et vous ne lui direz rien, ma grande, parce que vous non plus n'êtes pas censée être là.

Havisham regarda devant elle, faisant mine de l'ignorer.

— C'est un aéromoteur Liberty là-dessous ? demanda Monsieur Crapaud en désignant le capot de la Special qui vibrait à chaque tour du moteur livré à lui-même.

— Peut-être bien, répliqua Havisham.

— Ha ! fit Crapaud avec un sourire contagieux. Moi, j'ai un Rolls-Royce que Merlin a réussi à caser dans ce tacot !

J'observais Miss Havisham avec intérêt. Elle regardait toujours devant elle, mais son œil tressaillit légèrement quand Monsieur Crapaud fit rugir son moteur. Pour finir, elle n'y tint plus ; la curiosité l'avait emporté sur le dédain.

— Elle roule comment ? s'enquit-elle, le regard brillant.

— Comme une fusée, assura Monsieur Crapaud en sautillant d'excitation. Plus de mille chevaux dans l'essieu arrière... à côté, votre Special a l'air d'une tondeuse à gazon.

— C'est ce qu'on va voir, dit Havisham, les yeux étrécis. Même heure, même endroit, même pari ?

— Ça marche !

Monsieur Crapaud appuya sur le champignon, remit ses lunettes et disparut dans un nuage de fumée et une odeur de caoutchouc brûlé. L'écho de son « tut tut » persista quelques secondes après son départ.

— Espèce de reptile visqueux, marmonna Havisham.

— Strictement parlant, il n'est ni l'un ni l'autre. On dirait plutôt un batracien terrestre desséché.

Je me permis cette impertinence parce que je savais qu'elle n'écoutait pas.

— Il a provoqué plus d'accidents que vous n'avez eu de repas chauds dans votre vie.

— Et vous allez courir contre lui ? demandai-je avec appréhension.

— Oui, et le battre surtout, répondit-elle en me tendant un coupe-boulons.

— Que voulez-vous que je fasse ?

— Vous ouvrirez le radar et sortirez la bobine une fois que j'aurai terminé ma course.

Je descendis. Elle chaussa une paire de lunettes et démarra sur les chapeaux de roues. Je regardai nerveusement autour de moi. Le bruit du moteur s'éloigna ; ce n'était plus qu'un bourdonnement ponctué par les déflagrations occasionnelles du pot d'échappement. Le soleil brillait, et on voyait au moins trois dirigeables suspendus dans le ciel. Je me demandai ce qui se passait chez les OpSpecs. J'avais écrit un mot à Victor disant que je devais m'absenter pour un an ou plus, et j'y avais joint ma démission. Soudain, quelque chose me tira de ma rêverie. Quelque chose d'obscur et qui m'échappait. Quelque chose que j'aurais dû faire ou que j'avais oublié. Je frissonnai et, tout à coup, ça me revint. La nuit dernière. Mamie. Le parasite mental d'Aornis. Qu'était-elle en train de traficoter dans mon esprit ? Je soupirai ; lentement, le tableau commençait à se dessiner dans ma tête. Mamie m'avait dit de repasser les faits en revue encore et encore afin de raviver les souvenirs familiers qu'Aornis tentait d'effacer. Mais comment fait-on pour essayer de retrouver ce qu'on a oublié ? Je me concentrai. *Landen.* Je n'avais pas pensé à lui depuis mon réveil, et ça, ce n'était pas normal. Je me rappelais où je l'avais rencontré et ce qui lui était arrivé... jusque-là, tout allait bien. Quoi d'autre ? Son nom complet. Enfer et damnation ! Landen Parke-*quelque chose.* Ça ne commençait pas par un B ? Je ne me souvenais plus. Je plaçai ma main là où j'imaginais qu'était notre bébé ; il devait faire la taille d'une demi-couronne, à présent. Je savais que j'aimais Landen et qu'il me manquait terriblement – ce qui était bon signe. Je songeai à la perfidie de Lavoisier, aux frères Maird, et sentis la moutarde me monter au nez. Fermant les yeux, j'essayai de me détendre. Il y avait une cabine téléphonique au bord de la route. Sur un coup de tête, j'appelai ma mère.

— Salut, m'man. C'est Thursday !

— Thursday ! s'écria-t-elle, excitée. Ne quitte pas... le four est en feu.

— Le four ?

— La cuisine, en fait... attends une seconde !

J'entendis un bruit fracassant ; l'instant d'après, elle avait repris la communication.

— Ça y est, c'est éteint. Ma chérie ! Tu vas bien ?

— Oui, maman.

— Et le bébé ?

— Il va bien aussi. Et de ton côté ?

— L'horreur ! s'exclama-t-elle. Goliath et les OpSpecs campent devant la maison depuis le jour de ton départ, et Emma Hamilton occupe la chambre d'amis et mange comme un chancre.

Dans un grondement menaçant, Havisham passa tel un éclair. Deux flashes rapides saluèrent son passage, mais déjà elle s'éloignait en pétaradant.

— C'était quoi, ce bruit ? demanda ma mère.

— Tu ne me croiras pas, si je te le dis. Mon... euh, *mari* ne s'est pas manifesté, par hasard ?

— Hélas non, mon cœur, dit-elle, compréhensive.

Et pour cause – son propre mari, mon père, avait lui-même été éradiqué dix-sept ans plus tôt.

— Et si tu venais en parler ? Les Eradications

Anonymes se réunissent ce soir à huit heures ; tu y seras entre amis.

— Ça m'étonnerait, maman.

— Tu manges régulièrement ?

— Oui, maman.

— J'ai réussi à enseigner quelques tours à DH-82.

DH-82 était son thylacine de récupération. Apprendre à un thylacine, qui était l'apathie même, à faire autre chose que manger et dormir sur commande était quasiment un scoop digne de faire la une des journaux.

— Super. Ecoute, je t'appelais juste pour dire que tu me manques et qu'il ne faut pas t'inquiéter…

— Je refais un tour ! cria Miss Havisham qui s'était arrêtée à ma hauteur.

Je lui adressai un signe de la main, et elle repartit.

— Tu penses à garder l'œuf de Pickwick au chaud ?

Je répondis à maman que c'était le boulot de Pickwick et que je rappellerais dès que je pourrais, puis je raccrochai. Je songeai à appeler Bowden, mais décidai que ce n'était probablement pas une bonne idée. A tous les coups, le téléphone de maman était sur écoute, et ils en savaient déjà assez comme ça. Je revins sur la route et regardai la minuscule tache grise grossir à vue d'œil jusqu'à ce que la Special me dépasse dans un vrombissement strident. Le radar se déclencha à nouveau, et une langue de feu jaillit du pot d'échappement. Il fallut plus d'un kilomètre à Miss Havisham pour ralentir ; je m'assis sur un muret et attendis patiemment. Un petit dirigeable à quatre places parut à quelques centaines de mètres de distance. Ça ressemblait à une patrouille de contrôle routier, et je ne voulais pas prendre le risque d'être identifiée. Je me tournai vers Havisham qui arrivait lentement dans ma direction.

— Allez, marmonnai-je entre les dents, plus vite, nom d'une pipe.

Elle s'arrêta et secoua tristement la tête.

— Le mélange est trop riche, expliqua-t-elle. Sortez la bobine du radar, s'il vous plaît.

Je lui indiquai le dirigeable qui se rapprochait. Assez rapidement, d'ailleurs... pour un dirigeable.

Miss Havisham jeta un coup d'œil, grommela quelque chose et descendit pour ouvrir l'interminable capot. Je coupai le cadenas, retirai l'appareil photo de l'armoire métallique et rembobinai la pellicule en toute hâte.

— Halte ! aboya le haut-parleur embarqué à bord du dirigeable. Vous êtes toutes les deux en état d'arrestation. Attendez à côté de votre véhicule.

— Il faut partir, dis-je d'un ton pressant.

— Foutaises ! répliqua Miss Havisham.

— Les mains sur le capot ! hurla le haut-parleur tandis que le dirigeable frôlait la cime des arbres. Vous avez été averties !

— Miss Havisham, s'ils découvrent qui je suis, j'aurai de gros ennuis.

— Balivernes, ma fille. Qui voudrait d'une personne aussi insignifiante que vous ?

Le dirigeable fit demi-tour en inversant sa direction. S'ils se mettaient à poser des questions, je risquais d'y répondre pendant un bon bout de temps.

— Il faut qu'on y aille, Miss Havisham !

Elle sentit mon anxiété et me fit signe de monter dans la voiture. En un clin d'œil, nous fûmes loin de cet endroit, transportées, avec l'auto et tout, dans le hall de la Grande Bibliothèque.

— On ne vous aime pas beaucoup dans votre monde, alors ? demanda Havisham en éteignant le moteur qui toussa et se tut.

Ça faisait du bien, un peu de silence.

— On peut dire ça comme ça.

— Auriez-vous enfreint la loi ?

— Pas vraiment.

Elle me considéra un moment.

— J'ai trouvé curieux que Goliath vous ait enfermée au plus profond du mieux gardé de ses sous-sols. Vous avez la bobine ?

Je la lui remis.

— Je la ferai développer en double, fit-elle pensivement. Merci de votre aide. On se voit demain au rapport... Ne soyez pas en retard !

J'attendis qu'elle soit partie, puis retournai à la Bibliothèque où j'avais laissé le procédé narratif de « la tête dans un sac », et rentrai à la maison. Mais pas directement -- je pris l'ascenseur. Passer de livre en livre était peut-être un moyen de transport rapide, mais crevant également.

9

Pommes mimosa, un hérisson et le commandant Bradshaw

Appareil d'enregistrement ImaginoTransfert : dispositif utilisé pour écrire des livres dans le Puits, l'AEIT ressemble à une grosse trompe (généralement de deux mètres de diamètre et fabriquée en cuivre) fixée à une table de mixage en acajou verni, un peu comme un orgue d'église mais avec davantage de boutons et de manettes. A mesure que l'histoire se joue devant le *pavillon collecteur*, l'action, les dialogues, l'humour, le pathos, etc., sont collectés, mixés et transmis sous forme de données brutes au Grand Central du Texte où les forgeurs de mots les façonnent selon des normes de lisibilité. Ensuite, ils sont redirigés vers le stylo ou la machine à écrire de l'auteur, et de là, *via* un lien direct par NDBDP-phone, ils reviennent au Puits sous forme de texte. La page est relue et, si tout va bien, elle est ajoutée au manuscrit, et les personnages peuvent poursuivre leur mission. Le plus remarquable est que l'auteur ne se doute de rien – il croit que c'est *lui* qui fait tout le travail.

CMDT TRAFFORD BRADSHAW
Le Guide Bradshaw du Monde des Livres

— C'est moi ! criai-je en franchissant la porte.

Pickwick accourut en gloussant, se rendit compte que je n'avais pas de marshmallows et repartit, outrée, pour revenir avec un bout de papier qu'elle avait trouvé dans la corbeille et qu'elle m'offrit en cadeau. Je la remerciai avec effusion, et elle s'en retourna auprès de son œuf.

— Hello, dit ibb, occupé à s'initier à l'art culinaire. C'est quoi, dans le sac ?

— Tu tiens vraiment à le savoir ?

— Hmm, fit-il, songeur. Si je ne tenais pas à le savoir, je n'aurais pas posé la question. Votre réponse, c'est donc une autre façon de me signifier : « Je ne te le dirai pas, alors va te faire voir. » C'est exact ?

— Plus ou moins.

Je rangeai le sac dans le placard à balais.

— Mamie est là ?

— Je ne le crois pas.

obb arriva un peu plus tard, plongé dans un manuel qui s'intitulait *Personnalités pour les débutants.*

— Bonsoir, Thursday. Il y a une tortue et un hérisson qui sont passés vous voir cet après-midi.

— Qu'est-ce qu'ils voulaient ?

— Ils n'ont pas dit.

— Et mamie ?

— Dehors, dans le Monde Extérieur. Elle a dit de ne pas l'attendre. Ça va ? Vous avez l'air très fatiguée.

J'étais fatiguée, en effet, mais sans trop savoir pourquoi. A cause du stress ? Ce n'est pas tous les jours qu'on doit combattre des nuées de grammasites et gérer la conduite de Havisham, les Yahoos, les Thraals, les amis du Grand Martin ou les procédés de « la tête dans un sac ». Peut-être que c'était juste le bébé qui jouait des tours pendables à mes hormones.

— Qu'y a-t-il à dîner ?

Je m'effondrai dans un fauteuil et fermai les yeux.

— J'ai testé des recettes alternatives, répondit ibb, alors ce soir, ce sera pommes mimosa.

— *Pommes* mimosa ?

— Oui, c'est comme les œufs, mais avec...

— Je vois le tableau. C'est tout ce qu'il y a ?

— Bien sûr que non. Vous avez le choix entre les navets à l'orange et les pâtes à la crème anglaise ; en dessert, j'ai prévu un sabayon aux anchois et de la mousse aux harengs. Qu'est-ce que vous prendrez ?

— Un sandwich au fromage.

Je poussai un soupir. J'avais l'impression d'être de retour chez ma mère.

Cette nuit-là, je ne fis pas de rêves. Landen était absent, mais... comment s'appelait-elle, déjà ?... l'était également. Je dormis à poings fermés et n'entendis pas le réveil. Quand je finis par émerger, je me sentais horriblement mal et je restai allongée sur le dos en respirant profondément pour chasser les vagues de nausée. On toqua à la porte.

— ibb ! hurlai-je. Tu peux aller voir qui c'est ?

J'avais la tête prise dans un étau, mais je n'obtins pas de réponse. Je regardai la pendule. Il était presque neuf heures : ils devaient être à Ste Tabularasa à s'exercer à des apartés saugrenus ou autres. Je me traînai hors du lit, marquai une pause pour recouvrer mon équilibre, enfilai une robe de chambre et allai ouvrir. Il n'y avait personne. J'allais refermer la porte quand une petite voix dit :

— Nous sommes là.

C'étaient un hérisson et une tortue. Mais un hérisson qui n'avait rien à voir avec Mrs. Tiggywinkle, laquelle était aussi grande que moi. Ces hérisson et tortue-là étaient tout à fait normaux.

— Thursday Next ? fit le hérisson.

— Oui. Que puis-je faire pour vous ?

— Déjà, arrêter de fourrer votre nez dans les affaires des autres, rétorqua-t-il avec hauteur. Voilà ce que vous pouvez faire.

— Je ne comprends pas.

— Jaguar Tacheté ? suggéra la tortue. *Si ça ne s'enroule pas, ça nage.* Ça ne vous rappelle rien, grosse maligne ?

— Oh ! dis-je. Vous devez être Pique-Pointe et Lourde-Lente.

— Justement. Ce petit truc mnémonique que vous avez si *gentiment* soufflé à Jaguar Tacheté va nous poser des problèmes : pour qu'il oublie *ça*, cet ahuri de félin, il faudra se lever de bonne heure.

Je soupirai. Vivre dans le Monde des Livres se révélait beaucoup plus compliqué que je ne l'avais imaginé.

— Eh bien, vous n'avez qu'à apprendre à nager.

— Qui, moi ? dit Pique-Pointe. Ne soyez pas ridicule, qui a entendu parler d'un hérisson nageur ?

— Et vous, apprenez à vous rouler en boule, ajoutai-je à l'adresse de Lourde-Lente.

— Me rouler en boule ? répéta la tortue, indignée. Non, merci, sans façon.

— Essayez au moins, insistai-je. Desserrez un peu les lames de votre carapace et efforcez-vous de toucher vos orteils.

La tortue et le hérisson se regardèrent et pouffèrent de rire.

— C'est Jaguar Tacheté qui va être surpris ! s'esclaffèrent-ils.

Ils me remercièrent et partirent.

Je refermai la porte, m'assis et contemplai le frigo. Puis, haussant les épaules, je mangeai une grosse portion de pommes mimosa et allai prendre une douche longue et très relaxante.

Les couloirs du Puits étaient tout aussi animés que la veille. Les transactions allaient bon train : achats, ventes, commandes. Çà et là, des personnages apparaissaient et disparaissaient : leur négoce les conduisait de livre en livre. En chemin, je lisais les enseignes, essayant de deviner comment ils s'y prenaient pour faire ce qu'ils faisaient. Il y avait des boucheurs de trous, des grammatologues, des donneurs de rythme, des marchands d'humeur, des paginateurs... ce n'était pas le choix qui manquait[1].

Et voilà que je recommençais à capter des pubs. Je tentai d'y couper court, mais ne réussis qu'à baisser le volume. Soudain, parmi les négociants et les spéculateurs en intrigues, j'aperçus une silhouette familière. Vêtu de son immanquable tenue de chasseur/explorateur, veste de safari et casque colonial, avec un revolver dans un holster en cuir, c'était le commandant Bradshaw, vedette d'une série de trente-quatre romans d'aventures pour jeunes garçons, disponibles en version cartonnée. N'étant plus réimprimé depuis les années trente,

1. ... Communiqué spécial de l'Ecole des Génériques Ste Tabularasa. Des personnages obstructifs de qualité supérieure disponibles dès maintenant pour repérage. Depuis les pères autoritaires jusqu'aux officiers de police « à cheval sur le règlement », nos Obstructeurs hautement qualifiés vous garantiront un conflit avec le plus simple des protagonistes ! Pour plus de renseignements, appelez notre numéro vert *NDBDP-phone/Ste Tabularasa*...

Bradshaw occupait sa retraite à jouer les éminences grises à la Jurifiction. Il avait tout vu, tout fait… en tout cas, c'était ce qu'il prétendait.

— Cent ! protesta-t-il avec amertume au moment où je m'approchais. C'est votre dernier prix ?

Le négociant en scènes d'action auquel il s'adressait haussa les épaules.

— Les attaques de lions ne sont pas très recherchées, ces temps-ci.

— Mais enfin, vieux, c'est terrifiant, proprement terrifiant ! s'écria Bradshaw. Le souffle chaud dans votre nuque, c'est du vrai, de l'authentique. Ça vous pimente la littérature féminine, je vous assure… et ça change des soirées et des chiffons.

— Allez, cent vingt. A prendre ou à laisser.

— Espèce de sangsue, va, marmonna Bradshaw.

Il empocha l'argent et lui remit en échange un petit globe en verre avec l'attaque du lion bien lyophilisée dedans. Se détournant, il surprit mon regard, cacha promptement les billets et souleva son casque avec courtoisie.

— Bonjour !

— Bonjour, répondis-je.

Il pointa son index sur moi.

— Vous êtes l'apprentie de Havisham, hein ? C'est quoi, votre nom, déjà ?

— Thursday Next.

— Dame ! s'exclama-t-il. Vous m'en direz tant.

Il avait, notai-je, grandi d'une bonne tête depuis la dernière fois que je l'avais vu. Maintenant il m'arrivait presque à l'épaule.

— Vous m'avez l'air beaucoup plus…

— … grand ? acheva-t-il. Tout à fait, mon petit. J'aime les femmes qui ne s'embarrassent pas de bienséances. Melanie – la patronne, quoi –, elle n'est pas tendre non plus. « Trafford, qu'elle dit – Trafford, c'est mon nom –, Trafford, tu n'es qu'une grosse bouse d'éléphant sans aucun intérêt. » Comme ça, direct, alors que je rentrais d'une aventure harassante en Afrique centrale où j'avais été capturé et quasiment rôti à la broche. Deux chercheurs d'or suédois avaient volé l'émeraude sacrée de l'Oumpopo et...

— Commandant Bradshaw, l'interrompis-je pour l'empêcher de se lancer dans le récit de ses aventures improbables, avez-vous vu Miss Havisham ce matin?

— Vous avez bien raison de m'interrompre, répliqua-t-il gaiement. J'aime les femmes capables de dire avec tact à une vieille baderne de fermer son clapet. Vous et Mrs. Bradshaw avez beaucoup en commun. Il faudra que je vous la présente, un de ces jours.

Nous longeâmes le couloir animé[1].

Je me tapotai les oreilles.

1. – Véra ? C'est vous ? Quelle journée ! Ce vacarme et toute cette pluie. Je vous en prie, parlez-moi encore d'Anna.

— Eh bien, ce soir-là, au bal, Anna a dansé avec Vronski ; il est devenu son ombre et bien plus encore.

— Non ! Anna et Alexeï Vronski... amants ? Et son mari ? Il a dû s'en apercevoir, j'imagine.

— A la fin, oui. Anna le lui a dit, je pense, mais seulement une fois qu'elle a été enceinte, de Vronski. *Ça*, elle ne pouvait pas le cacher.

— Et comment a-t-il réagi ?

— Croyez-le ou non, il leur a pardonné à tous les deux ! Il a tenu à préserver leur mariage et a essayé de continuer comme si de rien n'était.

— J'ai toujours dit que cet homme-là était un imbécile. Et qu'est-il arrivé ensuite ?

— Vronski s'est tiré une balle, sous prétexte qu'il ne supportait pas d'être séparé d'elle. Vous parlez d'un mélo !

— On se croirait dans un roman à quatre sous. Il est mort ?

— Non, il n'a fait que se blesser. Mais attendez, il y a pire. Karénine s'est rendu compte que pour sauver Anna, il devait attirer l'opprobre sur *lui-même* et avouer l'avoir trompée, afin qu'elle ne soit pas déshonorée et qu'elle puisse épouser Vronski.

— Il les a laissés partir ? Il n'a pas défendu à Anna de revoir son amant ? Il ne les a pas fait fouetter ni n'a vendu son histoire à *La Taupe* ? A mon avis, il devait courir les gonzesses de son côté. Une minute ! Mon mari m'appelle... restez à l'écoute. A bientôt, ma chère Véra !

— Un problème ? s'enquit Bradshaw.

— Oui. J'ai à nouveau deux Russes qui jacassent dans ma tête.

— Des parasites sur la ligne ? Ces satanés appareils. Touchez-en un mot à Plum chez JurisTech si jamais ça persiste. Dites, poursuivit-il en baissant la voix et regardant furtivement autour de lui, vous la garderez pour vous, cette vente de l'attaque du lion, hein ? Si on apprend que le vieux Bradshaw monnaie ses scènes d'action, je n'ai pas fini d'en entendre parler.

— Je serai muette comme une tombe.

Nous évitâmes un négociant qui essayait de nous fourguer un surplus de clones B-3 de Darcy.

— Au fait, il y en a beaucoup qui cherchent à vendre des morceaux de leur propre livre ?

— Oh oui, mais seulement lorsqu'ils sont épuisés et qu'ils peuvent se le permettre. L'ennui, c'est que je suis un peu raide. La remise des prix du Monde des Livres approche et, comme Mrs. Bradshaw n'ose pas trop se montrer en public, je me disais qu'une robe neuve pourrait faire l'affaire... sauf que les vêtements, ce n'est pas donné, vous comprenez.

— C'est pareil chez nous.

— Ça, par exemple ! s'esclaffa-t-il. Le Puits me fait drôlement penser au marché à Nairobi, pas vous ?

— Je trouve qu'il y a beaucoup de bureaucratie. J'aurais cru qu'une fabrique de fiction était, par définition, plus libre et plus ouverte.

— Que diriez-vous, dans ce cas, des documents et essais ? Là-bas, les règles qui régissent le bon usage du point-virgule constituent plusieurs volumes à elles seules. Toute création humaine, mon petit, est porteuse de bureaucratie, d'erreur et de corruption dès son origine. Ça m'étonne que vous ne l'ayez pas encore compris. Alors, le Puits, vous en pensez quoi ?

— Tout ceci est très nouveau pour moi, avouai-je.

— Vous voulez un coup de main ?

Il s'arrêta, regarda un moment autour de lui, puis m'indiqua un homme âgé d'une vingtaine d'années qui arrivait dans notre direction. Vêtu d'une longue redingote, il transportait une valise en cuir élimé ornée de titres de livres et de pièces de théâtre qu'il avait visités pour les besoins de son commerce.

— Vous le voyez, lui ?

— Oui.

— C'est un artisan : son boulot est de boucher les trous.

— Il est plâtrier ?

— Non, des trous dans la narration, des anomalies dans l'intrigue ou l'exposition. En un mot, des *blourdes*. Si un auteur écrit : *Les jonquilles fleurissent en été*, ou bien : *Ils ont consulté le rapport balistique sur le fusil de chasse*, c'est aux artisans comme lui de résoudre le problème. C'est l'une des étapes finales du chantier avant que les grammatologues, les écholocalisateurs et les correcteurs d'orthographe n'y mettent la dernière main.

Le jeune homme, entre-temps, était arrivé à notre hauteur.

— Bonjour, Mr. Tribord, lança Bradshaw au boucheur de trous, qui le salua d'un pâle sourire.

— Commandant Bradshaw, marmonna-t-il, légèrement hésitant. Je suis honoré et ravi de vous revoir. Mrs. Bradshaw va bien ?

— Très bien, je vous remercie. Voici Miss Next, notre nouvelle recrue. Je suis en train de lui montrer les ficelles.

Le jeune homme me serra la main avec des onomatopées de bienvenue.

— J'ai bouché une blourde l'autre jour dans *Les Grandes Espérances*, lui dis-je. Etait-ce un de vos livres ?

— Ciel, non ! s'exclama-t-il, souriant pour la première fois. Le rafistolage des trous a beaucoup progressé depuis Dickens. Vous ne trouverez pas un seul de mes collègues, digne de son pesant de fil, face au sempiternel « la porte s'ouvre et apparaît l'oncle/père/associé/ami, etc., disparu » pour expliquer où il était passé après s'être mystérieusement volatilisé du récit deux cents pages plus tôt. La méthodologie que nous avons adoptée aujourd'hui consiste à revenir en arrière pour raccommoder le trou ou, plus simplement, pour le *camoufler.*

— Je vois.

— A vrai dire, poursuivit-il, encouragé par l'intérêt que je manifestais, je suis en train de travailler sur un système qui masque les trous en les *mettant en valeur.* Il signale au lecteur : « Ohé ! Je suis un trou, ne faites pas attention ! », mais tout ça est très pointu. Je pense, ajouta le jeune homme d'un ton léger, qu'il n'y a pas de boucheur de trous plus expérimenté dans tout le Puits ; ça fait quarante ans que j'exerce ce métier.

— Vous avez commencé tout bébé ? demandai-je, le regardant avec curiosité.

Le jeune homme vieillit, blanchit et se ratatina à vue d'œil jusqu'à prendre l'apparence d'un vieillard de soixante-dix ans ; puis, les bras grands ouverts, il clama avec panache :

— Et voilààà !

— Personne n'aime les frimeurs, Llyster, dit Bradshaw en consultant sa montre. Je ne veux pas vous presser, Thursday, ma fille, mais on nous attend au rapport à Norland Park.

Il m'offrit galamment le bras, et je glissai ma main dans le creux de son coude.

— Merci, commandant.

— Haut les cœurs ! lança Bradshaw en riant avant de nous transporter tous les deux dans *Raison et sentiments*.

10

Réunion de la Jurifiction numéro 40319

JurisTech : contraction familière de Département Technologique de la Jurifiction. Cette entreprise de recherche et développement travaille en exclusivité pour la Jurifiction et est financée par le Conseil des Genres *via* le Grand Central du Texte. Compte tenu des tâches précises et souvent pointues confiées aux agents, JurisTech est autorisé à concevoir des gadgets en dehors des lois traditionnelles de la physique – c'est le seul département (avec la S.-F.) à pouvoir faire cela. L'outil de base dans le manifeste d'un agent est le Guide de Voyage (voir définition) qui lui-même contient d'autres produits JurisTech comme le Chapeau Eject-O Martin-Bacon, le Masque MV, le Marqueur de Texte, Ficelle™ et les cribles textuels de différentes porosités, pour n'en citer que quelques-uns.

LE CHAT DE L'A.U. DE W.
Guide de la Grande Bibliothèque (glossaire)

Les bureaux de la Jurifiction se trouvaient à Norland Park, la maison des Dashwood dans *Raison et sentiments.* La famille avait la gentillesse de nous laisser l'usage de la salle de bal à la condition tacite que les œuvres de Jane Austen bénéficient d'une protection spéciale.

Norland Park était situé au milieu d'une prairie doucement vallonnée et bordée de chênes séculaires. Le soir tombait, comme toujours au moment où nous arrivions, et des pigeons ramiers roucoulaient dans le colombier. L'herbe était tiède et moelleuse comme un tapis bien épais, et les aiguilles de pin embaumaient l'air de leur senteur délicate.

Mais tout n'était pas parfait dans ce jardin de la prose du XIXe siècle ; en approchant, nous remarquâmes une sorte de cohue devant la maison. Une manifestation, plus exactement… le genre de chose que j'avais l'habitude de voir chez nous. Il ne s'agissait toutefois pas d'un rassemblement pour protester contre le prix du fromage, la dérive droitiste et antigalloise du parti whig ou la pression exercée par Goliath sur le législateur afin que chacun soit obligé de manger au SmileyBurger au moins deux fois par semaine. Non, cette manifestation-là était de celles qu'on ne pouvait s'attendre à rencontrer que dans le monde fictif.

L'Homme à la Cloche, président élu de la Jurifiction habillé en crieur public, faisait tinter rageusement sa clochette pour essayer de rétablir le calme.

— Encore ? marmonna Bradshaw. Je me demande ce que les Oraux peuvent bien vouloir cette fois.

Ce terme m'était inconnu, mais ne souhaitant pas passer pour une cruche, je scrutai la foule pour comprendre de quoi il retournait. La personne la plus proche de moi était une bergère… enfin, c'était une déduction de ma part, car elle n'avait pas de moutons, seulement une houlette recourbée. Un jeune garçon en bleu avec un cor lui parlait de la baisse du prix de l'agneau et, à côté d'eux, se tenait une très vieille femme avec un petit chien qui geignait, faisait le mort, fumait la pipe et exécutait tout un tas de tours l'un après l'autre. Je vis aussi un petit homme en longue chemise et bonnet de nuit qui bâillait bruyamment. J'étais peut-être un peu lente, mais ce fut en apercevant trois souris assises en rond et qui épiaient nerveusement la fermière à côté d'un gros œuf avec des bras et des jambes que je réalisai qui ils étaient.

— Ce sont des personnages de comptines ! m'exclamai-je.

— Des emm..., voilà ce qu'ils sont, grommela Bradshaw.

Un petit garçon s'échappa de la foule, attrapa un porcelet et se sauva à toutes jambes. La bergère l'accrocha par la cheville avec sa houlette, et il s'étala sur l'herbe. Le porcelet roula dans un massif de fleurs avec un grognement surpris, puis détala devant le grand costaud qui entreprit d'administrer une correction au gamin.

— ... tout ce que nous demandons, c'est d'avoir les mêmes droits que les autres personnages du Monde des Livres, disait Humpty Dumpty.

Sa figure ovoïde avait viré à l'écarlate.

— Ce n'est pas parce qu'on a un devoir envers les enfants et la tradition orale qu'il faut nous traiter n'importe comment.

La foule murmura et gronda en signe d'assentiment. J'examinai Humpty Dumpty... Portait-il une ceinture ou bien une cravate ? Impossible de dire ce qui était sa taille et ce qui était son cou.

— ... on a une pétition signée de milliers d'Oraux qui n'ont pas réussi à se libérer aujourd'hui, annonça le gros œuf en brandissant une liasse de papiers parmi les acclamations de la foule.

— Cette fois, on ne plaisante pas, monsieur l'Homme à la Cloche, ajouta un boulanger qui se tenait dans un baquet en bois avec un boucher et un fabricant de chandelles. Nous sommes tout à fait prêts à retirer nos comptines, si nos revendications ne sont pas prises en compte.

Les personnages assemblés approuvèrent en chœur.

— Tout allait bien tant qu'ils n'étaient pas syndiqués, me souffla Bradshaw à l'oreille. Venez, on va passer par-derrière.

Nous fîmes le tour de la maison ; nos pas crissaient sur le gravier.

— Pourquoi les personnages de la tradition orale ne peuvent-ils pas participer au Programme d'Echange de Personnages ?

— Et qui les remplacerait ? s'esclaffa Bradshaw. Vous ? Ne vous faites pas de souci pour Mr. Dumpty : ça fait des siècles qu'il milite. Ce n'est tout de même pas notre faute si lui et ses amis mal rimés sont toujours régis par les anciens accords OralTradPlus... Bonté gracieuse, Miss Dashwood ! Votre mère sait que vous fumez ?

C'était Marianne Dashwood, en train de tirer sur une petite cigarette roulée au moment où nous tournâmes à l'angle. Elle s'empressa de jeter le mégot et retint son souffle le plus longtemps possible avant de tousser et d'exhaler un gros nuage de fumée.

— Commandant ! fit-elle, la voix enrouée et des larmes aux yeux. Promettez de ne rien dire !

— Motus et bouche cousue, répondit Bradshaw d'un ton sévère, mais seulement pour cette fois.

Marianne poussa un soupir de soulagement et pivota vers moi.

— Miss Next ! exulta-t-elle. Re-bienvenue dans notre petit livre... Vous vous portez bien, j'espère ?

— Très bien.

Je lui remis le pot de Marmite, les Mentos et les piles AA que je lui avais promis lors de ma dernière visite.

— Pouvez-vous faire en sorte que ceci parvienne à votre mère et à votre sœur ?

Elle tapa dans ses mains et accepta les cadeaux avec enthousiasme.

— Vous êtes un amour ! déclara-t-elle, radieuse. Comment pourrais-je vous remercier ?

— Empêchez Lola Vavoum de jouer votre rôle au cinéma.

— Ça ne dépend pas de moi, dit-elle tristement. Mais si vous avez besoin d'un service, je suis là !

Nous gravîmes l'escalier de service et gagnâmes le hall d'entrée où un Homme à la Cloche passablement dépenaillé vint à notre rencontre avec la liste de revendications que Humpty Dumpty lui avait fourrée de force dans les mains.

— Ces Oraux se mobilisent de plus en plus, pantela-t-il. Ils annoncent un débrayage de quarante-huit heures à partir de demain.

— Et quelles en seront les conséquences ? demandai-je.

— C'est évident, non ? me gourmanda l'Homme à la Cloche. Les comptines seront indisponibles... dans le Monde Extérieur, beaucoup de gens vont croire qu'ils ont des trous de mémoire. Ce n'est pas bon du tout ; en général, quand on récite une comptine, il y a toujours un livre de contes à portée de main.

— Ah, dis-je.

— Le principal ennui, ajouta l'Homme à la Cloche en s'épongeant le front, c'est que si nous cédons cette fois-ci, *tout le monde* voudra renégocier son statut, depuis les poétiques jusqu'aux personnages d'histoires drôles en passant par les contes de fées. Par moments, je suis content de savoir que c'est bientôt la retraite et que quelqu'un comme vous, commandant Bradshaw, pourra alors reprendre le flambeau !

— Ah non, pas moi ! protesta Bradshaw avec véhémence. Je ne serai plus l'Homme à la Cloche pour tous les T dans : « Tu t'entêtes à tout tenter, tu t'uses et tu te tues à tant t'entêter ! »

L'Homme à la Cloche rit, et nous entrâmes dans la salle de bal de Norland Park.

— Vous êtes au courant ? fit un jeune homme en arrivant vers nous, l'air totalement affolé. La Reine Rouge a dû se faire amputer d'une jambe. Thrombose artérielle, m'a dit le docteur.

— Ah bon ? répondis-je. Quand ça ?

— La semaine dernière. Et ce n'est pas tout.

Il baissa la voix.

— *L'Homme à la Cloche s'est suicidé au gaz !*

— Mais nous venons de lui parler à l'instant.

— Oh, dit le jeune homme en réfléchissant fébrilement. En fait, c'est *Perkins* qui s'est suicidé.

Miss Havisham se joignit à nous.

— Billy ! le gronda-t-elle. En voilà assez. Dégage avant que je ne te claque !

Momentanément pris de court, le jeune homme se redressa, annonça avec hauteur qu'il avait été chargé d'écrire un dialogue supplémentaire pour John Steinbeck et tourna les talons. Miss Havisham secoua la tête.

— Si jamais il dit « bonjour », ne le croyez pas. Ça va, Trafford ?

— Au poil, ma bonne Estella, au poil. Je suis tombé sur Tuesday dans le Puits.

— Vous n'étiez pas là-bas pour vendre des morceaux de votre livre ? s'enquit-elle, malicieuse.

— Dieu m'en préserve, non! dit Bradshaw, feignant d'être choqué.

Il scruta la salle, à la recherche d'une échappatoire.

— Dame, ajouta-t-il, il faut que j'aille parler au Chat du Cheshire. Bien le bonjour!

Et, soulevant poliment son casque colonial, il s'en fut.

— Bradshaw, Bradshaw, soupira Miss Havisham. Bientôt, il y aura tellement de trous dans *Bradshaw défie le Kaiser* qu'on pourra s'en servir comme d'une passoire.

— Il voulait offrir une robe à Mrs. Bradshaw, expliquai-je.

— L'avez-vous déjà rencontrée?

— Pas encore.

— Quand vous la verrez, évitez d'ouvrir de grands yeux, c'est très malpoli.

— Pourquoi est-ce que je...

— Venez! interrompit Miss Havisham. C'est presque l'heure de l'appel.

La salle de bal de Norland Park était depuis longtemps dévolue au seul usage de la Jurifiction. Tout l'espace était encombré de tables et de fichiers métalliques, et les bureaux croulaient sous des piles de dossiers attachés avec un ruban. Une table avait été dressée pour le buffet, et tout le personnel de la Jurifiction était là qui nous attendait... ou du moins qui attendait l'Homme à la Cloche. On comptait environ trente agents en activité, mais comme une dizaine d'entre eux se trouvaient généralement en service commandé, et que cinq ou six étaient occupés dans leurs propres livres, nous n'étions jamais plus de quinze à la fois au Q.G. Vernham Deane m'adressa un salut jovial. Il incarnait le personnage du parfait goujat et coureur de jupons dans le roman de

Daphne Farquitt, *Le Seigneur des Hautes-Bourbes*, mais on ne l'aurait jamais cru en le voyant : il s'était toujours montré gentil et courtois à mon égard. A côté de lui se tenait Harris Tweed qui était intervenu la veille seulement à l'Agneau Déchiré.

— Miss Havisham !

Il s'approcha et nous remit une enveloppe à chacune.

— Voici votre prime pour les grammasites que vous avez éliminés. J'ai divisé la somme en deux parts égales, O.K. ?

Il m'adressa un clin d'œil et repartit sans laisser à Havisham le temps d'en placer une.

— Thursday ! dit Sassan LeRoussi. Pardon de vous avoir abandonnée hier. Hello, Miss Havisham... il paraît que vous avez eu maille à partir avec quelques grammasites. Personne jusqu'ici n'a réussi à abattre six Verbisoïdes d'un seul coup !

— Fastoche, répondis-je. Dites, Sassan, j'ai toujours la... euh, la chose que vous avez achetée.

— Quelle chose ?

— Mais si, rappelez-vous, insistai-je, sachant qu'il était strictement interdit de chercher à infléchir l'action dans son propre livre. La *chose.* Dans un sac. Vous ne voyez pas ?

— Ah ! Ah... oui, c'est vrai.

Il avait enfin compris de quoi je parlais.

— *Cette* chose. Je passerai la récupérer après le boulot, d'accord ?

— LeRoussi a encore commis un délit d'initié ? demanda Havisham à voix basse après qu'il nous eut laissées.

— J'en ai bien peur.

— J'aurais fait pareil, si mon livre avait été aussi mauvais que le sien.

Je jetai un œil autour de moi pour voir qui d'autre était venu à la réunion. Il y avait là sir John Falstaff, le roi Pellinore, Deane, lady Cavendish, Mrs. Tiggywinkle escortée de l'empereur Jark, Gully Foyle et Perkins.

— Qui sont-ils ? demandai-je à Havisham en indiquant deux agents que je ne reconnaissais pas.

— A gauche, avec la citrouille, c'est Ichabod Crane. L'autre, c'est Béatrice. Un peu trop exubérante à mon goût, mais elle fait du bon travail.

Je la remerciai et cherchai des yeux la Reine Rouge dont l'antagonisme vis-à-vis de Havisham n'était un secret pour personne. Elle n'avait pas l'air d'être là.

— Salut à vous, Miss Next ! tonna Falstaff.

Il s'approcha en se dandinant et me scruta à travers une brume de vapeur éthylique. Il avait bu, volé et couru le guilledou tout au long de la première et de la deuxième partie d'*Henry IV* avant d'infiltrer *Les Joyeuses Commères de Windsor*. D'aucuns le considéraient comme une fripouille sympathique ; moi, je le trouvais juste dégoûtant – même s'il était le prototype de l'aimable débauché dans la littérature mondiale. Je décidai, pour cette fois, de me montrer magnanime.

— Bonjour, sir John, dis-je en m'efforçant d'être polie.

— Bonjour à *vous*, suave demoiselle ! s'exclama-t-il, ravi. Savez-vous monter à cheval ?

— Un peu.

— Alors il vous plairait peut-être d'aller vous balader dans ma joyeuse Angleterre ? Je pourrais vous faire visiter des coins charmants, vous faire découvrir des choses…

— Malheureusement, je dois décliner votre offre, sir John.

Il me rit bruyamment au visage. Je sentis la moutarde me monter au nez, mais par chance, l'Homme à la Cloche, désireux de ne pas perdre de temps, grimpa sur l'estrade et agita sa clochette.

— Pardon de vous avoir fait attendre, marmonna-t-il. Comme vous l'avez remarqué, la situation est un peu tendue dehors. Mais je suis heureux de vous voir aussi nombreux ici. Quelqu'un d'autre doit encore venir ?

— Est-ce qu'on attend Godot ? s'enquit Deane.

— Personne ne sait où il est ? Béatrice, n'étiez-vous pas censée faire équipe avec lui ?

— Moi non, répondit la jeune femme. Posez donc la question à Benedict, s'il se donne la peine d'écouter, quoique autant parler à une chèvre... et une chèvre *sotte*, qui plus est.

— La langue de cette gente dame nous écorche les oreilles.

Benedict, caché à notre vue, se leva pour la fusiller du regard.

— Si un jour la fontaine de votre esprit redevient claire, je pourrai peut-être y baigner un âne.

— Ah ! rétorqua Béatrice en riant. Voyez comme il remonte l'horloge de son ironie pour qu'elle sonne encore et encore !

— Chère Béatrice, fit Benedict en s'inclinant très bas, j'étais en train de chercher une cruche quand je vous ai trouvée.

— Vous, Benedict, qui avez moins de cervelle que de cérumen ?

Ils plissèrent les yeux et se sourirent avec une courtoise inimitié.

— C'est bon, s'interposa l'Homme à la Cloche. Calmez-vous, tous les deux. Savez-vous où est l'agent Godot, oui ou non ?

Béatrice répondit qu'elle ne le savait pas.

— Bien, annonça l'Homme à la Cloche. Poursuivons. Je déclare la séance numéro 40319 de la Jurifiction ouverte.

Il fit tinter à nouveau sa clochette, toussa et consulta son clipboard.

— Premier point. Toutes nos félicitations à Deane et à lady Cavendish pour avoir déjoué les plans des Bowdleriseurs dans Chaucer.

Il y eut quelques mots d'encouragement et des tapes dans le dos.

— Des dégâts, il y en a eu, mais ça n'a pas été plus loin. Toutefois, la vigilance reste de mise. Deuxième point.

Il reposa son clipboard et s'appuya sur le lutrin.

— Vous vous rappelez cet engouement, il y a quelques années de ça, pour les chaînes de lettres ? Vous receviez une lettre et vous deviez la renvoyer à dix de vos amis ? Eh bien, quelqu'un a dû forcer sur la lettre « U ». J'ai ici le rapport de l'agence de protection de l'environnement de la Mer de Texte me signalant que les réserves de la lettre « U » ont atteint un niveau dangereusement bas : il va falloir restreindre la consommation jusqu'à ce que les stocks soient renfloués. Des suggestions ?

— On pourrait utiliser le *n* de bas de casse à l'envers, dit Benedict.

— Nous avons déjà tenté l'expérience avec les « m » et les « w » à l'époque de la grande migration des « m » en 62 ; ça n'a jamais fonctionné.

— Et si on changeait l'orthographe, hum hum ? proposa le roi Pellinore en caressant son imposante moustache blanche. Tous les pronoms qui contiennent un « u », y a qu'à les transcrire phonétiquement, j'sais pas, moi.

— Par exemple, *ki* à la place de *qui* ?

— Bonne idée, intervint LeRoussi. Surtout qu'on a le

choix : *kel, kan, ke*... Si on en circonscrit l'usage à une catégorie de la population, on pourra invoquer un facteur de génération.

— Hmm, dit l'Homme à la Cloche, réfléchissant intensément. Vous savez quoi, ça pourrait le faire.

Il jeta un coup d'œil sur son clipboard.

— Troisième point... Tweed, vous êtes là ?

Harris Tweed leva la main de sa place.

— O.K. J'ai cru comprendre que vous pourchassiez un Saute-Pages qui avait élu domicile dans le Monde Extérieur ?

Tweed me regarda brièvement et se leva.

— Un dénommé Yorrick Kaine, oui. C'est une grosse légume là-bas ; il dirige un groupe de presse et a créé son propre parti politique...

— Mais oui, mais oui, fit l'Homme à la Cloche impatiemment, et il a volé *Cardenio*, je sais. La question est : Où est-il maintenant ?

— Il est retourné dans le Monde Extérieur où j'ai perdu sa trace, répliqua Tweed.

— Le Conseil des Genres ne cautionne pas les missions dans le monde réel, dit l'Homme à la Cloche lentement. C'est trop risqué. Nous ne savons même pas de quel livre il vient, ce Kaine... et dans la mesure où il ne tente rien contre nous, je pense qu'il devrait rester là-bas.

— Mais enfin, Kaine représente un vrai danger pour *notre* monde, m'exclamai-je.

Compte tenu de sa politique plus à droite que la droite, c'était repousser les limites du mot « litote ».

— Il a déjà commis un vol dans la Grande Bibliothèque, continuai-je. Qui nous dit qu'il ne va pas récidiver ? Ne devons-nous pas à nos lecteurs de les préserver des fictionautes déterminés à...

— Je comprends bien ce que vous avancez, Miss Next, interrompit l'Homme à la Cloche, mais je ne cautionnerai pas une opération dans le Monde Extérieur. Je regrette, c'est comme ça. Il figure sur la liste des Saute-Pages, et nous placerons des cribles textuels à chaque étage de la Bibliothèque au cas où il aurait envie de revenir. Faites ce que vous voulez dehors, mais ici, vous allez faire ce qu'on vous dit. Est-ce clair ?

Le sang me monta au visage, mais Miss Havisham me pressa le bras, et je me tus.

— Bien, reprit l'Homme à la Cloche en consultant à nouveau son clipboard. Quatrième point. Le Grand Central du Texte nous informe de plusieurs tentatives d'incursion depuis le Monde Extérieur. Rien de grave, mais de quoi provoquer quelques remous à la frontière entre la fiction et la réalité. Miss Havisham, n'avez-vous pas signalé qu'une entreprise du Monde Extérieur est en train de mener des recherches pour pouvoir pénétrer dans la fiction ?

C'était vrai. Depuis des années, Goliath tentait d'accéder au Monde des Livres, mais sans grand résultat. Tout ce qu'ils avaient réussi, c'était extraire de la bouillie visqueuse des huit premiers volumes du *Monde du fromage*. Pour leur échapper, mon oncle Mycroft s'était réfugié dans la série des Sherlock Holmes.

— Ça s'appelait la société *Quelque chose*, fit Havisham pensivement.

— Goliath, lui dis-je. C'était le groupe Goliath.

— Goliath, c'est cela. J'ai jeté un œil quand je suis allée récupérer le Guide de Voyage de Miss Next.

— Leur technologie est si avancée que ça ? demanda l'Homme à la Cloche.

— Non. Ils en sont loin. Ils essaient d'expédier une

sonde dans *L'Homme invisible*, mais d'après ce que j'ai vu, sans grand succès.

— O.K. On les garde à l'œil. Quel est leur nom, déjà ?

— Goliath, répétai-je.

Il prit note.

— Cinquième point. Toute la ponctuation a été volée dans le dernier chapitre d'*Ulysse*. A savoir, environ cinq cents points, virgules, points-virgules et apostrophes.

Il marqua une pause.

— Vous n'étiez pas en train d'y travailler, Vern ?

— Si, acquiesça Deane en s'avançant et en ouvrant un calepin. Le vol a été remarqué, mais d'après les premiers rapports, les lecteurs considèrent l'absence de ponctuation non pas comme une erreur abyssale, mais comme un trait de génie ; du coup, ça nous laisse le temps de nous retourner.

— Vous êtes sûrs que c'est un voleur? s'enquit Béatrice. Ça ne peut pas être les grammasites ?

— Non, répondit Perkins, grand spécialiste en la matière. Les Ponctusauroïdes sont rares, or pour embarquer autant de signes de ponctuation, il en faudrait des centaines. Et puis, je ne crois pas qu'ils auraient laissé le point final... ça ressemble plus à un voleur malicieux.

— O.K., dit l'Homme à la Cloche. Qu'est-ce qu'on fait?

— Le seul marché existant pour les signes de ponctuation volés est dans le Puits.

— Hmm. Un agent de la Jurifiction passe aussi inaperçu là-dedans qu'une fanfare à un enterrement. Il nous faut quelqu'un pour infiltrer le milieu. Des volontaires ?

— C'est mon dossier, dit Vernham Deane. J'irai. Sauf s'il y en a qui pensent être mieux qualifiés pour cette tâche.

Il y eut un silence.

— Apparemment, c'est à vous de jouer, approuva l'Homme à la Cloche, prenant des notes sur son clipboard. Sixième point. Vous vous souvenez tous que David et Catriona Balfour ont été boujeumés il y a quelques semaines. Etant donné que *Kidnappé* et *Catriona* ne peuvent pas exister sans eux, et que Robert Louis Stevenson demeure un auteur populaire, le Conseil des Genres a autorisé un couple de Génériques A-4 à prendre leur place. Ils auront un accès illimité à tous les romans de Stevenson, et j'aimerais que vous leur réserviez un accueil amical.

Cette demande fut accueillie par des murmures dans l'assemblée.

— Eh oui, dit l'Homme à la Cloche d'un air résigné, je sais que ce ne sera pas pareil, mais avec un peu de chance, tout se passera bien. Personne dans le Monde Extérieur n'a remarqué la disparition de David Copperfield, hein ?

Les agents se taisaient.

— Bien. Septième point. Comme vous le savez, je prends ma retraite dans quinze jours, et le Conseil des Genres aura besoin de quelqu'un pour me remplacer. Toutes les candidatures doivent être adressées directement au Conseil qui se chargera de les examiner.

Il marqua une nouvelle pause.

— Huitième point. Vous n'ignorez pas que, depuis cinquante ans, le Grand Central du Texte travaille sur une mise à jour du système d'exploitation des livres…

Des gémissements s'élevèrent dans la salle. Visiblement, c'était un sujet délicat. LeRoussi m'avait expliqué la technologie ImaginoTransfert qui existait derrière les livres en général, mais je ne voyais absolument pas comment cela fonctionnait. D'ailleurs, je ne vois toujours pas.

— Savez-vous ce qui est arrivé quand ils ont voulu mettre MANUSCRIT à jour? l'interpella Bradshaw. Le conflit de systèmes a anéanti toute la bibliothèque d'Alexandrie – ils ont dû y mettre le feu pour l'empêcher de se propager.

— Nous en savions beaucoup moins sur les systèmes d'exploitation à l'époque, répondit l'Homme à la Cloche d'un ton apaisant, et soyez assuré, commandant, que les problèmes des premières mises à jour ont été pris en compte. Nombre d'entre nous ont émis des réserves sur la version standard de LIVRE dans laquelle nos œuvres bien-aimées ont été gravées, et je pense qu'une mise à jour de LIVRE V9 ne peut qu'être bénéfique pour tout le monde.

Personne ne pipait. Tous les regards étaient braqués sur lui.

— Parfait. Je pourrais disserter là-dessus toute la journée, mais le mieux serait de laisser la parole au Word-Master Libris, spécialement venu du Grand Central du Texte. Xavier?

11

Introduction à UltraWord™

… Au commencement, il y eut OralTrad, mis à jour dix mille ans plus tard par le biais de la versification (pour une meilleure mémorisation), et rebaptisé OralTradPlus. Des milliers d'années durant, ce fut le seul et unique système d'exploitation narratif; il est encore en service aujourd'hui. Il y a vingt mille ans environ, le système se scinda en deux : d'un côté, avec CavernBarbouillePro (précurseur de PaintPlus V2.3, VaseGrec V1.2, MarbreSculpt V1.4 et le dernier en date, l'universel SuperExpressionArtistique-5). L'autre branche, les systèmes narratifs picto-phonétiques, débuta avec TabletArgil V2.1 et connut différents stades concurrentiels (TabletCire, Papyrus, VélinPlus) avant de fusionner en un seul système, MANUSCRIT, qui remporta tous les concours et subit huit mises à jour jusqu'à la version V3.5, pour être finalement supplanté par le tout nouveau et très nettement supérieur LIVRE V1. Stable, facile à stocker et à transporter, compact et doté d'un index opérationnel, LIVRE domina le marché pendant près de dix-huit cents ans…

WORDMASTER XAVIER LIBRIS
Systèmes d'exploitation narratifs : les origines

Un petit homme pâlichon prit place sur l'estrade ; on le voyait à peine derrière le lutrin. Il portait une chemise blanche à manches courtes et ployait sous le poids de stylos dans la poche du haut. Nous nous rassîmes et le regardâmes avec intérêt ; depuis le temps que nous entendions parler de UltraWord, chacun avait hâte de savoir si les rumeurs de ses performances techniques étaient fondées.

— Bonjour, tout le monde, commença Libris nerveusement. Dans la demi-heure qui vient, je vais tâcher de vous exposer les rudiments de notre dernier système d'exploitation : LIVRE version 9, nom de code UltraWord™.

Un silence absolu régnait dans la salle. J'eus le sentiment de vivre un moment historique, comme assister à la signature d'un accord de paix, par exemple. Même Bradshaw, qui n'était pas très porté sur la technologie, se penchait en avant, un pli concentré entre les sourcils.

Libris rabattit la première page d'un tableau de conférence. Nous vîmes apparaître l'image d'un vieux livre.

— Lorsque, reprit-il, nous avons créé le concept de « page » dans LIVRE V1, nous avons cru atteindre le summum en matière de contenant narratif – compact, facile à lire et, en y intégrant Pagination™ et TitreAuDos™, on a obtenu un système de catalogage infiniment supérieur à tout ce que MANUSCRIT pouvait nous offrir. Au fil des ans…

Il tourna les pages du tableau pour nous montrer les différentes sortes de livres à travers les âges.

— … nous avons perfectionné le système LIVRE. Celui que nous employons aujourd'hui, la version 8.3, relève d'une technologie ImaginoTransfert des plus complexes et des plus fiables : jamais le transfert du mot écrit dans l'imagination du lecteur n'a été aussi rapide.

Il s'interrompit un instant. Sur ce point, nous étions tous d'accord avec lui ; malgré quelques coquilles et la qualité variable du récit – dans les deux cas, le système n'y était pour rien –, LIVRE V8.3 était un modèle d'excellence.

— La fabrication de livres dans les sous-sols marchait plutôt bien, en dépit de son caractère quelque peu chaotique.

Il y eut des murmures d'assentiment dans l'assistance ; personne, à l'évidence, n'aimait descendre dans le Puits.

— Cependant, poursuivit Libris, le perpétuel recyclage de vieilles idées a ses limites. D'après une étude de marché réalisée par le Conseil des Genres, le lectorat commence à se lasser des intrigues par trop similaires.

— Ça fait un moment déjà, dit l'Homme à la Cloche.

Il s'excusa aussitôt d'avoir interrompu l'orateur et le laissa reprendre son exposé.

— Mais pour cerner le problème, déclara Libris, faisons un peu d'histoire. Quand nous avons conçu le système LIVRE il y a dix-huit siècles, c'était surtout pour consigner les faits ; jamais nous n'aurions cru qu'il y aurait une telle demande pour de la fiction. Au Xe siècle, l'usage était si restreint que nous avions suffisamment d'intrigues en stock pour durer mille ans et plus. Avec l'avènement du XVIIe siècle, il ne nous restait plus que six cents ans de marge, mais la situation était loin d'être préoccupante. Toutefois, il y a eu un phénomène nouveau qui a failli provoquer la saturation du système.

— La littérature de masse, glissa Miss Havisham.

— Tout à fait. La demande d'histoires écrites s'est accrue de manière exponentielle au cours des XVIIIe et

XIXe siècles. A l'époque de Dickens, les idées étaient déjà presque entièrement recyclées. En 1884, en tout état de cause, nous avions épuisé notre stock d'idées neuves.

Les agents assemblés dans la salle marmonnèrent entre eux.

— Mais n'est-ce pas la façon dont elles sont racontées ? lança Havisham de sa voix sans réplique. Dans la narration, il doit exister un nombre infini de permutations !

— Vaste peut-être, mais pas *infini*, Miss Havisham. Et une fois que toutes les permutations auront été utilisées, nous nous retrouverons au pied du mur. Le XXe siècle a connu une production littéraire sans précédent ; même l'introduction de virus tels que Procrastination 1.3 et BlocagePageBlanche 2.4 n'a pas réussi à la freiner. Des procès pour plagiat se multiplient dans le Monde Extérieur ; les auteurs commencent à écrire les mêmes livres. A ce train-là, je pense qu'on a un an, un an et demi, avant que le Puits de la fiction ne soit complètement à sec.

Il marqua une pause pour nous laisser le temps de digérer cette information.

— C'est pour ça qu'il a fallu se remettre devant la planche à dessin et repenser toute la situation.

Il tourna une page, arrachant des exclamations à son auditoire. Sur le tableau, il était écrit : « Systèmes narratifs à 32 intrigues ».

— Comme vous le savez, chaque système d'exploitation s'articule autour d'un noyau composé de huit intrigues de base héritées d'OralTrad. Nous l'avons toujours dit, d'ailleurs : « On n'aura jamais besoin de plus de huit intrigues. »

— Neuf, si on compte *Le Cheminement intérieur*, hasarda Béatrice.

— N'est-ce pas *Le Voyage initiatique* ? dit Tweed.

— Et *Macbeth*, c'est quoi alors ? demanda Benedict.

— *Rivalité/Vengeance*, mon cher, répondit Miss Havisham.

— Moi, j'aurais dit *Tentation*, objecta Béatrice qui ne manquait pas une seule occasion de contredire Benedict.

— Je vous en prie ! intervint l'Homme à la Cloche. On pourrait en débattre toute la journée. Vous voulez bien laisser Libris terminer ?

Les agents se turent. A mon avis, cette discussion ne datait pas d'hier.

— Le seul moyen d'aller de l'avant, continua Libris, était donc de revoir entièrement le système d'exploitation. En optant pour une base de trente-deux intrigues, nous engendrons plus d'idées que nous ne pourrons en utiliser. Le Monde des Livres n'a pas connu pareille avancée depuis l'invention du caractère mobile. Qui plus est, les nouveaux livres rédigés sous UltraWord™ offriront des services supplémentaires qui feront le bonheur des lecteurs.

— Et comment comptez-vous vous y prendre ? questionna Bradshaw.

— Je vous donne un exemple, répondit Libris en s'animant. Dans nos livres actuels, les répliques d'un dialogue doivent être attribuées à la personne qui parle, dans la mesure où le lecteur ne peut pas deviner qui dit quoi, si on ne le précise pas. Dans une scène à personnages multiples, on finit vite par s'enliser dans les « ..., dit George », « ..., rétorqua Michael », « ..., ajouta Paul ». Avec Identification Améliorée de Personnages™, le lecteur n'aura plus aucun mal à situer celui qui parle sans recourir à tous ces encombrants marqueurs de dialogue. D'autre part, UltraWord™ sera équipé de TramePlusPlus™ qui fournira au lecteur un résumé de l'histoire au cas où il serait perdu ou obligé de lâcher le livre pendant plusieurs mois. Parmi les options, il y aura également LectureZip™, PageLumineuse™ et trois plages de musique.

— Et comment le lecteur accédera-t-il à ces nouveaux services ? demanda lady Cavendish.

— Il y aura la page préférences qu'on va insérer juste après le frontispice.

— Sensible au toucher ? dis-je.

— Non, déclara Libris, tout excité, sensible à la *lecture*. Des mots capables de reconnaître quand on les lit. A la page préférences, on pourra aussi sélectionner WordBallot™ qui adapte le vocabulaire au lecteur – plus de mots compliqués –, ou alors, si on *aime* les mots compliqués, on peut accroître la complexité lexicale.

Un silence général accueillit ses explications.

— Mais pour en revenir à ce qui nous préoccupe, beaucoup de gens sont allergiques à la lecture parce qu'ils trouvent le processus même trop lent et fastidieux. A l'heure actuelle, le rythme le plus rapide que nous connaissons est d'environ six mots par seconde. Avec UltraWord™, nous pourrons quadrupler ce débit... ce qui sera extrêmement attractif pour les nouveaux lecteurs.

— Parlons franchement, Libris, dit Bradshaw d'une voix forte. La technologie, c'est bien joli, sauf que la moindre erreur risque de tourner à une débâcle monumentale.

— Vous n'aimiez pas non plus le système de repérage ISBN, commandant, répliqua Libris, et pourtant, la navigation de livre en livre n'a jamais été plus facile.

Ils s'affrontèrent du regard lorsqu'un rot bruyant rompit le silence. C'était Falstaff.

— J'ai vécu, dit-il en se relevant avec un effort non négligeable, beaucoup de choses en mon temps... des bonnes et des mauvaises ; j'ai assisté à la grande mutation des voyelles, et je me rappelle avec plaisir ces jours meilleurs où les calembours, les obèses et les étrangers étaient plus que drôles. J'ai vu l'ascension du roman et la chute du poème épique ; je me souviens d'une époque où l'on pouvait boire comme une outre, manger à se rendre malade et avoir encore de la monnaie pour une pute sur une pièce de six pence. Je me souviens quand l'eau pouvait vous tuer et quand les esprits pouvaient vous sauver. Je me souviens…

— Vous voulez dire quoi, au juste ? demanda Libris, agacé.

— Ah ! fit Falstaff, s'efforçant de retrouver le fil de son discours. Ah oui. J'étais là en 1841 quand on a annoncé à cor et à cri la mise à jour de la version 4. « Changez votre façon de lire », *dixit* le Conseil des Genres. Résultat, il y a eu le Grand Krach du Texte. Pratiquement tout Euripide, Eschyle et Sophocle, disparus sans laisser de traces… et en plus, on a créé les grammasites.

— Il n'a jamais été prouvé que la version 4 avait créé les grammasites, sir John…

— Allons, allons, Libris, seriez-vous ramolli de la cervelle ? J'étais là. Je l'ai vu. Je *sais*.

Libris leva les deux mains.

— Je ne suis pas venu pour polémiquer, sir John… Je veux m'en tenir aux faits. De toute manière, UltraWord™ est incompatible avec les grammasites. Le texte sera verrouillé : ils n'auront rien à se mettre sous la dent.

— C'est ce que vous croyez.

— Nous le savons, affirma Libris. Ecoutez, ajouta-t-il plus lentement, cette version 4 a été une grosse erreur, nous l'admettons volontiers ; c'est pourquoi nous avons mis si longtemps à concevoir et à tester rigoureusement UltraWord™. Nous ne sommes pas peu fiers de l'appeler l'Expérience de Lecture Ultime.

Il marqua une pause.

— C'est comme ça, mesdames et messieurs... alors autant vous y faire.

Il s'attendait à une nouvelle pique de Falstaff, mais le vieux copain du roi Hal s'était rassis et secouait tristement la tête. Plus personne ne chercha à intervenir.

Libris recula et regarda l'Homme à la Cloche qui fit tinter sa clochette.

— Merci à tous d'avoir écouté la présentation du WordMaster Libris, et merci à lui d'être venu jusqu'ici pour nous en parler.

Il se mit à applaudir, et nous nous joignîmes à lui – à l'exception notable de Falstaff et de Bradshaw.

— Des notices explicatives seront disponibles prochainement, annonça l'Homme à la Cloche. Les ordres de mission seront distribués d'ici une dizaine de minutes. N'oubliez pas : prudence avant tout. La séance est levée.

Et il agita sa clochette une dernière fois.

Libris descendit de l'estrade et se volatilisa avant de se faire harponner par Bradshaw. Miss Havisham posa la main sur son épaule. Bradshaw était le seul homme auquel je l'aie jamais vue témoigner une quelconque sympathie. Née d'une longue collaboration, sans doute.

— Je suis trop vieux pour jouer à ces jeux-là, ma bonne Havisham, grommela-t-il.

— Vous n'êtes pas le seul, Trafford. Mais qui va former les jeunes ?

Elle hocha la tête dans ma direction. On ne m'avait pas dit ça depuis dix ans, que j'étais « jeune ».

— Je suis épuisé, Estella, fit Bradshaw, mélancolique. Les nouvelles technologies, ce n'est pas pour moi. Je retourne dans mon bouquin pour de bon. Au moins, je n'aurai pas à subir tout ce tintouin dans *Bradshaw du Congo.* Au revoir, ma grande.

— Au revoir, commandant... Mes amitiés à Mrs. Bradshaw.

— Merci. Vous aussi. Miss... je m'excuse, quel est votre nom, déjà ?

— Thursday Next.

— Mais oui, bien sûr. Allez, au plaisir.

Il sourit, souleva son casque colonial et disparut.

— Cher vieux Bradshaw, énonça Miss Havisham en souriant. Il a dû prendre sa retraite douze fois par an depuis 1938. Je parie qu'on le reverra la semaine prochaine.

— Ah ! marmonna l'Homme à la Cloche en approchant. Havisham et Next.

Il jeta un coup d'œil sur son clipboard.

— Vous n'auriez pas fait un saut dans le Monde Extérieur pour tenter d'établir un nouveau record de vitesse, vous ?

— Moi ? dit Miss Havisham. Absolument pas.

— Ma foi, murmura l'Homme à la Cloche qui n'en croyait pas un mot, le Conseil des Genres m'a prévenu que tout membre du personnel surpris à outrepasser ses privilèges sera sévèrement sanctionné.

— A quel point sévèrement ?

— *Très* sévèrement.

— Ils n'oseraient pas, riposta Havisham, hautaine. Bon, alors, qu'est-ce que vous avez pour nous ?

— Vous allez animer le stage gestion de la colère dans *Les Hauts de Hurlevent.*

— J'ai fait mes six séances. C'est au tour de Falstaff, maintenant.

— Allons, vous savez bien que c'est faux. Vous n'en êtes qu'à votre troisième. Changer d'animateur toutes les semaines n'est pas la bonne solution. Chacun doit accomplir ce travail à tour de rôle, même vous, Miss Havisham.

Elle poussa un soupir.

— Soit.

— Parfait. Ne les faites pas trop attendre !

Et l'Homme à la Cloche battit rapidement en retraite. Miss Havisham resta un moment silencieuse, un peu comme un volcan en train de décider s'il allait entrer en éruption ou pas. Puis elle croisa mon regard.

— C'était un sourire, là ? fit-elle sèchement.

— Non, Miss Havisham.

Je l'imaginais bien en animatrice de stage – surtout sur la gestion de la colère !

— Qu'y a-t-il de si drôle, hein ? Ça m'intéresse de le savoir.

— C'était un sourire d'étonnement, répondis-je, prudente.

— Ah oui ? Eh bien, n'allez surtout pas croire que je me soucie des états d'âme de ce ramassis de tristes sires. C'est comme faire partie de la garde rapprochée de Heathcliff. Personnellement, j'aurais préféré être morte... mais les ordres sont les ordres. Allez donc me chercher une tasse de thé et rejoignez-moi à ma table.

Les discussions autour de la nouvelle version UltraWord™ allaient bon train, et les avis étaient partagés entre l'approbation et le rejet pur et simple. De toute façon, la Jurifiction n'était qu'une simple force de police et n'avait pas son mot à dire sur les choix politiques du Conseil des Genres. J'avais l'impression de me retrouver chez les OpSpecs. Devant le buffet, je tombai sur Vernham Deane.

— Alors, qu'est-ce que vous devenez ? demanda-t-il.

La dernière fois qu'on s'est vus, vous aviez des ennuis là-bas, chez vous.

— Je me suis installée dans le Puits ; ça fait partie du Programme d'Echange de Personnages.

— Ah bon ? Quelle rigolade ! C'en est où, le nouveau Farquitt ?

— Je *pense*, répondis-je, consciente de la gêne que lui occasionnait son personnage d'odieux bellâtre, que le titre provisoire est *L'Amour sans honte.*

— On dirait du Farquitt, soupira-t-il. Il y aura forcément quelqu'un comme moi là-dedans. Plus une pauvre servante, séduite et jetée à la rue avec son bébé pour revenir se venger dix chapitres plus tard.

— Je ne sais pas si...

— Ce n'est pas juste, déclara Deane, rembruni. Pourquoi suis-je condamné, lecture après lecture, à sombrer dans l'alcool et à mourir seul comme un chien huit pages avant la fin ?

— Parce que vous êtes le méchant et que dans les romans de Farquitt les méchants sont toujours punis ?

— N'empêche. J'ai déposé une demande de Réajustement Narratif Interne, mais on m'a toujours débouté. Miss Havisham fait partie du comité de révision... Vous ne voudriez pas lui en toucher deux mots par hasard ?

— C'est admis, ce genre de pratique ?

— Pas vraiment, mais pour moi tous les moyens sont bons. Vous lui parlerez, hein ?

Je promis d'essayer, mais en mon for intérieur, je savais que je ne le ferais pas. Deane avait l'air fort sympathique dans le cadre de la Jurifiction, mais dans *Le Seigneur des Hautes-Bourbes*, c'était un monstre qui méritait de mourir seul et abandonné de tous... en termes narratifs, du moins.

J'apportai le thé à Miss Havisham qui interrompit brusquement sa conversation avec Perkins à mon approche. Elle m'adressa une grimace et disparut. Je la suivis au deuxième étage de la Grande Bibliothèque, où je la trouvai au rayon des Brontë avec un exemplaire des *Hauts de Hurlevent* à la main.

— Au fait, avez-vous rencontré les trois sorcières? s'enquit-elle.

— Oui, elles m'ont dit…

— Oubliez tout ce qu'elles ont pu vous dire. Regardez dans quel pétrin elles ont mis Macbeth.

— Mais elles ont dit…

— Je ne veux pas le savoir. Tout ça, c'est du baratin, des histoires à dormir debout. Elles ne font que semer la zizanie partout où elles passent. Compris?

— Sûr.

— Ne dites pas « sûr »… ça fait négligé. Pourquoi ne pas répondre : « Oui, Miss Havisham »?

— Oui, Miss Havisham.

— Voilà qui est mieux. Allez, on file chez Brontë!

Nous ouvrîmes le livre et nous transportâmes dans les pages des *Hauts de Hurlevent*.

12

Les Hauts de Hurlevent

Les Hauts de Hurlevent est le seul roman écrit par Emily Brontë ; d'aucuns disent que c'est aussi bien, alors que d'autres le déplorent amèrement. On ne peut que spéculer sur ce qu'elle aurait écrit, si elle avait vécu plus longtemps, mais compte tenu du caractère volontaire et passionné d'Emily, ç'aurait été sensiblement dans le même registre. Une chose est sûre : quelques sentiments que suscitent les *Hauts* chez le lecteur, que ce soit la tristesse face aux amants mal assortis, l'agacement devant l'irascibilité de Catherine, voire une colère noire contre la niaiserie des victimes de Heathcliff qui ne demandent qu'à se faire maltraiter, l'atmosphère du lieu sauvage et venteux qui reflète si bien la passion destructrice des deux personnages principaux est rendue d'une manière remarquable… et, selon certains, inégalée à ce jour.

MILLON DE FLOSS
Les Hauts de Hurlevent : Chef-d'œuvre ou daube indigeste ?

Il neigeait à notre arrivée, et le vent rassemblait les flocons en une vaste nuée de moucherons d'hiver survoltés. La maison était bien plus petite que je ne l'imaginais, mais non moins délabrée, même sous son douillet manteau de neige. Les volets pendaient de guingois, et seule une faible lueur filtrait de l'intérieur. A l'évidence, nous arrivions non pas à l'époque bénie du vieux Mr. Earnshaw, mais dans la propriété de Mr. Heathcliff dont l'emprise barbare se faisait sentir jusque dans l'aspect lugubre de la demeure battue par les vents.

La neige crissa sous nos pas lorsque nous nous approchâmes de la porte d'entrée et cognâmes sur le bois noueux. Au bout d'un long moment, un vieillard vigoureux vint nous ouvrir; il nous examina l'une et l'autre d'un œil torve, puis son visage fatigué se détendit, et il débita avec véhémence :

— C'est une jolie conduite de rôder par les champs après minuit avec ce diable de bohémien, Heathcliff de malheur. On croit que je suis aveugle ! Mais je ne le suis point. Ah ! non, point du tout. J'ai bien vu le jeune Linton entrer, puis sortir, et je vous ai vue, vous, bonne à rien, sorcière éhontée, sauter et courir dans la salle à la minute que vous avez entendu le cheval du maître sur la route[1].

— On s'en fiche ! s'exclama Miss Havisham, étrangère à toute notion de patience. Laisse-nous entrer, Joseph, ou je te botte les fesses !

Il s'effaça en maugréant. Nous pénétrâmes dans un tourbillon de flocons de neige et nous essuyâmes les pieds sur le paillasson tandis qu'il verrouillait la porte derrière nous.

— Qu'est-ce qu'il a dit? demandai-je pendant que Joseph continuait à marmonner dans sa barbe.

— Je n'en ai pas la moindre idée, répondit Miss Havisham en secouant la neige de son voile de mariée

1. Traduction de Jacques et Yolande de Lacretelle (Gallimard, 1991).

défraîchi. En fait, personne ne le sait. Venez, je vais vous présenter les autres. Nous tenons à ce que *tous* les personnages importants des *Hauts* participent au stage gestion de la colère.

Il n'y avait pas de vestibule ni de couloir ; la porte d'entrée donnait directement sur une grande pièce à vivre où sept personnes étaient agglutinées autour de l'âtre. L'un des hommes se leva poliment et inclina la tête pour nous saluer. C'était, découvris-je plus tard, Edgar Linton, l'époux de Catherine Earnshaw qui, assise près de lui sur une banquette en bois, contemplait le feu d'un air mauvais. A côté d'eux, un homme d'allure dépravée semblait dormir ou cuver son vin… très vraisemblablement les deux. Il était clair qu'ils nous attendaient, et tout aussi clair, à en juger par leur manque d'enthousiasme, que les séances de thérapie de groupe ne figuraient pas sur leur liste de priorités.

— Bonsoir, tout le monde, déclara Miss Havisham, et merci d'être venus assister au stage sur la gestion de la colère organisé par la Jurifiction.

Elle s'exprimait sur un ton presque amical, ce qui ne lui ressemblait guère ; je me demandai combien de temps elle pourrait tenir.

— Et voici Miss Next qui assistera à la séance en observatrice. Bon, allez, donnons-nous la main et formons un cercle de confiance pour l'accueillir dans le groupe. Où est Heathcliff ?

— Je ne sais absolument pas où est cette crapule ! clama Linton rageusement. Il peut être vautré dans la bourbe, je m'en moque… Que le diable l'emporte, ce ne sera pas trop tôt !

— Oh ! s'écria Catherine en retirant sa main de celle d'Edgar. Pourquoi le hais-tu autant ? Lui qui m'a aimée plus que tu n'as jamais su le faire… !

— Allons bon, interrompit Miss Havisham d'un ton conciliant. Rappelez-vous ce qu'on a dit la semaine dernière à propos des insultes. Edgar, vous devriez vous excuser auprès de Catherine d'avoir traité Heathcliff de crapule, et vous, Catherine, vous avez promis de ne pas parler de votre amour pour Heathcliff devant votre mari.

Ils marmonnèrent des excuses.

— Heathcliff ne va pas tarder, annonça une domestique que je supposai être Nelly Dean. Son agent a dit qu'il avait de la promo à faire. Ne peut-on pas commencer sans lui ?

Miss Havisham consulta sa montre.

— On n'a qu'à boucler les présentations.

Manifestement, elle avait hâte d'en finir et de rentrer chez elle.

— On pourrait se présenter à Miss Next et lui résumer nos sentiments en même temps. Edgar, vous voulez bien ?

— Moi ? Bon, très bien. Je m'appelle Edgar Linton, propriétaire légitime de Thrushcross Grange ; je hais et méprise Heathcliff parce que, quoi que je fasse, ma femme Catherine est toujours amoureuse de lui.

— Je m'appelle Hindley Earnshaw, bredouilla l'ivrogne, fils aîné du vieux Mr. Earnshaw. Je hais et méprise Heathcliff parce que mon père l'a préféré à moi et que, plus tard, cette crapule m'a dépossédé de mon droit d'aînesse.

— Excellent, Hindley, approuva Miss Havisham. Pas un seul mot ordurier. Je trouve qu'on fait de gros progrès. Suivant ?

— Je suis Hareton Earnshaw, dit un jeune homme maussade en fixant la table.

Ces réunions avaient l'air de l'agacer beaucoup plus que les autres.

— Fils de Hindley et Frances. Je hais et méprise Heathcliff parce qu'il me traite à peine mieux qu'un chien, alors que je ne lui ai rien fait; il me punit *moi* parce que mon père le traitait comme un domestique.

— Je suis Isabella, annonça une belle femme, la sœur d'Edgar. Je hais et méprise Heathcliff parce qu'il m'a menti, maltraitée, frappée et qu'il a essayé de me tuer. Puis, après ma mort, il a enlevé notre fils et s'est servi de lui pour accaparer l'héritage des Linton.

— Beaucoup de colère chez celle-là, chuchota Miss Havisham. Vous commencez à entrevoir le schéma qui se profile?

— Ils n'aiment pas trop Heathcliff?

— Ça se voit tant que ça? répondit-elle, consternée que ses séances de thérapie de groupe n'aient pas produit le résultat escompté.

— Je suis Catherine Linton, déclara une jeune fille autoritaire et sûre d'elle qui ne devait pas avoir plus de seize ans. Fille d'Edgar et de Catherine. Je hais et méprise Heathcliff parce qu'il m'a retenue prisonnière pendant cinq jours, loin de mon père mourant, pour me forcer à épouser Linton... et ce uniquement pour s'approprier Thrushcross Grange, le domaine des Linton.

— Je suis Linton, fit un enfant chétif en toussant dans un mouchoir, fils de Heathcliff et d'Isabella. Je hais et méprise Heathcliff parce qu'il m'a privé du seul bonheur possible que j'aurais pu connaître et m'a laissé mourir en captivité, simple pion au service de son projet de vengeance.

— Oyez, oyez, murmura Catherine Linton.

— Je suis Catherine Earnshaw, dit la dernière femme

en balayant le petit groupe d'un regard dédaigneux, et j'aime Heathcliff plus que la vie même !

Les autres gémirent ; quelques-uns secouèrent la tête d'un air accablé, et la jeune Catherine fit mine de s'enfoncer les doigts dans la gorge.

— Aucun d'entre vous ne le connaît comme je le connais, moi, et si vous l'aviez traité avec bonté et non avec haine, rien de tout cela ne serait arrivé.

— Espèce de catin hypocrite ! hurla Hindley, bondissant sur ses pieds. Si tu n'avais pas épousé Edgar pour son argent et sa position sociale, Heathcliff n'aurait pas sombré dans la déraison… Tout ça, c'est ta faute, petite garce égoïste !

Les autres applaudirent, malgré les efforts de Miss Havisham pour rétablir le calme.

— C'est un *vrai* homme, persista Catherine au milieu des huées, un héros byronien qui transcende la morale et les conventions sociales. Mon amour pour Heathcliff est éternel comme un roc. Groupe, je *suis* Heathcliff ! Il est toujours présent à mon esprit, non pas comme un bonheur, pas plus que je ne suis un bonheur pour moi-même, mais comme une partie de moi !

Isabella tapa sur la table et brandit un doigt vengeur sous le nez de Catherine.

— Un *vrai* homme aime et chérit celle qu'il épouse, cria-t-elle, au lieu de lancer un couteau à découper sur elle et de manipuler son entourage pour satisfaire son inextinguible soif de vengeance à cause d'un prétendu affront subi vingt ans plus tôt ! Et même si Hindley a été méchant avec lui ? Un bon chrétien, lui, aurait pardonné et appris à vivre en paix !

— Ah ! renchérit la jeune Catherine en hurlant elle aussi pour se faire entendre dans ce brouhaha de revendications et de frustrations refoulées. Là est le nœud du problème. Heathcliff est tout sauf chrétien ; c'est un démon fait homme pour causer la perte de tous ceux qui l'entourent !

— Je suis d'accord avec Catherine, dit Linton faiblement. Ce type-là est mauvais et pourri jusqu'à la moelle.

— Viens qu'on en discute dehors ! glapit Catherine l'aînée en agitant le poing.

— Tu voudrais qu'il attrape la mort, peut-être ? s'enquit la jeune Catherine avec défi, fusillant du regard la mère qui mourut en la mettant au monde. Ce sont tes caprices d'enfant gâtée qui nous ont jetés dans ce pétrin, d'abord. Si tu l'aimais autant que tu le prétends, pourquoi ne pas l'avoir épousé, tout simplement ?

— UN PEU DE CALME, S'IL VOUS PLAÎT ! rugit Miss Havisham si fort que tout le monde sursauta.

L'air penaud, les uns et les autres se rassirent en grommelant.

— Merci. Voyons, ça ne sert à rien de crier ; si nous voulons réussir à gérer la colère dans *Les Hauts de Hurlevent*, il va falloir se comporter en êtres civilisés et discuter de nos sentiments de manière raisonnable.

— Oyez, oyez, fit une voix dans l'ombre.

Le groupe se tut et se tourna vers le nouvel arrivant qui fit son entrée, flanqué de deux anges gardiens et d'un individu qui avait l'air d'être son agent. L'homme était brun, basané et beau comme un dieu. Jusque-là, je n'avais jamais bien compris pourquoi les protagonistes des *Hauts de Hurlevent* se conduisaient quelquefois de façon irrationnelle. Mais maintenant que je l'avais devant moi, tout s'éclaircissait : Heathcliff avait un charisme quasi surnaturel, à vous charmer un cobra d'un seul regard de ses yeux noirs et perçants.

— Heathcliff ! s'écria Catherine, se précipitant dans

ses bras. Oh, Heathcliff, mon chéri, tu m'as tellement manqué!

— Eh, toi!

Edgar, furieux, fendit l'air de sa canne.

— Lâche ma femme tout de suite ou je jure devant Dieu que...

— Que quoi? persifla Heathcliff. Pauvre freluquet, va! Mon chien a plus de couilles que toi. Et toi, Linton, petit morveux, qu'as-tu raconté sur moi, à propos de « mauvais et pourri »?

— Rien, répondit Linton tout bas.

— Mr. Heathcliff, dit Havisham d'un ton sévère, ça ne se fait pas d'arriver en retard aux réunions ni de narguer ses camarades.

— Au diable vos réunions, Miss Havisham! s'emporta-t-il. Qui est la vedette de ce roman? Qui les lecteurs s'attendent-ils à voir en ouvrant ce livre? Moi. Qui a remporté le prix du Jeune Premier le Plus Ombrageux pour la soixante-dix-septième fois d'affilée? Moi. Toujours moi. Sans moi, *Les Hauts de Hurlevent* n'est qu'une œuvrette provinciale longue comme un jour sans pain et sans grand intérêt. Je suis la star de ce livre et je fais ce qui me plaît, madame; allez le dire à l'Homme à la Cloche, au Conseil ou au Grand Manitou en personne, je m'en balance complètement!

Il tira une photo dédicacée de lui sur papier glacé de sa poche de poitrine et me la glissa avec un clin d'œil. Le plus drôle, c'est que je le reconnaissais : il jouissait d'un immense succès à Hollywood sous le nom de Buck Stallion, ce qui expliquait probablement l'origine de sa fortune. Il aurait pu racheter trois fois les Hauts de Hurlevent et Thrushcross Grange avec son salaire.

— Le Conseil des Genres a décrété que vous suivriez ce stage, Heathcliff, rétorqua Havisham froidement.

Pour la survie de ce livre, nous devons maîtriser les émotions qui l'habitent ; tel qu'il est, ce roman est beaucoup plus violent qu'au moment où il a été écrit. Livré à lui-même, il aura tôt fait de finir dans un bain de sang. Rappelez-vous ce qui est arrivé à cette charmante comédie de mœurs qu'avait été jadis *Titus Andronicus*. Aujourd'hui, c'est l'œuvre la plus déjantée, la plus sanglante, la plus cannibale de tout Shakespeare. Et c'est ce qui attend *Les Hauts de Hurlevent* si vous ne jugulez pas votre colère et votre ressentiment.

— Je n'ai pas envie d'être transformé en hachis ! geignit Linton.

— Superbe discours, dit Heathcliff, sardonique. Et très courageux.

Il se pencha vers Miss Havisham qui ne bougea pas d'un pouce.

— J'ai quelque chose à « partager » avec votre petit groupe. *Les Hauts de Hurlevent* et tous ceux qui vivent dedans peuvent aller au diable, en ce qui me concerne. Ça m'a bien servi pour peaufiner l'art subtil de la vengeance et de la trahison... mais maintenant, j'ai dépassé ce livre et je vous ai dépassés tous. J'ai de meilleurs romans qui m'attendent, des romans mieux adaptés à un personnage de mon envergure !

Les protagonistes assemblés dans la pièce étouffèrent des exclamations. Sans Heathcliff, il n'y aurait plus de livre et, par conséquent, ce serait la fin de tout.

— Vous ne pourriez pas entrer dans *Oui-Oui à la plage* sans l'autorisation du Conseil, gronda Havisham. Essayez de quitter *Les Hauts*, et nous vous ferons regretter le jour où vous avez été écrit !

Heathcliff éclata de rire.

— N'importe quoi ! Le Conseil a besoin de personnages comme moi ; me laisser croupir dans un classique où je ne suis lu que par des étudiants blasés serait gâcher l'un des meilleurs rôles de jeune premier romantique jamais écrits. Croyez-moi, le Conseil serait prêt à tout pour accroître le nombre de lecteurs... Personne ne s'opposera à un transfert, je vous en donne ma parole.

— Et nous ? se lamenta Linton en toussant, au bord des larmes. On sera réduit en texte !

— Tant mieux ! grommela Heathcliff. Moi, je serai sur le rivage pour recueillir votre dernier cri étranglé quand vous sombrerez dans les flots.

— Et moi ? demanda Catherine.

— Toi, tu viendras avec moi, sourit-il, radouci. On vivra tous les deux dans un roman contemporain, sans ces principes à la noix de la morale victorienne. Je pensais à un roman d'espionnage, et on aurait un chiot boxer avec une oreille tombante...

Il y eut une déflagration, et la porte d'entrée explosa dans un nuage de poussière et d'éclats de bois. Havisham poussa Heathcliff à terre et se coucha sur lui en hurlant :

— Planquez-vous !

Elle sortit son petit derringer et tira sur l'homme masqué qui venait de franchir la brèche fumante, armé d'une mitraillette. L'homme s'écroula. L'un des gardes du corps de Heathcliff s'était pris une rafale dans le cou et la poitrine, mais l'autre s'empara de son propre pistolet-mitrailleur et ouvrit le feu sur les nouveaux assaillants. Linton s'évanouit sur place, rapidement suivi d'Edgar et d'Isabella. Au moins, ils avaient cessé de brailler. J'attrapai mon pistolet et tirai avec les deux autres sur la silhouette masquée qui venait de passer la porte. Nous le touchâmes, mais l'une de ses balles atteignit le second garde du corps à la tête, et il s'affaissa sur les dalles. Je rampai jusqu'à Miss Havisham et m'allongeai à mon tour sur Heathcliff qui pleurnichait :

— Aidez-moi ! Empêchez-les de me tuer ! Je ne veux pas mourir !

— La ferme ! siffla Havisham, et il se tut instantanément.

Je regardai autour de moi. Son agent se cachait derrière son attaché-case, et le reste de l'équipe s'était réfugié sous la table en chêne. Il y eut une brève accalmie.

— Qu'est-ce qui se passe ? soufflai-je.

— Une attaque des pro-Cath.

Havisham profita de la pause pour recharger son pistolet.

— Beaucoup dans le Monde des Livres soutiennent la jeune Catherine et haïssent Heathcliff, mais d'habitude, il s'agit d'un tireur isolé... C'est la première fois que je vois quelque chose d'aussi bien coordonné. Je vais sortir du livre avec Heathcliff, et je reviens vous chercher tout de suite après.

Elle marmonna quelques mots, sans résultat. Elle les répéta alors à voix haute – toujours rien.

— Le diable les emporte !

Elle sortit son NDBDP-phone mobile des plis de sa robe de mariée.

— Ils ont dû installer un crible textuel.

— C'est quoi, un crible textuel ?

— Je n'en sais rien... ça n'a jamais été clairement expliqué.

Elle regarda son portable et le secoua désespérément.

— Zut ! Pas de réseau. Où est le NDBDP-phone le plus proche ?

— Dans la cuisine, répondit Nelly Dean, à côté de la corbeille à pain.

— Il faut prévenir l'Homme à la Cloche. Thursday, je veux que vous alliez dans la cuisine...

Elle ne termina pas sa phrase. Un tir soutenu de rafales de mitraillette s'abattit sur la maison, saccageant fenêtres et volets; les rideaux dansèrent, réduits en lambeaux; des morceaux de plâtre jaillirent du mur. Catherine hurla. Linton revint à lui pour s'évanouir à nouveau, Hindley but une gorgée de sa flasque, et Heathcliff se convulsa de peur en dessous de nous. Au bout d'une dizaine de minutes, la fusillade cessa. La poussière flottait indolemment dans l'air, et nous étions couverts de plâtre, d'éclats de verre et de copeaux de bois.

— Havisham! résonna une voix dans un mégaphone. Nous ne vous voulons aucun mal. Remettez-nous Heathcliff, et nous vous laisserons tranquille!

— Non! cria Catherine l'aînée qui s'était traînée jusqu'à nous et tentait de prendre la tête de Heathcliff dans ses mains. Heathcliff, ne me quitte pas!

— Je n'en ai pas la moindre intention, fit-il d'une voix étouffée, le nez dans la dalle sous le poids conjugué de Havisham et de moi-même. Havisham, j'espère que vous vous souvenez de vos ordres.

— Envoyez-nous Heathcliff, et vous serez épargnées, vous et votre apprentie! beugla le mégaphone. Mettez-vous en travers de notre chemin, et on vous liquidera toutes les deux!

— Ils sont sérieux? demandai-je.

— Oh oui, répliqua Havisham d'un air sombre. Un groupe de pro-Cath a essayé de kidnapper Mme Bovary l'an passé pour obliger le Conseil de leur livrer Heathcliff.

— Et comment ça s'est terminé?

— Ceux qui ont survécu ont été réduits en texte, mais

leur mouvement n'a pas été dissous pour autant. Croyez-vous pouvoir atteindre le NDPDP-phone ?

— Sûr... Je veux dire oui, Miss Havisham.

Je rampai en direction de la cuisine.

— On vous donne deux minutes, reprit la voix dans le mégaphone. Après ça, on arrive.

— J'ai une meilleure proposition à vous faire, hurla Havisham.

Il y eut une pause.

— Laquelle ? dit le mégaphone.

— Partez maintenant, et je serai magnanime quand je vous aurai retrouvés.

— Je pense, fit la voix, qu'on s'en tiendra à *mon* plan. Il vous reste une minute et quarante-cinq secondes.

La cuisine était dans le même état que la pièce principale. Le sol était jonché de farine et de haricots secs échappés de pots brisés, et le vent soufflait des flocons de neige par les fenêtres. Je trouvai le NDBDP-phone : il était criblé de balles de mitraillette. Je lâchai un juron et regagnai rapidement la grande pièce. Croisant le regard de Havisham, je secouai la tête. Elle me fit signe d'aller voir de l'autre côté de la maison. Je m'aventurai dans l'obscurité de l'office pour jeter un œil à l'extérieur. J'en repérai deux, assis dans la neige, les armes à la main. Je me précipitai vers Havisham.

— Alors ?

— J'en ai vu deux à l'arrière.

— Et au moins trois devant, ajouta-t-elle. Je suis ouverte à toutes les suggestions.

— Si on leur donnait Heathcliff? s'élevèrent des voix en chœur.

— Autre chose ?

— Je pourrais essayer de les prendre par-derrière, marmonnai-je. Si vous arrivez à les neutraliser...

Je fus interrompue par un cri de terreur inhumain venant du dehors. Il fut suivi d'une sorte de crissement, puis d'un autre cri et de rafales de mitraillette sporadiques. Il y eut un bruit mat, un coup de feu, encore un cri… Les pro-Cath derrière la maison ouvrirent le feu à leur tour, mais pas sur nous – sur quelque danger invisible. Havisham et moi échangeâmes un regard et haussâmes les épaules tandis qu'un homme paniqué faisait irruption dans la maison ; il avait toujours son pistolet, et c'est ce qui décida de son sort. Havisham tira à deux reprises, et il tomba mort à nos pieds, une expression de terreur indicible sur le visage. Nous entendîmes encore quelques coups de feu, un autre cri affolé, puis ce fut le silence. Je frissonnai et m'approchai prudemment de la porte. Il n'y avait rien dehors, rien hormis la neige fraîche maculée ici et là de traces de pas.

Nous trouvâmes un seul cadavre, projeté sur le toit de la grange, mais il y avait énormément de sang et des empreintes qui ressemblaient aux pattes d'un félin géant. J'étais en train de fixer la trace de la taille d'une assiette que la neige recouvrait lentement quand Miss Havisham posa la main sur mon épaule.

— Le Grand Martin, dit-elle doucement. Il devait vous suivre.

— Et vous croyez qu'il me suit toujours ?

Après tout, mon inquiétude était compréhensible.

— Allez savoir. Le Grand Martin n'a pas d'autre loi que la sienne. Venez, rentrons.

Nous retournâmes auprès des personnages occupés à s'épousseter. Marmonnant dans sa barbe, Joseph s'efforçait de boucher les fenêtres avec des couvertures.

— Alors, dit Miss Havisham en frappant dans ses mains, ç'a été une sacrée séance, hein ?

— De toute façon, je quitte ce bouquin déplorable, annonça Heathcliff, redevenu cent pour cent infect.

— Certainement pas.

— Essayez donc de m'en em…

Fatiguée de marcher sur des œufs, Miss Havisham, qui vouait une haine farouche aux hommes comme Heathcliff, l'attrapa par le col et plaqua sa tête sur la table, lui enfonçant sans ménagement le canon de son pistolet dans le cou.

— Ecoutez-moi bien, déclara-t-elle d'une voix frémissante de colère, pour moi, vous êtes un bon à rien. Remerciez la Providence que je sois loyale envers la Jurifiction. J'en connais qui vous auraient déjà dénoncé. Je pourrais vous tuer ici et maintenant, sans que personne le sache.

Heathcliff me lança un regard implorant.

— J'étais dehors quand j'ai entendu le coup de feu, lui dis-je.

— Nous aussi ! s'exclama le reste de l'équipe avec empressement, sauf Catherine Earnshaw qui se renfrogna.

— Peut-être que je devrais le faire. Ce serait plus charitable. Je pourrais le faire passer pour un accident… !

— Non ! s'écria Heathcliff, contrit. J'ai changé d'avis. Je resterai ici et je ne serai rien d'autre que Mr. Heathcliff pour l'éternité.

Havisham le toisa et, lentement, desserra son emprise.

— Bien, dit-elle en remettant la sécurité et en reprenant son souffle. Voilà qui clôt cette séance de notre stage gestion de la colère. Qu'avons-nous appris aujourd'hui ?

Les personnages la dévisageaient, médusés.

— Parfait. Même heure la semaine prochaine, tout le monde ?

14

L'éducation des Génériques

Les Génériques étaient les caméléons du Puits. Normalement, ils étaient formés pour accomplir des tâches précises, mais, en cas de besoin, on pouvait les faire monter en grade. De temps en temps, un Générique progressait spontanément à l'intérieur de sa catégorie, mais changer de catégorie sans l'aide extérieure était, paraît-il, impossible. D'après ce que j'allais découvrir, « impossible » n'était pas un mot à employer à la légère dans le Puits. L'imagination étant ce qu'elle est, tout pouvait arriver… et tout arrivait, du reste.

THURSDAY NEXT
Chroniques de la Jurifiction

Je rentrai chez moi par mes propres moyens après la fin du « nettoyage » dans *Les Hauts de Hurlevent*. Le chef de la cellule pro-Cath était bien connu de la Jurifiction, et il avait préféré nos armes aux crocs du Grand Martin. La maison fut remise en état en quelques lignes et, dans la mesure où Havisham tenait ses réunions *entre* les chapitres, les lecteurs du roman ne s'aperçurent de rien. En fait, la seule trace de l'assaut visible dans le livre fut le fusil de chasse de Hareton, qui explosa accidentellement dans le chapitre trente-deux, vraisemblablement à cause d'une balle qui, en ricochant, avait endommagé le mécanisme de verrouillage.

— Ç'a été, ta journée? demanda ma grand-mère.

— C'était très... *expositionnel* au début.

Je me laissai tomber sur le canapé et chatouillai Pickwick qui était venue vers moi, toute sérieuse et maternelle.

— Mais la fin a été spectaculaire.

— On a encore dû te porter secours?

— Pas cette fois-ci.

— On est toujours un peu bousculé dans un nouveau job, dit mamie. Pourquoi faut-il que tu travailles pour la Jurifiction, au fait?

— C'était dans le Programme d'Echange.

— Ah oui. Tu veux que je te prépare une omelette?

— Avec plaisir.

— Bon, alors tu vas casser les œufs, les battre, me descendre la poêle et...

Je me relevai péniblement et allai dans la petite coquerie où le frigo était toujours plein.

— Où sont ibb et obb?

— Ils sont sortis, je crois, répondit mamie. Tu veux bien nous faire une tasse de thé, tant que tu es debout?

— Sûr. Je n'arrive toujours pas à me rappeler le nom complet de Landen, mamie... et ce n'est pas faute d'avoir essayé.

Ma grand-mère me rejoignit dans la coquerie et s'assit sur un tabouret de cuisine que le hasard avait placé sur son chemin. Elle sentait le sherry, mais j'aurais été totalement incapable de dire où elle le planquait.

— Mais tu te rappelles comment il est?

Je m'interrompis dans ma tâche et regardai par le hublot de la cuisine.

— Oui, répondis-je lentement, chaque ride, chaque grain de beauté, chaque expression… mais je le revois en train de mourir en Crimée.

— Ça n'est jamais arrivé, mon petit, s'exclama-t-elle. Le fait – à ta place, je prendrais un plus grand bol – de te souvenir de ses traits prouve que sa disparition date à peine d'hier. Moi, j'utiliserais du beurre et non de l'huile, et si tu as des champignons, tu pourrais les émincer avec un peu d'oignon et du bacon… tu as du bacon ?

— Sûrement. Tu ne m'as toujours pas dit comment tu as fait pour venir jusqu'ici, mamie.

— C'est facile à expliquer, ça. Au fait, as-tu réussi à trouver la liste des dix livres les plus ennuyeux ?

A cent huit ans, mamie Next était convaincue qu'elle ne pouvait pas mourir à moins d'avoir lu les dix classiques les plus assommants. Je lui avais déjà suggéré *La Reine des fées, Le Paradis perdu, Ivanhoé, Moby Dick, A la recherche du temps perdu, Pamela* et *Le Voyage du pèlerin*. Elle les avait tous lus, ceux-là et beaucoup d'autres, et elle était toujours de ce monde. Le problème, c'est que « ennuyeux » est aussi difficile à cerner que « mignon » ; il fallait donc que je réfléchisse aux dix livres qui l'ennuieraient le plus, *elle*.

— Et *Silas Marner* ?

— C'est ennuyeux par moments seulement, comme *Les Temps difficiles*. Tu devrais chercher un peu mieux que ça… et, à ta place, je prendrais une plus grande poêle, et je baisserais le feu.

— O.K., rétorquai-je, agacée, tu veux me relayer peut-être ? Tu as déjà fait le plus gros.

— Non, non, dit mamie, tu te débrouilles très bien.

Il y eut du mouvement à la porte, et Ibb entra, suivi d'Obb.

— Félicitations ! leur lançai-je.

— Pour quoi ? demanda Ibb qui ne ressemblait plus du tout à Obb.

Déjà, Obb avait dix centimètres de plus que lui, et ses cheveux étaient plus foncés, alors que ceux d'Ibb commençaient à blondir.

— Pour avoir pris des majuscules.

— C'est vrai, jubila Ibb, c'est incroyable ce que ça vous change, une journée à Ste Tabularasa. Demain, on termine le sexage, et d'ici la fin de la semaine, on sera répartis en catégories.

— Moi, je vise le personnage de mentor, dit Obb. D'après notre prof principal, des fois on peut choisir ce qu'on va faire. Vous préparez le dîner ?

— Non, répliquai-je, histoire de tester leur réceptivité au sarcasme, je suis en train de soigner mon œuf de compagnie par la chaleur.

Ibb rit – ce qui était bon signe – et s'en fut pratiquer l'humour avec Obb, au cas où l'un d'eux obtiendrait un rôle de joyeux drille.

— Ah, ces ados, fit mamie. Je crois que je vais faire une plus grosse omelette. Tu veux bien me remplacer, dis ? Il faut que je me repose un peu.

Vingt minutes plus tard, nous nous mettions à table. Obb avait coiffé ses cheveux avec une raie sur le côté, et Ibb avait mis une robe en vichy de mamie.

— Tu espères être une femme ? demandai-je en lui passant une assiette.

— Oui, mais pas comme vous. J'aimerais être plus féminine et un peu écervelée… le genre qui se met à brailler quand elle a un souci et qu'elle a besoin d'aide.

— Ah oui ?

Je servis de la salade à mamie.

— Et pourquoi ?

Ibb haussa les épaules.

— Je n'en sais rien. Ça me plaît bien, l'idée qu'on vole à mon secours... des bras vigoureux qui m'emportent, et tout. Qu'on m'explique l'action par le menu, aussi ; mais en même temps, je voudrais avoir quelques bonnes répliques et, tout en étant vulnérable, arriver à sauver la mise grâce à un éclair de génie façon savant idiot.

— A mon avis, tu n'auras pas de problème pour trouver une place, soupirai-je. Mais tu as l'air de savoir précisément ce que tu veux. As-tu pris exemple sur quelqu'un ?

— Oui, elle ! s'exclama Ibb en tirant un numéro très écorné de *Grand Ecran* de sous la table.

Avec Lola Vavoum en couverture, interviewée pour la énième fois sur ses maris, ses démentis par rapport à la chirurgie esthétique et son dernier film... généralement dans cet ordre-là.

— Mamie ! dis-je sévèrement. C'est toi qui as donné ce magazine à Ibb ?

— Eh bien...

— Tu sais à quel point les Génériques peuvent être influençables ! Pourquoi ne pas avoir choisi une revue avec Jenny Gudgeon ? Voilà une actrice... et qui joue des femmes convenables.

— As-tu vu Miss Vavoum dans *Ma sœur gardait des oies* ? rétorqua mamie avec indignation. Tu n'imagines pas l'étendue de son registre.

Je songeai à Cordelia Flakk et à son ami, le producteur Harry Flex, qui voulait que Lola joue mon rôle au cinéma. Rien que d'y penser, j'en avais la chair de poule.

— Vous alliez nous parler du sous-texte, fit Obb en se resservant de la salade.

— Ah oui, acquiesçai-je, contente de pouvoir changer de sujet. Le sous-texte est l'action implicite derrière la parole écrite. Le texte expose au lecteur les faits et gestes des personnages, mais le sous-texte nous révèle leurs intentions et leurs sentiments. Ce qu'il y a de merveilleux dans le sous-texte, c'est qu'il s'agit de grammaire courante, écrite en termes d'expérience humaine : on ne peut l'appréhender sans une bonne connaissance des hommes et de leurs interactions. Vous comprenez ?

Ibb et Obb se regardèrent.

— Non.

— O.K., je vais vous donner un exemple. Dans une soirée, un homme apporte un verre à une femme, et elle l'accepte sans répondre. Que se passe-t-il ?

— Elle n'est pas très polie ? hasarda Ibb.

— Peut-être, mais ce qui m'intéresse là-dedans, c'est la nature de leur relation.

Obb se gratta la tête.

— Elle ne peut pas parler parce que... euh... elle a perdu sa langue dans un accident industriel causé par sa négligence à lui ?

— N'allez pas chercher trop loin. Pour quelle raison quelqu'un ne dira pas forcément merci dans ce genre de situation ?

— Parce que, dit Ibb lentement, ils se connaissent ?

— Très bien. Quand dans une fête votre conjoint ou votre petit ami vous apporte un verre, souvent on se contente de le prendre ; en revanche, si c'est la maîtresse de maison, on la remercie. Autre exemple : un couple marche dans la rue... elle à dix pas derrière lui.

— Il a des jambes plus longues ? suggéra Ibb.

— Non.

— Ils ont rompu ?

— Ils se sont disputés, déclara Obb, excité, et ils n'habitent pas loin ou alors ils auraient pris la voiture.

— Possible, répondis-je. Le sous-texte nous apprend des tas de choses. Ibb, as-tu pris le dernier morceau de chocolat dans le frigo ?

Il y eut une pause.

— Non.

— Et voilà, parce que tu as hésité, je suis sûre et certaine que c'est toi.

— Oh ! fit Ibb. Celle-là, je m'en souviendrai.

On frappa à la porte.

C'était Arnold, l'ancien soupirant de Mary, tout fringant dans un costume et avec un petit bouquet de fleurs à la main. Sans lui laisser le temps d'ouvrir la bouche, je refermai la porte.

— Tenez, dis-je en me tournant vers Ibb et Obb, ceci est une bonne occasion d'étudier le sous-texte. Tâchez de découvrir ce qui se passe *derrière* les mots… et Ibb, s'il te plaît, évite de nourrir Pickwick à table.

Je rouvris la porte, et Arnold, qui avait rebroussé chemin, revint en courant.

— Oh ! dit-il en feignant la surprise. Mary n'est toujours pas rentrée ?

— Non. Elle ne sera pas là avant un bon moment. Je peux prendre un message ?

Et je fermai la porte à nouveau.

— O.K., dis-je à Ibb et Obb. De quoi s'agit-il, à votre avis ?

— Il cherche Mary ? avança Ibb.

— Il sait pourtant qu'elle n'est pas là, ajouta Obb. C'est probablement pour vous qu'il est venu, Thursday.

— Pourquoi ?

— Pour vous inviter à sortir avec lui ?

— Très bien. Et moi, je réagis comment?

Ibb et Obb réfléchissaient fébrilement.

— Si vous ne vouliez pas le voir, vous lui auriez dit de partir, donc il ne doit pas vous laisser indifférente.

— Excellent! approuvai-je. Voyons la suite.

Je rouvris la porte sur un Arnold décontenancé qui m'adressa un grand sourire.

— Non, pas de message, dit-il. C'est juste que… Mary et moi, on devait aller voir les Citrons Verts ce soir…

Je regardai Ibb et Obb qui secouèrent la tête. Eux non plus n'y croyaient pas.

— Ma foi…, fit Arnold lentement, ça vous dirait peut-être de venir au concert avec moi?

Je fermai la porte.

— Il a fait semblant de vouloir aller voir les Citrons Verts ce soir, déclara Ibb avec plus d'assurance, alors qu'il a tout manigancé depuis le départ. Je crois qu'il a un sérieux béguin pour vous.

Je rouvris la porte.

— Non, je regrette, lui répondis-je à la hâte. Je suis mariée et j'aime mon mari.

— Ce n'était pas pour vous draguer, s'exclama Arnold, je vous propose simplement une place pour un concert. Tenez, je vous la laisse. Je n'ai personne d'autre à qui la donner; si vous n'en voulez pas, vous n'avez qu'à la jeter.

Je refermai la porte encore une fois.

— Ibb a tort, dit Obb. Il est mordu, c'est vrai, mais il s'est grillé en montrant trop d'empressement… Il vous sera difficile de respecter quelqu'un qui vous supplie presque à genoux.

— Pas mal. Allez, on continue.

J'ouvris la porte et contemplai les yeux candides d'Arnold.

— Elle vous manque, hein ?

— Qui ça ? demanda-t-il, faussement nonchalant.

— Déni d'amour ! glapirent Ibb et Obb derrière moi. En fait, vous ne l'intéressez pas du tout – il est amoureux de Mary et veut sortir avec vous pour cesser de penser à elle !

Arnold prit un air suspicieux.

— Qu'est-ce que c'est ?

— Une explication de sous-texte, répliquai-je. Pardon d'avoir été malpolie. Vous venez boire un café ?

— Normalement, il faudrait que j'y aille, là...

— On se fait prier ! s'esclaffa Ibb.

— La balance du pouvoir penche en sa faveur, enchaîna Obb, parce que vous avez été malpolie envers lui avec ces histoires de porte, et maintenant vous allez devoir *insister* pour qu'il vienne boire un café, quitte à vous montrer plus amicale que vous ne l'auriez voulu.

— Ils sont toujours comme ça ? s'enquit Arnold en entrant.

— Ils apprennent vite. Lui, c'est Ibb, et lui, c'est Obb. Ibb et Obb, je vous présente Arnold.

— Salut ! fit Arnold en réfléchissant. Dites, les Génériques, ça vous branche d'aller voir les Citrons Verts ?

Ils se regardèrent et, se rendant compte qu'ils étaient assis un peu trop près l'un de l'autre, s'écartèrent.

— Alors ? dit Ibb.

— Eh bien, seulement si tu as envie...

— Moi, ça m'est égal... à toi de décider.

— Oui-i, j'aimerais bien y aller.

— O.K., allons-y... sauf si tu as d'autres projets...

— Non, non, je n'ai rien de prévu.

Ils se levèrent, prirent les billets et s'en furent en un éclair.

Je ris et passai dans la coquerie.

— Qui est cette femme âgée? demanda Arnold.

— C'est ma grand-mère.

Je mis la bouilloire à chauffer et sortis le café.

— Est-ce qu'elle est...?

— Ciel, non! Elle s'est seulement endormie. Elle a cent huit ans.

— Ah bon? Et pourquoi porte-t-elle cet affreux vichy bleu?

— Je l'ai toujours connue comme ça. Elle est venue ici pour veiller à ce que je n'oublie pas mon mari. Pardon si j'ai l'air d'enfoncer le clou, ce n'était pas volontaire.

— Allez, dit Arnold, ne vous tracassez pas. Je n'avais pas l'intention de verser dans le mélo, vous savez. Mais Mary, c'est quelqu'un... et je ne suis pas amoureux d'elle seulement parce que j'ai été écrit de la sorte, non, cette fois, c'est la bonne. Comme Nelson et Emma, Bogart et Bacall...

— Finch-Hatton et Blixen. Oui, je connais.

— Denys était amoureux du baron Blixen?

— *Karen* Blixen.

— Oh...

Il s'assit, et je posai la tasse de café devant lui.

— Parlez-moi de votre mari.

— Ah! mais, répondis-je en souriant, je ne voudrais pas vous ennuyer avec Landen.

— Ça ne m'ennuie pas. Vous m'écoutez bien radoter à propos de Mary.

Je remuai distraitement mon café, passant en revue mes souvenirs de Landen pour m'assurer qu'ils étaient tous là. Mamie marmonna quelque chose au sujet de homards dans son sommeil.

— Ça n'a pas dû être une décision facile de venir vous cacher ici, dit Arnold doucement. En général, les Thursday ne font pas ça, je présume.

— Tout à fait. Mais reculer pour se regrouper ne signifie pas toujours fuir.

— Une retraite stratégique ?

— Absolument. Que feriez-vous pour vous remettre avec Mary ?

— N'importe quoi.

— Moi, c'est pareil avec Landen. Je vais le récupérer… mais pas tout de suite. Ce qui est étrange, ajoutai-je avec un brin de mélancolie, c'est qu'à son retour, il ne saura même pas qu'il avait disparu. Ce n'est pas comme s'il attendait que je le réactualise.

Nous bavardâmes pendant près d'une heure. Il me parla du Puits, et moi je lui racontai le Monde Extérieur. Au moment où il essayait de me faire répéter : « bêlant bélier bienveillant », mamie se réveilla en criant :

— Les Français ! Les Français !

Il fallut la calmer avec un verre de whisky tiède avant de la mettre au lit.

— Je pense que je vais rentrer, dit Arnold. Ça vous dérange si je repasse vous voir ?

— Pas du tout, répondis-je. Ce sera avec plaisir.

Sur ce, j'allai me coucher, mais je ne dormais toujours pas quand Ibb et Obb revinrent du concert. Ils rigolaient et se firent une tasse de thé à grand bruit avant de se retirer pour la nuit. Je fermai les yeux, espérant revoir en rêve notre maison, celle où j'avais vécu avec Landen. Ou, à défaut, nos vacances quelque part. Ou, toujours à défaut, notre première rencontre ; si ce n'était pas possible, une engueulade… et pour finir, n'importe quoi, du moment qu'il y avait Landen.

Toutefois, Aornis avait sa propre idée là-dessus.

15

Landen Parke-Chose

Avant Aornis Hadès, seuls les OS-5 soupçonnaient l'existence de mnémonomorphes, mais par fourberie, paresse ou oubli, ils n'en ont parlé à personne. Les dossiers sur les mnémonomorphes sont conservés dans huit endroits différents et mis à jour automatiquement toutes les semaines. La faculté de maîtriser l'entropie ne va pas nécessairement de pair avec le don d'altérer les souvenirs ; en fait, Aornis était le seul être (à notre connaissance) capable d'une telle performance. Ainsi que Miss Next l'a prouvé entre 1986 et 1987, les mnémonomorphes ont eux aussi leur talon d'Achille. Il y a cependant une question que tout le monde se pose à propos d'Aornis, dans la mesure où il ne reste rien de sa personne : était-elle réelle ou juste un mauvais souvenir ?

BLAKE BUSH (EX-OS-5)
Vous vous souvenez d'eux ?
Essai sur les mnémonomorphes

— Chère, douce Thursday ! marmonna une voix condescendante de sinistre mémoire.

Je rouvris les yeux. Je me trouvais sur le toit de

Thornfield Hall, le manoir de Rochester dans *Jane Eyre*. Le moment et le lieu de l'affrontement final avec Achéron Hadès. La vieille maison était en feu ; je sentais le toit qui chauffait sous mes pieds. La fumée me fit tousser et me piqua les yeux. Près de moi se trouvait Edward Rochester, tenant sa main déchiquetée. Achéron avait déjà jeté sa pauvre femme Berthe par-dessus le parapet et s'apprêtait à en finir avec nous.

— Douce folie, hein ? ironisa-t-il. Jane est chez ses cousins, donc le récit aussi. Et moi, j'ai le manuel.

Il l'agita devant moi, le glissa dans sa poche et ramassa son pistolet.

— Par qui je commence ?

Sans m'occuper de lui, je regardai autour de moi. Ce dédaigneux : « Chère, douce Thursday ! », ce n'était pas sa voix… c'était celle d'Aornis.

— Hé ! fit Achéron. Je vous parle.

Je me retournai et tirai obligeamment ; il attrapa la balle comme la première fois et ouvrit le poing : le projectile n'était plus qu'un petit disque plat. Il sourit, et une pluie d'étincelles jaillit derrière lui.

Mais ce n'était pas Achéron qui m'intéressait.

— Aornis ! criai-je. Montre-toi, espèce de lâche !

— Lâche, moi ?

Et elle émergea de derrière une grosse cheminée.

— Tu me fais quoi, là ? demandai-je, furieuse, pointant mon arme sur elle.

Nullement impressionnée, elle semblait redouter surtout de salir ses escarpins en daim.

— Bienvenue, lança-t-elle en riant, au musée de ta mémoire !

Le toit de Thornfield disparut, remplacé par la nef de l'église abandonnée où Spike et moi étions sur le point de livrer bataille à l'Etre Suprême Maléfique coincé à l'intérieur de son crâne. C'était arrivé en vrai il y a quelques semaines à peine ; le souvenir était encore frais et tellement proche de la réalité que ça faisait froid dans le dos.

— Je suis la conservatrice de ce musée, dit Aornis tandis que nous passions dans la salle à manger de mes parents à l'époque où j'avais huit ans, petite fille avec des couettes et précoce comme pas deux.

Mon père – d'avant son éradication, bien sûr – était en train de découper le rôti et de me dire que si je continuais à leur pourrir la vie, j'allais remonter dans ma chambre vite fait.

— Ça te rappelle des choses ? demanda Aornis. Je peux ressortir n'importe quelle pièce de la collection. Et ça, tu t'en souviens ?

Nous étions de retour sur les berges de la Tamise, lors de la tentative avortée de mon père de secourir Landen âgé de deux ans. La peur et le désespoir m'enserraient si fort la poitrine que je pouvais à peine respirer. J'éclatai en sanglots.

— Je peux le repasser, si tu veux. Je peux te le repasser nuit après nuit, *jusqu'à la fin*. Ou alors je peux l'effacer complètement. Et ça, qu'en dis-tu ?

La nuit était tombée. Nous étions dans un quartier de Swindon où les jeunes couples se rendent en voiture pour avoir un peu d'intimité. J'étais avec Darren, un flirt *hautement* improbable. Il se penchait sur moi en une étreinte amoureuse à l'arrière de sa Morris 8. J'avais dix-sept ans et j'étais impulsive… Darren en avait dix-huit, et il était répugnant. Je sentais son haleine qui empestait la bière et son odeur de grand adolescent, si forte qu'on aurait presque pu essorer l'air à mains nues pour le débarrasser de cette puanteur. Je vis Aornis qui me souriait à travers la vitre de la voiture et, entre deux respirations haletantes de Darren, je poussai un cri.

— Mais ce n'est pas le pire, jubila-t-elle. On pourrait retourner en Crimée et déverrouiller des souvenirs qui sont trop terrifiants, même pour toi. Les souvenirs refoulés, ceux que tu occultes pour pouvoir vivre au jour le jour.

— Non, protestai-je. Aornis, pas la charge… !

Trop tard, j'y étais déjà – le dernier endroit où j'avais envie d'être –, au volant de mon transport de troupes, face au gros de l'artillerie russe, en cet après-midi d'août 1973. Sur quatre-vingt-quatre chars et blindés légers partis à l'assaut de l'armée ennemie, seuls deux véhicules étaient rentrés. Sur cinq cent trente-quatre soldats engagés dans la bataille, il n'y eut que cinquante et un survivants.

C'était juste avant le début du tir de barrage. Mon officier supérieur, le major Phelps, s'était perché dehors selon son habitude, en bravache imbécile qu'il était, et tout autour, j'apercevais les autres blindés qui labouraient la terre sèche en soulevant de gros nuages de poussière d'été. On pouvait nous voir à des kilomètres à la ronde. La première salve nous prit au dépourvu ; je crus même à l'explosion accidentelle des munitions à bord d'un de nos chars, mais le sifflement de l'obus qui venait de manquer sa cible me fit comprendre mon erreur. Je changeai aussitôt de direction et me mis à zigzaguer. Je me tournai vers Phelps dans l'attente d'un ordre, mais il s'était affaissé sur l'écoutille : il avait perdu un avant-bras et était inconscient. Le tir était si intense qu'on n'entendait plus qu'un grondement ininterrompu. Ballottée par les ondes de choc, j'arrivais à peine à garder les mains sur les commandes.

Je lus dans un rapport officiel deux ans plus tard qu'il y avait eu quarante-deux canons braqués sur nous à mille mètres de distance, et qu'ils avaient tiré trois cent quatre-vingt-sept rafales d'obus hautement explosifs… environ quatre par véhicule. C'était comme mitrailler du poisson dans un tonneau.

Le sergent Tozer reprit le commandement et m'ordonna de me diriger vers un blindé de transport qui avait perdu ses chenilles et s'était retourné. Je me garai derrière l'épave, et Tozer et son équipage se précipitèrent pour secourir les blessés.

— A quoi pensais-tu réellement ? s'enquit Aornis.

Assise à côté de moi, elle contemplait avec dédain la poussière et le cambouis.

— A fuir, répondis-je. J'étais morte de peur. Nous l'étions tous.

— Next ! hurla Tozer. Cessez de parler à Aornis et conduisez-nous jusqu'au prochain véhicule.

Au moment où je redémarrais, il y eut une nouvelle explosion. Je vis une tourelle se faire projeter dans les airs, avec une paire de jambes se balançant en dessous.

J'avais beau savoir que c'était un rêve, la peur était là, intacte, comme au premier jour. Des larmes de rage impuissante me montèrent aux yeux. Je croyais qu'Aornis allait poursuivre sur le champ de bataille, mais il y avait manifestement un dessein derrière son jeu barbare ; en un clin d'œil, nous étions de retour sur le toit de Thornfield Hall.

Achéron reprit là où il en était resté ; il me considéra d'un air triomphant.

— Sachez, en guise de consolation, que j'avais l'intention de vous accorder l'honneur d'être mon Felix9... Qui êtes-vous ?

Il était en train de regarder Aornis.

— Aornis, dit-elle timidement.

Il sourit, ce qui ne lui arrivait pas souvent, et baissa son arme.

— Aornis ? répéta-t-il. La *petite* Aornis ?

Elle hocha la tête et se précipita dans ses bras.

— Bonté divine ! fit-il en l'examinant avec attention.

Comme tu as grandi ! La dernière fois que je t'ai vue, tu étais haute comme ça et avais tout juste *commencé* à torturer les animaux. Dis-moi, nous as-tu suivis dans l'entreprise familiale ou t'es-tu fait recaler comme ce gros nul de Styx ?

— Je suis une mnémonomorphe ! annonça-t-elle fièrement, quêtant l'approbation du grand frère.

— Mais oui, bien sûr. J'aurais dû m'en douter. En ce moment, nous sommes dans les souvenirs de la Next, n'est-ce pas ?

Elle acquiesça avec ferveur.

— Bravo ! Au fait, est-ce qu'elle m'a tué pour de bon ? Car je ne suis ici qu'en tant que *souvenir* de moi-même dans sa mémoire.

— Hélas, non, dit Aornis d'un air sombre. Elle t'a tué bel et bien.

— En recourant à la trahison ? Suis-je mort en Hadès ?

— Non, malheureusement... elle t'a vaincu de manière honorable.

— Saleté !

— Entièrement d'accord. Mais j'aurai la vengeance que tu mérites, mon cher frère, tu as ma parole.

C'en était presque attendrissant, ces retrouvailles en famille, mais je ne peux pas dire qu'elles m'aient arraché des larmes. L'avantage, c'est qu'au moins ça nous éloignait de la Crimée.

— Maman est très fâchée contre toi, déclara Aornis qui, comme tous les Hadès, avait son franc-parler.

— Pourquoi ?

— A ton avis ? Parce que tu as assassiné Styx.

— Styx était un crétin, une honte pour la famille Hadès. Si notre père avait été en vie, il aurait fait le boulot lui-même.

— En tout cas, maman était très fâchée... à ta place, j'irais lui demander pardon.

— O.K., la prochaine fois. Attends une minute, je suis mort... je ne peux pas demander pardon à qui que ce soit. Fais-le pour moi.

— Je suis une mnémonomorphe, rappelle-toi. Ce que tu vois là n'est qu'un parasite mental, une sorte de personnalité satellite, si tu préfères. Crois-moi, si je savais où est Thursday, elle serait déjà morte. Non, voici ce que je te propose : quand j'irai faire mon rapport à Aornis elle-même...

— Pssst! fit une voix tout près de mon oreille.

C'était mamie Next.

— Mamie! Ce que je suis contente de te voir!

— Allez, viens, dit-elle, pendant qu'Aornis est occupée ailleurs.

Elle me prit par la main et me conduisit vers la fenêtre par laquelle nous pénétrâmes dans la maison. Mais au lieu du brasier, nous nous retrouvâmes sur la ligne de touche d'un match de croquet. Et pas n'importe quel match... C'était la finale de la Coupe de la Fédération, le Super Arceau. C'était le temps mort, et les joueurs des deux équipes discutaient stratégie, appuyés sur leurs maillets.

Un coup de sifflet retentit, indiquant la reprise du jeu. Je levai les yeux sur le tableau d'affichage. Le score était 12-21 ; Swindon était en train de perdre.

— Mamie, dis-je lentement tandis que les joueurs regagnaient le terrain en courant, je n'ai aucun souvenir de *ça*.

— Evidemment, répondit-elle comme si elle s'adressait à une demeurée. Celui-ci est à moi. Aornis ne nous trouvera jamais ici.

— Attends un peu, comment puis-je rêver avec tes souvenirs à toi?

— Tss, tss, me réprimanda-t-elle, tu poses trop de questions. Tout sera expliqué en temps voulu. Ça te dirait, un sommeil profond, sans rêves, histoire de te reposer ?

— Oh oui, s'il te plaît !

— Bien. Aornis ne t'importunera plus cette nuit… je veillerai sur toi.

Elle s'approcha d'un joueur de croquet costaud qui n'avait qu'une oreille et lui dit quelques mots en me montrant du doigt. Je contemplai le stade. C'était le stade de croquet de Swindon, et pourtant il semblait différent. Derrière moi, dans la loge des VIP, j'eus la surprise d'apercevoir Yorrick Kaine en discussion avec un de ses adjoints. A côté de lui, il y avait le président Formby qui me sourit et m'adressa un signe de la main. En scrutant la foule, je reconnus soudain la seule et unique personne que j'avais envie de voir. C'était Landen, et il faisait sauter un jeune enfant sur ses genoux.

— Landen ! criai-je.

Mais ma voix se perdit dans les acclamations des supporters. Il me vit cependant, et sourit. Prenant la main de l'enfant, il le fit saluer également. Mamie me tapota sur l'épaule pour attirer mon attention.

— Mamie, lui dis-je, c'est Lan…

Tout à coup, le maillet s'abattit sur ma tête. Ce fut le black-out et l'oubli. Au meilleur moment, comme toujours.

16

Le capitaine Nemo

Le service d'approvisionnement de Mr. Wemmick : Pour permettre aux agents de la Jurifiction de se déplacer facilement et discrètement à l'intérieur des livres, une réserve a été installée dans le hall de la Grande Bibliothèque. Elle contient un nombre quasi illimité d'articles, dans la mesure où Mr. Wemmick a l'autorisation de créer tout ce dont il a besoin grâce à un petit appareil ImaginoTransfert breveté par le Grand Central du Texte. Pour lutter contre le chapardage, tous les objets sortis doivent être rendus, après quoi ils sont immédiatement réduits en texte.

LE CHAT DE L'A.U. DE W.
Guide de la Grande Bibliothèque (glossaire)

Je me réveillai tard le lendemain matin. Comme mon lit était à côté du hublot, je roulai sur le flanc, pliai un oreiller en deux et contemplai le soleil qui brillait à la surface du lac. Le doux clapotis de l'eau contre la coque de l'hydravion me procurait une sensation de paix et de bien-être que les meilleurs stressperts chez les OpSpecs n'auraient su me vendre en dix ans de temps.

Je me levai lentement quand soudain je fus prise de vertige. La pièce se mit à tourner, et une bouffée de chaleur m'envahit. Après une brève et déplaisante incursion aux toilettes, je me sentis mieux et allai dans la cuisine.

Je me fis des toasts pour combattre la nausée et, ce faisant, j'aperçus mon reflet dans le grille-pain chromé. J'avais une sale tête; le grille-pain à la main, je tirai la langue pour voir de quoi ç'avait l'air lorsque les Génériques arrivèrent.

— Mais enfin, que faites-vous? s'enquit Ibb.

— Rien, répondis-je en replaçant hâtivement le grille-pain. Alors, on va en cours?

Ils hochèrent la tête de concert. Non seulement ils avaient préparé leur casse-croûte, notai-je, mais ils avaient aussi rangé derrière eux. Le respect des autres, c'est bon signe chez un Générique. Ça prouve qu'il a de la personnalité.

— Savez-vous où est mamie? demandai-je.

— Elle a dit qu'elle se rendait pour quelques jours à la cour des Médicis, répliqua Obb. Elle vous a laissé un mot.

Le billet se trouvait sur le comptoir. J'examinai le message – qui consistait en deux mots – avec une certaine perplexité.

— On rentre à cinq heures, annonça Ibb. Vous avez besoin de quelque chose?

— Comment? Euh... non, dis-je en relisant le mot de ma grand-mère. Allez, à ce soir.

Je mangeai un copieux petit déjeuner et me replongeai dans mon test à choix multiple. Après avoir bataillé une demi-heure avec des questions telles que : *Dans quel livre habite Sam Weller le valet?* et *Qui a dit : « Lorsqu'elle parut, ce fut comme si le printemps arrivait enfin après un hiver maussade » ?*, je m'arrêtai et regardai pour la dixième fois le mot de mamie. C'était déconcertant. D'une écriture tremblée, en pattes de mouches, elle avait marqué : SOUVIENS-TOI !

— Me souvenir de *quoi*? maugréai-je en sortant faire un tour.

Je descendis sur les bords du lac et suivis un sentier qui serpentait à travers un bois de bouleaux. Courbée sous les branches basses, je me dirigeai droit vers les embarcations voisines du vieux Sunderland. La première était une chaloupe recouverte de plastique, en état de rénovation permanente. A côté, il y avait un chaland abandonné, affaissé sur ses amarres. J'allais poursuivre mon chemin quand soudain j'entendis un éclat de rire démoniaque accompagné d'un coup de tonnerre et d'odeur de soufre apportée par un vent glacial. Une épaisse fumée verte m'enveloppa. Je cillai et toussai; lorsqu'elle se fut dissipée, je n'étais plus seule. Trois vieilles sorcières au menton crochu et au teint brouillé dansaient en gloussant devant moi. Elles frottaient leurs mains sales, et leurs cabrioles maladroites manquaient singulièrement de coordination. Bref, elles surjouaient, et abominablement mal par-dessus le marché.

— *Trois fois le chien aveuglé aboiera*, dit la première sorcière, faisant surgir un chaudron sur le sentier.

— *Trois fois, et une fois le hérisson a repassé*, dit la deuxième, jetant des feuilles sous le chaudron pour allumer un feu.

— *La passante crie : « C'est l'heure! C'est l'heure! »*,

grinça la troisième en lançant quelque chose dans le chaudron qui se mit à bouillir énergiquement.

— Ce n'est vraiment pas le moment, déclarai-je, exaspérée. Si vous alliez enquiquiner quelqu'un d'autre ?

— *Filet de flétan fumé*, continua la deuxième sorcière, *Dans le chaudron bous et cuis. Rouleau de calandre, bol de nouilles ; Châle de laine et langue de chat ; Patte de César, bile de Papou. Pour faire un charme puissant en trouble, bouillez et écumez comme une soupe d'enfer !*

— Pardon de vous interrompre, mais j'ai beaucoup à faire... et de toute façon, aucune de vos prophéties ne s'est réalisée, à part le coup de la citoyenne de Swindon, mais ça, n'importe qui peut le trouver dans un annuaire. Et puis, connaissant mon statut d'apprentie, vous saviez que tôt ou tard j'allais passer mon examen d'entrée à la Jurifiction !

Elles cessèrent de glousser et se regardèrent. La première sorcière tira une montre de gousset des plis de sa cape élimée et la scruta avec attention.

— Donne-nous l'heure, serviteur imparfait ! s'écria-t-elle. *Salut à toi, Miss Next, prends garde à la règle de la triple lecture !*

— *Salut à toi, Miss Next, le S après le E, sauf avant le T !* croassa la deuxième.

— *Salut à toi, Miss Next !* ajouta la troisième, histoire de mettre son grain de sel. *Tu rencontreras un roi, mais tu n'en seras pas un. Tu liras un Roy, mais tu ne...*

— Allez, ouste ! retentit une voix de stentor derrière moi.

Les trois sorcières se turent et toisèrent l'intrus d'un air agacé. C'était un vieillard dont le visage tanné semblait avoir été sculpté par des années d'errance autour du globe. Il portait un chandail irlandais avec un blazer bleu marine, et une casquette de capitaine dont s'échappaient quelques mèches grises éparses. Ses yeux pétillaient de vie, et une grimace fendait ses traits burinés. Ce ne pouvait être que le capitaine Nemo.

— Disparaissez, les vieilles ! cria-t-il. Allez vendre votre camelote ailleurs !

Il les aurait probablement tapées avec la branche massive qu'il brandissait si les sorcières, effrayées, ne s'étaient pas évanouies dans un coup de tonnerre, avec le chaudron et tout le bazar.

— Ha ! fit Nemo en lançant la branche dans leur direction. La prochaine fois, je vous hacherai menu, harpies sournoises, avec vos saluts à ceci et cela !

Il darda sur moi un regard accusateur.

— Leur avez-vous donné de l'argent ?

— Non, monsieur.

— Allez, honnêtement. Leur avez-vous donné quoi que ce soit ?

— Non.

— Tant mieux, répondit-il. Ne leur donnez *jamais* d'argent. Il ne faut surtout pas les encourager. Elles vous embobinent avec leurs prophéties foutraques, vous mettent en tête l'idée de changer de voiture, mais dès que vous y songez sérieusement… bing ! elles vous proposent des prêts, une police d'assurance et autres services financiers dont vous n'avez que faire. Ce pauvre vieux Macbeth l'a pris un peu trop à cœur : tout ce qu'elles voulaient, c'était lui vendre un emprunt et une assurance pour un plus grand château. Quand les histoires de la forêt de Birnham et de « nul être né d'une femme » se sont avérées, les sorcières ont été les premières surprises. N'entrez jamais dans leurs petites combines, vous allez vous retrouver sur la paille en moins de deux. Qui êtes-vous, au fait ?

— Thursday Next. Je remplace…

— Ah ! marmonna-t-il, pensif. C'est vous qui venez du Monde Extérieur. Dites-moi, comment ça marche, les escalators ? Est-ce un seul long escalier qui s'enroule autour d'un énorme tambour et qu'on déroule chaque nuit, ou bien un tapis roulant qui tourne en continu ?

— Un... hum, un tapis roulant.

— Ah oui ? Je me suis souvent posé la question. Bienvenue dans *Les Hauts de Caversham.* Je suis le capitaine Nemo. J'ai du café sur le feu... Me ferez-vous l'honneur de venir boire une tasse en ma compagnie ?

Je le remerciai, et nous continuâmes à marcher au bord du lac.

— Belle matinée, ne trouvez-vous pas ? demanda-t-il en désignant d'un geste circulaire le lac et les nuages floconneux.

— Comme toujours, répondis-je.

— Pour un paysage terrestre, c'est presque acceptable, ajouta Nemo rapidement. Ce n'est qu'un caprice passager comparé à la beauté des abysses, mais quand on est à la retraite, il faut savoir faire des sacrifices.

— J'ai lu votre livre plein de fois, dis-je courtoisement, et j'ai pris beaucoup de plaisir à l'histoire.

— Jules Verne n'était pas seulement mon auteur, mais aussi un très bon ami, fit Nemo tristement. Son décès m'a peiné, et c'est une émotion que je partage rarement avec mes semblables.

Nous étions arrivés chez lui. Le redoutable vaisseau aux lignes épurées de *Vingt mille lieues sous les mers* n'était plus qu'une épave rouillée, avec une ceinture d'algues vertes poussant sur les grandes vitres panoramiques. Témoin d'une foi révolue dans le progrès technologique, c'était le *Nautilus.*

Nous gravîmes la passerelle, et Nemo m'aida à monter à bord.

— Merci.

Je longeai la coque de surface jusqu'à la tourelle de pilotage où il avait installé un fauteuil et une table avec un narguilé en verre. Il rapprocha un autre fauteuil pliant et me fit signe de m'asseoir.

— Vous êtes ici comme moi, demanda-t-il, pour vous reposer entre deux missions ?

— Je suis en congé de maternité... en quelque sorte.

— Je ne connais rien à ces choses-là, dit-il gravement en versant une tasse de café.

La porcelaine était estampillée White Star Line.

Je bus une gorgée et pris le biscuit qu'il me tendait. Le café était excellent.

— C'est bon, hein ? s'enquit-il, le sourire aux lèvres.

— Et comment ! Le meilleur que j'aie jamais goûté. Qu'est-ce que c'est ?

— Il vient du bassin des Guyanes, expliqua-t-il, une région marine parsemée de montagnes et de collines souterraines aussi belles que les Andes. Là-bas, dans une vallée profonde, j'ai découvert une plante aquatique dont les graines, une fois séchées et moulues, donnent un café capable de rivaliser avec n'importe quel breuvage terrestre.

Son visage s'allongea, et il contempla sa tasse en remuant le liquide brunâtre.

— Quand j'aurai bu ce café, ce sera fini, il n'y en aura plus. Je tourne dans le Puits des Histoires Perdues depuis un siècle maintenant. Je devais figurer dans une suite... Jules Verne en avait écrit la moitié lorsqu'il est mort. Le manuscrit, hélas, a été jeté après sa disparition, puis détruit. J'ai fait appel au Conseil des Genres pour contester l'ordre de démolition et j'ai bénéficié d'un sursis. Moi... et le *Nautilus*, bien sûr.

Il soupira.

— Nous avons survécu à d'innombrables déménagements de livre en livre à l'intérieur du Puits. Aujourd'hui, comme vous pouvez le voir, je suis coincé ici. Les piles voltaïques, source d'énergie du *Nautilus*, sont pratiquement à plat. Le sodium, que j'extrais de l'eau de mer, est épuisé. Pendant des années, j'ai fait l'objet d'un classement, mais être classé sans aucun moyen de subsistance ne sert pas à grand-chose. Il suffirait d'un millier de mots pour remettre le *Nautilus* à neuf... seulement, je n'ai ni argent ni influence. Je ne suis qu'un solitaire excentrique qui attend une suite, laquelle, je le crains, ne sera jamais écrite.

— Je... J'aimerais bien pouvoir faire quelque chose. Mais la Jurifiction ne fait que maintenir l'ordre ; elle ne dicte pas les choix politiques ni ne décide des livres à paraître. Vous avez certainement déjà pensé à passer une annonce ?

— Ça fait des années. Tenez, voyez vous-même.

Il me tendit un numéro du *Mot*. La rubrique « Demandes d'emploi » occupait la moitié du journal. Je lus à l'endroit qu'il m'indiquait :

> Loup de mer autoritaire et excentrique (ex-Verne) recherche un récit passionnant et hautement moral pour mettre en pratique sa connaissance des océans et discuter de la place de l'homme dans son environnement. Français courant, possède son propre sous-marin. Ecrire à : Capitaine Nemo, c/o *Les Hauts de Caversham*, sous-sol six, PDHP.

— Toutes les semaines depuis un siècle, grommela-t-il, et aucune offre digne d'intérêt.

Je me dis que pour lui, une offre digne d'intérêt ne devait pas revêtir le même sens que pour d'autres : peu d'ouvrages avaient l'étoffe de *Vingt mille lieues sous les mers*.

— Vous avez lu *Les Hauts de Caversham*? s'enquit-il.

Je hochai la tête.

— Alors vous savez que le pilon n'est pas seulement inévitable, mais indispensable. Lorsque ce livre partira au rebut, je ne demanderai pas un transfert. Le *Nautilus* sera broyé, et moi avec... depuis le temps que j'attends ça !

Le sourcil froncé, il se versa une tasse de café.

— A moins, ajouta-t-il en s'animant soudain, que je ne publie mon annonce dans un encadré, avec une photo, hein? Ça coûtera plus cher, mais ça se verra davantage.

— Ça vaut le coup d'essayer, acquiesçai-je.

Nemo se leva et descendit dans les entrailles du sous-marin sans mot dire. Je croyais qu'il allait revenir, mais au bout de vingt minutes, je décidai de rentrer chez moi. J'avais repris le sentier en sens inverse quand je reçus un appel de Havisham[1].

— Comme toujours, Miss Havisham[2].

— Perkins doit être dans tous ses états.

Entre les grammasites, le Minotaure, les Yahoos et un ou deux millions de lapins, la vie dans le bestiaire ne devait pas être de tout repos[3].

— Je viens tout de suite.

1. Miss Next, vous êtes là ?

2. Parfait. Retrouvez-moi au siège de la Jurifiction le plus vite possible. C'est au sujet de Perkins... Le Minotaure s'est échappé.

3. Pas vraiment. Voyez-vous, il ne répond pas aux appels du NDBDP-phone. Nous pensons qu'il a dû lui arriver quelque chose.

17

Problème avec le Minotaure

Guide de Voyage : équipement de base de tout agent de la Jurifiction, le Guide de Voyage polyvalent contient des informations, des cartes, des tuyaux, des recettes et des extraits de romans populaires ou abscons pour faciliter le déplacement inter-livres. Il comporte également nombre de gadgets de chez JurisTech réservés aux missions spéciales, comme le masque MV, le Marqueur de Texte et le Chapeau Eject-O. La couverture de chaque guide est nominative et dotée d'un système d'alarme et d'un mécanisme d'autodestruction.

LE CHAT DE L'A.U. DE W.
Guide de la Grande Bibliothèque (glossaire)

Je me transportai dans le Puits et pris l'ascenseur pour me rendre à la Bibliothèque. J'avais acheté un exemplaire du *Mot*; le gros titre clamait : « Les personnages des comptines en grève illimitée. » Plus loin figurait le compte rendu de l'attentat contre Heathcliff. J'appris qu'un groupe terroriste qui se faisait appeler « la Race des Danois » avait également menacé de le tuer pour permettre à Hamlet de remporter le prix du Jeune Premier le plus Ombrageux aux prochains Livres d'Or. En tournant la page, je tombai sur un long article vantant les mérites de UltraWord™ avec une lettre ouverte du Grand Central du Texte pour expliquer que rien n'allait changer et que tous les postes et privilèges seraient maintenus.

L'ascenseur s'arrêta au premier. Je me dirigeai à la hâte vers *Raison et sentiments* et lus un passage pour pouvoir y entrer. Il y avait toujours foule à la porte de Norland Park, mais cette fois avec des tentes, une fanfare et un brasero métallique pour brûler du bois mort. Sitôt qu'ils me virent, ils se mirent à scander :

— ON VEUT DES CONGÉS, ON VEUT DES CONGÉS...

Une femme au visage fatigué, flanquée d'une ribambelle de mouflets, me tendit un tract.

— Trois cent vingt-cinq ans que je fais ce boulot, dit-elle, sans m'arrêter ne serait-ce qu'un week-end !

— J'en suis désolée.

— On ne veut pas de la pitié, on veut des actes, déclara un jeune gars avec un seau et du papier brun autour de la tête. Aucune somme d'argent ne peut pallier l'inconvénient des récitations répétitives. Cependant, voici ce que nous réclamons : *primo*, que tous les personnages de comptines puissent bénéficier dès maintenant d'un congé de deux semaines ; *secundo*, que...

— Je vous assure, l'interrompis-je, vous vous trompez d'interlocuteur. Je ne suis qu'une apprentie. Et de toute façon, la Jurifiction n'a pas le pouvoir d'édicter des lois... Adressez-vous plutôt au Conseil des Genres.

— Le Conseil nous a redirigés sur le GCT, lequel nous a envoyés chez le Grand Manitou, dit Humpty Dumpty pendant que tous les autres opinaient vigoureusement du bonnet. Mais personne n'a l'air de savoir s'il existe.

— Si tu ne l'as jamais vu, c'est qu'il n'existe pas, fit le petit Jack Horner. Quelqu'un veut de la tarte ?

— Je n'ai jamais vu Vincent Price, observai-je, mais je *sais* qu'il existe.

— Qui ça ?

— Un acteur, expliquai-je. (Je me sentais un peu bête.) Là-bas, chez nous.

— UNE MANGOUSTE ! hurla Humpty, sortant un petit revolver et se jetant à terre... manque de chance, dans une flaque de boue.

— Mais non, lui répondit-on. C'est un chien d'aveugle. Range ton arme avant de te blesser.

— Un chien d'aveugle ? répéta Humpty, se relevant lentement. Vous en êtes sûrs ?

— Avez-vous parlé au WordMaster Libris ? demandai-je. Tout le monde sait qu'il existe, lui.

— Il refuse de nous recevoir, répliqua Humpty en s'essuyant la figure avec un grand mouchoir. Comme la tradition orale n'est pas affectée par la mise en place de UltraWord™, nous n'avons que peu d'intérêt à ses yeux. Si nous ne négocions pas quelques droits avant l'arrivée du nouveau système, nous n'obtiendrons jamais rien !

— Libris refuse de vous recevoir ? répétai-je.

— Il nous envoie des mémos, couina l'aînée des trois souris qui n'avaient pas de queue et tenaient chacune une canne blanche d'une patte et un labrador de l'autre. Il dit qu'il est très pris, mais qu'il étudiera « nos préoccupations avec toute l'attention qu'elles méritent ».

— Qu'est-ce qui se passe ? piailla l'une des autres souris. Est-ce Miss Next ?

— C'est une manière de nous envoyer balader. A moins d'avoir une réponse dans les plus brefs délais, il n'y aura bientôt plus une seule comptine, ni à réciter ni à lire ! A partir de minuit, nous organisons un débrayage de quarante-huit heures. Quand les parents n'arriveront plus à se rappeler les paroles de nos comptines, ça va barder dans les chaumières, je vous le promets !

— Je suis désolée, commençai-je, je n'ai aucune autorité en la matière... je ne peux vraiment pas faire grand-chose...

— Bon, alors remettez ceci à l'agent Libris !

Humpty Dumpty me donna une liste de revendications, soigneusement rédigées sur une feuille de papier ministre. Un silence se fit dans la foule. Tous les yeux étaient braqués sur moi. Les paupières clignaient avec espoir.

— Je ne vous promets rien, dis-je en prenant le papier, mais si je vois Libris, je lui transmettrai ceci... O.K. ?

— Merci beaucoup, fit Humpty. Enfin quelqu'un qui nous écoute à la Jurifiction !

En tournant les talons, je l'entendis qui glissait à son voisin :

— Ç'a plutôt bien marché, non ?

Je gravis prestement les marches du perron, et le valet à tête de grenouille vint m'ouvrir la porte. Je traversai le hall et entrai dans la salle de bal. Miss Havisham était à son bureau avec Sassan LeRoussi qui parlait dans le NDBDP-phone. A côté d'eux, Bradshaw – qui n'avait pas pris sa retraite, contrairement à ce qu'il avait annoncé – remplissait un formulaire avec l'Homme à la Cloche qui arborait une mine grave. Le seul autre occupant de la pièce était Harris Tweed, qui lisait un rapport. Il leva les yeux à mon arrivée et, sans mot dire, poursuivit sa lecture. Lorsque je m'approchai, Miss Havisham était en train d'examiner des photos.

— Enfer et damnation ! lâcha-t-elle en contemplant un cliché avant de le jeter par-dessus son épaule.

Lamentable ! marmonna-t-elle en regardant le suivant. Dérisoire !

— Perkins ? demandai-je en m'asseyant.

— Les photos du radar revenues du labo.

Elle me les tendit.

— J'ai cru avoir dépassé les deux cent soixante, et en fait... c'est *pitoyable*, voilà ce que c'est !

Je regardai. Le radar avait flashé la Higham Special à une vitesse maximale de deux cent quarante-cinq et demi km/h. Mais le pire, c'est qu'il avait surpris Monsieur Crapaud à *plus* de deux cent quatre-vingt-dix... et il avait soulevé son chapeau en passant, par-dessus le marché !

— J'ai réussi à atteindre les deux cent soixante-treize à l'heure quand je l'avais essayée sur la M4, dit-elle, mélancolique. L'ennui, c'est qu'il me faut une grande ligne droite... bitume ou sable, peu importe. Tant pis, c'est trop tard maintenant. La voiture a été vendue. Il faut que j'aille supplier sir Malcolm, si je veux avoir une chance de battre Crapaud.

— Norland Park pour Perkins, dit LeRoussi dans le NDBDP-phone. Répondez, s'il vous plaît. Terminé.

Je regardai Havisham.

— Pas de réponse depuis presque six heures, fit-elle. Mathias ne répond pas non plus. On a eu un Yahoo une fois, mais autant parler à un manche à balai. Qu'est-ce que c'est ?

— La liste des revendications des comptines dehors.

— Foutaises, rétorqua Havisham, ils sont tous remplaçables. Ce n'est pas sorcier d'apparaître dans une série de vers de mirliton. S'ils ne prennent pas garde, ils vont se faire remplacer par des jaunes, des Génériques du Puits. C'est déjà arrivé en 1932, lors de la grève du Syndicat réunifié des gardiens des portes. Décidément, ils n'apprendront jamais.

— Tout ce qu'ils veulent, c'est des vacances…

— A votre place, Miss Next, je ne me préoccuperais pas de la politique de nursery, déclara Havisham d'un ton si cassant que je sursautai.

— Beau travail avec les pro-Cath, dit Tweed qui nous avait rejoints. J'en ai touché deux mots à Plum chez JurisTech ; il va élargir la couverture du NDBDP-phone dans *Les Hauts de Hurlevent*… on ne devrait plus avoir des problèmes de mobile qui nous lâche en cours de route.

— J'espère bien, répondit Miss Havisham avec froideur. Si on perd Heathcliff, le Conseil des Genres aura notre peau. Bon, allez, au boulot maintenant. Ne sachant à quoi nous attendre avec le Minotaure, nous devons être prêts.

— Comme les scouts ?

— Je ne peux pas les sacquer, mais ça, c'est une autre histoire. Allez à la page sept cent quatre-vingt-neuf de votre Guide de Voyage.

Je m'exécutai. Cette section du livre se composait de gadgets contenus dans des niches plus profondes que le volume lui-même n'était épais. Une page renfermait une sorte de fusée éclairante avec la légende « Marqueur de Texte Mk IV ». Une autre, une poignée derrière une vitre, comme une alarme d'incendie. On y lisait : « EN CAS D'URGENCE ABSOLUE, BRISER LE VERRE. » Mais à la page indiquée par Havisham, je trouvai un chapeau mou de couleur brune. Une grosse goupille rouge se balançait au bord, avec l'inscription : « En cas d'urgence, tirer d'un coup sec ». Il y avait également une bride, chose que je n'avais jamais vue sur un chapeau mou… ni sur un feutre, du reste.

Havisham me le prit des mains et me fit un rapide débriefing.

— Ceci est un Chapeau Eject-O Martin-Bacon Mk VII, réservé à l'évacuation éclair depuis un livre. Il vous assure un départ instantané en cas d'urgence.

— Et pour aller où ?

— Dans un roman peu connu qui s'intitule *Le Milieu de la semaine prochaine.* De là, vous pouvez vous rendre à la Bibliothèque en toute tranquillité. Mais attention : le saut peut être périlleux, fatal même... on ne doit y recourir qu'en dernier ressort. N'oubliez pas de resserrer la bride, ou vous aurez les oreilles arrachées pendant la phase d'éjection. Je dirai : « SAUTEZ ! » deux fois... à la troisième, je serai partie. Des questions ?

— Comment ça marche ?

— Je reformule : des questions auxquelles je puisse avoir une chance de répondre ?

— Ça voudrait dire que nous verrons Bradshaw sans son casque colonial ?

— Ha, ha ! rit Bradshaw en détachant la goupille du bord. J'ai la version Mk XII, plus petite, qu'on peut enfiler sous un béret ou un voile, selon les goûts.

Je pris le chapeau sur la table et le mis.

— Que croyez-vous ? demandai-je non sans appréhension en rajustant la bride.

— Nous pensons que le Minotaure s'est échappé, dit-elle gravement. Si c'est le cas et que nous le croisons, tirez sur le cordon aussi vite que possible. Il faut au moins dix à douze mots pour amorcer un saut standard... d'ici là, vous avez le temps de servir d'amuse-gueule au Minotaure.

Je sortis mon automatique pour le vérifier, mais Bradshaw secoua la tête.

— Votre plomb à vous ne suffira pas.

Il brandit la boîte de cartouches qu'il était allé chercher à la réserve.

— Têtes boujeumées, expliqua-t-il en tapotant son gros fusil de chasse, pour l'annihilation totale. Retour au texte en moins d'une seconde. On les appelle les Dégommeurs. Vous êtes prêt, LeRoussi ?

L'avocat arborait la version feutre du Chapeau Eject-O qui se mariait mieux avec son trench. Il grogna, mais ne leva pas les yeux. Cette mission-là le concernait personnellement. Perkins était son associé, non seulement à la Jurifiction, mais dans la série policière Perkins & LeRoussi. S'il lui arrivait quelque chose, l'avenir s'annonçait sombre. Bien sûr, on pouvait toujours former un Générique pour servir de doublure, mais ce n'était pas pareil.

— O.K., dit Havisham en ajustant son propre chapeau, on y va. Restez près de moi, Next. Si on est séparés, on se retrouve devant le corps de garde… Personne n'entre au château sans Bradshaw, d'accord ?

Tout le monde acquiesça. Elle marmonna alors le mot de passe, suivi d'un extrait de *L'Epée des Zénobiens.*

Bientôt, Norland Park s'évanouit, et nous fûmes accueillis par le brillant soleil de la Zénobie. L'herbe était drue sous nos pieds, et des troupeaux de licornes paissaient paisiblement près de la rivière. Les grammasites tournoyaient dans le ciel bleu, chevauchant les courants ascendants qui montaient de la prairie tiède.

— Tout le monde est là ? demanda Havisham.

Bradshaw, LeRoussi et moi hochâmes la tête. Nous passâmes en silence devant l'ancien corps de garde et franchîmes le pont-levis. Une silhouette sombre bondit hors de la salle de garde déserte, mais avant que Bradshaw n'arme son fusil, Havisham hurla :

— Attendez !

C'était un Yahoo, mais il n'était pas venu déposer sa crotte... il s'enfuyait, terrifié.

Bradshaw et Havisham échangèrent un regard inquiet, et nous nous avançâmes vers le lieu de travail de Perkins et Mathias. La porte était cassée, et à la place des gonds, il n'y avait plus que deux marques circulaires.

— Minute ! fit Bradshaw en pointant le doigt. Est-ce que Perkins gardait un vyrus ici ?

Tout d'abord, je ne compris pas le sens de sa question, puis ça me revint. Il parlait du vyrus ortografique. Les gonds étaient devenus des *ronds.* Ce vyrus était plus puissant que je ne l'aurais cru. Les fautes d'ortografe, ce n'était qu'un début.

— Oui, répondis-je, dans un petit pot entouré de dictionnaires.

Il y eut une pause étrange, lourde de non-dit. Le danger était réel, et même des agents aguerris comme Bradshaw et Havisham hésitaient à pénétrer dans le labo.

— Qu'en pensez-vous ? demanda Bradshaw.

— Un vyrus *et* un Minotaure, soupira Havisham. On ne s'en sortira pas à quatre.

— J'y vais, annonça LeRoussi, tirant un respirateur de son Guide de Voyage.

C'était un masque en caoutchouc, semblable aux nôtres – mais avec un dictionnaire à la place du filtre. Et pas qu'un seul : le Lavinia-Webster avait été collé dos à dos avec le dictionnaire d'Oxford.

— N'oubliez pas votre carotte, dit Havisham, épinglant le légume en question à son veston.

— J'ai besoin du fusil, fit LeRoussi.

— Non, dit Bradshaw, c'est moi qui en ai fait la demande, donc je le garde.

— Ce n'est pas le moment de brandir le règlement, Bradshaw… mon associé est à l'intérieur.

— C'est le moment ou jamais d'appliquer le règlement, LeRoussi.

Les deux hommes se dévisagèrent.

— Dans ce cas, j'irai tout seul, décréta LeRoussi.

Il abaissa le masque et ôta la sécurité sur son automatique. Havisham l'empoigna par le coude tout en fourrageant dans son Guide, à la recherche de son propre masque.

— On ira tous ensemble ou pas du tout, Sassan.

Je trouvai la bonne page, retirai le masque et l'enfilai par-dessous le Chapeau Eject-O. Miss Havisham fixa une carotte à mon blouson aussi.

— La carotte, c'est le meilleur détecteur du vyrus ortografique, dit-elle en aidant Bradshaw avec son masque. Dès qu'elle entre en contact avec le vyrus, elle vire à la *marotte*. Il faut partir avant qu'elle se mette à tinter. On a un dicton : « Qui grelots entend doit lever le camp. »

Elle tapota la goupille de son Eject-O.

— Compris ?

Je hochai la tête.

— Bien. Bradshaw, ouvrez la voie !

Nous franchîmes prudemment la porte avec ses gonds faussés. Un chaos indescriptible régnait dans le labo. Dans le monde réel, les fautes d'ortografe étaient agaçantes pour le lecteur, sans plus… mais ici, elles représentaient un véritable danger. C'était un effet de la distorsion du sens, et non la cause : elles résultaient de la décomposition interne du mot.

La pièce ne ressemblait plus à rien. Au fond, les étagères croulaient sous les *vivres* ; nous foulâmes la *roquette* pour découvrir que la table massive qui se dressait au centre s'était transformée en un énorme tas de *sable*. A la place de l'alambic, il y avait un *lombric*, mais le pire de tout, c'était que Mathias, le cheval qui parlait, n'était plus qu'un *châle*... un grand châle noir à franges. Miss Havisham me lança un coup d'œil et désigna sa carotte. Déjà, elle commençait à changer de couleur ; on voyait apparaître des stries vertes, jaunes et bleues.

— Attention, fit LeRoussi, regardez !

Par terre, entre les feuilles de *roquette*, il y avait une fine couche de brume violette ; cette brume, je l'avais déjà vue la dernière fois. La portion du sol touchée par le vyrus changeait continuellement de signification, de texture, de couleur et d'apparence.

— Où est-ce qu'il gardait le Minotaure ? demanda Havisham.

Un petit capuchon était en train de pousser sur sa carotte.

J'indiquai le chemin, et Bradshaw ouvrit la marche. Je sortis mon arme malgré sa mise en garde. Doucement, il poussa la porte qui menait au souterrain sous la grande salle. LeRoussi alluma une torche électrique et promena le rayon sur la cave. La porte de la cage du Minotaure était ouverte, mais le monstre n'était nulle part en vue. J'aurais voulu pouvoir en dire autant de Perkins. Lui – ou ce qu'il en restait – gisait sur les dalles de pierre. Le Minotaure l'avait dévoré jusqu'au torse. Sa colonne vertébrale avait été méticuleusement nettoyée, et un bout de jambe avait été projeté sur le côté. Je m'étranglai devant ce spectacle ; une grosse boule se forma dans ma gorge. Bradshaw jura et se tourna pour surveiller l'entrée. LeRoussi s'agenouilla pour fermer les yeux de Perkins qui fixaient le vide. Ses traits étaient déformés par la peur. Miss Havisham posa la main sur l'épaule de l'avocat.

— Je suis vraiment désolée, Sassan. Perkins était un brave homme.

— Je n'arrive pas à croire qu'il ait pu être aussi bête, grommela LeRoussi.

— On devrait s'en aller, dit Bradshaw. Maintenant que nous savons avec certitude qu'il y a un Minotaure en liberté, il faudrait revenir mieux armés et avec des renforts !

LeRoussi se leva. Derrière son masque MV, on voyait qu'il avait des larmes aux yeux. Miss Havisham me regarda et pointa le doigt sur sa carotte qui commençait à s'orner de grelots. Un ménage général s'imposait. LeRoussi plaça son veston sur Perkins et nous suivit hors de la cave.

— On rentre à Norland, hein ?

— J'ai déjà chassé le Minotaure, déclara Bradshaw, ses instincts en alerte. A Stalingrad, en 1944. Ils ne s'éloignent jamais vraiment de leur proie.

— Bradshaw... ! le pressa Miss Havisham.

Mais le commandant n'était pas homme à recevoir des ordres de quiconque.

— Je ne comprends pas, murmura LeRoussi.

Il s'arrêta et contempla le capharnaüm, avec le petit globe de brume violette par terre.

— Il n'y a pas assez de vyrus ici pour causer un carnage pareil.

— Que dites-vous ? demandai-je.

Bradshaw risqua un coup d'œil par la porte ouverte et nous fit signe que la voie était libre.

— Il doit y avoir d'autres vyrus dans les parages, poursuivait LeRoussi. Qu'y a-t-il dans cette armoire ?

Il se dirigea vers un petit cabinet en bois tapissé de pages d'annuaire téléphonique.

— Attendez ! dit Bradshaw en le rejoignant. Laissez-moi faire.

Au moment où il s'emparait de la poignée, une pensée me traversa l'esprit. Ces pages-là ne venaient pas d'un annuaire ; c'étaient des pages de dictionnaire. La porte de l'armoire était *protégée.*

Je criai, mais il était trop tard. Bradshaw ouvrit la porte, et une vague lueur violette l'enveloppa. Le cabinet contenait une vingtaine de fioles brisées, qui toutes laissaient sourdre le vyrus pestilentiel.

— Aah !

Il recula en titubant et lâcha son *outil*, tandis que sa carotte virait à une *marotte* bigarrée et tintinnabulante. Les réflexes aiguisés par des années d'entraînement, Bradshaw tira sur le cordon de son Chapeau Eject-O et s'évanouit dans un bruit de déflagration.

Le vyrus se propageait à travers la pièce qui se métamorphosait à vue d'œil. Le sol ondulait sous nos pieds, transformé en *tôle*, les murs étaient devenus de la *bure.* Je regardai Havisham. Sa carotte aussi s'était muée en marotte – avec une tête coiffée d'un capuchon chamarré.

— PARTEZ, PARTEZ ! me cria-t-elle, tirant sur le cordon de son chapeau et disparaissant à son tour.

J'attrapai la goupille... qui me resta dans la main. Je la jetai par terre où elle se transforma en *gerbille.*

— Tenay, dit LeRoussi en enlevant son chapeau. Prenay le mien.

— Mé... le vyruz !

— O dyable le vyruz, Neckts. Allay, partay !

Sans un regard pour moi, il s'approcha de l'armoire avec les fioles cassées et referma lentement la porte. Au contact de la virulence corrosive, ses mains ressemblaient maintenant à des *pains.* Je me précipitai dehors en essayant de rajuster la bride de mon nouveau chapeau. Je butai sur une pierre à demi enfouie et m'étalai de tout mon long… à trois pas d'une paire de gros sabots fourchus.

Je levai la tête. Ramassé sur lui-même, le Minotaure était sur le point de bondir. Sa tête de taureau surplombait massivement son corps; s'il avait un cou, celui-ci était masqué par des muscles puissants. Deux rangées de dents pointues luisaient dans sa bouche, et ses cornes acérées pointaient en avant, prêtes à attaquer. Cinq ans de régime cent pour cent yaourt, vous imaginez… autant nourrir un tigre de crème anglaise.

— Bon Minotaure, dis-je d'un ton apaisant, tendant la main vers mon automatique qui était tombé dans l'herbe à côté de moi. Gentil Minotaure.

Il fit un pas en avant. Ses sabots laissaient de profondes empreintes dans le gazon. Il respirait bruyamment en soufflant des bribes de mucus par les naseaux. Un deuxième pas – ses yeux jaunes me fixaient avec aversion. Ma main se referma sur la crosse de l'automatique. Le Minotaure se pencha et tendit une grosse patte griffue. Lentement, je ramenai le pistolet vers moi. Le Minotaure se baissa et… m'arracha le chapeau de LeRoussi. Il le tourna dans ses griffes et lécha le bord avec une langue de la taille de mon avant-bras. J'en avais assez vu. Je pointai mon arme et appuyai sur la détente à l'instant même où sa main se prenait dans le cordon et activait le Chapeau Eject-O. L'homme-animal mythologique disparut dans une détonation sonore, et le coup de feu déchira l'air sans causer aucun mal.

Je poussai un soupir de soulagement et roulai vite sur le côté car une caisse d'emballage tomba du ciel et atterrit avec fracas pile à l'endroit où je m'étais vautrée. Sur le couvercle, il était écrit au pochoir « Propriété de la Jurifiction », et lorsqu'elle s'ouvrit, je vis des… *dictionnaires.* Une autre caisse dégringola à proximité, puis une troisième et une quatrième. Avant que j'aie le temps de comprendre ce qui se passait, Bradshaw se matérialisa à nouveau.

— Pourquoi n'êtes-vous pas partie, espèce de petite sotte ?

— Mon chapeau est tombé en panne !

— Et LeRoussi ?

— A l'intérieur.

Bradshaw rabattit son masque et se rua dans le château tandis que je me mettais à couvert des caisses de dictionnaires qui pleuvaient avec une rapidité croissante. Harris Tweed apparut et aboya des ordres à l'intention de la petite armée de Mrs. Danvers qui l'escortait. Elles portaient toutes la même robe noire boutonnée jusqu'en haut, qui soulignait la pâleur de leur teint et leur regard sinistre. Avec des gestes lents mais méthodiques, elles entreprirent d'entasser les dictionnaires contre le donjon du château.

— Où est le Minotaure ? demanda Havisham qui venait de faire une soudaine apparition à côté de moi.

Je lui expliquai qu'il s'était éjecté avec le feutre de LeRoussi, et elle disparut sans mot dire.

Bradshaw ressortit du donjon en traînant LeRoussi derrière lui. Son masque s'était transformé en *casque*, et son costume en *bitume*. Le commandant l'évacua de *L'Epée des Zénobiens* pour l'emmener à l'infirmerie de la Jurifiction. Miss Havisham revint, et nous regardâmes les dictionnaires s'empiler autour des ruines du laboratoire de Perkins : six mètres d'épaisseur à la base pour s'élever comme un dôme au-dessus du donjon. Cela aurait pu prendre du temps, mais les Mrs. Danvers étaient nombreuses, très bien organisées et disposaient d'une quantité illimitée de dictionnaires.

— Vous avez retrouvé le Minotaure ? demandai-je à Havisham.

— Il doit être loin maintenant. On va le payer cher, croyez-moi !

Une fois nos carottes revenues à l'état de légume croquant, sans capuchon ni grelots, nous retirâmes nos masques et les jetâmes en tas : les filtres-dictionnaires étaient presque entièrement usés.

— Et ensuite ? dis-je.

— On va y mettre le feu, répondit Tweed qui passait par là. C'est le seul moyen de détruire le vyrus.

— Oui, mais les preuves ?

— Les preuves ? répéta Tweed. Quelles preuves ?

— Perkins, répliquai-je. Nous ignorons les circonstances exactes de sa mort.

— A mon avis, on peut conclure sans craindre de se tromper qu'il a été tué et dévoré par le Minotaure, observa Tweed sèchement. Il est trop dangereux d'y retourner, même si on l'avait voulu. Je préfère y mettre le feu maintenant plutôt que de risquer que le vyrus se propage et de devoir sacrifier le livre tout entier... Savez-vous combien de créatures vivent là-dedans ?

Il alluma une torche.

— Vous feriez bien de vous éloigner.

Les clones de Mrs. Danvers étaient en train de partir, se volatilisant avec un petit bruit sec pour regagner leur quartier général. Je m'écartai, et Tweed lança la torche sur la pile de dictionnaires. Ils s'enflammèrent, et bientôt la chaleur fut si intense que nous dûmes nous replier vers le corps de garde. La fumée noire qui montait en volutes dans le ciel emportait les restes du vyrus... et les preuves de l'assassinat de Perkins. Car j'étais sûre qu'il s'agissait d'un assassinat. Quand nous avions pénétré dans le souterrain, j'avais remarqué que la clé n'était plus sur son crochet. *Quelqu'un avait ouvert la cage du Minotaure.*

18

LeRoussi repose en pais et Lucy Deane

Je ne m'en suis pas rendu compte tout de suite, mais Vernham, Nelly et Lucy avaient le même nom de famille : Dean(e). Il n'y avait aucun lien de parenté entre les trois. Dans le Monde Extérieur, cela arrive fréquemment, mais en littérature, c'est rare. Les **Echolocalisateurs** (voir ce mot) se sont emparés du problème et réclament que deux personnages d'un livre ne puissent pas porter le même nom. J'ai su des années plus tard que Hemingway avait écrit un livre qui avait été démoli parce qu'il tenait à ce que chacun des huit protagonistes se prénomme Geoff.

THURSDAY NEXT
Chroniques de la Jurifiction

Le Minotaure avait filé entre les doigts de Havisham ; la dernière fois qu'on l'avait vu, il se dirigeait vers les œuvres de Zane Grey. Le pseudo-bovin n'était pas bête : il savait qu'on aurait du mal à le retrouver parmi les troupeaux en migration. LeRoussi dura encore trois heures. On l'avait mis en quarantaine, sous une tente en plastique fin sur lequel on avait imprimé des pages du dictionnaire d'Oxford. Nous étions à l'infirmerie du Groupe d'Intervention Rapide Anti-Fautes d'Ortografe. Au moindre signe suspect, des milliers de volumes étaient expédiés dans le livre infecté pour former un barrage de part et d'autre du chapitre. L'étau se resserrait ensuite, paragraphe par paragraphe, afin de refouler le vyrus vers une seule phrase, puis vers un seul mot, jusqu'à l'étouffer complètement. On n'incendiait pas la chose imprimée ; ç'avait été tenté une fois dans le Journal de Samuel Pepys, et les flammes avaient détruit la moitié de la ville de Londres.

— Il a de la famille ? demandai-je.

— LeRoussi était un solitaire, Miss Next, répondit le docteur. Sa seule famille, c'était Perkins.

— On peut lui rendre visite ?

— Oui... mais attendez-vous à quelques coquilles.

Je m'assis à son chevet pendant que Havisham s'entretenait à voix basse avec le médecin. Couché sur le dos, LeRoussi haletait ; une veine palpitait dans son cou – il savait qu'il n'en avait plus pour longtemps. Me penchant, je lui pris la main à travers le plastique. Il avait le teint pal et respirait avec efaure ; sa peau était truffée de pastilles vertes et purulentes. Ses lièvres sèches essayaient de former des maux, mais il n'en sortit que du charabiat.

— Sosty ! grinça-t-il. Wode... Cone... alter ord... méfait woo... !

Il m'aggripa le bras, poussa un cry étranglé et retombit en arriaire ; la vie avait dézerté son povre cors rongé par les fôtes d'ortografe.

— C'était un excellent agent, dit Havisham pendant que le docteur remontait le drap sur sa tête.

— Que va devenir la série Perkins & LeRoussi ?

— Aucune idée, fit-elle doucement. Démolie, sauvée par les Génériques… je n'en sais rien.

— Ohé ! s'exclama Bradshaw, surgissant de nulle part. Est-ce qu'il est… ?

— Malheureusement oui, dit Havisham.

— Ce sont toujours les meilleurs qui partent les premiers, murmura Bradshaw tristement. A-t-il dit quelque chose avant de mourir ?

— Rien de cohérent.

— Hmm. L'Homme à la Cloche voulait un rapport sur son décès dans les plus brefs délais. Qu'en pensez-vous ?

Il tendit une feuille de papier à Miss Havisham, et elle lut :

— « Le Minotaure s'échappe, trouve son geôlier, mange le geôlier, le geôlier meurt. Son collègue meurt dans l'opération de sauvetage. Le Minotaure prend le large. »

Elle retourna la feuille, mais le verso était vierge.

— C'est tout ?

— Je ne voulais pas délayer, et l'Homme à la Cloche a demandé que ce soit le plus simple possible. A mon avis, il doit avoir Libris sur le dos. Une enquête sur un agent de la Jurifiction, si près du lancement de UltraWord™, doit donner des boutons au Conseil des Genres.

Miss Havisham lui rendit son rapport.

— Si j'étais vous, commandant, je le rangerais dans le casier des affaires en cours.

— Ces choses-là arrivent tout le temps en littérature. Avez-vous des preuves comme quoi ce n'était *pas* accidentel ?

— La clé du cadenas n'était pas sur son crochet, soufflai-je.

— Bien vu, dit Miss Havisham.

— Maquignonnage ? siffla Bradshaw, excité.

— J'espère sincèrement que non. Tâchez de retarder les conclusions de quelques jours... Voyons si les dons d'observation de Miss Next résistent à un examen approfondi.

— Ça roule ! répliqua Bradshaw. Je vais voir ce que je peux faire.

Et il s'évanouit. Nous restâmes seules dans le couloir ; de part et d'autre, les lits superposés des DanverClones s'alignaient à perte de vue.

— Ce n'est peut-être rien, Miss Havisham, mais...

Elle posa les doigts sur ses lèvres. Son regard, d'ordinaire droit et déterminé, parut se voiler. Cela me troubla. Jusqu'à présent, j'avais été persuadée que Havisham n'avait peur de rien.

Elle consulta sa montre.

— Allez à la pâtisserie dans *La Petite Dorrit*, voulez-vous ? Je prendrai un beignet et un café. Mettez ça sur mon ardoise et commandez quelque chose pour vous-même.

— Merci. Où est-ce qu'on se retrouve ?

— Dans *Le Moulin sur la Floss*, page vingt-trois, d'ici vingt minutes.

— C'est une mission ?

— Oui, répondit-elle, plongée dans ses pensées. Une espèce de fouille-merde a dit à Lucy Deane que c'est Stephen et non Philip qui ira canoter avec Maggie... Il se peut qu'elle tente de les arrêter. Vingt minutes, et pas les beignets à la confiture, ceux avec le nappage rose, d'accord ?

Trente-deux minutes plus tard, j'étais dans *Le Moulin sur la Floss*, au bord de la rivière, à côté de Miss Havisham qui observait un couple dans une barque. La femme avait la peau mate, et ses cheveux de jais étaient tressés en couronne autour de sa tête. Elle était allongée sur une cape, sous une ombrelle, tandis que l'homme, aux rames, descendait le courant sans hâte. Il devait avoir dans les vingt-cinq ans ; il était très beau, avec des cheveux bruns qui se dressaient un peu à la manière d'épis de blé. Les deux jeunes gens étaient absorbés dans une conversation. Je passai à Miss Havisham la tasse de café et le sac de beignets.

— Stephen et Maggie ? m'enquis-je en montrant le couple, tandis que nous longions la rivière.

— Oui. Comme vous le savez, Lucy et Stephen sont à deux doigts de se fiancer. L'escapade de Stephen et de Maggie dans cette barque plonge Lucy Deane dans un abîme de désespoir. Je vous ai dit de prendre ceux avec le nappage rose.

Elle venait de regarder dans le sac.

— Il n'y en avait plus.

Pendant que nous surveillions le couple du coin de l'œil, j'essayai de me rappeler le contenu du *Moulin sur la Floss*.

— Ils ont décidé de s'enfuir ensemble, c'est ça ?

— Décidé, oui... mais ils ne l'ont pas fait. Stephen est un crétin, et Maggie devrait réfléchir un peu. Lucy est censée faire des courses à Lindum avec son père et tante Tulliver, seulement elle leur a faussé compagnie il y a une heure.

Nous continuâmes à marcher quelques minutes encore. L'action du roman semblait suivre son cours, en dehors de toute intervention intempestive de Lucy. Les voix de Maggie et de Stephen parvenaient jusqu'à la berge, même s'il était impossible de distinguer les paroles.

Miss Havisham mordit dans un beignet.

— Moi aussi, j'ai remarqué l'absence de la clé, dit-elle après une pause. Elle a été glissée sous un établi. C'est un meurtre. Un meurtre… par Minotaure.

Elle frissonna.

— Pourquoi n'en avez-vous pas parlé à Bradshaw? demandai-je. Le meurtre d'un membre de la Jurifiction, ça exige une enquête, non?

Elle me regarda fixement avant de reporter son attention sur le couple dans la barque.

— Vous ne comprenez pas. *L'Epée des Zénobiens* est protégée par un mot de passe.

— Seul un agent de la Jurifiction peut y accéder, murmurai-je.

— Celui qui a tué Perkins et Mathias appartient à la Jurifiction. C'est *ça* qui me fait peur. Un agent félon.

Nous nous tûmes, le temps de digérer cette information.

— Mais pourquoi aurait-on voulu tuer Perkins et un cheval qui parle?

— A mon avis, Mathias s'est juste trouvé sur le chemin.

— Et Perkins?

— Il n'y a pas que Perkins. Son assassin visait aussi quelqu'un d'autre.

Je sentis soudain mon sang se glacer.

— Mon Chapeau Eject-O. Il n'a pas fonctionné.

Miss Havisham le sortit d'un sac plastique, légèrement aplati par les pieds des Mrs. Danvers. Le cordon effiloché semblait avoir été coupé.

— Allez montrer ça au Pr Plum chez JurisTech. J'aimerais en avoir le cœur net.

— Mais… Mais pourquoi s'en prendre à moi?

— Je n'en sais rien. Vous êtes notre toute dernière recrue et logiquement la moins dangereuse… Vous n'êtes même pas capable d'entrer dans un livre sans remuer les lèvres, nom d'un chien!

Je n'avais pas besoin qu'on me le rappelle, mais d'un autre côté, elle n'avait pas tort.

— Et que va-t-il se passer maintenant? demandai-je au bout d'un moment.

— Il faut s'attendre à ce que l'assassin frappe de nouveau. Tenez-vous sur vos gardes. Ah... la voilà!

Nous avions gravi un petit talus, un peu en avance sur la barque. Couchée à plat ventre dans une posture qui ne seyait guère à une demoiselle, une jeune femme pointait un fusil à lunette sur le frêle esquif qui venait d'apparaître. Je m'approchai à pas de loup; occupée à guetter sa cible, elle ne me vit pas jusqu'à ce que je sois suffisamment près pour la maîtriser. Elle était du genre fluet et, bien qu'énergiques, ses efforts pour se dégager furent rapidement neutralisés. Je l'immobilisai d'une clé au bras pendant que Miss Havisham déchargeait le fusil. Inconscients du danger, Maggie et Stephen dérivaient paisiblement en direction de Mudport.

— Où avez-vous eu ça? interrogea Havisham en brandissant le fusil.

— Je n'ai rien à vous dire, déclara la jeune fille au visage angélique d'une voix douce. Je voulais juste faire un trou dans la barque, rien d'autre, honnêtement!

— Mais oui, c'est ça. Vous pouvez la lâcher, Thursday.

Je desserrai mon emprise, et elle se releva, remettant de l'ordre dans sa tenue après notre brève échauffourée. Je la fouillai, mais elle n'avait pas d'autre arme sur elle.

— Pourquoi faut-il que Maggie vienne se mettre entre nous et notre bonheur? s'écria-t-elle avec véhémence. Tout aurait pu être *tellement* merveilleux avec mon Stephen chéri... Pourquoi c'est moi, la victime? Moi, dont le seul souhait était de faire le bien et d'aider tout le monde, surtout Maggie !

— Ça s'appelle un « drame », répondit Havisham avec lassitude. Allez-vous nous dire où vous avez eu ce fusil, oui ou non ?

— Non. Vous ne pourrez pas m'en empêcher. Ils vont peut-être s'en tirer, mais je serai là, fin prête, à la prochaine lecture... et même celle d'après ! Vous croyez avoir assez d'agents à la Jurifiction pour assurer la protection de Maggie vingt-quatre heures sur vingt-quatre ?

— Je regrette de vous savoir dans cet état d'esprit, dit Miss Havisham, la regardant droit dans les yeux. C'est votre dernier mot ?

— Absolument.

— Dans ce cas, je vous arrête pour tentative d'infraction à la fiction, selon l'ordonnance FMB/0608999 du code de la continuité narrative. En vertu du pouvoir que m'a conféré le Conseil des Genres, je vous condamne au bannissement du *Moulin sur la Floss*. Allez, avancez.

Miss Havisham m'ordonna de menotter Lucy, après quoi elle s'accrocha à moi, et nous nous transportâmes dans la Grande Bibliothèque. Pour quelqu'un qui venait d'être arrêté pour délit d'improvisation, elle n'avait pas l'air perturbée outre mesure.

— Vous ne pouvez pas m'enfermer, dit-elle alors que nous remontions le couloir du vingt-troisième étage. Je reparais dans le rêve de Maggie d'ici sept pages. Si je ne suis pas là, vous aurez des ennuis à ne plus savoir qu'en faire. Ça pourrait vous coûter votre poste, Miss Havisham ! Retour à Satis House... une bonne fois pour toutes.

— C'est sérieux ? demandai-je.

Et si jamais Miss Havisham outrepassait ses pouvoirs ?

— Aussi sérieux que la dernière fois, rétorqua-t-elle. Autrement dit, du vent.

— La dernière fois ? répéta Lucy. Mais c'est la première fois que ça m'arrive !

— Ah non, certainement pas.

Miss Havisham désigna un livre intitulé *Les Singulières Aventures de la famille Patterson dans l'île d'Uffa* et me dit de l'ouvrir. Ce fut ainsi que nous nous retrouvâmes sur la plage d'une île écossaise à la fin du printemps.

— Que voulez-vous dire ?

Lucy regarda autour d'elle ; son assurance était en train de céder le pas à la panique.

— Où sommes-nous ?

— Ceci est une prison, Miss Deane.

— Une prison ? Pour qui ?

— Pour elles.

Et Havisham pointa le doigt sur plusieurs Lucy Deane, toutes pareillement blondes et juvéniles, qui étaient sorties de leur cachette et lorgnaient dans notre direction. Notre Lucy Deane contempla ses sœurs jumelles, puis se tourna vers nous.

— Pardon ! dit-elle en tombant à genoux. Laissez-moi encore une chance... s'il vous plaît !

— Si ça peut vous consoler, sachez que vous n'avez pas un mauvais fond, dit Miss Havisham. Simplement, vous souffrez d'un trouble de la personnalité récurrent. Vous êtes une improvisatrice en série et la 796e Lucy Deane que nous avons dû incarcérer ici. A une époque moins civilisée, on vous aurait réduite en texte. Bonne journée.

Et nous regagnâmes les couloirs de la Grande Bibliothèque.

— Dire que de tout le *Moulin*, c'était elle, la plus sympathique, soupirai-je.

— Vous allez vous apercevoir que ce sont les personnages les plus intègres qui pètent un câble en premier. La durée de vie moyenne d'une Lucy Deane est d'environ mille lectures, après quoi le juste courroux reprend le dessus. Personne n'y a cru non plus, quand David Copperfield a tué sa première femme. Bonjour, Chesh.

Le Chat du Cheshire venait d'apparaître sur une étagère du haut en souriant à la cantonade.

— Tiens, tiens ! dit-il. Next et Havisham ! Des ennuis avec Lucy Deane ?

— La routine. Pouvez-vous demander au Puits d'envoyer une remplaçante dès que possible ?

Le Chat promit de s'en occuper et, consterné que je ne lui aie pas acheté de boîtes de Grosminet, disparut à nouveau.

— Il faut établir les circonstances exactes de la mort de Perkins, fit Miss Havisham. Vous m'aiderez ?

— Bien sûr ! acquiesçai-je avec ferveur.

Elle sourit, ce qui ne lui arrivait pas souvent.

— Vous me faites penser à moi-même, il y a bien longtemps, avant que ce rat de Compeyson ne fasse voler mon bonheur en éclats.

Elle se rapprocha, les yeux étrécis.

— On garde ça pour nous. Le savoir est une chose dangereuse. Commencez à fouiner dans les affaires internes de la Jurifiction, et vous aurez des surprises... tâchez de vous en souvenir.

Elle se tut un instant.

— Mais tout d'abord, vous devez passer agent de la Jurifiction à part entière car en tant qu'apprentie, il y a des choses que vous ne pouvez pas faire. Vous en avez fini avec le choix multiple ?

Je hochai la tête.

— Bien. Vous êtes apte alors à vous présenter à

l'examen pratique dès aujourd'hui. Je vais arranger ça pendant que vous porterez votre Chapeau Eject-O chez JurisTech.

Elle s'évanouit dans les airs, et je me dirigeai vers les ascenseurs. En chemin, je croisai Falstaff qui m'invita à « danser autour de son mât enguirlandé ». Je l'envoyai paître et appuyai sur le bouton d'appel. Les portes s'ouvrirent, mais la cabine n'était pas vide. Il y avait là l'empereur Jark et Mrs. Tiggywinkle.

— Quel étage ? s'enquit Jark.

— Premier, s'il vous plaît.

— … et c'est ainsi que les rebelles ont détruit le tiers de mes stations de combat, poursuivit l'empereur, accablé. Avez-vous une idée de ce que ça coûte, ces choses-là ?

— Tss, répondit Mrs. Tiggywinkle en hérissant ses piquants. Ils trouvent toujours un moyen de vous battre, hein ?

Jark poussa un soupir.

— On dirait un gigantesque complot, marmonna-t-il. Juste au moment où je crois tenir la galaxie à ma merci, il y a une tête brûlée qui anéantit ma Machine de Mort la plus secrète en exploitant un défaut caché. Après cette dernière débâcle, je me suis retourné contre le fabricant.

Il soupira à nouveau, puis, sentant qu'il monopolisait la conversation, demanda :

— Et la blanchisserie, ça marche ?

— Très bien, fit Mrs. Tiggywinkle, mais le prix de l'amidon s'est envolé ces jours-ci.

— Ne m'en parlez pas, dit Jark en tripotant son col montant. Mon seul nom sème la terreur dans l'univers, mais pour avoir mes cols comme je les aime, c'est une autre paire de manches.

L'ascenseur s'arrêta à mon étage, et je descendis.

Après avoir pénétré dans *Raison et sentiments*, j'évitai les personnages des comptines qui campaient toujours devant la porte d'entrée – j'avais les revendications de Humpty dans ma poche, mais je ne les avais pas encore transmises à Libris et, à vrai dire, je n'étais pas pressée ; je montai en courant, saluai Mrs. Henry Dashwood et tombai sur Tweed en discussion avec un jeune homme gracile au visage animé, fiévreux presque. Il s'interrompit en me voyant.

— Ah, Thursday ! J'ai appris la triste nouvelle pour LeRoussi ; c'était un brave homme.

— Je sais... merci.

— J'ai désigné le Griffon pour vous représenter à partir de maintenant. Ça vous va ?

— Ça m'a l'air parfait.

Je me tournai vers le jeune homme qui tripotait nerveusement ses cheveux bouclés.

— Bonjour ! Je suis Thursday Next.

— Pardon, bredouilla Harris. Uriah Hope, de *David Copperfield*, un nouvel apprenti que je suis chargé de former.

— Enchanté, dit Hope d'un ton amical. On pourrait se voir pour parler de notre apprentissage, un de ces quatre ?

— Avec plaisir, Mr. Hope. J'aime beaucoup ce que vous faites dans *David Copperfield.*

Je les remerciai tous les deux et partis à la recherche des bureaux de JurisTech. Je frappai à une porte au hasard ; dans la pièce, il y avait un des nombreux héros grecs qui hantaient la Bibliothèque : négocier leurs aventures en vue d'un remake leur assurait un revenu très confortable. Il était au NDBDP-phone.

— O.K., disait-il. Je descendrai chercher Eurydice

vendredi prochain. Je peux faire quelque chose pour vous en échange ?

Il me fit signe de patienter.

— Ne pas me retourner ? C'est tout ? O.K., pas de problème. A vendredi alors. Bye.

Il reposa le pavillon et me regarda.

— Thursday Next, n'est-ce pas ?

— Oui. Savez-vous où se trouve JurisTech ?

— Vous continuez dans le couloir, ce sera la première porte à droite.

— Merci.

J'allais partir quand il me rappela en désignant le NDBDP-phone.

— J'ai déjà oublié... Qu'était-ce que j'étais censé ne pas faire ?

— Désolée, répondis-je, je n'écoutais pas.

Je poussai la porte suivante, mais ne vis qu'un homme avec une grenouille qui émergeait de son crâne chauve et luisant.

— Ciel ! dis-je. Comment est-ce arrivé ?

— Ç'a commencé avec un simple bouton sur mon postérieur, répliqua la grenouille. Je peux vous aider ?

— Je cherche le Pr Plum.

— Il vous faut JurisTech. Ici, c'est Vieilles Blagues. Allez voir à côté.

Je la remerciai et allai voir à côté.

— Entrez ! fit une voix mélodieuse.

Je m'attendais à trouver un laboratoire plein d'inventions bizarres, mais il n'y avait rien de tel... juste un homme vêtu d'un costume à carreaux assis derrière un bureau, en train de lire un papier. Il me fit penser à mon oncle Mycroft, en plus fringant.

— Ah ! dit-il en levant les yeux. Miss Next. Vous avez le chapeau ?

— Oui, mais comment... ?

— Miss Havisham m'a mis au courant.

Décidément, peu de gens n'avaient pas l'occasion de parler à Miss Havisham.

Je sortis l'Eject-O fatigué et le posai sur la table. Plum souleva le cordon cassé et l'examina à travers une loupe.

— On dirait bien que c'est l'usure, déclara-t-il finalement. Le Mk IV est un vieux modèle ; ça m'étonne qu'on l'utilise encore.

— C'était donc une panne due à un défaut d'entretien ? demandai-je non sans un certain soulagement.

— Une panne salvatrice, oui.

— Comment ça ?

Mon soulagement fut de courte durée.

Il me montra le chapeau. En dessous d'un cache de contrôle, il y avait des fils enchevêtrés et des voyants qui clignotaient : c'était impressionnant.

— Quelqu'un a branché l'inhibiteur de retextualisation sur les correcteurs du code ISBN. Si on avait actionné le cordon, il y aurait eu surchauffe dans les bobines du survolteur.

— Surchauffe ? Ma tête aurait chauffé ?

— Plus que chauffé. Vu la quantité d'énergie libérée, il y aurait eu de quoi écrire quatorze romans.

— Je suis une apprentie, Plum. Employez des mots simples.

Il me regarda d'un air grave.

— Il ne serait pas resté grand-chose du chapeau... ni de la personne qui le portait. C'est déjà arrivé avec les Mk IV ; on aurait conclu à un accident. Heureusement que le cordon était cassé.

Il siffla doucement.

— C'est du travail d'orfèvre. Quelqu'un qui s'y connaît visiblement.

— Très intéressant. Pourriez-vous me donner une liste de gens capables de réaliser une telle prouesse ?

— Ça va prendre quelques jours.

— Tant pis, ça vaut la peine d'attendre. Je vous rappellerai.

Je retrouvai Miss Havisham et l'Homme à la Cloche au Q.G. de la Jurifiction. Ce dernier me salua d'un signe de la tête et consulta son sempiternel clipboard.

— On dirait que c'est la journée du chien, mesdames.

— Thurber encore ?

— Non, *Mansfield Park*. Le carlin de lady Bertram s'est fait écraser – il faut qu'on le remplace.

— Encore ? rétorqua Miss Havisham. Ça doit être le sixième. J'aimerais bien qu'elle fasse plus attention.

— C'est le septième. Vous pouvez aller le chercher à la réserve.

Il se tourna vers moi.

— D'après Miss Havisham, vous êtes prête pour l'examen pratique qui vous ferait passer du statut d'apprentie à celui d'agent vacataire.

— Je suis prête, répondis-je, persuadée que j'étais tout sauf...

— Je n'en doute pas, fit l'Homme à la Cloche, songeur, mais je trouve que c'est un peu tôt. Si Mrs. Nakijima n'avait pas pris sa retraite, je pense que vous seriez restée apprentie quelques mois de plus. Enfin, soupira-t-il, c'est comme ça. J'ai jeté un œil sur le tableau de service et je crois avoir une mission qui permettrait de tester vos compétences. C'est un ordre de Réajustement Narratif Interne émis par le Conseil des Genres.

Malgré ma circonspection naturelle, j'ai honte d'avouer que j'étais assez excitée à l'idée de pouvoir faire mes preuves. Dickens? Hardy? Peut-être même Shakespeare?

— *Fido chien de berger*, annonça l'Homme à la Cloche. Enid Blyton. Il faut que ça finisse bien.

— *Fido... chien de berger*, répétai-je lentement, m'efforçant de cacher ma déception. D'accord. Que voulez-vous que je fasse?

— C'est simple. Dans l'histoire d'origine, Fido est aveuglé par des barbelés; du coup, on ne peut pas le vendre au producteur de films américain. Ça, c'est l'avantage; l'inconvénient, c'est qu'il est aveugle et inutile. En fait, il suffirait qu'il recouvre miraculeusement la vue lors de sa prochaine visite chez le véto, page... (il consulta son clipboard) ... deux cent trente-deux.

— Et, hasardai-je prudemment pour qu'il ne se rende pas compte de mon manque de préparation, quel plan suggérez-vous?

— Echangez les chiens. Tous les collies se ressemblent.

— Et la Mémoire Narrative Résiduelle? s'enquit Havisham. Est-ce qu'on a des aplanisseurs?

— Tout est sur la feuille de route.

L'Homme à la Cloche arracha une feuille de papier et me la tendit.

— Vous connaissez les aplanisseurs, bien sûr?

— Bien sûr! affirmai-je.

— Parfait. Vous avez des questions?

Je secouai la tête.

— Formidable! s'exclama l'Homme à la Cloche. Une dernière chose. Bradshaw est chargé d'enquêter sur l'incident avec Perkins. Pourriez-vous lui remettre vos rapports le plus rapidement possible?

— Pas de problème.

— Euh… bien.

Et, l'air affairé, il nous laissa.

Aussitôt que nous fûmes seules, je demandai à Havisham :

— Croyez-vous que je sois prête pour ça, m'dame ?

— Thursday, dit-elle très sérieusement, écoutez-moi. La Jurifiction a besoin de personnes de confiance.

Elle jeta un coup d'œil alentour.

— Parfois, on ne sait pas bien à qui se fier. Parfois, ce sont des êtres d'une intégrité écœurante – comme vous – qui représentent le dernier bastion de défense contre les ennemis du Monde des Livres.

— C'est-à-dire ?

— C'est-à-dire qu'il faut arrêter de poser des questions et faire ce que vous avez à faire. Tâchez simplement de réussir votre examen du premier coup. Est-ce clair ?

— Oui, Miss Havisham.

— Bon, alors c'est réglé. Autre chose ?

— Oui. C'est quoi, un aplanisseur ?

— Vous ne lisez pas votre Guide de Voyage ?

— C'est très long, protestai-je. Je le consulte chaque fois que je peux, mais j'en suis toujours à la préface.

— Eh bien, commença-t-elle pendant que nous nous transportions au Service des Approvisionnements de Mr. Wemmick dans le hall de la Grande Bibliothèque. Tout récit possède une sorte de mémoire intrinsèque et peut revenir à sa version d'origine avec une facilité surprenante.

— Comme le temps, murmurai-je, songeant à mon père.

— Si vous voulez. Aussi, pour effectuer un Réajustement Narratif Interne, a-t-on souvent recours à un aplanisseur – un procédé secondaire qui aide à la reconversion du récit originel. Par exemple, nous avons modifié la fin de *Lord Jim* de Conrad. Au départ, il prend la fuite. Ce qui est un peu léger. On a jugé préférable qu'il se rende au chef Doramin ainsi qu'il l'avait promis après le massacre de Brown.

— Et ça n'a pas marché ?

— Non. Le chef persistait à lui pardonner. On a tout essayé. Insulter le chef, lui tordre le nez... au bout de la quarante-troisième tentative, on commençait à désespérer ; Bradshaw s'arrachait les cheveux.

— Alors qu'avez-vous fait ?

— On s'est arrangés pour que le fils du chef meure rétrospectivement dans le massacre. Après ça, le chef n'a eu aucun problème pour abattre Jim.

Je ruminai un instant ce que je venais d'apprendre.

— Et comment Jim a pris ça ? Sa condamnation à mort, j'entends ?

— C'est lui qui a demandé le réajustement en premier lieu, répondit Havisham à voix basse. Il pensait que c'était la seule issue honorable... Remarquez, le fils du chef n'était pas très chaud, lui.

— Ah...

Ici, dans le Monde des Livres, le crayon de la vie pouvait *aussi* avoir une gomme à l'autre extrémité.

— Bien, vous enverrez un chèque de cent livres au fermier et lui achèterez ses cochons le double du prix du marché ; comme ça, il n'aura pas besoin d'argent et ne voudra plus vendre Fido au producteur américain. Vous avez compris ? Bonjour, Mr. Wemmick.

Nous étions arrivées devant la réserve. Wemmick, un petit bonhomme au visage grêlé, natif des *Grandes Espérances*, nous accueillit avec chaleur.

— Bonjour, bonjour, Miss Havisham, Miss Next... vous allez bien ?

— Très bien, Mr. Wemmick. Je crois que vous avez des canidés pour nous ?

— Tout à fait.

Et il indiqua deux chiens attachés à un crochet dans le mur.

— Carlin, propriété de lady Bertram, en remplacement, un. Fido, chien de berger, voyant, à échanger contre le chien existant, aveugle, un. Chèque pour le fermier, valeur cent livres sterling, un. Argent liquide pour l'achat de cochons, quarante-deux livres, dix shillings et quatre pence. Signez ici.

Les deux chiens pantelaient et remuaient la queue. Le collie avait un bandage sur les yeux.

— Des questions ?

— Avons-nous une explication plausible pour le chèque ? demandai-je.

— Faites appel à votre imagination. Je suis sûre que vous trouverez quelque chose.

— Attendez une minute !

Une sonnette d'alarme venait de retentir dans ma tête.

— Vous ne venez pas avec moi pour superviser ?

— Eh non.

Havisham sourit, une étrange lueur dans l'œil.

— Pour qu'on puisse évaluer votre travail, il faut que vous l'accomplissiez en solo. Je vous noterai sur votre rapport et sur la réussite – ou non – de votre mission. Allons, ceci est tellement simple que même *vous* ne sauriez échouer.

— Je ne pourrais pas faire le carlin de lady Bertram ? proposai-je comme s'il s'agissait d'une mission délicate et de la plus haute importance.

— Pas question ! Du reste, après l'incident avec les Bisounours, je ne m'occupe plus de livres pour enfants.

Dans la mesure où le tirage de *Fido* est épuisé, même si vous vous plantez, on n'y verra que du feu. N'oubliez pas que la Jurifiction est une institution honorable, et que cela doit transparaître dans votre conduite et votre façon d'être. Soyez déterminée dans votre tâche, soyez juste et équitable. Exterminez les grammasites sans merci... et fuyez les hommes qui vous poursuivent de leurs assiduités.

Elle réfléchit un instant.

— Ou qui vous poursuivent tout court. Avez-vous votre Guide de Voyage pour pouvoir revenir?

Je tapotai ma poche de poitrine, et elle disparut en emmenant le carlin. J'allais monter au deuxième étage quand une voix me fit tourner la tête.

— Salut! Ça boume?

C'était le Chat du Cheshire. Perché au sommet du Boujeumorial, il affichait un énorme sourire.

— Je m'en vais passer mon examen pratique.

— Excellent! Où ça?

— *Fido chien de berger.*

— Enid Blyton, 1950, Collins, deux cent cinquante-six pages avec illustrations, marmonna le Chat.

Chaque livre de la Bibliothèque lui était comme un ami très cher.

— A part qu'on y parle beaucoup de chiens, pour un Blyton, ce n'est pas mal du tout. Un produit de son époque, pourrait-on dire. Et qu'allez-vous faire là-dedans?

— Améliorer la fin. Je dois procéder à un échange de chiens.

— Ah! dit le Chat en plissant ses moustaches et souriant de plus belle. On a fait la même chose avec *La Petite Fille aux allumettes*, l'an passé.

— Parce que ça finit bien? répondis-je, incrédule.

— Vous auriez dû lire l'ancienne fin ! C'était d'un triste ! Les enfants, ça leur causait un choc traumatique tellement c'était déprimant.

Là-dessus, il se moucha si violemment qu'il s'évanouit avec un petit bruit sec.

J'attendis un peu, mais comme il ne reparaissait pas, je me transportai diligemment au deuxième étage de la Bibliothèque et pris *Fido chien de berger* sur l'étagère. J'avais le trac et les mains moites. Allons, me sermonnai-je, un réajustement narratif dans un livre d'Enid Blyton, ça ne devait pas être la mer à boire. J'inspirai profondément et, malgré le caractère simpliste du roman, ouvris le petit volume avec un frisson de déférence… comme s'il s'était agi de *Guerre et Paix*.

19

Fido chien de berger

Fido chien de berger, l'histoire d'un chien infiniment loyal et intelligent dans un village rural d'avant-guerre, fut publiée par Collins en 1950. Enid Blyton, qui noircissait des centaines de pages depuis son adolescence, avait trouvé une échappatoire à son enfance malheureuse dans les contes simples qu'elle inventait pour le jeune public. Elle a été rééditée sous une forme revue et corrigée pour mieux répondre aux mœurs actuelles et, depuis un demi-siècle, sa popularité ne s'est pas démentie. Les héros non-conformistes de ses romans vivent dans un monde idéalisé d'éternelles vacances d'été, d'aventures, de goûters copieux, de limonade au gingembre, de gâteaux et d'adultes tellement obtus qu'il faut tout leur expliquer… ce qui n'est pas très loin de la réalité.

MILLON DE FLOSS
Enid Blyton

Je pénétrai dans le livre quelque part au milieu de la page 231. Johnny, le fils du fermier qui était aussi le propriétaire de Fido et le principal protagoniste, allait bientôt faire examiner les yeux de son chien, si bien qu'une rapide reconnaissance des lieux s'imposait. Si je pouvais *convaincre* le véto, plutôt que de le sommer d'échanger les chiens, ce serait déjà ça de gagné. J'atterris dans une bourgade idyllique des années quarante : prairies verdoyantes, bétail de concours, murs de pierre mangés par le lichen, soleil et gens souriants et bien-portants. Des charrettes chargées de foin passaient dans la grand-rue, et de temps en temps, une automobile rutilante faisait son apparition en crachotant. Des tartes refroidissaient sur les rebords de fenêtres, et les enfants jouaient avec des cerceaux et des locomotives en fer-blanc. L'air embaumait l'herbe fraîchement coupée, le linge propre et la cuisine. C'était le monde du thé de l'après-midi, de puddings savoureux, de la criminalité zéro, de l'éternel été et d'une santé à toute épreuve. Ça devait être bien agréable à vivre… une semaine, pas plus.

Une passante me salua d'un signe de la tête.

— Belle journée, dit-elle poliment.

— Oui, répondis-je. Mon…

— Il pleuvra tantôt ?

Je regardai le ciel pommelé.

— Ça m'étonnerait. Pourriez-vous…

— A plus tard, dit la femme en s'éloignant.

Je trouvai une petite ruelle et attachai le chien à un tuyau de descente ; il n'était pas utile de le balader à travers tout le village dans les quelques heures à venir. Puis je longeai la rue principale : il y avait là une boucherie, un salon de thé et une confiserie qui vendait exclusivement des bonbons à sucer, de la limonade et de la réglisse. Quelques portes plus loin, je tombai sur un marchand de presse qui faisait également office de bureau de poste. La devanture de son échoppe était couverte de réclames pour le chocolat Fry, l'amidon Colman, le tonic Wyncarnis, l'Ovaltine et les gâteaux

Lyons. Un petit écriteau m'apprit que je pouvais utiliser le téléphone. Sur le trottoir, un présentoir de cartes postales voisinait avec des caisses de légumes frais. Il y avait aussi un choix de journaux dont les titres reflétaient l'humeur de l'entre-deux-guerres.

La Grande-Bretagne élue l'empire de l'année pour la dixième fois d'affilée. Les étrangers ne sont pas dignes de confiance – une enquête le prouve. Ou encore : « *Epatant* » *– un nouveau mot en vogue sur toutes les lèvres.*

Je postai le chèque pour le père de Johnny avec une lettre explicative disant que c'était en remboursement d'une vieille dette. Presque aussitôt, un facteur arriva à bicyclette pour relever le courrier – la boîte ne contenait rien d'autre, notai-je – et le porter avec révérence au bureau de poste où j'entendis des cris d'émerveillement. Il ne devait pas y avoir beaucoup de courrier dans *Fido.* Je restai un moment devant la boutique, à observer les villageois vaquer à leurs occupations. Sans crier gare, un cheval de trait décida de laisser un gros tas de crottin en plein milieu de la chaussée. Immédiatement, quelqu'un accourut avec une pelle et un seau pour nettoyer derrière le malotru. Finalement, je partis à mon tour en quête de la salle des ventes.

— Voyons si j'ai bien compris, déclara le commissaire-priseur, un bonhomme imposant et rébarbatif avec un monocle vissé dans l'œil. Vous voulez acheter des cochons trois fois plus cher que le cours actuel? Pourquoi?

— Pas n'importe quels cochons, répliquai-je avec lassitude, ayant passé la dernière demi-heure à lui expliquer le but de ma visite. Les cochons du père de Johnny.

— C'est totalement hors de question.

Se levant, il se dirigea vers la fenêtre. Ce devait être

un tic chez lui – ça se voyait à la moquette usée jusqu'au plancher en dessous, mais seulement entre sa chaise et la fenêtre. La même usure transparaissait à un autre endroit, entre la porte et un guéridon… dont la destination restait encore à découvrir. Compte tenu de ses déplacements limités, je devinai que le commissaire-priseur n'était qu'un Générique C-9, d'où la difficulté à le convaincre de changer ses habitudes.

— Ici, nous procédons selon une formule préétablie, ajouta-t-il, et nous n'aimons pas beaucoup le changement.

Il retourna à son bureau et, pivotant vers moi, brandit un doigt accusateur.

— Croyez-moi, si vous tentez quoi que ce soit pour perturber les enchères, je ferai invalider votre offre.

Nous nous dévisageâmes. Il n'y avait rien à faire.

— Ça vous dit, du thé avec un morceau de cake? demanda le commissaire-priseur.

— Volontiers, acquiesçai-je.

— Magnifique! jubila-t-il en se frottant les mains. Il n'y a rien de plus rafraîchissant qu'une tasse de thé, paraît-il!

Il actionna l'interrupteur de l'interphone.

— Miss Pittman, pourriez-vous nous apporter du thé, s'il vous plaît?

La porte s'ouvrit instantanément sur sa secrétaire qui tenait un plateau dans les mains. Elle devait avoir dans les vingt-huit ans et était jolie façon rose anglaise : sous son cardigan ocre, elle portait une robe d'été à fleurs.

Miss Pittman suivit le plancher poli par l'usure de la porte jusqu'au guéridon. Avec une petite révérence, elle déposa le service à thé à côté d'un plateau identique, resté là depuis la dernière fois. Elle jeta l'ancien plateau par la fenêtre, et j'entendis tinter la porcelaine brisée;

j'avais déjà remarqué une grosse pile de vaisselle cassée sous la fenêtre à mon arrivée. Les mains jointes, la secrétaire marqua une pause.

— Est-ce que… je vous sers une tasse ? demanda-t-elle en s'empourprant.

— Merci ! s'exclama le commissaire-priseur, Mr. Phillips, allant et venant tout excité entre sa chaise et la fenêtre. Avec du lait et…

— … un sucre. (La secrétaire sourit timidement.) Oui, oui… je sais.

— Mais bien sûr que vous le savez !

Et il lui rendit son sourire.

L'étrange pantomime n'était toutefois pas finie. Le commissaire-priseur et la secrétaire se rapprochèrent autant que le permettaient leurs deux sentiers de vie tracés dans la moquette. Tenant la tasse par le bord, Miss Pittman posa ses orteils à l'endroit où s'arrêtait le plancher luisant et où commençait la moquette, et tendit le bras aussi loin qu'elle le put. Mr. Phillips fit de même de son côté du fossé. Il pouvait tout juste toucher le bord de la tasse du bout des doigts, mais il avait beau se contorsionner, il n'arrivait pas à l'attraper.

— Permettez-moi, dis-je, incapable de supporter ce cruel spectacle plus longtemps.

Je passai la tasse de l'un à l'autre.

Combien de tasses de thé s'étaient ainsi refroidies ces trente-cinq dernières années ? A quel point ces deux mètres de moquette qui les séparaient étaient-ils infranchissables ? Quiconque manageait ce livre depuis le Puits était doté d'un sens de l'humour particulièrement retors.

Polie, Miss Pittman refit une révérence et s'en fut. Le commissaire-priseur la suivit des yeux, puis s'assit à son bureau et lorgna la tasse avec convoitise. Il s'humecta les lèvres, se frotta les doigts et but une gorgée en savourant chaque seconde avec délectation.

— Oh, Seigneur ! s'extasia-t-il. C'est encore meilleur que je ne l'imaginais !

Il prit une autre gorgée et ferma les yeux tellement c'était bon.

— Où en étions-nous ? s'enquit-il.

— Je voudrais que vous achetiez les cochons du père de Johnny pour le compte d'un acquéreur anonyme… et le plus près possible du sommet de la page 232.

— C'est totalement exclu. Vous me demandez de changer le récit ! Je vais devoir en référer aux instances supérieures.

Je lui passai ma plaque de la Jurifiction. Ce n'était pas mon style de chercher à en imposer de par ma fonction, mais je commençais à désespérer.

— Je suis en mission commandée, mandatée par le Grand Central du Texte sur un ordre exprès du Conseil des Genres.

C'était comme ça, pensais-je, que Miss Havisham aurait traité l'affaire.

— Vous oubliez que notre livre est épuisé, en attendant d'être remis au goût du jour, rétorqua-t-il brièvement en jetant ma plaque sur la table. Vous n'avez aucun pouvoir représentatif ici, mademoiselle *l'apprentie*. La Jurifiction devrait y réfléchir à deux fois avant d'essayer de changer un livre sans l'accord des intéressés. Vous pouvez le dire de ma part à l'Homme à la Cloche.

Nous en étions clairement arrivés à une impasse diplomatique. Tout à coup, j'eus une idée.

— Ça fait longtemps que vous êtes commissaire-priseur dans ce livre ?

— Trente-six ans.

— Et combien de tasses de thé avez-vous bues pendant tout ce temps?

— En comptant celle-ci?

Je hochai la tête.

— Une seule.

Je me penchai en avant.

— Je peux faire en sorte que vous buviez autant de thé que vous voulez, Mr. Phillips.

Il plissa les yeux.

— Ah oui? Et comment, je vous prie? Sitôt que vous aurez obtenu ce que vous demandez, vous repartirez et je ne pourrai plus jamais atteindre la tasse que me tend Miss Pittman.

Je me levai et me dirigeai vers le guéridon sur lequel était posé le plateau à thé. A l'exception d'un bouquet de fleurs, il n'y avait rien d'autre dessus. Je pris le guéridon et, sous le regard médusé du commissaire-priseur, le déplaçai vers la fenêtre. Il s'en approcha à son tour et, délicatement, effleura le service à thé.

— C'est un geste audacieux, fit-il en brandissant la pince à sucre, audacieux mais inutile. Elle est D-7... Jamais elle ne changera sa façon de faire.

— Les D-7 n'ont pas de nom, Mr. Phillips.

— C'est moi qui lui ai donné ce nom, dit-il doucement. Vous perdez votre temps.

— Voyons ça.

Et je rallumai l'interphone pour demander à Miss Pittman de nous rapporter du thé.

La porte s'ouvrit comme la première fois, et la jeune femme parut, surprise et choquée.

— La table! souffla-t-elle. Elle est...!

— Vous pouvez y arriver, Miss Pittman, lui dis-je. Allez, posez le plateau là où vous avez l'habitude de le mettre.

Elle refit le trajet familier et, s'arrêtant à l'ancien emplacement du guéridon, regarda sa nouvelle position, deux enjambées plus loin. La moquette lisse et intacte lui faisait peur : on aurait presque dit un gouffre sans fond. Elle se figea.

— Je ne comprends pas..., commença-t-elle, affolée.

Ses mains se mirent à trembler.

— Dites-lui de poser le plateau, demandai-je au commissaire-priseur, aussi désemparé que Miss Pittman, voire plus. DITES-LUI !

— Merci, Miss Pittman, murmura Mr. Phillips d'une voix enrouée, posez le plateau là-bas, voulez-vous ?

Elle se mordit la lèvre et, fermant les yeux, leva un pied frémissant au-dessus de la dernière latte. Puis elle le posa sur la moquette moelleuse, rouvrit les yeux, regarda en bas et nous adressa un sourire rayonnant.

— Bien joué ! dis-je. Allez, plus que deux.

Très sûre d'elle, elle négocia avec aisance les deux pas qui restaient et plaça le thé sur le guéridon. Jamais Mr. Phillips et elle n'avaient été aussi près l'un de l'autre. Elle tendit la main pour toucher le revers de son veston, mais se reprit rapidement.

— Est-ce que... je vous sers une tasse ?

— Merci ! s'exclama Mr. Phillips. Avec du lait et...

— ... un sucre. (Elle sourit timidement.) Oui, oui, je sais.

Elle versa le thé et lui remit la tasse et la soucoupe. Il l'accepta avec gratitude.

— Mr. Phillips ?

— Oui ?

— Est-ce que j'ai un prénom ?

— Bien sûr, répondit-il tout bas et avec une grande émotion. J'ai eu plus de trente ans pour y réfléchir. Votre prénom, c'est Aurore, comme il sied à quelqu'un d'aussi beau que le soleil levant.

Elle se couvrit le nez et la bouche pour dissimuler son sourire et rougit violemment. Mr. Phillips leva une main tremblante pour lui caresser la joue, mais, se rappelant ma présence, se retint. Hochant imperceptiblement la tête dans ma direction, il dit :

— Merci, Miss Pittman. Tout à l'heure, je risque d'avoir besoin de vous pour… prendre des notes.

— Certainement, Mr. Phillips. Avec plaisir !

Elle foula la moquette sans bruit, se retourna une dernière fois à la porte et sortit. Lorsque je regardai Mr. Phillips, il s'était rassis, vidé par l'intensité de cet échange.

— Alors, marché conclu ? lui demandai-je. Ou je remets le guéridon à sa place ?

Il eut l'air atterré.

— Vous ne feriez pas ça !

— Si.

Il réfléchit à sa situation, puis me tendit la main.

— Les cochons trois fois le cours actuel ?

— En haut de la page 232.

— Topez là !

Assez satisfaite de moi, j'allai chercher le chien et me déplaçai au milieu de la page 232. Maintenant, tout le village parlait de la vente des cochons du père de Johnny, et le journal local avait même titré : *Cochons à un prix inouï – tout un village sous le choc.* Il ne restait plus qu'une seule chose à faire : remplacer le chien aveugle par le chien voyant.

— Je cherche le véto, dis-je à une passante.

— Ah oui ? répondit-elle d'un ton aimable. C'est bien.

Et elle poursuivit sa route.

— Pouvez-vous m'indiquer l'adresse du véto ? demandai-je alors à un homme au visage cireux, vêtu d'un costume de tweed.

Mais il se révéla tout aussi primaire.

— Oui, je peux, dit-il sans s'arrêter.

Je voulus l'empoigner par la manche, au lieu de quoi, par mégarde, je lui saisis la main. Il s'exclama tout haut, imité par deux femmes qui avaient assisté à la scène. Aussitôt, elles se mirent à jacasser avec volubilité. Je sortis ma plaque.

— Jurifiction, lui dis-je.

Et j'ajoutai :

— En mission officielle.

Histoire d'enfoncer le clou.

Mais entre-temps, il s'était passé quelque chose. Les habitants de ce village, qui jusque-là semblaient déambuler dans les rues comme des automates, s'étaient subitement animés : tout le monde parlait, chuchotait, nous montrait du doigt. J'étais une étrangère en pays inconnu et, même s'ils n'avaient pas l'air hostiles, je suscitais clairement beaucoup de curiosité.

— Je dois aller chez le véto, déclarai-je d'une voix forte. Quelqu'un peut-il me dire où il habite ?

Les deux pipelettes sourirent et hochèrent la tête à l'intention l'une de l'autre.

— On va vous conduire là où il travaille.

Je laissai l'homme qui, après avoir contemplé sa main, me regardait bizarrement, et les suivis vers un petit bâtiment situé à l'écart de la rue. Je remerciai les deux dames. L'une d'elles, remarquai-je, resta devant le portail tandis que l'autre s'éloignait d'un pas énergique. Je sonnai à la porte.

— Oui ? fit le véto en ouvrant, l'air surpris.

Il n'avait qu'un seul rendez-vous ce jour-là : Johnny

et Fido. Il était censé annoncer au jeune garçon que son chien resterait aveugle jusqu'à la fin de ses jours.

— Ce chien, dit-il machinalement, ne recouvrera jamais la vue. Je regrette, mais c'est comme ça.

— Jurifiction, répondis-je en lui montrant ma plaque. Il y a eu un changement de programme.

— Si vous cherchez à échanger des poupées nègres contre des nounours, vous vous trompez de livre.

— Je ne suis pas *Oui-Oui*, lui rétorquai-je.

— Quel changement, alors ?

Je me faufilai à l'intérieur et refermai la porte.

— Etes-vous ici pour corriger les références plus que douteuses aux gitans stéréotypés dans les chapitres XIII à XV ?

— On va y venir, ne vous inquiétez pas.

Ne voulant pas risquer le genre d'imbroglio que j'avais connu avec Mr. Phillips, je jetai un coup d'œil furtif autour de moi et chuchotai sur le ton de la confidence :

— Je ne devrais pas vous dire ça, mais... il y a des hommes mal intentionnés qui projettent de voler Fido pour le vendre à un labo à des fins d'expérimentation médicale !

— Non ! s'exclama le véto en écarquillant les yeux.

— Si.

Et j'ajoutai, un ton plus bas :

— Qui plus est, nous les soupçonnons de n'être même pas anglais.

— Vous voulez dire... des Johnny étrangers ? fit le véto, scandalisé.

— Français probablement. Alors, je peux compter sur vous ?

— Tout à fait, souffla-t-il. Qu'allons-nous faire ?

— Un échange de chiens. Quand Johnny arrivera, vous lui demanderez de sortir un instant, nous procéderons à la substitution et, lorsqu'il reviendra, vous ôterez les bandages. Le chien pourra voir… et vous direz ceci à la place.

Je lui tendis un bout de papier. Il le considéra pensivement.

— Donc Fido reste ici et le Fido de *substitution* est enlevé par un Johnny étranger pour être revendu à un labo ?

— Quelque chose comme ça. Mais pas un mot à quiconque, c'est bien compris ?

— Parole d'honneur ! répondit le véto.

Je lui laissai le collie ; quand Johnny lui amena son Fido aveuglé, le véto l'envoya chercher de l'eau, nous échangeâmes les chiens et, à son retour – ô miracle ! –, Fido avait recouvré la vue. Le véto feignit l'étonnement, et Johnny, bien sûr, était ravi. Ils partirent peu de temps après.

J'émergeai du bureau où je m'étais cachée.

— J'étais comment ? demanda le véto en se lavant les mains.

— Parfait. Vous méritez une décoration.

Tout avait marché comme sur des roulettes. Je n'en croyais pas ma chance. Mieux encore, j'avais l'impression que Havisham serait fière de son apprentie… ou du moins, ça compenserait la fois où elle avait dû me sauver des grammasites. Contente, j'ouvris la porte et me retrouvai face à une foule de villageois. Tous les regards étaient braqués sur moi. L'euphorie d'avoir accompli ma mission se dissipa, remplacée par un sentiment de malaise.

— C'est l'heure ! C'est l'heure ! clama l'une des deux dames qui m'avaient accompagnée tantôt.

— L'heure de quoi ?

— De célébrer le mariage !

— Qui se marie ? demandai-je… question non dénuée de logique.

— Mais *vous*, voyons ! répondit-elle chaleureusement. Vous avez touché la main de maître Dupatelin. Vous êtes fiancés. *C'est la loi !*

Ils avancèrent sur moi, et je plongeai la main dans ma poche à la recherche non pas de mon arme, mais de mon Guide de Voyage pour sortir d'ici le plus vite possible. Ce fut un mauvais calcul. En quelques secondes, ils parvinrent à me neutraliser. Ils me prirent mon livre et mon pistolet, et me propulsèrent vers une maison voisine où l'on m'enfila de force une robe de mariée qui avait déjà beaucoup servi et qui était trois fois trop grande.

— Vous ne vous en sortirez pas comme ça ! leur dis-je pendant qu'ils me brossaient et tressaient les cheveux à la hâte, avec deux hommes qui me tenaient la tête. La Jurifiction sait où je suis ; ils viendront me chercher, je vous le promets.

— Vous vous y ferez, à la vie de femme mariée, m'assura l'une des villageoises, la bouche pleine d'épingles. Au début, elles se plaignent toutes… mais en fin d'après-midi, elles deviennent dociles comme des agneaux. Pas vrai, maître Rustique ?

— Dame, oui, maîtresse Passante, répondit l'homme qui me tenait les bras, comme des agneaux, dociles.

— Il n'y a rien de tel qu'un bon mariage, ajouta un autre homme. Sauf…

Maître Rustique lui assena un coup de coude, et il se tut.

— Sauf quoi ? demandai-je en me débattant.

— Allons, du calme ! fit maîtresse Passante. Vous m'avez fait sauter une maille ! Vous voulez être toute dépenaillée le jour de votre mariage ?

— Oui.

Dix minutes plus tard, couverte de bleus, les mains liées derrière le dos et une couronne de fleurs dans mes cheveux mal épinglés, je fus escortée dans la petite église du village. Je réussis à me cramponner au portail, mais on m'en détacha vite fait. Et je me retrouvai devant l'autel, aux côtés de maître Dupatelin vêtu d'une jaquette. Il me sourit gaiement, et je le foudroyai du regard.

— Nous sommes rassemblés aujourd'hui en présence de Dieu pour unir cet homme et cette femme...

Je me tortillai, en vain.

— Cette cérémonie n'a aucun fondement légal ! criai-je pour essayer de couvrir la voix du pasteur.

Il fit signe au bedeau qui plaqua un morceau de sparadrap sur ma bouche. Je me démenai de plus belle, mais avec quatre robustes garçons de ferme qui me tenaient, c'était peine perdue. J'assistai avec une sorte de fascination au déroulement de la cérémonie, au milieu des villageois qui versaient des larmes de bonheur. Au moment des vœux, on me fit hocher vigoureusement la tête et on m'enfonça un anneau au doigt.

— Je vous déclare maintenant mari et femme ! Vous pouvez embrasser la mariée.

Maître Dupatelin se pencha sur moi. Je tentai de me reculer, mais on me retint. Il embrassa tendrement le sparadrap qui me couvrait la bouche. Des murmures excités s'élevèrent dans l'assemblée.

Il y eut des applaudissements, et on me traîna vers la sortie où, aspergée de confettis, je dus poser pour le photographe. On m'enleva le sparadrap pour la photo, si bien que j'eus le temps de protester.

— Un mariage forcé n'est pas reconnu par la loi ! rugis-je. Laissez-moi partir *tout de suite*, et peut-être que je ne vous dénoncerai pas.

— Ne vous inquiétez pas, maîtresse Dupatelin, dit maîtresse Passante en s'adressant à moi. Dans dix minutes, tout ça n'aura plus d'importance. Voyez-vous, nous avons rarement l'occasion d'assister à une noce, étant donné qu'ici personne ne se marie... le Puits n'a pas jugé utile de nous accorder ce luxe.

— Et ces autres dont vous avez parlé ? questionnai-je, en proie à un funeste pressentiment. Où sont les autres mariées qu'on a menées de force à l'autel ?

La mine solennelle, tout le monde joignit les mains et baissa les yeux.

— Qu'y a-t-il ? Que va-t-il se passer dans dix minutes... ?

Les quatre gaillards me lâchèrent. Je me retournai et vis le révérend, l'air grave – et pour cause –, debout devant une tombe fraîchement creusée. *La mienne.*

— Oh, mon Dieu ! marmonnai-je.

— Mes bien chers frères, nous sommes réunis..., commença-t-il.

Les mêmes villageois se remirent à renifler dans leurs mouchoirs. Mais cette fois, ce n'étaient pas des larmes de bonheur – ils pleuraient de *chagrin.*

Je m'en voulais d'avoir été aussi imprévoyante. Maître Dupatelin, qui avait mon automatique, ôta le cran de sécurité. Je jetai un regard éperdu autour de moi. Même si j'avais eu la possibilité de faire parvenir un message à Havisham, il était peu probable qu'elle arrive à temps.

— Maître Dupatelin, dis-je à mi-voix, le regardant droit dans les yeux. Mon propre époux ! Vous seriez prêt à tuer votre femme ?

Il trembla légèrement et jeta un coup d'œil en direction de maîtresse Passante.

— Je... J'en ai bien peur, ma chère, bredouilla-t-il.

— Pourquoi ? insistai-je, histoire de gagner du temps.

— On a besoin de... de...

— Au nom du Grand Manitou, finissons-en ! s'impatienta maîtresse Passante qui semblait être l'instigatrice de toute l'affaire. Je veux mon fix émotionnel !

— Attendez ! dis-je. Vous êtes en manque d'*émotions* ?

— On nous appelle les Accros aux Sentiments, répondit maître Dupatelin nerveusement. Ce n'est pas notre faute. Nous sommes des Génériques classés de C-7 à D-3 ; on n'a pas beaucoup d'émotions propres, mais on est suffisamment évolués pour savoir ce qui nous fait défaut.

— Si vous ne la tuez pas, je m'en chargerai ! grommela maître Rustique en tapotant mon « mari » sur le coude.

Ce dernier s'écarta.

— Elle a le droit de savoir, déclara-t-il. C'est ma femme, après tout.

Il regarda à droite et à gauche.

— Allez-y.

— On a commencé par des bons mots qui nous mettaient en joie pendant un petit moment. Ç'a duré quelques mois, mais bientôt, ça n'a plus suffi ; on voulait du rire, de la gaieté, du bonheur sous toutes ses formes. Des garden-parties trois fois par mois, une fête des moissons toutes les semaines, une tombola quatre fois par jour – tout ça n'était pas assez ; on voulait... de la *vraie dope* !

— Du chagrin, murmura maîtresse Passante, du chagrin, de la tristesse, de l'affliction, mais à haute dose. Vous avez lu *Au Service secret de Sa Majesté* ?

Je hochai la tête.

— C'est ça qu'on voulait. Le cœur en liesse à la perspective d'un mariage soudain brisé par la mort brutale de la mariée !

Je contemplai ces Génériques légèrement déjantés. Incapables de faire naître artificiellement des émotions dans le cadre de leur idylle rurale, ils s'étaient embarqués dans le trip méthodique des mariages forcés et des enterrements pour se procurer le plaisir recherché. Au vu du nombre de pierres tombales dans le cimetière de l'église, combien d'autres avaient déjà subi le même sort ?

— Votre mort nous anéantira, bien sûr, susurra maîtresse Passante, mais nous nous en remettrons... le plus tard sera le mieux !

— Attendez ! dis-je. J'ai une idée !

— On n'a pas besoin d'idées, mon amour, répondit maître Dupatelin, braquant le pistolet sur moi. On a besoin d'émotions.

— Combien de temps ce fix durera-t-il ? lui demandai-je. Une journée ? Peut-on regretter quelqu'un qu'on connaît à peine ?

Ils se regardèrent. J'avais tapé dans le mille. Avec de la chance, la jouissance qu'ils tireraient de mon assassinat et de mes funérailles leur permettrait de tenir jusqu'à l'heure du thé.

— Vous avez une meilleure idée ?

— Je peux vous fournir des émotions à la pelle. Des sentiments tellement forts que vous ne saurez plus où donner de la tête.

— Elle ment ! clama maîtresse Passante froidement. Tuez-la, vite... je ne peux plus attendre ! Je veux de la tristesse ! Tout de suite !

— Je fais partie de la Jurifiction. Du danger et des dissensions, je peux en importer dans ce livre plus qu'un millier de Blyton en l'espace de toute une vie !

— C'est vrai ? s'exclamèrent les villageois qui buvaient du petit-lait en m'écoutant.

— Oui, et je vous le prouve. Maîtresse Passante ?

— Oui ?

— Maître Dupatelin m'a dit tout à l'heure qu'il trouvait que vous aviez un gros cul.

— Il a dit *quoi*? s'étrangla-t-elle, savourant l'affront que je venais de lui infliger.

— Je n'ai jamais dit ça ! protesta maître Dupatelin, que l'indignation fit décoller à son tour.

— Et nous ? Et nous ? brailla la foule, pressée de voir ce que j'avais d'autre dans mon sac à malices.

— Vous n'aurez rien tant que vous ne m'aurez pas détachée !

Ils s'empressèrent autour de moi ; la joie et la tristesse les avaient longtemps dopés, mais ils avaient fini par s'en lasser, et moi, tel un dealer, je leur offrais de nouvelles sensations.

Je demandai qu'on me rende mon automatique. Les villageois attendaient, comme un dodo qui mendie un marshmallow.

— Pour commencer, dis-je en me frottant les poignets et en jetant l'alliance, je ne me rappelle plus qui m'a fait un enfant !

Un silence soudain se fit autour de moi.

— Scandaleux ! décréta le révérend. Répugnant, moralement abject... mmmm !

— Mieux que ça, ajoutai-je. Si vous m'aviez tuée, vous auriez aussi tué l'enfant que je porte ; il y aurait eu de quoi vous sentir coupables pendant des mois !

— Oui ! hurla maître Rustique. A mort !

Je levai mon arme, et ils s'arrêtèrent tout net.

— Vous regretterez toujours de ne pas m'avoir tuée, murmurai-je.

Calmés, les villageois s'abandonnèrent au sentiment de frustration engendré par mes paroles.

— C'est merveilleux ! dit l'un des garçons de ferme.

Et il s'assit dans l'herbe pour mieux se concentrer sur l'étrange pot-pourri d'émotions suscité par la perspective manquée d'un double meurtre. Mais je n'avais pas tout à fait fini.

— Je vais vous dénoncer au Conseil des Genres : il y a des chances qu'on vous ferme définitivement et qu'on vous réduise en texte !

Je les tenais enfin. Les yeux clos, ils oscillaient sur leurs talons en gémissant doucement.

— D'un autre côté, dis-je en reculant, peut-être que je ne le ferai pas.

Une fois au portail, j'enlevai la robe de mariée et me retournai. Allongés sur le sol, les yeux fermés, les villageois étaient en train de surfer sur un cocktail d'émotions contradictoires. Ils n'allaient pas redescendre de sitôt.

Je ramassai mon blouson et mon Guide de Voyage et me rendis chez le véto où m'attendait le chien aveugle. J'avais accompli ma mission, même si celle-ci avait failli mal tourner pour ma personne. La prochaine fois, je me promis de mieux faire. Une voix basse gronda à côté de moi :

— Qu'est-ce que je vais devenir ? On va me réduire en texte ?

C'était Fido.

— Officiellement, oui.

— Je vois, répondit le chien. Et officieusement ?

Je réfléchis deux secondes.

— Tu aimes les lapins ?

— Assez, oui.

J'ouvris mon Guide de Voyage.

— Parfait. Donne-moi ta patte. Allons-y, en route pour le Grand Central des Lapins.

20

Ibb et Obb rebaptisés et *Les Hauts*, encore

Les Empileurs : Pour débarrasser un livre du vyrus ortografique, des milliers de dictionnaires sont acheminés dans l'ouvrage infecté et empilés de part et d'autre de la brèche pour former un barrage. Le mur de dictionnaires est ensuite resserré, paragraphe par paragraphe, jusqu'à isoler le vyrus dans une phrase, puis un mot, avant de l'étouffer complètement. Cette tâche incombe aux *Empileurs*, généralement des Génériques de grade D, bien que pendant des années, le Groupe d'Intervention Rapide Anti-Fautes d'ortografe (GIRAF) ait été composé principalement de six mille et quelques Mrs. Danvers en surplus dans le PDHP. (Cf. Danvers, Mrs. – surproduction de).

LE CHAT DE L'A.U. DE W.
Guide de la Grande Bibliothèque (glossaire)

C'était deux jours plus tard. Je venais juste d'être malade comme tous les matins de bonne heure et je m'étais recouchée, l'œil rivé sur le mot de mamie pour essayer de comprendre ce qu'elle avait voulu dire.

Souviens-toi. De quoi fallait-il que je me souvienne? Elle n'était toujours pas rentrée de la cour des Médicis, et bien que le message ait pu être écrit dans un de ses moments de « flottement », je n'arrivais pas à me défaire d'un certain sentiment de malaise. Ce n'était pas tout. Sur ma table de nuit, il y avait le croquis d'un homme séduisant qui devait friser la quarantaine. J'ignorais qui il représentait… pourtant, c'était moi qui l'avais dessiné.

On frappa impatiemment à la porte. C'était Ibb. Il se féminisait à vue d'œil, jusqu'à aller se pavaner d'un air hautain toute la journée du mercredi. Obb, de son côté, prétendait avoir raison sur tout et, mis au pied du mur, avait fait la gueule; ça aussi, tout le monde savait ce que cela signifiait.

— Bonjour, Ibb, dis-je en reposant le portrait. Comment ça va?

En guise de réponse, Ibb défit le haut de son bleu de travail.

— Regardez! s'exclama-t-elle en me montrant ses seins.

— Félicitations, fis-je lentement, encore un peu groggy. Tu es une fille.

— Je sais! dit Ibb, incapable de contenir son excitation. Vous voulez voir le reste?

— Non merci, répondis-je. Je te crois sur parole.

— Je peux vous emprunter un soutien-gorge? demanda-t-elle en bougeant les épaules. Ces trucs-là ne sont pas super-pratiques.

— Je doute que l'un des miens puisse t'aller, déclarai-je précipitamment. Tu es bien plus plantureuse que moi.

— Oh, fit-elle, décontenancée.

Puis :

— Peut-être une brosse et un élastique, alors? Je ne

sais pas quoi faire avec ces cheveux. Les lâcher, les relever… et si je les coupais, hein? J'aurais tellement voulu avoir des cheveux bouclés!

— Ibb, ils sont très bien, tes cheveux, je t'assure.

— *Lola*, me corrigea-t-elle. A partir de maintenant, je voudrais que vous m'appeliez Lola.

— O.K., Lola. Assieds-toi sur le lit.

Lola s'assit et, pendant que je lui brossais les cheveux, discourut sur le moyen qu'elle avait trouvé de perdre du poids, consistant à se peser avec un pied sur la balance et l'autre par terre. Ainsi, elle pouvait perdre autant de kilos qu'elle voulait sans renoncer aux pâtisseries. Après quoi, elle se mit à parler de cette nouvelle activité qu'elle avait découverte et qui était tellement sympa qu'elle entendait la pratiquer très souvent… en tout cas, ce n'étaient pas les partenaires qui allaient lui manquer.

— Sois prudente, lui dis-je. Avant de faire ce que tu fais, vois avec qui tu le fais.

C'était le conseil que m'avait donné ma mère.

— Oh oui, m'assura Lola. Je serai très prudente… Je leur demanderai toujours leur nom d'abord.

Lorsque j'eus terminé, elle s'inspecta dans le miroir, me gratifia d'un baiser sonore et se glissa dehors. Je m'habillai sans hâte et allai dans la cuisine.

Assis à la table, Obb était en train de peindre un officier de cavalerie de l'armée napoléonienne pas plus grand qu'un capuchon de stylo. Très concentré sur la minuscule figurine équestre, il était devenu en l'espace de quelques jours un bel homme brun d'une cinquantaine d'années, mesurant plus d'un mètre quatre-vingt-cinq, avec une voix grave et posée. J'espérais seulement qu'il n'irait pas me faire une démonstration de sa virilité de la même façon que Lola.

— Bonjour, Obb, dis-je. Petit déjeuner?

Il lâcha le cavalier qui tomba à terre.

— Regardez ce que vous avez fait ! grommela-t-il. Du café et des toasts, s'il vous plaît... et c'est *Randolph*, pas Obb.

— Félicitations.

Il se contenta de grogner, ramassa l'officier de cavalerie et se remit au travail.

Lola arriva d'un pas dansant et, voyant Randolph, marqua une pause pour contempler ses ongles d'un air modeste, dans l'espoir qu'il lèverait les yeux sur elle. Il n'en fit rien.

— Bonjour, Randolph.

— B'jour, marmonna-t-il sans la regarder. Tu as bien dormi ?

— Comme une souche.

— Ça ne m'étonne pas.

Elle ne releva pas la pique et continua à babiller :

— Ce ne serait pas plus joli en jaune ?

Randolph s'interrompit et la dévisagea.

— La couleur d'un officier de l'armée napoléonienne, c'est le *bleu*, Lola. Le jaune, c'est pour les bananes... et la crème anglaise.

Se tournant vers moi, elle fit une grimace et articula silencieusement « La barbe » avant de se servir une tasse de café.

— On n'irait pas faire du shopping? me demanda-t-elle. Et, tant qu'à acheter de la lingerie, on pourrait aussi prendre des produits de maquillage et du parfum ; on essayerait des fringues et on ferait tout ce que font les filles entre elles... on irait déjeuner ensemble pour échanger des potins, on s'offrirait une séance chez le coiffeur, on retournerait faire les boutiques, on parlerait de nos fiancés et, après ça, on irait au club de fitness.

— Ce n'est pas vraiment le genre de la maison, répondis-je lentement.

Pour quel genre littéraire la destinait-on, à Ste Tabularasa ? Je ne me souvenais même plus de ma dernière sortie entre filles ; ça remontait à plus de dix ans. La plupart de mes vêtements, je les commandais par correspondance : où allais-je trouver le temps de faire les magasins ?

— Oh, allez ! dit Lola. Une journée de repos, ça ne vous ferait pas de mal. Où étiez-vous hier ?

— A un cours de navigation entre les livres à l'aide du système de positionnement ISBN.

— Et avant-hier ?

— Travaux pratiques sur l'utilisation des cribles textuels pour capturer un Saute-Pages.

— Et avant ça ?

— J'ai recherché vainement le Minotaure.

— C'est pour *ça* qu'il vous faut un break. On n'a même pas besoin de sortir du Puits : le dernier catalogue Grattan est encore en construction. On peut y rentrer parce que je connais quelqu'un qui y bosse à temps partiel dans la justification du texte. S'il vous plaît, dites oui. C'est tellement important pour moi !

— Bon, d'accord, soupirai-je, mais après le déjeuner. Ce matin, je dois aller faire Mary Jones dans *Les Hauts de Caversham.*

Elle sauta sur place et frappa dans ses mains de joie. Son exubérance puérile me fit sourire.

— Profites-en donc pour essayer la taille du dessus, dit Randolph.

Elle fit volte-face, les yeux étrécis.

— Que veux-tu dire par là ? demanda-t-elle, furieuse.

— Exactement ce que j'ai dit.

— Que je suis grosse ?

— C'est toi qui l'as dit, pas moi, répliqua-t-il, se concentrant sur son soldat de plomb.

S'emparant d'un verre d'eau, elle le vida sur ses genoux.

— *Pourquoi diable as-tu fait ça ?* bégaya-t-il.

Il se leva et se saisit d'un torchon.

— Pour t'apprendre à vivre, glapit Lola en pointant le doigt sur lui. Il faut réfléchir à ce qu'on dit, et à *qui* on le dit !

Là-dessus, elle quitta la pièce.

— Qu'est-ce que j'ai dit ? fit Randolph, exaspéré. Vous avez vu ça ? Quelle mouche l'a piquée, hein ?

— Moi, lui répondis-je, je trouve que tu t'en es tiré à bon compte. A ta place, j'irais m'excuser auprès d'elle.

Il hésita brièvement et, baissant les épaules, s'en fut trouver Lola qu'on entendait sangloter quelque part à la queue de l'hydravion.

— Ah, les verts paradis des amours enfantines ! fit une voix derrière moi. Dix-huit ans d'émotions compressés en une seule semaine, ça ne doit pas être facile.

— Mamie !

Je pivotai sur mes talons.

— Depuis quand es-tu rentrée ?

— A l'instant.

Elle ôta son chapeau et ses gants en vichy et me tendit quelques pièces de monnaie.

— Qu'est-ce que c'est ?

— Les Génériques D-3 sont désespérément primaires, mais quelquefois, ça peut rapporter gros : j'ai demandé au chauffeur de taxi de faire tout le trajet en marche arrière, si bien qu'à la fin, c'est *lui* qui me devait de l'argent. Alors, quoi de neuf ?

Je poussai un soupir.

— J'ai l'impression d'avoir un couple d'adolescents à la maison.

— Considère cela comme de l'entraînement en attendant d'avoir tes propres enfants.

Mamie prit une chaise et se mit à siroter mon café.

— Mamie ?

— Oui ?

— Comment es-tu arrivée ici ? Je veux dire, tu es réelle, n'est-ce pas ? Tu n'es pas un simple souvenir ?

— Mais oui, je suis bien réelle, rit-elle. Il fallait quelqu'un qui veille sur toi le temps qu'on règle le problème Aornis.

— Aornis ?

— Oui, soupira ma grand-mère. Allez, cherche un peu.

Je tournai et retournai ce prénom dans ma tête, et en effet, Aornis émergea des ombres comme un bateau dans le brouillard. Sauf que le brouillard était épais et dissimulait d'autres choses... je le sentais.

— Ah oui, murmurai-je, *elle*. C'était quoi, sinon, que j'étais censée me rappeler ?

— Landen.

Lui aussi sortit du brouillard. L'homme du croquis. Je m'assis, la tête dans mes mains. Comment avais-je pu l'oublier ?

— C'est un peu comme la rougeole, dit mamie, me tapotant dans le dos. Ne t'inquiète pas, on va te guérir d'elle.

— Mais alors, il faut que je retourne la combattre dans le monde réel ?

— Les mnémonomorphes sont toujours plus faciles à neutraliser sur le plan physique, répondit-elle. Une fois que tu l'auras vaincue dans ta tête, le reste devrait suivre.

Je levai les yeux.

— Parle-moi encore de Landen.

Elle le fit, pendant une heure, jusqu'à ce qu'il fût temps de partir remplacer Mary Jones.

Je me rendis à Reading avec la voiture de Mary. En chemin, je croisai des Mini rouges, des Morris Marina bleues et les omniprésents camions *Soins des pieds Spongg*. La vraie ville, je la connaissais passablement bien, et celle des *Hauts de Caversham* manquait de précision. Nombre de rues avaient disparu, la bibliothèque était devenue un supermarché, le quartier de Caversham ressemblait à Beverly Hills, et le centre-ville, sordide, rappelait New York des années soixante-dix. Je croyais savoir où l'auteur avait puisé son inspiration ; c'était une question de liberté créatrice, histoire d'accroître l'effet dramatique.

Coincée dans un embouteillage, je tambourinai sur le volant. L'enquête sur la mort de Perkins n'avait pas beaucoup avancé. Après trois jours d'investigations discrètes, nous ne disposions que de deux faits nouveaux : seuls huit membres de la Jurifiction avaient accès à *L'Epée des Zénobiens*, et l'un d'eux était Vernham Deane. Or, il avait été porté disparu après son expédition dans *Ulysse* pour résoudre le mystère de la ponctuation volée dans le dernier chapitre. Qui plus est, des fouilles effectuées dans *Ulysse* n'avaient révélé aucune trace de son passage. Depuis, personne ne l'avait revu. Et puis, il y avait le sabotage de mon Chapeau Eject-O. Mais qui aurait voulu m'éliminer ? Comme Havisham se plaisait à le souligner, j'étais quelqu'un de « totalement insignifiant ».

La grande nouvelle, cependant, tombée ces jours-ci, c'était que la date du lancement de UltraWord™ venait d'être fixée. Le Grand Central du Texte l'avait avancée pour faire coïncider l'événement avec les 923e Livres d'Or. Au cours de la cérémonie, Libris allait inaugurer le nouveau système devant un public de sept millions de personnages. L'Homme à la Cloche s'était rendu au Grand Central du Texte et avait vu les moteurs de UltraWord™ de ses propres yeux. Flambant neuf, chaque moteur pouvait traiter jusqu'à mille lectures simultanées d'un même livre... là où les vieux V 8.3 atteignaient péniblement la centaine.

Je baissai la vitre et jetai un œil à l'extérieur. Les embouteillages n'étaient pas rares à Reading, mais en général, ça roulait, même doucement, alors qu'ici, le trafic était bloqué depuis vingt bonnes minutes. Agacée, je descendis pour voir. Curieusement, il semblait y avoir eu un accident. Je dis « curieusement » car dans *Les Hauts de Caversham* tous les piétons et conducteurs étaient des Génériques D-2 à D-9, et une chose aussi spectaculaire qu'un accident était tout à fait en dehors de leur rayon. En passant devant les huit Morris Marina bleues qui me précédaient, je remarquai qu'elles avaient toutes une aile défoncée et le pare-brise cassé. Arrivée à la tête du bouchon, je vis que l'incident impliquait l'un des camions blancs *Soins des pieds Spongg*. Mais ce camion-là était différent des autres, normalement des Ford, sales, avec des traînées d'essence autour du bouchon de réservoir et un volet roulant rayé à l'arrière. Alors que celui-ci, en forme de caisse à savon, d'un blanc immaculé, ne portait pas la moindre trace de salissure. Ses roues n'étaient pas tout à fait rondes non plus ; on aurait dit plutôt des pentagones donnant l'*impression* d'un cercle. Je regardai de plus près. Les pneus n'avaient ni dessin ni texture. Ils étaient juste noirs, sans relief. Le chauffeur, pas plus net que son véhicule, était rose, cubiste, avec des traits simples et un bleu de chauffe délavé. Il tentait de tourner à gauche et avait heurté l'une des Morris Marina, leur causant des dégâts identiques à toutes les huit. Le conducteur, un homme aux cheveux gris vêtu d'un costume de tweed à chevrons, tentait de s'expliquer avec le camionneur cubiste, mais sans grand succès. Ce dernier se tourna vers lui, essaya de parler, puis renonça et se rassit tout droit, faisant mine de conduire, même s'il était immobilisé.

— Que se passe-t-il? demandai-je à la petite foule qui s'était massée tout autour.

— Cet imbécile a tourné à gauche alors que c'est interdit, fit l'automobiliste grisonnant tandis que ses clones, tous des Génériques D-4, hochaient vigoureusement la tête. On aurait pu tous être tués!

— Vous n'avez rien? dis-je au camionneur cubiste.

Il me contempla d'un air hagard et voulut changer de vitesse.

— Je me déplace dans *Les Hauts de Caversham* depuis que ce livre a été écrit, poursuivait, indigné, le conducteur de la Marina, et je n'ai jamais eu un seul accident. Je vais pouvoir dire adieu à mon bonus… et le pire, c'est que je n'arrive pas à lui tirer un mot sensé!

— J'ai tout vu, déclara un autre chauffeur de camion Spongg, un vrai, celui-là. Ce type ferait bien de retourner à l'auto-école pour reprendre quelques cours.

— Bon, le spectacle est terminé, annonçai-je à la cantonade. Monsieur le conducteur de la Marina, votre voiture est-elle en état de marche?

— Je pense que oui, répondirent les huit automobilistes âgés à l'unisson.

— Dans ce cas, dégagez-la d'ici. Chauffeur du camion?

— Oui?

— Trouvez un câble de remorquage et enlevez ce tas de boue de la chaussée.

Il partit chercher un câble pendant que les huit automobilistes redémarraient dans un même bruit de ferraille.

J'étais en train de faire signe aux voitures pour contourner le camion bloqué lorsque j'entendis un crépitement. Le camion cubiste s'évanouit dans les airs, laissant derrière lui une vague odeur de cantaloup. Je fixai l'espace vide. Ravis d'être débarrassés de cet obstacle à leur existence ordonnée, les autres automobilistes me klaxonnaient pour que je libère le passage. J'examinai soigneusement la chaussée, mais ne trouvai qu'un boulon de la même facture que le camion – pas de texture, même forme cubique. Je revins à ma voiture, le glissai dans mon sac et repris ma route.

Jack m'attendait devant la salle de sport de Mickey Finn, située au-dessus de deux ou trois boutiques dans Coley Avenue. Nous étions là pour interroger un organisateur de combats de boxe soupçonné de truquer ses matchs. C'était la meilleure scène du roman : crue, réaliste, avec des personnages bien campés et de bons dialogues. Nous avions un peu de temps devant nous. Le récit n'était pas à la première personne, et c'était tant mieux : à mon sens, Jack n'avait pas les épaules assez solides pour le porter tout seul.

— Bonjour, Jack, dis-je en m'approchant. Comment ça va ?

Il avait l'air beaucoup plus épanoui que la dernière fois. Souriant aimablement, il me tendit un gobelet de café.

— Tout baigne, Mary... Je devrais vous appeler Mary, hein, pour ne pas commettre un lapsus au cas où l'on nous lirait ? Ecoutez, hier soir je suis allé voir ma femme Madeleine, et après un échange d'opinions animé, nous sommes parvenus à un accord.

— Vous allez retourner chez elle ?

— Pas tout à fait, répondit Jack en sirotant son café. Mais nous avons convenu que si j'arrête de boire et que je promets de ne plus revoir Agatha Diesel, elle y réfléchirait !

— Bon, eh bien, c'est un début, non ?

— Si, mais ce n'est pas aussi simple. J'ai reçu ça par courrier, ce matin.

Il me tendit une lettre. Je la dépliai et lus :

Cher Mr. Spratt,

Nous avons appris votre intention de renoncer à la boisson et d'essayer de vous réconcilier avec votre femme. Tout en approuvant ce procédé narratif susceptible d'engendrer davantage de friction et de conflits internes, nous vous recommandons vivement de ne pas mener votre projet à terme, dans la mesure où il dérogerait à la règle IIC du code du Syndicat des Détectives Tristes et Solitaires, ratifié par le Syndicat des Détectives Littéraires, ce qui mènerait à votre expulsion de ladite organisation avec annulation des bénéfices à la clé.

Je compte donc sur vous pour faire le bon choix et mettre le holà à cette conduite anormale et préjudiciable avant qu'elle ne cause votre perte.

P.S. Malgré les sollicitations répétées, vous avez échoué à conduire une voiture classique ou à cultiver un passe-temps inhabituel. Faites-le toutes affaires cessantes ou soyez prêt à en assumer les conséquences.

— Hmm, marmonnai-je. C'est signé…

— Je sais qui l'a signée, répliqua Jack, accablé, en reprenant sa lettre. Le syndicat est très puissant. Son influence remonte jusqu'au Grand Manitou. Ceci pourrait précipiter la démolition des *Hauts de Caversham*, au lieu de la retarder. Le père Brown a voulu défroquer Dieu sait combien de fois, seulement voilà, le syndicat…

— Jack, qu'est-ce que *vous* voulez ?

— Moi?

— Oui, vous.

Il soupira.

— Ce n'est pas aussi simple. Je suis responsable des sept cent quatre-vingt-six autres personnages de ce livre. Vous imaginez, tous ces Génériques soldés comme des dindes après Noël ou bien réduits en texte. Rien que d'y penser, j'en ai la chair de poule!

— C'est ce qui risque d'arriver de toute façon, Jack. Mais au moins, nous avons l'occasion de nous battre. Suivez votre instinct. Ecartez-vous des sentiers battus.

Il soupira à nouveau et se passa les doigts dans les cheveux.

— Mais les conflits intérieurs? Les cas de conscience? N'est-ce pas tout l'intérêt d'être un investigateur solitaire? On ne peut pas se borner à meurtre-interrogatoire-deuxième meurtre-hypothèses-interrogatoire-fausse fin-coup de théâtre-résolution du mystère, pas vrai? A quoi bon, si l'enquêteur ne tombe pas amoureux d'une personne impliquée dans le premier meurtre? Je n'aurai peut-être plus jamais à choisir entre la justice et mes sentiments personnels!

— Et quand bien même? Il y a des tas d'autres solutions pour corser un récit.

— O.K., dit-il. Admettons que je vive heureux avec Madeleine et les gosses. Et les intrigues secondaires? C'est le *conflit* qui donne tout le sel à une histoire comme celle-ci.

Il me foudroya du regard, mais je savais qu'il croyait en lui-même… cette conversation en était la preuve.

— Il ne s'agit pas obligatoirement d'un conflit conjugal, lui rétorquai-je. On n'a qu'à récupérer quelques intrigues secondaires dans le Puits – c'est vrai que l'action ne peut pas tourner entièrement autour de vous –, mais si nous… Tiens, j'ai l'impression qu'on a de la compagnie !

Une Triumph Herald rose venait de s'arrêter à notre hauteur. Une femme d'âge moyen en descendit, alla droit vers Jack et, sans autre forme de cérémonie, le gifla violemment.

— Comment oses-tu ? glapit-elle. Je t'ai attendu trois heures au bar à vin… Où étais-tu passé ?

— Je te l'ai dit, Agatha, j'étais avec ma femme.

— Mais bien sûr, éructa-t-elle, haussant le ton. Prends-moi pour une idiote… Avec qui tu baises cette fois, hein ? Avec une de ces petites pétasses au poste ?

— C'est la vérité, répondit-il posément, plus choqué qu'indigné. Je te l'ai dit hier soir, Agatha… c'est fini.

— Ah oui ? C'est vous qui lui avez mis cette idée en tête ? m'apostropha-t-elle, me toisant avec mépris. Vous débarquez du Monde Extérieur avec vos grands airs et vos conneries d'autodétermination en croyant pouvoir améliorer le récit ? Non mais, quelle arrogance !

Elle marqua une pause et nous considéra l'un après l'autre.

— Vous couchez ensemble, c'est ça ?

— Non, déclarai-je fermement, et s'il n'y a pas d'améliorations, bientôt il n'y aura plus de livre. Si vous souhaitez vous faire transférer ailleurs, je pourrais tâcher de m'arranger…

— C'est facile pour vous !

Son visage se convulsa de haine, et une note de panique perça dans sa voix stridente.

— Vous pensez qu'il vous suffit de donner quelques coups de NDBDP-phone, et ce sera dans la poche ?

Et, pointant un long doigt osseux sur moi :

— Sachez une chose, Miss Monde Extérieur, je n'ai pas l'intention de me laisser faire !

L'œil noir, elle regagna sa voiture et redémarra dans un crissement de pneus.

— Ça vous va comme intrigue secondaire? demandai-je.

Mais Jack ne trouvait pas ça drôle.

— Cherchez encore... je ne suis pas sûr de l'aimer, celle-là. C'est pour quand, l'inspection?

— Je n'ai pas eu le temps de me renseigner, lui dis-je.

Il consulta sa montre.

— Venez, il y a cette scène de combats truqués qui nous attend. Ça va vous plaire. Mary était un peu lente à la détente pour les « Si vous ne savez pas, nous ne pouvons pas vous aider » quand on faisait notre numéro du gentil et du méchant flic, mais vous n'aurez qu'à ouvrir l'œil, et tout se passera bien.

Il semblait beaucoup plus à l'aise depuis qu'il avait tenu tête à Agatha. Nous nous dirigeâmes vers l'escalier en fer rouillé qui conduisait à la salle de sport.

Reading, mardi. Il avait plu toute la nuit, et les rues trempées reflétaient le ciel maussade. Mary et Jack gravirent les marches métalliques qui conduisaient à la salle de Mickey Finn. Un endroit lugubre qui empestait la sueur et les illusions, et où les plus optimistes tentaient de se frayer à coups de poing un chemin vers la réussite. Mickey Finn lui-même était un ancien boxeur, aux yeux balafrés et des tics à l'avenant. Entraîneur, puis manager, aujourd'hui il gérait sa salle de sport et revendait de la drogue sous le manteau.

— On vient voir qui? demanda Mary tandis que leurs pas résonnaient sur le métal.

— Mickey Finn, répondit Jack. Il a eu des ennuis

il y a quelques années, et je suis intervenu en sa faveur. Il est mon débiteur.

Arrivés en haut, ils ouvrirent la por...

Heureusement que la porte s'ouvrait vers l'extérieur. Autrement, je n'aurais pas été là pour vous conter la suite. Jack chancela sur le bord ; me cramponnant à son épaule, je le tirai en arrière. De la salle elle-même, il ne restait qu'un bout de plancher : les lattes déchiquetées tremblaient et battaient comme des fanions dans le vent. Au-delà, il n'y avait plus qu'un gouffre béant, une mer déchaînée que sillonnaient de petits bateaux semblables à des chalutiers. Seulement, ce n'était pas de l'eau ; les vagues se composaient de *lettres* dont certaines s'agglutinaient pour former des mots, voire des phrases courtes. De temps à autre, un mot jaillissait des flots pour retomber dans les filets des marins pêcheurs.

— Damned ! lâcha Jack.

— Qu'est-ce que c'est ?

A cet instant, des lettres formant le mot « saxophone » furent précipitées dans notre direction ; en franchissant le seuil, elles se changèrent en un *vrai* saxophone qui rebondit avec fracas sur les marches métalliques. Les nuages de lettres dépareillées dans le ciel contenaient des signes de ponctuation qui s'enroulaient en volutes difformes. De temps en temps, la foudre s'abattait sur la mer, et les lettres tourbillonnaient au point d'impact, créant spontanément des mots.

— La Mer de Texte ! hurla Jack pour couvrir les rugissements du vent.

Nous nous efforçâmes de refermer la porte sur la tempête. Un grammasite passa devant nous avec un « Gark ! » perçant et chopa adroitement un verbe qui avait mal choisi son moment pour bondir hors des vagues.

Nous pesâmes de tout notre poids sur la porte qui finit par se fermer. Le vent retomba ; le tonnerre n'était plus qu'un grondement lointain derrière la vitre opaque. Je ramassai le saxophone bosselé.

— J'ignorais totalement que la Mer de Texte ressemblait à ça, pantelai-je. Pour moi, ce n'était qu'une notion abstraite.

— Oh non, elle est bien réelle, dit Jack en récupérant son chapeau. Aussi réelle que tout le reste par ici. Vous savez ce que ça signifie ?

— Que les voleurs de scènes ont encore frappé ?

— Ça m'a davantage l'air d'une suppression, répondit Jack, la mine sombre. Effacé, tout le bataclan. Personnages, décor, dialogues, intrigue secondaire et retournement de situation que l'auteur avait piqué dans *Sur les quais*.

— Pour le mettre où ?

— Dans un autre de ses romans, sans doute, soupira Jack. Ça prouve qu'on n'en a plus pour longtemps. C'est un clou de plus dans le cercueil.

— Ne peut-on pas passer au chapitre suivant, à la découverte du trafiquant de drogue abattu lorsque la transaction a mal tourné ?

Jack secoua la tête.

— Ça ne marchera pas. Voyons voir… Je n'aurais pas su que Hawkins était mêlé au coup monté par Davison. Qui plus est, Mickey Finn n'aurait pas été tué s'il ne m'avait pas parlé, et donc il aurait été là pour arrêter la bagarre avant que Johnson ne parie la somme de trois cent mille livres. Et la scène émouvante avec le petit gars, dans les deux dernières pages du roman, n'aurait aucun sens, si je ne le rencontre pas ici auparavant. Bon sang ! Ce trou-là, aucun boucheur du Puits ne saurait le colmater. C'en est fini de nous, Thursday. Sitôt que le livre aura pris note de la disparition de la scène de la salle de sport, l'action va se déliter d'elle-même. Nous serons mis en dépôt de bilan littéraire. Si on fait vite, on pourra peut-être muter les principaux protagonistes dans d'autres livres.

— Il doit bien y avoir quelque chose à faire!

Jack réfléchit un instant.

— Non, Thursday. C'est fini. Rideau.

— Attendez, dis-je. Si on revenait ici, mais au lieu de monter tous les deux, je vous croise dans l'escalier alors que vous êtes en train de redescendre, et vous m'expliquez ce que vous avez découvert. De là, on passe directement au chapitre VIII et… Vous me regardez d'une drôle de façon.

— Mary…

— Thursday.

— Thursday, avec ça, le chapitre VII ne fera qu'un paragraphe!

— C'est mieux que rien.

— Ça ne tiendra pas la route.

— Vonnegut fait ça tout le temps.

Il soupira.

— O.K. A vous l'honneur, maestro!

Je souris, et nous revînmes trois pages en arrière.

Reading, mardi. Il avait plu toute la nuit, et les rues trempées reflétaient le ciel maussade. Arrivée en retard, Mary croisa Jack alors qu'il redescendait de la salle de sport. Ses pas résonnaient sur les marches métalliques.

— Désolée, dit Mary, j'ai crevé en route. Avez-vous rencontré votre contact?

— Oui-i, répondit Jack. Si vous aviez vu la salle – ce qui n'est pas le cas –, vous auriez trouvé que

c'est un endroit lugubre qui empeste la sueur et les illusions, et où les plus optimistes tentent de se frayer à coups de poing un chemin vers la réussite.

— Vous deviez voir qui? demanda Mary tandis qu'ils se dirigeaient vers sa voiture.

— Mickey Finn, un ancien boxeur, aux yeux balafrés et des tics à l'avenant. Il m'a dit que Hawkins était mêlé au coup monté par Davison. On parle d'une grosse cargaison qui doit arriver le cinq; il a aussi laissé entendre qu'il avait rendez-vous avec Jethro... un rendez-vous dont je ne comprendrai l'importance que plus tard.

— Autre chose? s'enquit Mary, l'air pensif.

— Non.

— Vous en êtes sûr?

— Oui.

— Vous êtes SÛR d'en être sûr?

— Euh... non, attendez. Ça me revient maintenant. Il y avait un petit gars là-dedans, c'était son premier combat. Mickey dit que c'est le meilleur qu'il ait jamais vu de toute sa carrière... Il pourrait en faire un challenger.

— On dirait que vous n'avez pas perdu votre matinée, observa Mary en contemplant le ciel gris.

— Oh non, répondit Jack, rabattant son blouson sur ses épaules. Venez, je vous invite à déjeuner.

Le chapitre s'arrêta là. Se cachant le visage dans les mains, Jack poussa un gémissement.

— Je n'y crois pas! « Un rendez-vous dont je ne comprendrai l'importance que plus tard. » J'ai dit ça, moi? Ça ne passera jamais. C'est *nul*!

— Ecoutez, fis-je, cessez de vous prendre la tête. Ça va aller. Il faut juste que le livre puisse tenir le coup, le temps qu'on trouve un plan de sauvetage.

— Qu'est-ce qu'on a à perdre ? déclara Jack avec une bonne dose de stoïcisme. Vous, allez faire un tour à la Jurifiction pour savoir si la date de l'inspection est déjà fixée. Quant à moi, je vais faire passer des auditions et essayer de reconstituer la scène de mémoire.

Il marqua une pause.

— Au fait, Thursday…

— Oui ?

— Merci.

Je regagnai l'hydravion. Compte tenu de ma résolution de ne pas me mêler de leur politique interne, c'était étonnant, l'affinité que je me sentais avec *Les Hauts de Caversham*. D'accord, le bouquin était mauvais, mais guère plus qu'un Farquitt de base… ou peut-être que je pensais ça parce que c'était mon chez-moi.

— On va faire les courses ? demanda Lola qui m'attendait. Il faut que je trouve une tenue pour les Livres d'Or, c'est dans moins de deux semaines.

— Parce que tu es invitée ?

— Tout le monde est invité, souffla-t-elle, excitée. Apparemment, les organisateurs empruntent à la S.-F. la technologie du champ de déplacement. En bref, ça veut dire que nous pourrons tous tenir dans la Salle aux Etoiles… Ce sera un événement exceptionnel !

— Sûrement, répondis-je en montant dans ma chambre.

Lola me suivit et me regarda retirer les vêtements de Mary.

— Vous êtes quelqu'un d'important à la Jurifiction, n'est-ce pas ?

— Pas vraiment.

J'essayais de boutonner mon pantalon qui se révélait plus serré que d'habitude.

— Zut !

— Quoi ?

— Je ne rentre plus dans mon pantalon.

— Il a rétréci ?

— Non..., répondis-je, le regard rivé sur le miroir.

Aucun doute là-dessus. Je commençais à m'arrondir à la taille. Je m'inspectai sous toutes les coutures, et Lola fit de même, s'efforçant de comprendre ce que je regardais.

Faire ses courses à l'intérieur d'un catalogue était beaucoup plus amusant que je ne l'aurais cru. Lola piaillait, ravie, devant tous les modèles en exposition, et elle dut essayer une bonne trentaine de parfums avant de décider de ne pas en acheter : comme pratiquement tous les personnages des livres, elle n'avait pas d'odorat. On aurait dit une gamine lâchée dans un magasin de jouets ; son énergie était inépuisable. Ce fut à la page lingerie qu'elle me parla de Randolph.

— Vous le trouvez comment ?

— Je n'ai rien contre lui, dis-je d'un ton neutre.

Assise sur une chaise, j'étais en train de penser aux bébés pendant qu'elle essayait un soutien-gorge après l'autre : chacun d'eux semblait faire son bonheur jusqu'au suivant.

— Pourquoi cette question ?

— Parce que je l'aime bien, d'une drôle de façon.

— Et lui ?

— Je me le demande. C'est peut-être pour ça qu'il

m'ignore et me vanne sur mon poids. Les hommes, ils sont tous comme ça quand une fille leur plaît. On appelle ça le sous-texte, Thursday... je vous expliquerai un jour.

— O.K., dis-je lentement, alors où est le problème ?

— Il n'a pas beaucoup de... enfin, de *charisme*.

— Ce ne sont pas les hommes qui manquent, Lola. Prends ton temps. Quand j'avais dix-sept ans, j'ai flashé sur un gros nul nommé Darren. Ma mère était contre, c'est ça qui m'a séduite.

— Ah ! fit Lola. Que dites-vous de ce soutien-gorge ?

— Je pense que le rose t'allait mieux.

— Lequel ? Il y en avait une douzaine.

— Le sixième, juste après le dixième noir et le dix-neuvième en dentelle.

— Bon, alors je le réessaie.

Elle fourragea dans la pile et, ayant repéré ce qu'elle cherchait, dit :

— Thursday ?

— Oui ?

— Randolph me traite de pouffe parce que j'aime les garçons. Vous trouvez ça juste ?

— C'est l'une des grandes injustices de la vie. Un homme à femmes, lui, ne récolte que des compliments. Mais Lola, as-tu rencontré quelqu'un qui te plaît vraiment, quelqu'un avec qui tu aimerais partager une certaine... intimité ?

— Un petit ami, vous voulez dire ?

— Oui.

Elle se regarda dans la glace.

— Je ne crois pas avoir été écrite de la sorte, Thurs. Mais c'est vrai que parfois, juste après, vous savez, au moment le plus agréable, quand je suis dans ses bras vigoureux, bien au chaud, comblée et somnolente, là je sens qu'il me faut autre chose... quelque chose qui m'échappe.

— L'amour ?

— Non, une Mercedes.

Elle ne plaisantait pas[1].

C'était mon NDBDP-phone.

— Une minute, Lola... Thursday à l'appareil[2].

— Oui, répondis-je, pourquoi[3] ?

— D'accord sur quoi[4] ?

— Je vois. Et à part ça, que puis-je faire pour vous[5] ?

Je n'étais pas prise. En dehors d'une réunion de la Jurifiction demain midi, j'étais libre comme l'air.

— Bien sûr. Où et quand[6] ?

Lola me lança un regard implorant.

— Ça veut dire qu'on va rater notre séance de gym ? Il faut qu'on aille au club de gym... autrement, je vais culpabiliser d'avoir mangé tous ces gâteaux.

— Quels gâteaux ?

— Ceux que je vais manger avant d'aller à la gym.

— A mon avis, tu te dépenses suffisamment, Lola. Mais il nous reste encore une demi-heure... Allez, viens, je te paie un café.

1. Thursday, vous êtes là ?

2. C'est le Chat du Cheshire. Vous savez jouer du piano ?

3. Oh, pour rien ; c'était juste histoire de se mettre d'accord.

4. Accord de piano, voyons !

5. Vous êtes convoquée à une audience pour votre procès... Vous vous rappelez, l'infraction à la fiction ? Comme ils ont pris du retard avec le procès en appel de Max de Winter, ils ont prolongé la séance. Pourriez-vous venir cet après-midi si vous n'êtes pas trop prise, disons vers quinze heures ?

6. *Alice au pays des merveilles*, juste après le chapitre « La déposition d'Alice ». Le Griffon sera là pour vous représenter. N'oubliez pas, quinze heures.

21

Qui a volé les tartes ?

Ma première incursion d'adulte dans le Monde des Livres ne fut pas sans susciter une certaine controverse. J'étais entrée dans *Jane Eyre* et j'en avais changé la fin. A l'origine, Jane doit partir en Inde avec ce benêt de St John Rivers, mais dans le dénouement que j'ai orchestré, elle épouse Rochester. J'avais écouté mon cœur ; c'était contraire à ma fonction, mais ce fut plus fort que moi. Même si tout le monde aimait la nouvelle fin, il s'en trouva également pour critiquer mon intervention. Théoriquement, j'avais commis une *infraction à la fiction*, et je devais payer les pots cassés. Ma première audience dans *Le Procès* de Kafka avait tourné court. La comparution devant le Roi et la Reine de Cœur dans *Alice au Pays des Merveilles* n'allait pas être aussi étrange... mais plus étrange encore.

THURSDAY NEXT
Chroniques de la Jurifiction

Le Griffon était une créature avec la tête et les ailes d'un aigle et le corps d'un lion. Dans sa jeunesse, il avait certainement dû offrir un spectacle effrayant, mais parvenu à l'âge mûr, il portait une écharpe et des lunettes qui atténuaient son apparence formidable.

Il comptait, me dit-on, parmi les plus grands ténors du barreau ; depuis la mort de LeRoussi, c'était lui qui dirigeait le service juridique de la Jurifiction. C'était aussi le Griffon qui avait négocié des dommages-intérêts records dans le célèbre procès *Femme du Fermier contre les Trois Souris Aveugles*, et qui avait ramené les charges de piraterie pesant sur Nemo à « homicide involontaire ».

Occupé à lire mes notes au moment de mon arrivée, le Griffon émit des grognements inintelligibles tout en tournant les pages et me contempla avec de grands yeux par-dessus ses lunettes.

— Ma foi, dit-il, on va bien rigoler !

— Rigoler ? En plaidant une infraction à la fiction classe II ?

— Je dois engager un recours collectif pour cécité contre les Triffides cet après-midi, dit le Griffon sobrement, et le procès contre les crimes de guerre des Martiens dans *La Guerre des mondes* traîne en longueur. Alors croyez-moi, une infraction à la fiction est une partie de rigolade. Vous voulez voir combien pèse ma serviette ?

— Non merci.

— O.K. On verra ce que leurs témoins ont à dire et comment Hopkins va présenter son dossier. Il se peut que je vous appelle à la barre. Ne faites pas de bêtises genre grandir… ç'a failli coûter son procès à Alice. Et si la Reine ordonne de vous couper la tête, ignorez-la.

— D'accord, soupirai-je. Allons-y.

Le Roi et la Reine de Cœur, assis sur leur trône, étaient les seuls à garder un semblant de calme dans tout le prétoire. Le départ d'Alice, deux pages plus tôt, avait considérablement perturbé le jury qui, revenu à sa place, se chamaillait avec le président, un lapin occupé à grignoter une grosse carotte qu'il avait réussi à faire entrer en douce dans la salle du tribunal.

Le Valet de Cœur avait été reconduit dans sa cellule, et les tartes – pièce à conviction numéro un – étaient retirées pour être remplacées par le manuscrit original de *Jane Eyre.* L'avocat général Matthew Hopkins, assis devant le Roi et la Reine en compagnie d'une ribambelle d'oiseaux à la mine sévère, me décocha un regard venimeux. Il paraissait beaucoup moins détendu que la fois où nous avions croisé le fer dans *Le Procès* ; déjà que je ne l'avais pas trouvé très détendu à ce moment-là. Le Roi, coiffé d'une grosse perruque, jouait visiblement le rôle du juge ; en revanche, je ne voyais pas très bien la fonction de la Reine.

Les douze jurés, enfin calmés, se mirent à gratter fébrilement sur leurs ardoises.

— Que font-ils ? chuchotai-je. Le procès n'a même pas commencé !

— Silence dans la salle ! hurla le Lapin Blanc d'une voix stridente.

— Qu'on lui coupe la tête ! glapit la Reine.

Le Roi chaussa ses lunettes et regarda anxieusement autour de lui, pour voir qui avait parlé. La Reine le poussa du coude et hocha la tête dans ma direction.

— Vous, là-bas ! dit-il. Vous aurez la parole en temps voulu, Miss… Miss…

— Next, glissa le Lapin Blanc après avoir consulté son parchemin. Son nom est Next. *Thursday* Next.

— Et vous trouvez ça drôle ?

— Pas du tout, Majesté, répondis-je. C'est le nom que j'ai reçu à ma naissance.

Les jurés écrivirent frénétiquement sur leurs ardoises : « C'est le nom que j'ai reçu à ma naissance. »

— Vous venez du Monde Extérieur, n'est-ce pas? demanda la Reine qui m'observait depuis un bon moment.

— Oui, Majesté.

— Alors expliquez-moi, pourquoi dit-on d'un avocat qu'il est cuit lorsqu'il n'est pas cru?

— Héraut, lisez l'accusation! ordonna le Roi.

Sur ce, le Lapin Blanc souffla trois fois dans une trompette et, déroulant le parchemin, lut ce qui suit :

— Miss Thursday Next ici présente est accusée d'infraction à la fiction classe II en vertu de l'article FAL/0605937 du code pénal de la Jurifiction et conformément à la loi générale qui régit la continuité narrative, telle qu'elle a été ratifiée par le Conseil des Genres en 1584.

— Nous attendons votre verdict, dit le Roi au jury.

— Objection! cria le Griffon. Il faut d'abord examiner tous les éléments du dossier.

— Objection rejetée! Ou était-ce « accordée »? ajouta le Roi. Je ne sais jamais. C'est un peu comme « Martyr, c'est pourrir un peu »... ou est-ce l'inverse? Je confonds toujours les deux. Bref, faites venir le premier témoin.

Le Lapin Blanc sonna la trompette et annonça :

— Premier témoin!

Ce fut Mrs. Fairfax, la gouvernante de Thornfield Hall, la maison de Rochester. Elle cilla et promena son regard sur la salle, souriant au passage à Hopkins. Elle fut escortée à la barre par un huissier qui était en réalité un gros cochon d'Inde.

— Promettez-vous de dire toute la vérité et rien que la vérité? demanda le Lapin Blanc.

— Je le promets.

— Ecrivez-le, dit le Roi aux jurés.

Qui tous s'empressèrent de noter « Ecrivez-le » sur leurs ardoises.

— Mrs. Fairfax, commença Hopkins en se levant, j'aimerais que vous me racontiez, avec vos mots à vous, l'intrusion de Miss Next dans *Jane Eyre*, depuis le tout début et sans vous arrêter jusqu'à la fin...

— Et ensuite ? s'enquit le Roi.

— Ensuite elle pourra s'arrêter, répondit Hopkins avec une pointe d'agacement.

— Ah, dit le Roi sur le ton de quelqu'un qui croit avoir tout compris, mais qui se trompe lourdement, poursuivez.

Durant deux heures d'affilée, nous entendîmes non seulement Mrs. Fairfax, mais aussi Grace Poole, Blanche Ingram et St John Rivers, venus expliquer comment j'avais changé le dénouement en criant : « Jane, Jane, Jane ! » sous la fenêtre de la chambre de la jeune fille. Les jurés essayaient de suivre, prenant des notes chaque fois que le Roi le leur demandait ; quand il n'y eut plus de place sur leurs ardoises, ils écrivirent sur les bancs, puis les uns sur les autres.

Après chaque déposition, le plus petit loir du jury s'excusait pour aller aux toilettes. Le Griffon profitait de la pause pour exposer au Roi – qui aurait été incapable de toucher sa tête les yeux fermés – les ficelles de la procédure judiciaire. Le loir revenu, le témoin était mis à la disposition du Griffon pour contre-interrogatoire, et chaque fois ce dernier déclarait :

— Pas d'autres questions.

A mesure que l'après-midi avançait, la température montait dans le prétoire. La Reine qui s'ennuyait ferme réclamait le verdict, allant jusqu'à interrompre un témoin durant sa déposition.

Et pendant tout ce temps, un défilé interminable

de cochons d'Inde venait perturber la séance. Chacun d'eux était empoigné et fourré dans un grand sac en toile, avant de se faire expulser du tribunal. Le tout était ponctué d'un tollé général et, quand le vacarme devenait assourdissant, la Reine se mettait à hurler : « Qu'on lui coupe la tête ! Qu'on lui coupe la tête ! », comme si elle cherchait à rivaliser avec le bruit ambiant. Le temps d'évacuer le dernier cochon d'Inde, Grace Poole s'était évanouie dans un nuage de vapeur éthylique, et personne ne savait où elle était passée.

— Ça ne fait rien, dit le Roi, l'air infiniment soulagé. Faites venir le témoin suivant.

Et, baissant la voix, il glissa à la Reine :

— Franchement, ma chère, vous devriez interroger le témoin suivant. Moi, ça me donne trop mal au crâne.

Le Lapin Blanc déroula maladroitement la liste et lut, de sa petite voix haut perchée :

— Thursday Next !

— Pardonnez-moi, dit le Griffon, sortant de la léthargie dans laquelle il baignait depuis le début du procès, mais Miss Next ne va pas témoigner contre elle-même devant une cour de justice.

— C'est légal ? demanda le Roi.

Les jurés se regardèrent et haussèrent les épaules.

— Ça prouve qu'elle est coupable ! vociféra la Reine. Qu'on lui coupe la tête ! Qu'on lui...

— Ça ne prouve rien du tout, l'interrompit le Griffon.

La Reine vira à l'écarlate ; elle aurait probablement explosé si le Roi n'avait pas posé la main sur son bras.

— Allons, allons, ma chère, fit-il doucement, il faut garder votre calme. Toutes ces sentences d'exécution, ce n'est pas bon pour votre Cœur.

Il se mit à glousser.

— Votre Cœur ! Dites, elle est bonne, celle-là, vous ne trouvez pas ?

Le jury rit obligeamment. Les plus dégourdis expliquèrent la plaisanterie aux plus abrutis ; et les abrutis expliquèrent aux plus stupides d'entre eux ce que c'est qu'une plaisanterie.

— Excusez-moi, fit le loir, puis-je aller aux toilettes ?

— Encore ? beugla le Roi. Mais vous avez une vessie de la taille d'une cacahuète !

— D'un grain de riz, sauf votre respect, Votre Majesté, répondit le loir dont les genoux s'entrechoquaient.

— Soit, dit le Roi, mais faites vite. Bien, quand est-ce qu'on en arrive au verdict ?

— Qui réclame le verdict, maintenant ? s'exclama la Reine, triomphante.

— L'audition des témoins n'est pas terminée, Votre Majesté, annonça le Lapin Blanc, bondissant de son siège. Nous n'avons pas encore entendu la défense.

— La défense ? fit le Roi avec lassitude. Mais on vient juste de les entendre, non ?

— Non, Votre Majesté. Ça, c'était l'accusation.

— Je confonds toujours les deux, dit le Roi en contemplant ses pieds. Un peu comme « rejeté » et « accordé »... c'est quoi, la différence, déjà ?

— L'accusation demeure, déclara Hopkins, désireux de faire avancer le procès. Nous avons amplement prouvé, je pense, que Miss Next a non seulement changé la fin de *Jane Eyre*, mais qu'il s'agissait d'un acte prémédité. Ceci n'est pas une tribune d'opinion ; c'est une cour de justice, et le seul verdict qu'elle puisse rendre c'est : coupable.

— Je vous l'ai dit, qu'elle était coupable, marmonna le Roi, se levant pour partir.

— Je vous en prie, Votre Majesté, dit le Lapin Blanc.

Ce n'était que le réquisitoire de la partie plaignante. Il faut écouter la défense, à présent.

— Ah ! fit le Roi en se rasseyant.

Le Griffon se leva et s'approcha du banc des jurés. Tout le monde recula de frayeur quand il se gratta le menton avec une patte massive. Le loir leva à nouveau la main pour demander la permission de sortir. Le Griffon attendit son retour pour commencer.

— La question n'est pas de savoir si Miss Next a pris quelques libertés textuelles et narratives avec la fin de *Jane Eyre*, ainsi que mon éminent confrère de l'accusation l'a si abondamment démontré. C'est un fait acquis.

Il y eut des exclamations dans le jury.

— Non, j'affirme que si Miss Next a enfreint la loi d'un point de vue purement théorique, elle l'a fait pour des motifs les plus nobles qui soient : l'amour.

Le Griffon marqua une pause pour ménager son effet.

— L'amour ? dit le Roi. Est-ce un argument ?

— Historiquement parlant, chuchota le Lapin Blanc, l'un des meilleurs, Votre Majesté.

— Ah ! dit le Roi. Poursuivez.

— Qui plus est, elle n'a pas agi dans son intérêt propre, mais pour que deux êtres épris l'un de l'autre n'aient pas à souffrir une séparation. Car une telle chose est contre les lois de la nature – lois infiniment supérieures à celles qui régissent ce tribunal.

Comme personne ne pipait, le Griffon enchaîna :

— J'affirme que Miss Next est quelqu'un d'exceptionnel et de foncièrement désintéressé, ce qui exige la plus grande indulgence de la part de cette cour. Je n'ai qu'un seul témoin pour prouver mes dires. J'appelle… *Edward Rochester !*

L'assistance retint son souffle, et le dernier cochon d'Inde restant s'évanouit sur place. Ne sachant que faire, les greffiers l'enfouirent dans un sac et s'assirent dessus.

— Appelez Edward Rochester ! cria le Lapin Blanc de sa voix aiguë, relayé par quatre autres voix, chacune de plus en plus distante.

Nous entendîmes des pas traînants, une démarche légèrement hésitante, ponctuée du cliquetis d'une canne. Il pénétra lentement dans le prétoire, fragile et déterminé à la fois, et scruta attentivement la salle pour essayer de repérer le juge et le jury. Le changement que j'avais opéré dans *Jane Eyre* lui avait coûté cher. Rochester avait perdu une main et ne voyait plus que très vaguement d'un seul œil. En suivant du regard sa progression mal assurée à travers la salle silencieuse, je portai ma main à ma bouche. Si j'avais pu prévoir les conséquences de mon intervention, aurais-je agi quand même ? Certes, Rochester devait son infirmité à la perfidie d'Achéron, mais j'avais servi de catalyseur.

Bien que couturé de partout, le visage d'Edward n'avait rien perdu de sa beauté farouche. Il prêta serment, l'air ombrageux sous la mèche brune qui lui tombait sur les yeux.

— Excusez-moi, dit le loir, assis tout près de lui. Vous voulez bien signer mon ardoise, s'il vous plaît ?

Avec un sourire froid, Rochester lui prit son stylet.

— Votre nom ?

— Alan.

Il signa, et aussitôt on lui tendit onze autres ardoises, dont on avait effacé toutes les notes au préalable.

— Il suffit ! rugit le Roi. Mon tribunal n'est pas un refuge pour chasseurs d'autographes ! Nous poursuivons la vérité ici, pas les célébrités.

Un silence de mort lui répondit.

— Mais si ça ne vous ennuie pas, ajouta-t-il en passant son carnet à Rochester, c'est pour ma fille.

— Et le prénom de votre fille ? demanda Rochester, le stylo en l'air.

— Rupert.

Rochester signa le carnet et le lui rendit.

— Mr. Rochester, dit le Griffon, pourriez-vous nous exposer avec vos mots à vous ce que l'intervention de Miss Next a changé pour vous ?

L'assistance se tut. Même le Roi et la Reine tendaient l'oreille pour entendre ce qu'il avait à dire.

— Pour moi personnellement ? répondit Rochester avec lenteur. Rien. Mais pour nous, pour ma douce Jane et moi… tout !

Il crispa la main qui arborait son alliance et frotta l'anneau d'or avec son pouce, cherchant les mots susceptibles de traduire ses sentiments.

— Ce que Miss Next a changé pour nous ? commença-t-il à voix basse. Elle nous a donné tout ce dont nous pouvions rêver. Elle nous a délivrés d'une prison où nous étions enfermés contre notre gré, d'un sinistre cachot dont nous ne pensions pas pouvoir nous échapper un jour. Miss Next nous a offert la possibilité d'aimer et d'être aimé… Je ne vois pas de plus beau cadeau que l'on puisse faire à quelqu'un, je ne trouve pas de mots pour lui exprimer notre gratitude.

Un calme absolu régnait dans la salle. Même la Reine ne mouftait pas et dévisageait Rochester… avec des yeux de merlan frit, me dis-je.

La voix du Griffon rompit le silence.

— Le témoin est à vous.

— Ah ! fit Hopkins, rassemblant ses idées. Dites-moi,

Mr. Rochester, juste à titre de confirmation : Miss Next a-t-elle changé la fin de votre roman ?

— Tout infirme que je suis, rétorqua Rochester, guère mieux que le vieux châtaignier foudroyé dans le verger de Thornfield, je suis plus heureux que je ne l'aie jamais été. Oui, monsieur, Miss Next a changé la fin, et je l'en remercie tous les soirs !

Hopkins sourit.

— Pas d'autres questions.

— Bien, dit le Griffon après que le procès fut ajourné pour laisser au Roi le temps de réfléchir à la sentence.

La Reine, contrairement à son habitude, avait réclamé l'acquittement. Ce mot sonnait si bizarrement dans sa bouche que tout le monde la regarda, abasourdi... Bill le lézard faillit s'étouffer, et on dut lui taper dans le dos.

— C'était joué d'avance, dit le Griffon, saluant Hopkins qui était en train de superviser les minutes du procès avec le Lapin Blanc, mais je savais que Rochester ferait bonne impression sur le tribunal. Le Roi et la Reine de Cœur sont peut-être le couple le plus sot à avoir jamais présidé une cour de justice, mais ce sont des *Cœurs* après tout, et dans la mesure où votre culpabilité n'était plus à prouver, il nous fallait des magistrats capables de manifester de la compassion pour ce qui est de la sentence.

— De la compassion ? répétai-je, interloquée. Avec la Reine du « Qu'on lui coupe la tête » ?

— C'est juste un tic de langage. Elle n'a jamais fait exécuter qui que ce soit. J'ai eu peur un instant qu'ils ne vous placent en détention provisoire jusqu'à ce que la sanction soit prononcée, mais par chance, le Roi n'est pas très au point côté vocabulaire juridique.

— Que croyez-vous que je risque ?

— Vous savez quoi? répondit le Griffon. Je n'en ai aucune idée. L'avenir le dira. Allez, à un de ces quatre, Next.

Je regagnai lentement le siège de la Jurifiction où je tombai sur Miss Havisham.

— Comment ça s'est passé? me demanda-t-elle.

— Verdict : coupable.

— Pas de chance. Et la sentence, c'est pour quand?

— Je n'en sais rien.

— Ça peut très bien prendre des années, Thursday. Tenez, j'ai quelque chose pour vous.

Elle me rendit le rapport que j'avais rédigé à son intention sur *Fido chien de berger.* Je lus la note sur la première page, la relus, puis regardai Havisham.

— A++ avec mention? dis-je, incrédule.

— Vous trouvez que j'ai été trop gentille?

— Ben oui, bredouillai-je, désarçonnée. J'ai quand même été mariée de force et ensuite presque assassinée!

— Le mariage forcé n'est pas reconnu, Next. Sachez juste une chose : Nous avons confié cette mission à tous les apprentis de la Jurifiction ces trente-deux dernières années, et pas un n'a réussi.

Je la contemplai, bouche bée.

— Même Harris Tweed.

— Tweed a été marié à maître Dupatelin?

— Cet épisode mis à part. Il n'a même pas pu acheter les cochons... sans parler de berner le véto. Vous vous en êtes bien tirée, Next. Votre méthode de cause à effet tient la route. Il faudrait la retravailler un peu, mais le principe est bon.

— Oh! fis-je, soulagée.

Puis, un instant de réflexion plus tard :

— Mais j'aurais pu me faire tuer!

— Vous ne vous seriez pas fait tuer. La Jurifiction a des yeux et des oreilles partout… nous ne sommes pas aussi inconséquents avec nos apprentis. Votre note pour le questionnaire à choix multiple est de quatre-vingt-treize pour cent. Félicitations. En attendant la décision finale du Conseil des Genres, vous êtes reçue à votre examen.

Je ne pus m'empêcher de ressentir une certaine fierté, même si en mon for intérieur je savais que je ne resterais pas ; sitôt que je le pourrais, je retournerais dans mon monde à moi.

— Avez-vous appris des choses au sujet de Perkins ?

— Rien, répondis-je. Vous avez des nouvelles de Vernham Deane ?

— Disparu sans laisser de traces. L'Homme à la Cloche va nous en parler.

— Pourrait-il y avoir un lien entre les deux ?

— Peut-être bien, dit-elle, mystérieuse. Il faut que je m'informe davantage. Reposez-moi la question demain.

22

Cauchemars de Crimée

Echolocalisateur : artisan qui pénètre dans un livre juste avant la publication pour localiser et éliminer les mots-échos. En règle générale, les mots identiques (à l'exception de noms propres, de petits mots et de répétitions modifiées) ne peuvent être repris à moins de quinze mots d'intervalle car cela perturbe le transfert d'images dans l'esprit du lecteur. (Voir *Appareil ImaginoTransfert : guide de l'utilisateur*, p.782.) Bien que les échos puissent heurter l'œil, ils écorchent encore plus les oreilles, ce qui dément leur provenance du premier système d'exploitation OralTrad. (Voir également *OralTradPlus, Systèmes d'exploitation, Histoire des.)*

LE CHAT DE L'A.U. DE W.
Guide de la Grande Bibliothèque (glossaire)

— Ah ! dit mamie en me voyant entrer. Te voilà enfin ! Ç'a été, ta journée ?

— Oui et non.

Je m'assis sur le canapé et défis le premier bouton de mon pantalon.

— La bonne nouvelle, c'est que j'ai eu mon examen pratique. La mauvaise, c'est que j'ai été reconnue coupable d'infraction à la fiction.

— Quelle est la sanction ?

— Ça reste à venir.

— Le pire, c'est l'attente, murmura-t-elle. J'ai été jugée pour meurtre une fois, et le pire, ç'a été d'attendre que le jury revienne avec le verdict. J'ai vécu là les huit plus longues heures de ma vie.

— Je veux bien le croire. Tu es passée à la maison aujourd'hui ?

Elle hocha la tête.

— Je t'ai rapporté quelques bricoles. J'ai remarqué qu'il n'y a pas de chocolat ici, dans le PDHP... en fait, il n'y a pas grand-chose de bon.

— Tu as du nouveau sur Yorrick Kaine ?

— Pas vraiment, répondit mamie en mangeant le chocolat qui m'était destiné, mais il ne se cache pas ni rien. Il a racheté une autre maison d'édition et essaie de reconstruire sa carrière politique après la débâcle de *Cardenio.*

— Ah... Où sont Lola et Randolph ?

— A une fête, je crois. Tu as l'air épuisée... Si tu allais te coucher de bonne heure ?

— Pour que l'autre... je ne sais plus comment... recommence à me harceler ?

Ma grand-mère me regarda sérieusement à travers ses lunettes à grosse monture.

— Aornis. C'est Aornis. Rappelle-toi.

— Oui. Qui était mon mari, déjà ?

— Landen. Il a été éradiqué par la ChronoGarde, O.K. ?

Je me souvins, et mon cœur se serra.

— Oui, dis-je tout bas.

La perte de la mémoire m'avait rendue sereine ; à présent, je sentis la colère monter à nouveau.

— Parfois, je pense que je ferais mieux d'oublier, mamie.

— Ne dis jamais ça, Thursday ! rétorqua-t-elle d'un ton si impérieux que je sursautai et qu'elle dut se reposer un moment pour reprendre son souffle et manger deux ou trois chocolats. Aornis n'a pas le droit de mettre la main sur ce qui ne lui appartient pas, et tu dois être forte vis-à-vis d'elle, et de toi-même… réapproprie-toi tes souvenirs !

— C'est plus facile à dire qu'à faire.

Voyant les chocolats me passer sous le nez, j'essayai d'en attraper un.

— Je voudrais pouvoir rêver de…

— Landen.

— Landen, oui. Je voudrais pouvoir rêver de lui. Il est là, mais on ne se parle plus comme avant.

La porte s'ouvrit à la volée. Randolph entra et, sans un regard pour nous, alla accrocher son manteau.

— Randolph ? dis-je. Ça va ?

— Moi, oui. C'est cette petite pouffiasse qui va mal finir… elle ne peut pas adresser la parole à un homme sans vouloir l'ajouter à sa collection !

Et il quitta la pièce.

— Elle va bien ? lui criai-je.

Pour toute réponse, nous entendîmes claquer la porte de leur chambre. Nous nous regardâmes et haussâmes les épaules.

— Où en étions-nous ?

— Je te disais que je ne rêve plus de Landen comme avant. Autrefois, on avait l'habitude de se retrouver dans nos meilleurs souvenirs en commun. On n'en est jamais arrivé à… enfin, tu sais bien… mais c'était merveilleux.

Au moins, j'avais une certaine maîtrise de mes déplacements après le passage du marchand de sable.

Mamie me caressa la tête d'un geste rassurant.

— Il faut lui faire croire qu'elle est en train de gagner, Thursday. Lui tendre un piège. Elle s'imagine peut-être que c'est elle qui commande, mais elle n'est présente que dans ton esprit, et c'est *toi* qui contrôles tes propres pensées. Nos souvenirs sont précieux ; on se doit de les préserver de toute pollution extérieure.

— Oui... mais comment ?

— Voyons, dit mamie, me passant un chocolat qu'elle n'aimait pas, ce n'est pas Aornis qui est là-dedans, mon petit, c'est juste le *souvenir* que tu as d'elle. Elle est seule et elle a peur aussi. Sans la véritable Aornis ici, dans le Monde des Livres, elle n'a pas beaucoup de pouvoir ; tout ce qu'elle peut faire...

La porte s'ouvrit à nouveau. Cette fois, c'était Lola. On aurait dit qu'elle avait pleuré. En nous voyant, elle s'arrêta net.

— Ah ! Il est rentré, l'immonde détritus à face de rat ?

— Tu parles de Randolph ?

— Qui d'autre ?

— Dans ce cas, oui, il est là.

— Parfait ! annonça-t-elle. Moi, je vais dormir chez Nemo.

Elle pivota sur ses talons.

— Attends ! dis-je. Que se passe-t-il ?

Elle s'immobilisa, les mains sur les hanches. Son sac glissa et resta accroché à son coude, ce qui lui gâcha quelque peu son effet, mais Lola s'en moquait.

— Je suis allée le retrouver après les cours pour boire un café, et il était là à bavasser avec ce petit boudin de D-2... vous savez, celle qui a l'air bête et qui rit comme une chèvre !

— Lola, répondis-je posément, ils ne faisaient sans doute que parler.

Elle regarda ses mains.

— Vous avez raison. De toute façon, ça m'est complètement égal. Qui se ressemble s'assemble !

— J'ai entendu ! fit une voix à l'arrière de l'hydravion.

Randolph reparut et pointa le doigt sur Lola qui le fusilla du regard.

— Tu as le culot de me reprocher d'être avec une autre femme alors que tu as couché pratiquement avec tout le monde à l'école !

— Et puis ? hurla-t-elle. Qui es-tu, mon père ? Tu m'espionnes ou quoi ?

— Même le plus minable des espions ne pourrait pas ne pas repérer ton manège. Le mot « discrétion », ça te dit quelque chose ?

— Espèce d'unidimensionnel !

— Carton-pâte !

— Stéréotype !

— Tu es trop prévisible !

— Branleur !

— CONNASSE !

— Baisse-toi, mamie, soufflai-je tandis que Lola s'emparait d'un vase et le lançait sur Randolph.

Elle le manqua, et le vase passa au-dessus de nos têtes pour aller se fracasser contre le mur.

— O.K., déclarai-je en prenant ma voix la plus ferme et autoritaire. Un mot de plus, et vous irez habiter ailleurs. Randolph, tu peux dormir sur le canapé. Lola, va dans ta chambre. Et si j'entends le moindre couic, je vous ferai recycler tous les deux en patrons de tricot… COMPRIS ?

Ils se calmèrent, marmonnèrent de vagues excuses et se retirèrent.

— Bravo ! siffla Lola en sortant. Bien joué, pauvre naze ! Mets-nous dans le pétrin, tant que tu y es.

— Moi ? riposta-t-il, furieux. Tu baisses si souvent ta culotte que je me demande pourquoi tu te donnes la peine d'en porter une.

— VOUS M'AVEZ ENTENDUE ? beuglai-je.

Aussitôt, tout redevint silencieux.

Mamie était en train de ramasser les débris du vase sur la table basse.

— Où en étions-nous ? demanda-t-elle.

— Euh... il fallait que je me réapproprie mes souvenirs.

— Absolument. Elle va tout faire pour essayer de te briser ; ça ira donc en empirant avant de s'arranger. C'est seulement lorsqu'elle croira t'avoir vaincue que nous pourrons passer à l'offensive.

— En empirant, comment ça ? Hadès ? L'éradication de Landen ? Darren ? Jusqu'où devrai-je aller ?

— Jusqu'au pire du pire : la vérité de ce qui est arrivé pendant la charge.

— Anton.

Je gémis et me frottai le visage.

— Je ne veux pas y retourner, mamie, je ne peux pas !

— Alors elle te rongera la mémoire jusqu'à ce qu'il n'en reste rien. Ce n'est pas ça qu'elle veut... elle, c'est la vengeance. Tu *dois* retourner en Crimée, Thursday. Affronte le pire et tu en sortiras fortifiée.

— Non, déclarai-je, je ne retourne pas là-bas, et tu ne pourras pas m'y obliger.

Sur ce, je me levai et allai prendre un bain pour noyer mes tracas. Aornis, Landen, Goliath, la ChronoGarde, et maintenant Perkins et LeRoussi : il me faudrait une baignoire de la taille d'un grand lac. J'étais venue dans *Les Hauts de Caversham* pour fuir crises et conflits, mais ils semblaient me coller aux basques comme un dodo perdu.

Je restai dans la baignoire suffisamment longtemps pour devoir rajouter de l'eau chaude à deux reprises et, lorsque je ressortis, je trouvai mamie assise sur le panier à linge derrière la porte.

— Prête ? demanda-t-elle doucement.

— Oui. Je suis prête.

Je dormis dans mon propre lit ; mamie dit qu'elle allait s'installer dans le fauteuil et qu'elle me réveillerait si jamais la situation nous échappait. Je fixai le plafond, les courbes arrondies des boiseries et le globe du plafonnier, et ce longtemps après que mamie se fut endormie et que le *Tristram Shandy* qu'elle lisait lui fut tombé des mains. Le sommeil nocturne avait jadis été l'occasion de joyeuses retrouvailles avec Landen, une succession de moments privilégiés : thé et pancakes chauds au beurre, lovés devant un feu de bois, ou galipettes sur la plage au soleil couchant. Mais plus maintenant. Avec Aornis dans les parages, ma mémoire était un champ de bataille. Et, au premier sifflement d'un obus de mortier, j'étais de retour là où j'avais le moins envie d'être – en Crimée.

— Ah, te voilà ! s'écria Aornis, me souriant de son siège dans le transport de troupes blindé pendant qu'on évacuait les blessés.

J'étais revenue de la ligne du front au poste de secours avancé où la débâcle avait créé un état de panique contrôlée. Des cris : « Un brancardier ! » et des jurons résonnaient dans l'air, tandis qu'à moins de cinq kilomètres, on entendait toujours les canons russes qui pilonnaient ce qui restait de la brigade de blindés légers. Le sergent Tozer descendit du véhicule, la main sur la cuisse d'un soldat dont il tentait de stopper l'hémorragie ;

un autre soldat aveuglé par des éclats radotait à propos d'une fille qui l'attendait chez lui, à Bradford sur Avon.

— Tu n'as pas rêvé depuis plusieurs nuits, dit Aornis en observant la scène. Est-ce que je t'ai manqué?

— Pas une seconde.

Et j'ajoutai à l'intention des ambulanciers qui déchargeaient le blindé :

— On a fini?

— On a fini! me parvint la réponse.

Du pied, j'actionnai l'interrupteur qui relevait la porte arrière.

— Et où allez-vous comme ça? s'enquit un officier rougeaud que je ne reconnus pas.

— Récupérer les autres, monsieur.

— Pas question! On va envoyer les camions de la Croix-Rouge avec un drapeau blanc.

Cela allait prendre beaucoup trop de temps, on le savait tous les deux. Je me rassis, passai la marche arrière et repartis dans la mêlée. Tant que ça continuait à tirer, le nuage de poussière contribuerait à me camoufler. Malgré cela, un obus siffla tout près de moi, et plus loin, le choc d'une explosion fit voler en éclats la vitre du tableau de bord.

— On désobéit aux ordres, Thursday? fit Aornis, caustique. Ils vont te traîner devant la cour martiale!

— Pas du tout. On m'a même décerné une médaille.

— Mais tu n'y es pas retournée pour une breloque, n'est-ce pas?

— J'ai fait mon devoir. Que veux-tu que je te dise?

Le vacarme était de plus en plus fort. Quelque chose heurta mon véhicule, et le toit s'ouvrit, révélant dans la poussière une colonne de lumière d'une étrange beauté. La même main invisible souleva le blindé et le projeta en l'air. Il parcourut quelques mètres sur une seule chenille, puis retomba sur le sol. Le moteur tournait toujours, les commandes obéissaient ; inconsciente des dégâts, je poursuivis ma route. Ce fut seulement en cherchant le bouton de la radio que je compris que le toit avait été en partie arraché, et un peu plus tard, je m'aperçus que j'avais une entaille de deux centimètres et demi au menton.

— Tu as fait ton devoir, O.K., mais ce n'était pas vis-à-vis de l'armée, du régiment, de la brigade ou de la section… et sûrement pas pour défendre les intérêts anglais en Crimée. Tu es revenue pour Anton, pas vrai ?

Tout s'arrêta. Le bruit, les explosions, tout. Mon frère Anton. Pourquoi fallait-il qu'elle me parle de lui ?

— Anton, murmurai-je.

— Ton cher frère Anton, acquiesça Aornis. Tu l'idolâtrais. Depuis le jour où il t'a construit une cabane dans les arbres. Tu t'es enrôlée dans l'armée pour suivre son exemple, n'est-ce pas ?

Je ne répondis pas. C'était la vérité, la stricte vérité. Des larmes ruisselèrent sur mes joues. Anton avait été tout simplement le grand frère dont rêvent toutes les filles. Toujours disponible, toujours prêt à partager. La colère de l'avoir perdu m'accompagnait à chaque instant de ma vie.

— Je t'ai amenée ici pour te rappeler ce que c'est que de perdre un frère. Si tu retrouvais celui qui a tué Anton, tu lui ferais quoi, hein ?

— Perdre Anton n'est pas l'équivalent moral d'avoir tué Achéron, criai-je. Hadès méritait la mort… Anton ne faisait qu'accomplir son devoir patriotique fourvoyé.

Nous étions arrivées devant les restes du blindé d'Anton. Les tirs étaient plus sporadiques à présent ; les artilleurs choisissaient leur cible. On entendait également des armes légères : l'infanterie russe reprenait le terrain perdu. Je relevai la porte arrière. Elle était bloquée, mais ça n'avait pas d'importance ; la porte latérale avait disparu en même temps que le toit, et j'entassai rapidement vingt-deux soldats blessés dans un véhicule conçu pour huit. Fermant les yeux, je me mis à pleurer. C'était comme voir arriver un accident de voiture, ce sentiment d'impuissance face à l'inéluctable.

— Salut, Thuzzy ! dit Anton d'une voix que je connaissais si bien.

Il était le seul à m'appeler comme ça ; ce fut son dernier mot. Je rouvris les yeux. Il était là, devant moi, plus vrai que nature et souriant en dépit du danger.

— Non ! hurlai-je, sachant d'ores et déjà ce qui allait se passer. Stop ! Ne viens pas par ici !

Mais comme d'habitude, il n'en fit qu'à sa tête. Il sortit de son refuge et courut vers moi. Je le voyais clairement par la brèche dans le blindage.

— S'il te plaît, non !

Les larmes me brouillaient la vue. Le souvenir de ce jour allait me hanter pendant des années. C'était pour y échapper que je me lancerais à corps perdu dans le travail.

— Reviens me chercher, Thuz... !

Ce fut là que l'obus le toucha.

Il n'explosa pas ; il disparut dans une sorte de brouillard rouge. Ni le trajet du retour, ni mon arrestation... rien, je ne me souvenais de rien, jusqu'à ce que le sergent Tozer vienne me dire de prendre une douche et de me changer. Je me rappelle avoir marché sur des esquilles d'os que le jet de douche avait fait tomber de mes cheveux.

— C'est ça que tu essaies d'oublier ? dit Aornis en me souriant, tandis que je tirais sur mes mèches emmêlées.

Le cœur battant, ivre de peur et de douleur, je tentai

de la saisir à la gorge sous la douche, mais mes doigts se refermèrent sur du vide, et je m'éraflai les jointures sur la paroi de la cabine.

— Ça va, Thursday ? demanda Prudence, une télégraphiste de Lincoln, qui se douchait à côté. Il paraît que tu es retournée là-bas. C'est vrai ?

— Mais oui, c'est vrai, glissa Aornis. Et elle y retourne encore !

La salle de douche s'évanouit ; nous étions sur le champ de bataille, au milieu de la fumée et de la poussière.

— Super ! s'exclama Aornis en frappant dans ses mains. On pourra remettre ça au moins huit fois avant le lever du jour… C'est atroce, les rediffusions, tu ne trouves pas ?

Je m'arrêtai devant le tank fracassé et hissai les blessés à bord.

— Salut, Thursday ! fit une voix familière.

J'ouvris un œil et regardai le militaire au visage ensanglanté qui n'en avait plus que pour dix secondes à vivre. Mais ce n'était pas Anton… c'était un autre officier, celui que j'avais rencontré tantôt et avec qui j'avais eu une relation.

— Thursday ! dit ma grand-mère en haussant le ton. Thursday, réveille-toi !

J'étais dans mon lit, à bord du Sunderland, trempée de sueur. J'aurais voulu que ce soit juste un mauvais rêve, mais le pire, c'est que c'en était un.

— Anton n'est pas mort, balbutiai-je. Il n'est pas mort en Crimée, c'était l'autre, c'est pour ça qu'il n'est pas là, moi qui pensais qu'il avait été éradiqué par la ChronoGarde, mais en fait…

— Thursday ! tonna mamie. Ce n'est *pas* ce qui s'est

passé. Aornis cherche à t'embrouiller. Anton est mort dans la charge.

— Non, c'était l'autre…

— Landen ?

Mais ce nom-là ne me disait pas grand-chose. Mamie me parla alors d'Aornis, de Landen, de mnémonomorphes ; je *comprenais* ce qu'elle disait, cependant j'avais du mal à la croire. J'avais bien vu ce type, Landen, mourir devant mes yeux.

— Mamie, dis-je, tu ne serais pas dans un de tes moments de flottement ?

— Non, répliqua-t-elle, loin de là.

Mais sa voix avait perdu de son assurance coutumière. Elle écrivit *Landen* avec un feutre sur ma main, et je me rendormis en me demandant où était Anton et repensant à cette brève passion que j'avais vécue en Crimée avec un lieutenant… je ne me rappelais plus son nom, celui qui était mort pendant la charge.

23

Réunion de la Jurifiction numéro 40320

LeRoussi a été enseveli dans la Mer de Texte. Comme c'était sur invitation, bien que Havisham y soit allée, moi je n'ai pas assisté à la cérémonie. Perkins et LeRoussi devaient être remplacés par les Génériques A-9 qui jouaient déjà leur rôle dans des rééditions grand public, style sélection du livre du mois. Lorsque le corps de LeRoussi a été descendu dans la mer pour être réduit en texte, l'Homme à la Cloche a fait tinter sa cloche et a prononcé une brève oraison funèbre pour eux deux. D'après Havisham, c'était très émouvant. Ironie du sort, jamais ils ne sauraient que leur série policière Perkins & LeRoussi allait prochainement sortir en coffret.

THURSDAY NEXT
Chroniques de la Jurifiction

Le lendemain matin, je m'éveillai complètement vannée. Mamie ronflait toujours, avec Pickwick sur ses genoux, quand je me levai. Je me préparai une tasse de café; j'étais dans la cuisine, vaseuse, en train de lire *Caractère Mobile* lorsqu'on frappa discrètement à la porte.

Je me redressai trop vite, et mes tempes se mirent à palpiter.

— Oui ?

— C'est le Dr Fnorp. Je suis le professeur de Randolph et de Lola.

J'ouvris la porte, vérifiai ses papiers d'identité et le laissai entrer. C'était un homme de haute taille qui paraissait petit et brun, même si à l'occasion il pouvait sembler blond. Il parlait avec un accent prononcé de nulle part, et il boitait… ou peut-être pas. C'était le Générique des Génériques – il ressemblait à tout le monde et à personne.

— Un café ?

— Merci. Ha, ha ! ajouta-t-il en voyant l'article que je lisais. Chaque année, on a de nouvelles catégories !

Il faisait allusion aux Livres d'Or, lesquels, avais-je remarqué, étaient sponsorisés par UltraWord™.

— « Personnage shakespearien le plus ballot », lut-il. Celui-là, Othello devrait le remporter haut la main. Vous y allez, à la distribution des prix ?

— On m'a demandé d'en remettre un. Privilège qui incombe apparemment au plus jeune membre de la Jurifiction.

— Ah oui ? C'est la première année où tous les Génériques seront présents ; l'école leur a donné un jour de congé.

— Et que puis-je pour vous ?

— Eh bien, commença-t-il, Lola arrive en retard tous les jours depuis une semaine, elle bavarde en classe, détourne les autres filles du droit chemin, fume, jure, et on l'a surprise en train de faire marcher une distillerie dans le bâtiment des sciences. Elle a peu de respect pour l'autorité et a couché pratiquement avec tous ses camarades de sexe masculin.

— C'est affreux, répondis-je. Qu'allons-nous faire ?

— Faire ? Mais rien, dit Fnorp. Lola s'en sort admirablement… à tel point que nous lui avons obtenu le premier rôle dans *En avant, les filles*, une comédie romantique autour de la trentaine. Non, en fait c'est Randolph qui m'inquiète.

— Ah… bon. Quel est le problème ?

— Il n'a pas l'air de prendre ses études très au sérieux. Il n'est pas bête ; je pourrais en faire un A-4, si seulement il y mettait un peu du sien. Son physique séduisant est au fond un handicap. Avec ses allures de quinquagénaire distingué, il doit croire qu'il n'a pas besoin de s'étoffer davantage… un bon passage descriptif en guise d'introduction, et il peut dormir sur ses lauriers.

— Et ça pose un problème parce que… ?

— J'aimerais quelque chose de mieux pour lui, soupira le Dr Fnorp qui, visiblement, prenait l'intérêt de ses élèves à cœur. Il a échoué deux fois aux examens de la catégorie B ; à ce tarif-là, il finira comme personnage secondaire avec une réplique ou deux… s'il a de la chance.

— Peut-être que c'est ce qu'il veut, hasardai-je. Tout le monde ne peut pas faire partie de la catégorie A.

— C'est ça qui ne va pas dans le système, dit Fnorp avec amertume. Si les personnages secondaires avaient davantage de relief, la littérature s'en trouverait enrichie. Je veux que mes élèves embellissent y compris les rôles de catégorie C.

Je compris son point de vue. Même dans ma relative ignorance, j'étais consciente de l'importance d'avoir des personnages bien campés. Malheureusement, pour des raisons budgétaires, le Conseil des Genres avait adopté à l'égard des Génériques la politique du cursus obligatoire minimum, et ce depuis plus de trente ans.

— Ils craignent l'insurrection, dit-il à voix basse. Une population inculte est une population soumise… mais c'est au détriment du Monde des Livres.

— Et qu'attendez-vous de moi ?

— Essayez de parler à Randolph, fit Fnorp en finissant son café. Tâchez de savoir pourquoi il est aussi imperméable.

Je lui promis de m'en occuper et le raccompagnai à la porte.

Je trouvai Randolph endormi dans son lit. Il serrait son oreiller contre lui. Lola était toujours chez Nemo. Une photo d'elle trônait sur sa table de nuit, et il était en train de ronfler doucement. Je ressortis sur la pointe des pieds et cognai à la porte.

— Kékachoupi, fit une voix ensommeillée de l'autre côté.

— Il faut que je fasse tourner l'un des moteurs, déclarai-je. Tu peux me donner un coup de main ?

J'entendis un bruit mat ; il avait dû tomber du lit. Je souris et emportai mon café dans la cabine de pilotage.

Mary m'avait dit de faire marcher régulièrement le moteur numéro trois et m'avait laissé des instructions sous la forme d'une check-list. Je m'y connaissais un peu en mécanique… mais j'avais surtout besoin d'un prétexte pour parler à Randolph. Je m'assis à la place du pilote et jetai un coup d'œil à l'extérieur. Pour commencer, il fallait faire tourner le moteur à la main et, comme ça ne me disait trop rien, j'envoyai un Randolph légèrement ronchon dehors, sur l'aile.

— Combien de tours ? demanda-t-il en actionnant la manivelle insérée dans le capotage.

— Deux, ça devrait suffire.

Dix minutes plus tard, il était de retour, rouge et en sueur.

— Et maintenant ? s'enquit-il, soudain beaucoup plus intéressé.

Faire démarrer un gros moteur était somme toute un jeu de garçon.

Je lui tendis la liste.

— Lis ça.

— *Ouvrir principale arrivée de carburant, éteindre allumage.*

— C'est fait.

— *Relever entièrement leviers de commande, entrouvrir papillon des gaz.*

Je bataillai avec les leviers nichés au centre du tableau de bord.

— C'est bon. Mr. Fnorp est passé ce matin.

— *Ouvrir les ouïes, circuit de mélange au ralenti.* Qu'est-ce qu'il voulait, ce vieux schnock ?

Je rabaissai la manette du mélange.

— Il pense que tu peux mieux faire. Ensuite ?

— *Allumer pompe de suralimentation jusqu'à extinction du voyant de contrôle.*

— Et on trouve ça où ?

Nous localisâmes les commandes du carburant au-dessus de nos têtes à l'arrière du poste de pilotage. Randolph mit en route les pompes de suralimentation.

— Je n'ai pas envie d'être une vedette. Je me contenterais d'un rôle de mentor d'âge mûr ; justement, ils en cherchent un pour *En avant, les filles.*

— C'est le roman où va travailler Lola, non ?

— Ah bon ? dit-il, feignant laborieusement la surprise. Je ne savais pas.

— O.K., déclarai-je une fois que le voyant de pression se fut éteint. Et maintenant ?

— *Positionner sélecteur sur le moteur choisi et actionner pompe d'amorçage jusqu'à ce que les tuyaux d'alimentation soient pleins.*

Je pompai doucement ; une vague odeur de kérosène emplit la cabine.

— C'est quoi, cette histoire d'amour-haine entre toi et Lola ?

— Oh, c'est fini, tout ça, rétorqua-t-il, catégorique. Elle sort avec un type du cours Héros Avancés.

La manette rencontra une certaine résistance, et je cessai de pomper.

— On a la pression. Après ?

— *Activer allumage et bobine de démarrage.*

— Ça marche.

— *Appuyer sur démarreur et, quand le moteur tourne, activer dispositif d'injection.* Vous avez compris quelque chose ?

— On va voir ça.

Je pressai le bouton du démarreur, et l'hélice se mit lentement en mouvement. Le moteur toussa et s'anima, crachant de la fumée noire. Les échassiers qui farfouillaient dans les bas-fonds s'envolèrent. Le moteur parut s'étouffer, puis repartit de plus belle, dans un bruit de déflagrations se transmettant à travers la cellule comme une suite de grognements, de crissements et de couinements. Je lâchai le démarreur, baissai la manette des gaz et souris à Randolph.

— Et toi, tu as quelqu'un ?

— Non.

Il me regarda avec ses grands yeux, et sa figure s'allongea. Lors de notre première rencontre, il avait été une coquille vide, un visage dénué de toute expression. Aujourd'hui, c'était un homme de cinquante ans, mais émotionnellement aussi vulnérable qu'un adolescent.

— Je ne me vois pas vivre sans elle, Thursday !

— Alors, dis-le-lui.

— Pour me ridiculiser ? Toute l'école sera au courant… je passerai pour un imbécile.

— On s'en fiche. Le Dr Fnorp m'a dit que ça affectait ton travail ; tu veux finir figurant ou quoi ?

— Ça m'est égal, répondit-il tristement. Sans Lola, il n'y a pas vraiment d'avenir.

— Il y aura d'autres Génériques !

— Pas comme elle. Toujours à rire et à plaisanter. Quand elle est là, le soleil brille et les oiseaux chantent.

Il toussota, gêné de s'être laissé aller.

— Vous ne répéterez à personne que j'ai dit tout ça, hein ?

Il était bel et bien amoureux.

— Randolph, dis-je lentement, tu dois lui faire part de tes sentiments, ne serait-ce que pour ton propre équilibre. Sinon, ça risque de te pourrir la vie pendant des années.

— Et si elle me rit au nez ?

— Et si elle ne le fait pas ? Il y a de fortes chances pour qu'elle éprouve un petit quelque chose pour toi.

Ses épaules s'affaissèrent.

— Je lui parlerai dès qu'elle sera revenue de chez Nemo. Vous ne croyez pas que Nemo et elle… ?

— Non.

Je jetai un œil à ma montre.

— J'ai une réunion dans vingt minutes. Laisse le moteur tourner encore une dizaine de minutes, puis éteins-le. Allez, à ce soir.

— Qui est-ce qu'on attend ? demanda l'Homme à la Cloche.

— Godot, répondit Benedict.

— *Encore?* Quelqu'un sait où il est?

Tout le monde secoua la tête.

L'Homme à la Cloche griffonna une note sur son clipboard, fit tinter sa cloche et se racla la gorge.

— Je déclare ouverte la réunion de la Jurifiction numéro 40320, annonça-t-il d'une voix émue. Premier point. Perkins et LeRoussi. Deux excellents agents qui ont donné leur vie pour notre cause commune. Leurs noms seront gravés sur le Boujeumorial pour servir d'exemple à ceux qui viendront après nous. Je demande deux minutes de silence à la mémoire de Perkins et LeRoussi!

Nous nous levâmes en un hommage muet à nos camarades disparus.

— Je vous remercie, dit l'Homme à la Cloche après que les deux minutes se furent écoulées. C'est le commandant Bradshaw qui sera désormais en charge du bestiaire. Nous avons contacté la jument de Mathias qui me prie de transmettre ses remerciements à tous ceux qui lui ont exprimé leurs condoléances. La série Perkins & LeRoussi sera reprise par les clones B-2 de l'édition brochée, et je suis sûr que vous vous joindrez à moi pour leur souhaiter bonne chance dans cette entreprise.

Il prit une grande inspiration.

— Ces morts sont un choc terrible pour nous tous, et il ne faut surtout pas négliger les leçons qu'on doit en tirer. On n'est *jamais* trop prudent. O.K., deuxième point.

Il tourna une page sur son clipboard.

— L'enquête sur la mort de Perkins. Commandant Bradshaw, ceci est de votre ressort, n'est-ce pas?

— L'enquête est en cours, dit Bradshaw lentement. Pour le moment, rien ne laisse supposer que leur mort soit due à autre chose qu'à un accident.

— Alors qu'attendez-vous pour clore le dossier ?

— C'est que, répondit Bradshaw, cherchant hâtivement une excuse, nous... euh, aimerions tout de même parler à Vernham Deane.

— Deane serait impliqué là-dedans ?

— Oui... peut-être.

— Intéressant, dit l'Homme à la Cloche. Ceci nous amène directement au troisième point. J'ai le regret d'annoncer que Vernham Deane a été porté sur la liste des Saute-Pages.

L'assistance retint son souffle. Figurer parmi les Saute-Pages signifiait une seule chose : activités illégales.

— Nous connaissons Vern depuis qu'il a été écrit, les gars, et aussi triste que cela puisse être, nous pensons qu'il a commis quelque chose de grave. Tweed, n'avez-vous rien à dire sur le sujet ?

Se levant, Harris Tweed s'éclaircit la voix.

— Vernham Deane est bien connu de nous tous. En tant que goujat de service dans *Le Seigneur des Hautes-Bourbes*, il s'est distingué par sa cruauté envers la servante qu'il séduit avant de la jeter dehors. La servante revient huit chapitres plus tard, mais il y a trois jours – le lendemain de la mort de Perkins, dois-je préciser – elle n'est pas revenue.

Il plaça sur le tableau la photo d'une jolie brune.

— Il s'agit d'une Générique C-3 prénommée Mimi. Vingt ans, code d'identification : CDT/2511922.

— Et comment Deane a-t-il réagi en apprenant sa disparition ?

— Justement, rétorqua Tweed, la mine sombre. Il s'est volatilisé en même temps qu'elle. *Le Seigneur des Hautes-Bourbes* a été suspendu en attendant le résultat des investigations. Il a été renvoyé dans le Puits, et il y restera jusqu'au retour de Deane. Si retour il y a.

— Vous n'allez pas un peu vite en besogne ? demanda Havisham, manifestement froissée par le manque d'objectivité de Tweed. Est-ce qu'on a un mobile, au moins ?

— Tout le monde l'aimait bien ici, dit Tweed, moi y compris. Malgré son personnage de méchant dans *Les Hautes-Bourbes*, il ne nous a jamais causé le moindre ennui. J'ai donc été surpris par ce que j'ai découvert, et vous le serez certainement aussi.

Tirant une feuille de papier de sa poche, il la déplia.

— Ceci est une copie du courrier du sous-comité de révision rejetant sa demande de Réajustement Narratif Interne.

Il l'épingla au tableau à côté de la photo de la servante.

— Là-dedans, il suggère que la servante meure en couches, épargnant ainsi à son personnage la pénible scène à la fin du chapitre XXVIII, quand elle reparaît avec son enfant, désormais âgé de six ans, à son mariage avec Ellen O'Shaugnessy, la fille du riche meunier. La servante éliminée, il peut épouser O'Shaugnessy et ne pas sombrer dans l'alcool pour mourir comme un chien dans le chapitre XXXII. Désolé, Miss Havisham, mais il avait un mobile. Ainsi que l'opportunité... et ses compétences d'agent de la Jurifiction pour brouiller les pistes.

Un silence consterné accueillit cette nouvelle accablante. Un agent félon... La seule fois où ça s'était produit, c'est quand David Copperfield assassina Dora Spenlow pour pouvoir épouser Agnes Wickfield.

— Avez-vous fouillé son livre ? demanda Falstaff.

— Oui. Nous avons soumis *Le Seigneur des Hautes-Bourbes* à une fouille mot à mot, mais n'avons trouvé qu'une personne qui n'avait rien à y faire, une clandestine du roman précédent de Farquitt, *Canon d'amour*, cachée dans un placard du manoir des Hautes-Bourbes. Elle a été expulsée vers le Puits.

— Avez-vous essayé les chiens ? s'enquit la Reine Rouge en nettoyant le canon de son pistolet. Une fois qu'ils sont sur une piste, on ne les arrête plus.

— On les a perdus dans l'épisode de la clôture à peindre des *Aventures de Tom Sawyer.*

— Parlez-leur du lien avec Perkins, Harris.

— Il ne s'agit que d'une présomption, sauf votre respect.

— Dites-leur, insista l'Homme à la Cloche. Si on veut coincer Deane, il faut que tout le monde soit au courant.

— Très bien.

Tweed prit un carton et vida une montagne de points, virgules et points-virgules sur la table.

— On a trouvé ça dans le casier de Deane. L'analyse a révélé la présence de traces de Guinness.

— *Ulysse !* souffla Benedict.

— Il semble bien, répondit Tweed gravement. Dans un rapport rédigé la veille de sa mort, Perkins mentionne *une découverte surprenante.* Nous pensons que Deane était impliqué dans le vol ou le recel de la ponctuation volée. Perkins l'a démasqué ; du coup, pour se protéger, Deane a lâché et le Minotaure et le vyrus. Fort de ce succès, et sachant qu'il devrait disparaître de toute façon, il a ensuite tué la servante, comme il en avait envie depuis la première publication.

— Perkins, c'est mon enquête, je crois, fit Bradshaw.

— Toutes mes excuses. Je vous remettrai un exemplaire complet de mon rapport.

Tweed se rassit.

— C'est malheureux à dire, commença l'Homme à la Cloche, mais j'ai l'impression que nous avons sous-estimé Deane. Jusqu'à preuve du contraire, je n'ai donc pas d'autre choix que de le déclarer Saute-Pages. Je vais émettre un mandat d'arrêt à son adresse… mais soyez très prudents. S'il a déjà tué deux fois, il n'hésitera pas à tuer de nouveau.

Nous échangeâmes des regards inquiets. C'était rare qu'un Saute-Pages se fasse prendre vivant.

— Quatrième point, poursuivit l'Homme à la Cloche, le Minotaure. Nous avons lancé un appel à toutes les patrouilles, mais tant qu'il ne se manifeste pas, on ne saura pas où il est. On m'a signalé qu'il était passé dans la littérature documentaire. Si seulement c'était vrai ! En attendant, ouvrez l'œil.

Il consulta son clipboard.

— Cinquième point. La cérémonie annuelle des Livres d'Or. En raison du lancement de UltraWord™, tous les membres actifs du Monde des Livres seront présents. Mais comme on ne peut pas entièrement déserter les livres, un service minimum sera assuré en leur absence. Compte tenu de l'ampleur de la manifestation, la sécurité sera renforcée, et c'est Falstaff qui en portera la responsabilité. Des questions ?

Il n'y avait pas de questions.

— Sixième point. Thursday Next entame sa période d'essai en tant que membre de la Jurifiction. Où êtes-vous ?

Je levai la main.

— Parfait. Je serai donc le premier à vous souhaiter la bienvenue parmi nous… et il était temps ; on n'a jamais eu autant besoin de bras. Mesdames et messieurs, Thursday Next !

Je souris modestement. L'assistance applaudit, et mes voisins les plus proches me tapèrent sur l'épaule.

— Bravo ! dit Tweed qui était à côté de moi.

— Tout en jouissant de l'ensemble des droits et prérogatives, Miss Next restera sous l'œil vigilant de Miss Havisham pendant vingt chapitres ou alors une année – on choisira la durée la plus longue. Vous l'emmènerez au Conseil des Genres afin qu'elle prête serment?

— Avec joie, répondit Miss Havisham.

La séance fut levée quelques minutes plus tard, après que l'Homme à la Cloche nous eut exhortés une nouvelle fois à la prudence.

— Je n'aurais jamais cru ça de Vern, parbleu! s'exclama Bradshaw. Il était comme un fils pour moi.

— Son personnage dans *Les Hautes-Bourbes* n'est pas franchement agréable, observai-je.

— Nous essayons généralement de nous dissocier de notre personnalité livresque, dit Havisham. Estimez-vous heureuse que j'aie laissé la mienne dans *Les Grandes Espérances*... j'aurais été carrément insupportable!

— Oui, acquiesçai-je avec diplomatie. Je vous en suis très reconnaissante.

— Ah! fit l'Homme à la Cloche en nous rejoignant. Miss Havisham. Accompagnez l'agent Next au C. des G., puis descendez dans le Puits pour tâcher de collecter des indices dans *Le Seigneur des Hautes-Bourbes.* Je le veux vivant, si possible. Mais, ajouta-t-il, ne prenez pas de risques.

— Entendu, dit Miss Havisham.

— Parfait!

Et l'Homme à la Cloche s'en fut parler à la Reine Rouge.

Havisham me fit signe de venir m'asseoir à son bureau.

— Tout d'abord, je vous félicite d'être devenue agent de la Jurifiction à part entière.

— Je ne suis pas prête ! sifflai-je. Je parie que je vais me ramasser, à tous les coups !

— Inutile de parier, vous *allez* vous ramasser. L'échec, c'est excellent pour aiguiser l'esprit. Quand on ne commet pas d'erreurs, c'est qu'on ne s'investit pas suffisamment.

J'entrepris de la remercier pour ce compliment déguisé, mais elle m'interrompit.

— Voici pour vous.

Du dernier tiroir de son bureau elle avait sorti un petit écrin en cuir vert, comme ceux qui peuvent contenir une alliance. Je l'ouvris, et un éclair d'inspiration me traversa. Je sus aussitôt ce que c'était. Pas plus gros qu'un grain de riz, sa valeur était infiniment supérieure à sa taille.

— Ça provient de la Dernière Idée Originale, murmura Havisham, un éclat minuscule, après que le tout a été scindé en 1884, mais un fragment tout de même. Utilisez-le à bon escient.

— Je ne peux pas accepter ça, dis-je en refermant l'écrin.

— Foutaises. Acceptez de bonne grâce ce qui vous est offert de bon cœur.

— Merci beaucoup, Miss Havisham.

— De rien. Pourquoi c'est écrit « Landen » sur votre main ?

Je regardai ma main. Allez donc savoir ; ça devait être mamie… dans un de ses moments de flottement.

— Aucune idée, Miss Havisham.

— Enlevez-le alors… ça fait vraiment vulgaire. Venez, il faut se rendre au Conseil des Genres pour que vous puissiez signer votre engagement.

24

Serments, le Conseil des Genres et à la poursuite de Deane

Livrier : nom donné à une race de limiers propre au Puits. Doté d'un odorat exceptionnel et d'une énergie inépuisable, le livrier peut poursuivre un Saute-Pages non seulement de page en page, mais de livre en livre. Les meilleurs livriers, dûment entraînés, passent pour être capables de suivre une piste de genre en genre… et, à l'occasion même, dans le Monde Extérieur. Comme il s'agit d'un chien qui bave énormément, il n'est pas recommandé d'en faire un animal de compagnie.

LE CHAT DE L'A.U. DE W.
Guide de la Grande Bibliothèque (glossaire)

Nous prîmes l'ascenseur. A en croire Miss Havisham, c'était le comble de la vulgarité de se transporter directement dans le hall d'entrée du Conseil des Genres ; quant aux Chambres, on ne pouvait y accéder pour des raisons de sécurité. Elles se trouvaient au vingt-sixième étage de la Grande Bibliothèque. A l'instar du dix-septième étage, celui-ci était quasiment désert : les auteurs dont le nom commençait par un Q ou un Z n'étaient pas légion. Mais contrairement au reste de la Bibliothèque, avec ses boiseries sombres et ses plafonds sculptés, cet étage-là était couronné d'une verrière à travers laquelle on pouvait apercevoir le ciel. J'avais toujours cru que la Bibliothèque, conçue pour contenir les livres, n'avait pas d'existence propre. Voyant que j'avais le nez en l'air, Miss Havisham m'entraîna vers une large baie vitrée. A travers les traces de pluie et par-delà les gargouilles en pierre, j'embrassai du regard la forêt tropicale aux cimes luxuriantes, coiffées de petits nuages.

— Tout est possible dans le Monde des Livres, murmura Miss Havisham. Les seules limites sont celles de l'imagination humaine. Vous voyez les autres bibliothèques ?

A peine visible dans la brume vaporeuse, se dressait au loin une tour semblable à la nôtre. Puis une deuxième... et, à ma droite, six autres tours. Nous n'étions qu'une bibliothèque parmi des centaines... voire des milliers.

— La plus proche de nous, c'est l'allemande, dit Miss Havisham. Ensuite, il y a la française et l'espagnole. L'arabe est juste derrière, et là-bas, c'est la galloise.

— Sur quoi reposent-elles ? demandai-je en contemplant la jungle à perte de vue. Que sommes-nous, *exactement* ?

— On est d'humeur philosophique, à ce que je vois. La réponse, c'est qu'on n'en sait rien. Certains disent que nous faisons partie d'un récit plus vaste et que nous ne pouvons appréhender. D'autres soutiennent que nous avons été créés par le Grand Manitou, et d'autres encore, que nous sommes simplement des projections mentales du Grand Manitou.

— Qui, hasardai-je, n'y tenant plus de curiosité, est le Grand Manitou ?

— Venez, je vais vous montrer sa statue.

Au bout du couloir, un gros bloc de marbre trônait sur un socle en plein milieu du vestibule. Une corde était tendue tout autour du socle, et une grande plaque polie proclamait : « Notre Glorieux Leader ».

— C'est ça, le Grand Manitou ?

— Non, c'est seulement sa statue... enfin, ça va l'être, quand on saura à quoi il ressemble. Bonjour, Mr. Price.

Mr. Price était tailleur de pierre, mais il ne faisait rien. A mon avis, il n'avait jamais rien fait, du reste : ses outils étaient flambant neufs et soigneusement rangés pendant que lui-même lisait *Caractère Mobile*.

— Bonjour, Miss Havisham, répondit-il, soulevant poliment son chapeau.

Elle balaya le décor d'un geste circulaire.

— Le Grand Manitou est censé être l'architecte de tout ceci et contrôler tous nos mouvements. Là-dessus, je suis un peu sceptique ; personne ne me contrôle, *moi*.

— Personne n'oserait, chuchotai-je.

— Que dites-vous ?

— Je dis que *personne ne le pourrait*. Autrement, il n'y aurait pas autant de violence dans les livres.

Elle haussa un sourcil.

— Peut-être. Allez, venez, il faut signer votre engagement.

Nous passâmes devant les portes massives de la salle du Conseil et, un peu plus loin dans le couloir, entrâmes dans la plus petite pièce que j'aie jamais vue. Elle se composait essentiellement d'un bureau et d'un fichier métallique. Assis là, un bonhomme tout aussi minuscule mangeait des biscuits... et surtout en saupoudrait son plastron.

— Thursday Next est là pour prêter serment, annonça Miss Havisham. J'ai ici tous les papiers signés et tamponnés par l'Homme à la Cloche.

— Travailler, toujours travailler.

Le petit homme but une gorgée de thé, dardant sur moi un regard étrangement pénétrant.

— Je n'ai pas une seconde de répit : vous êtes la deuxième, cette année.

Soupirant, il s'essuya la bouche avec sa cravate.

— Qui appuie sa candidature ?

— Le commandant Bradshaw.

— Et qui se porte garant pour Miss Next ?

— Moi.

— Parfait. Vous pouvez prêter serment.

Je répétai donc après Miss Havisham :

— Je jure par le Grand Manitou de faire respecter les règles de la Jurifiction, de protéger le Monde des Livres et de défendre chaque personnage fictif, aussi mal écrit soit-il, contre l'oppression. Je ne fuirai pas mon devoir, ni n'utiliserai ma position et mes connaissances à des fins personnelles. Les secrets qui me seront confiés par le Conseil des Genres ou le Grand Central du Texte resteront secrets dans le cadre de mes fonctions, et je ferai tout mon possible pour maintenir le pouvoir de la parole narrative dans le cœur et l'esprit des lecteurs.

— Ça ira, dit le petit homme en mordant dans son biscuit. Signez ici, ici et… euh… là. Et vous devrez contresigner, Miss Havisham.

Je signai aux endroits qu'il m'indiquait dans son gros registre, notant au passage que la dernière à avoir signé, c'était Béatrice. Une fois que Miss Havisham eut certifié ma signature, il referma le registre d'un coup sec.

— Tenez. Voici votre badge.

Il me tendit le badge étincelant de la Jurifiction, avec mon nom et mon numéro gravés au-dessous d'un logo coloré. Avec ça, je pouvais entrer dans n'importe quel livre, même dans un Poe, bien que ce soit déconseillé.

— Maintenant, si vous voulez bien m'excuser, dit le gratte-papier en regardant sa montre, j'ai beaucoup à faire. Ces formulaires doivent être traités dans le mois.

Nous regagnâmes l'ascenseur, et Miss Havisham pressa le bouton du vingt-sixième sous-sol. Nous retournions dans le Puits.

— Bien, déclara-t-elle. Ça, c'est réglé ; on peut continuer. Il est certain à présent que Perkins et Mathias ont été assassinés ; peut-être que LeRoussi également. Nous attendons toujours Godot, et quelqu'un a essayé de vous tuer par le biais d'un chapeau trafiqué. En tant qu'apprentie, vos pouvoirs sont limités ; en tant qu'agent plénipotentiaire, vous disposez d'une marge de manœuvre considérablement plus élargie. Alors soyez sur le qui-vive !

— Pourquoi ?

— Parce que je ne tiens pas à vous voir morte, et si vous avez une once de bon sens, je suppose que vous n'y tenez pas non plus.

— Non, je veux dire, pourquoi cherche-t-on à me tuer ?

— Si seulement je le savais.

— Admettons, dis-je, que Deane n'ait pas simplement disparu… admettons qu'il ait été éliminé aussi. Y a-t-il un lien entre Perkins, Deane, Mathias et moi-même ?

— Je ne vois rien, répondit Miss Havisham après un long moment de réflexion. Mais si on part du principe que Mathias a été supprimé en tant que témoin et qu'un de vos amis du Monde Extérieur en a après *vous*, il ne nous reste plus que Perkins et Deane. Or, il y a bien un lien entre ces deux-là.

— Lequel ?

— Harris Tweed, moi-même, Perkins et Deane avons chacun reçu un livre sous UltraWord™ pour le tester.

— Je n'étais pas au courant.

— Personne ne l'était. Je peux vous le dire maintenant parce que vous êtes agent à part entière... N'avez-vous pas entendu ce qu'il y avait dans le serment ?

— Je vois, dis-je lentement. Et c'est comment, UltraWord ™ ?

— Comme Libris l'a décrit : l'Expérience de Lecture Ultime. La première chose qui frappe, ce sont les couleurs et la musique.

— Et les nouvelles intrigues ?

— Je ne suis pas allée jusque-là, avoua Miss Havisham tandis que les portes de l'ascenseur s'ouvraient. On a tous reçu un exemplaire du *Petit Prince* équipé du nouveau système d'exploitation ; je dois dire que LectureZip™, PageLumineuse™ et TramePlusPlus™ se révèlent d'une simplicité enfantine à l'usage.

— C'est bien.

— Mais il y a quelque chose qui cloche.

— C'est déjà moins bien.

Nous nous dirigeâmes vers l'ouverture qui donnait sur la Mer de Texte. Le plafond s'incurvait vers le haut jusqu'à se fondre dans les tourbillons de ponctuation qui formaient des nuages menaçants. Les chalutiers se balançaient doucement sur leurs amarres, pendant que la pêche du jour était vendue à la criée sur le quai.

— Et quel est le problème ?

— Si je le savais, répondit Miss Havisham. J'ai beau faire, je n'arrive pas à prendre le nouveau système en défaut. Avec LIVRE V7.2, on pouvait convertir de force le texte en espéranto. Avec LIVRE V6.3, le verbe « manger » entrait en conflit avec la moindre description d'un pangolin et semait la zizanie dans les temps. J'ai tout essayé pour court-circuiter UltraWord™, mais il est solide comme un roc.

Au-delà du port, de grosses canalisations déversaient des lettres en vrac dans la Mer de Texte ; il régnait là une forte odeur de caoutchouc.

— C'est ici que finissent les mots que vous effacez chez vous, dans le Monde Extérieur, remarqua Miss Havisham en passant.

— Qu'est-ce qui vous fait croire qu'il y a anguille sous roche ?

— Perkins m'a appelée la veille de sa mort. Il m'a parlé d'une découverte surprenante, mais il n'a pas voulu en dire plus au NDBDP-phone.

— A propos de UltraWord™ ?

Havisham haussa les épaules.

— A vrai dire, je n'en sais rien. Il pouvait tout aussi bien s'agir de Deane.

La route aboutissait à une plage composée de débris de lettres. C'était là que terminaient les romans. Sous un ciel de plomb, les livres – se présentant sous forme d'édifices de sept étages – étaient abandonnés sur la grève où on les dépouillait de tous les décors ou procédés narratifs récupérables. L'épave était ensuite démantelée par des Génériques, qui travaillaient en équipe avec, pour tout matériel, des leviers, des chalumeaux et des chaînes ; les mots étaient rejetés par brouettées entières dans la mer où ils se dissolvaient en lettres, et leur sens se consumait en une vapeur bleuâtre qui flottait au-dessus de la plage.

Nous arrivâmes enfin au *Seigneur des Hautes-Bourbes* qui se dressait, noir et lugubre, au bord de la Mer de Texte. Dans le Monde Extérieur, on aurait eu beaucoup de mal à en trouver un exemplaire ; quand le Grand Central du Texte retirait un livre de la circulation, c'était pour de bon.

Le roman, entrouvert, était entouré d'un large ruban sur lequel on lisait : « Jurifiction – accès interdit ».

— Vous cherchez quelque chose ?

C'étaient Harris Tweed et Uriah Hope ; ils émergèrent du livre et nous regardèrent avec curiosité.

— Bonsoir, Harris, dit Miss Havisham. Nous sommes à la recherche de Deane.

— Moi aussi. Vous pouvez toujours jeter un œil à l'intérieur, mais pour ce qui est des indices, c'est mort.

— Aurait-on essayé de vous tuer récemment ? demandai-je.

— Moi ? dit Harris. Non, pourquoi ? On aurait dû ?

Je lui parlai de la connexion avec UltraWord™.

— Il y a peut-être un lien, répondit-il, songeur, mais j'ai testé UltraWord™ à l'endroit et à l'envers, et il a l'air de fonctionner à la perfection. Avez-vous une idée de ce que Perkins aurait découvert ?

— On ne sait même pas s'il s'agit d'une quelconque malfaçon, fit Miss Havisham.

Tweed réfléchit un instant.

— Il est préférable de ne pas ébruiter tout ceci, déclara-t-il finalement, et de procéder avec une extrême prudence. Si Deane est dans les parages et qu'il est mêlé d'une manière ou d'une autre à la mort de Perkins, le prochain sur la liste, ça pourrait être vous ou moi.

Havisham acquiesça, me dit de retourner chez le Pr Plum pour voir s'il n'avait pas d'autres éclaircissements sur l'Eject-O défaillant, et disparut en prétextant un rendez-vous urgent. Après son départ, Harris me conseilla :

— Gardez un œil sur cette bonne vieille Estella, voulez-vous ?

Je le lui promis et rebroussai chemin vers les ascenseurs, absorbée dans mes pensées.

25

Havisham : l'ultime révérence

/ / / ../ / .. / / / / / ..../ / / / / .../ ./ ..../ / ../ ../ ./ /
/ .../ / / / / / / ...../ / / ./ / / . / / / / / / / / / / / / ..../ / /
/ / / / / ....../ / / / / / / / / ..../ / ../ / / / / / / / .... / / /
/ / .../ ./ ..../ / ../ ../ ./ / / .../ / / / / / / ....../ / / ./ / / ./
/ / / / / / / / / / / ..../ / / / / / / / ....../ / / / / / / / ..../
/ / / / / / ....../ / / / / / / / / / / ..../ / ../ / / / / / / / / ..../ /
/ / / .../ ./ ..../ / / / / / / / / / / ../ / / / / / / ..../ / / / /
// ....../ / / / / / / / / ....../ / .. / / // / / / / / ..../ / / ..../
/ / / / / / / ....../ / / / / / / / / ....../ / ../ / / / / / / / ..../ /
/ / / .../ ./ ..../ / ../ ../ ./ / / .../ / / / / / / ..../ / / . / /
/ ./ / / / / / / / / / ..../ / / / / / / ....../

Macbeth version levure, traduit par ../ / / / ../ / / ..

— Ah ! dit Plum, me voyant entrer dans son bureau. Miss Next… j'ai une bonne et une mauvaise nouvelle.

— Commençons par la mauvaise.

Plum ôta ses lunettes pour les astiquer.

— Le Chapeau Eject-O. J'ai sorti les archives et remonté le processus de fabrication jusqu'au chapelier d'origine. Il semblerait que plus d'une centaine de personnes aient été impliquées dans sa confection, son entretien et la révision de son mécanisme. Quinze ans, c'est une sacrée durée de vie pour un Eject-O. Ajoutez-y tous ceux qui l'ont manipulé, et ça vous fera un petit total de six cents individus.

— C'est vaste.

— Malheureusement, oui.

Je m'approchai de la fenêtre. Deux paons étaient en train de parader sur la pelouse.

— Et la bonne nouvelle ?

— Vous connaissez Miss Scarlett au service documentation ?

— Oui ?

— On va se marier mardi.

— Félicitations.

— Merci. Vous aviez autre chose ?

— Je ne crois pas. Merci de votre aide, Plum.

— A votre service, répondit-il gentiment. Dites à Miss Havisham de se procurer un nouveau chapeau ; celui-ci n'est pas réparable.

— Il n'est pas à Miss Havisham, lui dis-je. C'est le mien.

Il haussa les sourcils.

— Vous vous trompez, fit-il après un silence. Regardez.

Il tira le couvre-chef élimé de son bureau et me montra le nom de Havisham gravé dans le cuir intérieur, avec un numéro de série, la taille et les informations du fabricant.

— Mais enfin, soufflai-je, c'est moi qui ai porté ce chapeau à…

La terrible vérité se fit jour dans mon esprit. On avait dû échanger les chapeaux par mégarde. Ce n'était pas moi qu'on avait voulu tuer... *la cible, c'était Miss Havisham* !

— Un problème ? s'enquit Plum.

— Une catastrophe, marmonnai-je. Puis-je utiliser votre NDBDP-phone ?

Sans attendre sa réponse, je décrochai le pavillon en cuivre et demandai Miss Havisham. Elle n'était pas dans le Puits, ni dans *Les Grandes Espérances*. Je replaçai le pavillon et me transportai dans le hall de la Grande Bibliothèque ; si quelqu'un savait où la trouver, c'était bien Wemmick.

Mr. Wemmick n'était pas occupé. Les pieds sur le comptoir, il lisait le journal.

— Miss Next !

Se levant, il me serra chaleureusement la main.

— Que puis-je pour vous ?

— Miss Havisham, bredouillai-je, savez-vous où elle est ?

Wemmick prit un air embarrassé.

— Je ne crois pas que...

— Wemmick ! criai-je. Quelqu'un a essayé de tuer Miss Havisham, et il risque de recommencer !

Choqué, il se mordit la lèvre.

— J'ignore *où* elle est, dit-il lentement, mais je sais ce qu'elle fait.

Mon cœur se serra.

— Encore une tentative de record de vitesse, hein ?

Il hocha la tête, accablé.

— Où ça ?

— Je ne sais pas. Elle a dit que la Higham n'était pas assez puissante. Et elle a commandé une Bluebird bimoteur, un monstre de 2 500 chevaux – ça tenait à peine dans la réserve.

— Et vous n'avez aucune idée de l'endroit ?

— Aucune.

— Bon sang! hurlai-je, tapant sur le comptoir. Allez, Thursday, réfléchis!

Une pensée me traversa l'esprit. Je décrochai le NDBDP-phone et demandai à être mise en relation avec Monsieur Crapaud, du *Vent dans les saules*. Il n'était pas là, mais Rat, si. Je lui exposai l'objet de mon appel, et il me fournit l'information manquante. Havisham et Monsieur Crapaud faisaient une course à Pendine Sands, dans la République Socialiste du Pays de Galles.

Je remontai en courant. Arrivée devant les œuvres de Dylan Thomas, je sortis un mince recueil de poésies et me concentrai sur ma porte de sortie vers le Monde Extérieur. Par chance, l'opération réussit, et j'atterris comme une masse dans une petite librairie à Laugharne, le village de Thomas en Galles du Sud. Devenue un lieu de pèlerinage pour les Gallois comme pour les étrangers, c'était l'une des huit librairies du village qui vendaient de la littérature galloise et des souvenirs en hommage à Thomas.

Prise au dépourvu par mon apparition inopinée, une cliente poussa un cri aigu, et je reculai, affolée, pour m'écrouler par-dessus une pile de livres de cuisine galloise. Me relevant, je me ruai dehors… quasiment sous les roues d'une voiture qui pila à quelques centimètres de moi. Pendine Sands avec ses quinze kilomètres de plage était situé plus bas sur la côte, et il me fallait un moyen de transport.

Je montrai à la conductrice mon badge de la Jurifiction – même s'il ne signifiait rien, il avait une allure officielle – et dis dans mon meilleur gallois :

— *Esgipysgod fi ond ble mae bws i Pendine?*

Elle reçut le message, et nous prîmes la route de

Pendine. Avant même d'arriver, j'aperçus la Bluebird sur le sable, à côté de la voiture de Monsieur Crapaud et d'un petit groupe de gens. C'était la marée basse, et une vaste étendue de sable bien lisse attendait les coureurs. Le cœur battant, je vis deux panaches de fumée noire jaillir à l'arrière du bolide. Même à travers la vitre, on distinguait le rugissement guttural des moteurs.

— *Dewch ymlaen !* lançai-je à la conductrice.

Elle bifurqua sur le parking, juste à côté de la statue de John Parry Thomas. Je courus sur la plage en hurlant et agitant les mains, mais personne ne m'entendit dans le vacarme ambiant, ou en tout cas, personne ne me prêta attention.

— Ohé ! criai-je. Miss Havisham !

Epuisée, je dus ralentir ma course.

— Arrêtez ! hurlai-je, affaiblie et hors d'haleine. Pour l'amour du ciel… !

Trop tard. La Bluebird démarra, prenant de la vitesse sur le sable. Je tombai à genoux et aspirai l'air à grandes goulées. Parvenue au bout de la plage, la voiture décrivit un large demi-cercle pour entamer son premier tour de piste. Le bruit du moteur s'enfla, grimpant dans les aigus, tandis que les roues projetaient au loin une pluie de sable et de gravillons. Je priai pour qu'elle revienne saine et sauve et qu'il n'arrive rien ; ce fut le cas, jusqu'à ce qu'elle commence à décélérer. J'allais pousser un soupir de soulagement quand l'une des roues avant se détacha et roula sous la voiture, la catapultant dans les airs. L'avant du châssis se planta dans le sable. J'entendis des cris de frayeur dans l'assistance. Le moteur gémit, impuissant, pendant que la voiture effectuait une série de tonneaux sur la plage. Elle s'arrêta à moins de cinq cents mètres de moi. Je me précipitai. J'avais parcouru deux cents mètres lorsque le réservoir d'essence s'embrasa ; le champignon de feu souleva l'engin de trois tonnes au-dessus du sable. En arrivant, je découvris que par miracle, Miss Havisham avait survécu. Mais elle aurait peut-être mieux fait d'y rester : elle était brûlée au dernier degré.

— De l'eau ! criai-je. De l'eau pour ses brûlures !

Les spectateurs tétanisés nous regardaient sans bouger.

— Thursday ? murmura-t-elle, même si elle ne pouvait pas me voir. S'il vous plaît, ramenez-moi à la maison.

Je n'avais encore jamais franchi le pas en duo, en transportant quelqu'un ; pourtant, je n'hésitai pas. Je nous ramenai dans *Les Grandes Espérances*, directement dans la chambre de Miss Havisham à Satis House, où achevait de pourrir le banquet de noce qui n'avait jamais eu lieu, et où les horloges s'étaient arrêtées à neuf heures moins vingt. C'était ici que je l'avais rencontrée, et c'était ici que j'allais la voir pour la dernière fois. Je l'installai dans son lit, aussi confortablement que possible.

— Chère Thursday, dit-elle. Ils ont réussi à m'avoir, hein ?

— Qui ça, Miss Havisham ?

— Je n'en sais rien.

Elle se mit à tousser, et je crus un moment que ça ne lui passerait jamais.

— Vous êtes liée à moi, ma chère... Vous serez la prochaine !

— Mais pourquoi, Miss Havisham, pourquoi ?

Elle me saisit par le poignet et posa sur moi son regard gris perçant dont la détermination n'avait pas vacillé un seul instant.

— Tenez, fit-elle, me remettant son exemplaire du *Petit Prince* sous UltraWord™. Maintenant c'est à vous d'essayer !

— Mais...

— Je ne survivrai pas à ceci, chuchota-t-elle, mais j'ai encore assez de force pour soigner ma sortie. Donnez-moi du brandy et conduisez-moi à ma dernière apparition dans le livre ; je veux faire la paix avec Pip et Estella. Je pense que c'est mieux ainsi.

La nouvelle de l'accident de Miss Havisham se répandit comme une traînée de poudre dans *Les Grandes Espérances*. Je racontai qu'elle était tombée dans le feu et invitai Pip à venir improviser la scène de sa mort. Bien que perturbé, cela lui fournit un bon prétexte pour retourner à Satis House en vue de l'incident des fours à chaux. Ils en discutèrent ensemble, Pip et elle, et lorsqu'ils furent prêts, je lui fis mes adieux et quittai la pièce. J'attendis dehors, le cœur lourd ; je me raidis en entendant un cri strident et en voyant des reflets orangés sous la porte. Pip jura. Il y eut des bruits sourds et de nouveaux cris tandis qu'il étouffait les flammes avec sa cape. Je m'éloignai, les mâchoires serrées. Elle avait été tyrannique et odieuse à l'occasion, mais elle avait veillé sur moi et m'avait tout appris. Son souvenir resterait en moi jusqu'à la fin de mes jours.

26

Post-Havisham blues

Lorsqu'il ne travaillait pas dans *La Chasse au Snark*, l'Homme à la Cloche occupait un appartement de fonction à Norland Park. Il dirigeait la Jurifiction depuis vingt ans et, sous le mandat du Conseil des Genres, était tenu de remettre sa démission. L'Homme à la Cloche, curieusement, s'appelait depuis toujours Homme à la Cloche; c'était une pure coïncidence qu'il soit devenu l'Homme à la Cloche. Avant lui, l'Homme à la Cloche avait été Bradshaw, qui lui-même avait succédé à Virginia Woolf. Sous la présidence de Woolf, les réunions de la Jurifiction avaient tendance à durer des heures.

L'HOMME A LA CLOCHE
Le poste le plus difficile de la fiction

J'arrivai au siège de la Jurifiction une heure plus tard et fis tinter la clochette de l'Homme à la Cloche. Il parut presque aussitôt, avec une serviette autour du cou car il n'avait pas fini de dîner. Je m'assis et lui relatai ce qui s'était passé. Quand il apprit la nouvelle, il dut s'asseoir lui aussi.

— Où est la Bluebird? demanda-t-il.

— A la réserve. J'ai ordonné une enquête; apparemment, l'essieu était usé.

— C'est un accident?

Je hochai la tête. On n'avait pas attenté à sa vie, tout compte fait. Malgré les événements de ces derniers jours, je n'avais toujours aucun élément suspect concernant sa mort, ni celle de Perkins, hormis une clé déplacée. Dans les courses automobiles, le risque zéro n'existe pas, et Havisham le savait mieux que quiconque.

— Elle en a pour combien de temps?

— Au moment où je vous parle, ils sont en train d'improviser la scène de la mort dans *Les Espérances*. Le médecin dit un chapitre, pas plus... à condition de réduire références et apparitions au minimum.

Il me tapota l'épaule.

— On va former une Générique de catégorie A pour la remplacer, dit-il doucement. *Les Espérances* ne seront pas démolies.

Il pivota vers moi.

— On va vous mettre en congé pendant quelques jours, Miss Next. Reposez-vous, et on vous donnera des tâches faciles à accomplir jusqu'à ce que vous soyez prête à reprendre du service.

Là-dessus, Tweed fit son entrée.

— Que se passe-t-il? On m'a dit...

L'Homme à la Cloche le prit par le bras et, pendant qu'il le mettait au courant, je songeai à Havisham et à ma vie sans elle. S'approchant, Tweed posa la main sur mon épaule.

— Je suis désolé, Thursday. Havisham était quelqu'un d'exceptionnel; on était tous en admiration devant elle.

Je le remerciai.

— Ça va peut-être vous intéresser, ces rapports qui émanent du Grand Central du Texte.

— Qu'est-ce que c'est ?

Il les posa sur la table.

— Les rapports sur UltraWord™ rédigés par Perkins, Deane et Havisham. Tous lui donnent dix sur dix. A supposer que Perkins ait été assassiné, ce n'était pas à cause de UltraWord™.

— L'Expérience de Lecture Ultime ?

— Ça m'en a tout l'air. Un système aussi perfectionné a besoin de gens comme vous pour le superviser, Next. J'aimerais que vous réfléchissiez à un poste permanent ici, à l'intérieur de la fiction.

Je le regardai. Ça me semblait être une bonne idée. Vu que personne ne m'attendait à Swindon.

— Elle me plaît bien, votre proposition, Tweed. La nuit porte conseil... Je peux vcus donner ma réponse demain ?

— Prenez votre temps, observa-t-il en souriant.

De retour chez Mary, je relus ce que Miss Havisham avait fait de sa scène finale dans *Les Grandes Espérances*. Professionnelle jusqu'au bout, elle avait joué sa propre mort avec une sensibilité et une faillibilité que je ne lui avais jamais connues de son vivant. Je trouvai une bouteille de vin et me servis un grand verre que je vidai avec délectation. Il y avait bien une raison pour laquelle je ne devais pas boire, mais je ne me rappelais plus laquelle. Je contemplai ma main avec les traces du nom qu'on y avait inscrit ce matin. Havisham m'avait dit de l'effacer, et j'avais obéi ; intriguée, je m'efforçais maintenant de le reconstituer.

— Lambin, marmonnai-je. Pourquoi aurais-je écrit « Lambin » sur ma main?

Je haussai les épaules. Le rouge délicat me faisait du bien; je me versai un autre verre. Puis je sortis *Le Petit Prince* que Havisham m'avait donné et l'ouvris. Le livre sentait vaguement le melon. Le papier ressemblait à du plastique fin, et les lettres noires contrastaient avec la blancheur laiteuse des pages. Le texte luisait dans la pénombre de la cuisine. Interloquée, j'emportai le livre dans le placard à balais, mais même dans l'obscurité, on y voyait clair comme en plein jour. Je retournai à ma place et essayai les pages *sensibles à la lecture* où les mots passaient du rouge au bleu, et inversement, à mesure que je les lisais. De la même façon, j'activai le programme PageLumineuse™ et jouai avec les touches d'éclairage et les plages musicales.

Dès les premières lignes, toute une nouvelle gamme de sensations s'empara de moi. En lisant la scène dans le désert, j'entendais le bruit du vent dans les dunes et percevais la chaleur des sables brûlants. La voix du narrateur était différente de celle du prince, si bien qu'aucun verbe de parole n'était nécessaire pour les distinguer. Libris n'avait pas menti : il s'agissait d'une technologie hors du commun. Je reposai le livre et, me calant dans ma chaise, fermai les yeux.

On frappa à la porte. C'était Arnold.

— Bonsoir! Je peux entrer?

— Faites comme chez vous, répondis-je. Vous voulez boire un verre?

— Merci.

Il s'assit et me sourit. Je ne l'avais pas remarqué, mais au fond il était plutôt beau gosse.

— Où sont les autres? s'enquit-il en regardant autour de lui.

— Quelque part, dis-je avec un vague geste de la main.

La tête me tournait légèrement.

— Lola doit être sous son dernier soupirant ; Randolph est sûrement en train de s'en plaindre à quelqu'un... quant à mamie, je n'ai pas la moindre idée de ce qu'elle fabrique. Je vous sers un verre ?

— Vous m'avez déjà servi.

— Ah oui, c'est vrai. Qu'est-ce qui vous amène, Arnie ?

— Je passais juste dire bonjour. Ça va, le boulot ?

— Bon sang ! Miss Havisham est en train de mourir, et il y a un problème... mais je ne sais pas lequel.

— Il paraît que dans le Monde Extérieur, on connaît quelquefois des « pannes d'inspiration », quand on essaie de forger la trame d'un récit à partir de rien. Ça va s'arranger, ne vous inquiétez pas. Au fait, félicitations, ajouta-t-il. J'ai appris votre titularisation dans le journal.

Je levai mon verre, et nous trinquâmes.

— C'est quoi, l'histoire entre Mary et vous ? demandai-je.

— C'est fini depuis longtemps. Elle me prend pour un naze et...

— Vous envoie pourrir en enfer. Oui, je suis au courant. Et Lola ? Vous n'avez pas encore couché avec elle ?

— Non !

— Vous devez être le seul garçon dans *Les Hauts de Caversham* à ne pas être passé à la casserole, déclarai-je. Un autre verre ?

— O.K. Et vous-même ? Parlez-moi de votre mari.

— Je n'ai pas de mari, rétorquai-je. Je n'en ai jamais eu.

— Mais vous m'avez dit...

— C'était probablement pour me débarrasser de vous,

toutes les filles font ça. Il y a eu un type nommé Snood dans la ChronoGarde, mais c'était il y a longtemps. Il a subi une agré-gué-gagation temporelle.

— Une quoi?

— Il a vieilli prématurément. Et il est mort.

Subitement déboussolée, je regardai le verre de vin et la bouteille à moitié vide.

— Qu'y a-t-il, Thursday?

— Oh... rien. Des fois, on se souvient de quelque chose et on ne sait pas pourquoi – une sorte de flash-back, quoi.

Il sourit.

— Je n'ai pas beaucoup de souvenirs, Thursday. Je suis un Générique. J'aurais pu avoir un contexte, mais on ne m'en a pas jugé digne.

— C'est frais? Je veux dire, c'est vrai? Eh bien, moi, je viens de penser au Cheval Blanc d'Uffington, là-bas, dans mon pays. Le ciel bleu, l'herbe soyeuse, la caresse du soleil sur mon visage. Pourquoi ça m'est revenu, hein?

— Aucune idée. Vous ne croyez pas que vous avez assez bu?

— Je vais très bien, lui assurai-je. On ne peut mieux. Ça fait quoi, d'être un Générique?

— C'est tranquille, répliqua-t-il en buvant une gorgée de vin. Si on s'applique, on a toujours une chance d'être promu ou d'obtenir un nouveau rôle. Ce qui me manque, c'est d'avoir une famille.

— Ma mère est complètement foutraque, lui dis-je, et mon père n'existe pas... c'est une sorte de chevalier errant qui voyage à travers le temps. J'ai deux frères également. L'un est prêtre et l'autre...

— L'autre?

Je me sentis à nouveau perdue. Ce devait être le vin. Je regardai ma main.

— Je ne sais pas ce qu'il fait. On ne s'est pas parlé depuis des années.

J'eus encore un flash-back; cette fois, c'était la Crimée.

— La bouteille est vide, marmonnai-je en essayant de remplir nos verres.

— Il faut la déboucher d'abord, observa Arnold. Vous permettez?

Il mit un temps fou à retirer le bouchon. A mon avis, il devait être ivre. Franchement, les gens n'ont aucune retenue.

— Vous le trouvez comment, le Puits? me demanda-t-il.

— Ça va. Quand on vient du Monde Extérieur, la vie est plutôt agréable ici. Pas de factures à payer, il fait toujours beau, et surtout, il n'y a ni Goliath, ni les OpSpecs ni la cuisine de maman.

— Les OpSpecs savent faire la cuisine?

Je gloussai bêtement. Il se joignit à moi, et en quelques secondes, nous succombâmes à une crise de fou rire. Je n'avais pas autant ri depuis une éternité.

— Pourquoi rigole-t-on, déjà? dit Arnold.

— Je n'en sais rien.

Et nous voilà repartis à hurler de rire.

Je me ressaisis et avalai une gorgée de vin.

— Vous dansez, Arnie?

Il eut l'air déconcerté.

— Bien sûr.

Je le pris par la main et l'entraînai dans le séjour. Je mis un disque, puis posai les mains sur ses épaules, et il m'enlaça par la taille. Ça faisait bizarre, et je pressentais que c'était déplacé, mais je m'en fichais. Je venais de perdre une amie et je méritais un moment de détente.

Nous nous déhanchâmes au rythme de la musique. J'avais beaucoup dansé autrefois – avec Filbert, sans doute.

— Vous dansez bien pour un unijambiste, Arnie.

— J'ai mes deux jambes, Thursday.

Et nous explosâmes de rire. Je m'appuyai contre lui, et il s'appuya au canapé. Pickwick, qui assistait à la scène, hérissa ses plumes de dégoût.

— Vous avez quelqu'un dans le Puits, Arnie ?

— Personne, répondit-il lentement.

Je frottai ma joue contre la sienne, trouvai ses lèvres et l'embrassai, tout doucement et sans autre forme de cérémonie. Il voulut se dégager, puis s'arrêta et me rendit mon baiser. C'était dangereusement alléchant ; j'ignorais pourquoi j'étais restée célibataire aussi longtemps. Peut-être qu'Arnie allait passer la nuit ici.

Il s'interrompit et recula d'un pas.

— Thursday, il ne faut pas.

— Et pourquoi ça ? demandai-je en cillant. Tu veux venir voir ma chambre ? On a une vue imprenable sur le plafond.

Je titubai et me raccrochai au dossier du canapé.

— Qu'est-ce que tu regardes ? apostrophai-je Pickwick qui me fixait d'un œil torve.

— Ça cogne dans ma tête, marmonna Arnold.

— Dans la mienne aussi.

Il tendit l'oreille.

— Ce n'est pas la tête… c'est la porte.

— La porte de la perception, précisai-je, du ciel et de l'enfer.

Il alla ouvrir. Une très vieille femme vêtue de vichy bleu entra dans le séjour. Je pouffai de rire, mais m'arrêtai lorsqu'elle s'approcha de moi et me prit mon verre de vin.

— Combien de verres as-tu bus ?

— Deux ? hasardai-je, me raccrochant à la table pour ne pas tomber.

— Bouteilles, rectifia Arnie.

— Caisses, m'esclaffai-je, bien qu'il n'y ait plus rien de drôle. Ecoutez, vous, Dame Vichy, ajoutai-je en la menaçant du doigt, rendez-moi mon verre.

— Et le bébé ? riposta-t-elle, me dévisageant fixement.

— Quel bébé ? Qui attend un bébé ? Arnie, tu attends un bébé ?

— C'est plus grave que je ne le croyais, fit-elle entre ses dents. Les noms de Landen et Aornis, ça ne te dit rien ?

— Rien du tout, mais je veux bien boire à leur santé. Salut, Randolph.

Plantés sur le pas de la porte, Randolph et Lola ouvraient de grands yeux.

— Qu'y a-t-il ? leur demandai-je. J'ai deux têtes ou quoi ?

— Lola, va me chercher une cuillère, ordonna Dame Vichy. Randolph, emmène Thursday dans la salle de bains.

Je vis les jambes de Randolph et le plancher du séjour, puis les marches de l'escalier pendant qu'il m'emportait sur son épaule. Je me mis à glousser, mais le reste demeure un peu flou. Je me souviens avoir suffoqué et vomi dans les toilettes, après quoi on me déposa sur le lit, et je fondis en larmes.

— Elle est morte. Brûlée.

— Je sais, ma chérie. Je suis ta grand-mère, rappelle-toi.

— Mamie? sanglotai-je, réalisant brusquement qui elle était. Tu m'excuses de t'avoir appelée Dame Vichy?

— Ce n'est rien. Tu as peut-être bien fait de boire. Tu vas t'endormir maintenant, et rêver… et dans ce rêve, tu te battras pour regagner tes souvenirs. Tu as compris?

— Non.

Elle soupira et m'essuya le front avec sa petite main toute rose. C'était rassurant, et je cessai de pleurer.

— Reste vigilante, mon petit. Garde la tête sur les épaules et sois plus forte que jamais. On se retrouve de l'autre côté, au lever du jour.

Mais déjà elle s'estompait tandis que le sommeil s'emparait de moi. Sa voix résonnait encore à mes oreilles lorsque mon esprit se détendit et me transporta au tréfonds de mon subconscient.

27

Le phare aux confins de mon esprit

La famille Hadès, au moment où je les ai connus, comprenait dans l'ordre : Achéron, Styx, Phlégéthon, Cocyte, Léthé et la seule fille, Aornis. Décédé des années plus tôt, le père avait laissé à la mère le soin d'élever leur progéniture diabolique. Qualifiée d'« indiciblement répugnante » par Vlad l'Empaleur, la famille Hadès tirait sa force de la perversion et de toutes les horreurs imaginables qu'ils pouvaient commettre. Avec panache pour certains, à moitié par jeu pour d'autres, ou encore avec une sorte d'insouciance désinvolte. Léthé, « le mouton blanc » de la famille, n'était pas cruel à proprement parler… manque largement compensé par les autres. Avec le temps, je devais vaincre trois d'entre eux.

THURSDAY NEXT
Les Hadès : une famille d'enfer

Une vague se brisa sur les rochers derrière moi, m'aspergeant d'eau froide et d'écume. Je grelottai. Je me trouvais sur un amas rocheux en pleine nuit, et en pleine tempête. Devant moi se dressait un phare. Le vent sifflait et gémissait, et un éclair frappa le sommet de la tour. Il parcourut le câble de mise à la terre, dans une gerbe d'étincelles et une âcre odeur de soufre. Le phare était noir comme de l'obsidienne et, quand je levai les yeux, j'eus l'impression que la lampe à arc tournant au centre de la lanterne était suspendue dans le ciel. La lumière balayait les ténèbres, illuminant la mer en furie. Je fouillai mon esprit, mais ne vis rien ; je n'avais plus ni souvenirs, ni expériences passées. C'était l'avant-poste le plus isolé de mon subconscient, un îlot sans mémoire où n'existaient que les sensations du moment. Il me restait des émotions cependant, ainsi qu'un sentiment de danger… et de but à atteindre. Je comprenais que j'étais là pour vaincre, ou pour être vaincue.

Une nouvelle vague se fracassa derrière moi. Le cœur battant, je soulevai le verrou de la porte en acier et pénétrai à l'intérieur, à l'abri de la tempête. La porte soigneusement refermée, je regardai autour de moi. Hormis un escalier en spirale, il n'y avait rien – pas un meuble, pas un livre, pas une caisse –, le vide intégral.

Je frissonnai à nouveau et sortis mon automatique.

— Un phare, murmurai-je. Un phare au milieu de nulle part.

Je gravis lentement les marches incurvées en béton, l'œil aux aguets. Le premier étage était désert. Je poursuivis mon ascension, sans rencontrer le moindre signe de vie dans les salles circulaires. Je montai ainsi tout en haut de la tour, l'arme au poing, en proie à une angoisse, au pressentiment d'une catastrophe imminente que j'étais incapable de maîtriser, ni de m'expliquer. L'escalier s'arrêtait au dernier étage ; pour continuer, il fallait emprunter une échelle métallique. Les moteurs électriques qui commandaient la rotation de la lampe bourdonnaient au-dessus de ma tête ; la lumière blanche brillait par la lucarne sur le toit, projetant son rayon au loin. Ce local-là n'était pas vide. Assise dans un fauteuil, une jeune femme était en train de se poudrer le nez à l'aide d'un miroir de poche.

— Qui êtes-vous ? demandai-je, pointant mon arme sur elle.

Elle abaissa le miroir, sourit et regarda le pistolet.

— Mince alors ! s'exclama-t-elle. Femme d'action avant tout, hein ?

— Qu'est-ce que je fais ici ?

— Vraiment, tu ne le sais pas ?

— Non, répondis-je en baissant l'automatique.

Je ne me souvenais d'aucun fait, mais j'étais habitée par l'amour, le chagrin, la frustration et la peur. Cette femme n'était pas étrangère à ces sentiments, mais de quelle manière, je n'en savais rien.

— Je m'appelle...

Elle s'interrompit, sourit à nouveau.

— Non, à mon avis, même ça, c'est trop.

Se levant, elle s'approcha de moi.

— Il y a juste une chose qu'il faut que tu saches. Tu as tué mon frère.

— Une meurtrière, moi ?

J'interrogeai mon cœur, mais n'y trouvai aucune trace de remords.

— Je... Je ne vous crois pas.

— Ah, mais c'est la vérité, et j'aurai ma revanche. Viens, je vais te montrer quelque chose.

Elle m'entraîna vers la vitre. Un nouvel éclair illumina le ciel. Nous étions au bord d'une grande cascade qui se déversait dans les ténèbres. La mer se vidait ; des millions de mètres cubes tombaient dans le gouffre chaque seconde. Mais ce n'était pas tout. Je remarquai que l'eau érodait rapidement l'îlot sur lequel était construit le phare. Sous mes yeux, un rocher se détacha sans bruit et disparut dans l'abîme.

— Que se passe-t-il ?

— Tu es en train de tout oublier, répondit-elle simplement.

Puis, avec un geste de la main en direction de la pièce :

— Ça, ce sont quelques-uns de tes souvenirs que j'ai bricolés… le dernier bastion, si tu préfères. La tempête, le phare, la cascade, la nuit, le vent – rien n'est réel.

Elle se rapprocha si près que je respirai son parfum.

— Ce n'est qu'une représentation de ton esprit. Le phare, c'est toi, ta conscience. La mer qui nous entoure, c'est ton expérience, tes souvenirs… tout ce qui te constitue en tant que personne. C'est en train de s'écouler comme l'eau dans une baignoire. Bientôt, le phare basculera dans le vide, et alors…

— Et alors ?

— Alors j'aurai gagné. Tu ne te rappelleras plus rien… même pas ceci. Tu réapprendras, bien sûr… D'ici dix ans, tu arriveras peut-être à nouer toi-même tes lacets. Mais les premières années, la seule décision que tu auras à prendre, c'est de quel côté de la bouche tu vas baver.

Je pivotai sur mes talons, mais elle m'interpella :

— Tu ne peux pas t'enfuir. En dehors d'ici, tu n'as nulle part où aller.

Je m'arrêtai à la porte et, me retournant, tirai un seul coup de feu. La balle traversa la jeune femme et rebondit, intacte, sur le mur d'en face.

— Avec ça, tu n'iras pas bien loin, Thursday.

— Thursday ? répétai-je. Je m'appelle Thursday ?

— Peu importe. De toute façon, tu ne te souviendras de personne qui puisse te venir en aide.

— Ce n'est pas très glorieux, comme victoire.

Je me frottai la tempe pour essayer de faire surgir ne serait-ce qu'un tout petit fait.

— Le plus dur, ç'a été de débarrasser ton esprit de ce que tu chéris le plus, déclara la jeune femme. Pour ce faire, j'ai dû réveiller ta *peur*, le souvenir que tu redoutais le plus. Après, ç'a été facile.

— Ma plus grande peur ?

Elle sourit et me montra le miroir. Il n'y avait pas de reflet, juste une rapide succession d'images anonymes. Je pris le miroir et le scrutai, m'efforçant de décrypter ce que je voyais.

— Ce sont des bribes de ta vie. Tes souvenirs, tes proches, tout ce qui te tient à cœur... mais aussi tout ce que tu as jamais craint. Je peux les modifier à volonté, voire les effacer complètement. Mais avant de partir, je vais te repasser le pire une dernière fois. Regarde bien, Thursday, regarde et pleure la mort de ton frère !

Le miroir me renvoya l'image d'une guerre lointaine, la mort brutale d'un soldat qui me parut familier, et un chagrin violent me submergea. La femme rit. La scène se répéta, de plus en plus nette. Je fermai les yeux pour chasser cette terrible vision... et, paniquée, les rouvris aussitôt. J'avais entrevu autre chose aux confins de mon esprit, quelque chose de sombre et de menaçant qui s'apprêtait à m'engloutir. J'étouffai un cri, et la femme sentit ma peur.

— Qu'est-ce que c'est ? s'exclama-t-elle. Quelque chose qui m'aurait échappé ? Encore pis que la Crimée ? Fais voir !

Elle tenta de s'emparer du miroir, mais je le lâchai, et il se brisa sur le sol en béton. Au même instant, nous entendîmes un bruit sourd à la porte, cinq étages plus bas.

— Qu'est-ce que c'était ? demanda-t-elle vivement.

Je compris soudain ce que j'avais vu. Cette présence indésirable, tapie depuis tant d'années au fin fond de ma mémoire, était peut-être justement ce qu'il me fallait pour la vaincre.

— Mon pire cauchemar, lui rétorquai-je, et maintenant le tien.

— C'est impossible ! Ton pire cauchemar, c'était la Crimée, la mort de ton frère... je sais, j'ai fouillé ton esprit !

— Tu aurais dû chercher mieux.

Ma force revenait à mesure que son assurance vacillait.

— Il arrive trop tard, dit-elle d'une voix hésitante. Il n'entrera pas, je te le promets !

Un nouveau fracas nous parvint d'en bas ; la porte en acier avait été arrachée de ses gonds.

— Encore faux, répondis-je doucement. Tu l'as invité, et il est venu.

Elle se précipita vers l'échelle et cria :

— Qui est là ? Qui es-tu ?

Pour toute réponse, nous entendîmes un soupir et un écho étouffé de pas dans l'escalier. Je jetai un œil par la vitre. Une autre portion de l'îlot venait de s'écrouler ; le phare était à présent perché tout au bord du gouffre, si bien que mon regard plongea directement dans l'abysse vertigineux. Les fondations frémirent, et un morceau de plâtre se détacha du mur.

— Thursday ! glapit la femme piteusement. Tu peux le maîtriser ! Renvoie-le !

Elle claqua la porte et tira le verrou avec des mains tremblantes.

— Je pourrais le cacher, si je le voulais, dis-je en contemplant la jeune femme terrifiée. Mais je ne veux pas. Tu m'as demandé d'affronter mes peurs... alors, bienvenue au club.

Le phare bougea, et une fissure s'ouvrit dans le mur, dévoilant la mer déchaînée. Dans un grincement de ferraille tordue, la lampe cessa de tourner. Il y eut un bruit sourd à la porte.

— On finit toujours par trouver son maître, Aornis.

Je venais subitement de comprendre qui elle était tandis que mon passé commençait à émerger du brouillard.

— Comme tous les Hadès, tu es une flemmarde. Tu croyais que la mort d'Anton, c'était le pire que tu puisses déterrer. Tu n'as jamais cherché plus loin. Tu n'as même pas exploré mon subconscient. Les vieilles peurs, celles qui nous empêchent de dormir quand on est petits, les cauchemars qu'on entraperçoit seulement au réveil, les terreurs que nous enfouissons au plus profond de nous, mais qui sont toujours là, à nous narguer de loin.

La porte céda; le phare oscilla, et un pan de mur tout entier s'effondra. Le vent glacé nous souffla une rafale au visage. Le plafond descendit d'un demi-mètre, et des étincelles jaillirent d'un câble sectionné. Aornis avait les yeux rivés sur la silhouette qui émettait de petits bruits mouillés dans l'encadrement de la porte.

— Non, geignit-elle. Pardon, je ne voulais pas te déranger, je...

Ses cheveux étaient devenus blancs comme neige, mais pas un cri ne sortit de sa gorge asséchée. Du coin de l'œil, je vis une vague forme s'avancer vers elle. Tombant à genoux, elle éclata en sanglots. Je ressortis par la brèche et descendis l'escalier quatre à quatre. Lorsque je fus en bas, l'îlot trembla à nouveau, et le toit conique du phare tomba dans la mer parmi une avalanche de pierres et de bouts de métal rouillé. Aornis recouvra sa voix et, enfin, hurla.

Sans perdre une seconde, je montai dans le canot

qu'elle avait gardé pour pouvoir s'échapper et, accompagnée de ses cris, m'éloignai en ramant sur les eaux noires et huileuses. Ses appels au secours ne se turent que quand le phare bascula dans l'abysse en emportant parmi ses décombres l'esprit maléfique d'Aornis.

Je marquai une pause, puis me remis à ramer. Les avirons grinçaient dans les tolets.

— C'était impressionnant, dit-on à mi-voix derrière moi.

Je me retournai et vis Landen, assis à la proue. Il était exactement comme dans mon souvenir : grand, séduisant, avec des cheveux qui grisonnaient légèrement aux tempes. Ma mémoire, défaillante depuis si longtemps, me le rendait à présent plus vivant que jamais. Je lâchai les avirons et faillis faire chavirer l'embarcation dans ma hâte de me jeter dans ses bras, de sentir sa chaleur tout contre moi. Je l'étreignis à perdre haleine, les joues inondées de larmes.

— C'est toi ? m'écriai-je. *Vraiment* toi, et pas un artifice d'Aornis ?

— C'est bien moi, oui, répondit-il en m'embrassant tendrement. Ou, du moins, le souvenir que tu as de moi.

— Tu reviendras en chair et en os, je te le promets !

— J'ai raté beaucoup de choses ? s'enquit-il. Ce n'est pas très sympa de se faire oublier de quelqu'un qu'on aime.

— Ma foi, commençai-je tandis que nous nous lovions confortablement au fond du canot pour mieux voir les étoiles, il y a ce nouveau système, UltraWord™, tu comprends, et…

Nous demeurâmes longtemps dans les bras l'un de l'autre, le petit canot dérivant dans le musée de ma mémoire et la mer s'apaisant devant nous pendant que nous voguions vers le soleil levant.

28

Lola nous quitte et *Les Hauts*, encore

Daphne Farquitt écrivit son premier roman en 1936, et en 1988, elle en comptait trois cents autres, exactement pareils, à son actif. *Le Seigneur des Hautes-Bourbes* était indéniablement le moins mauvais d'entre eux, même si au mieux, on pouvait dire de lui qu'il était « horrible différemment ». Des lecteurs futés se sont plaints de ce que le dénouement originel ait été changé, observation également valable pour *Jane Eyre.* Mais la ressemblance entre les deux s'arrête là.

THURSDAY NEXT
Chroniques de la Jurifiction

Le lendemain matin, je me réveillai avec un marteau-piqueur dans le crâne. Couchée dans mon lit, avec le soleil qui entrait à flots par le hublot, je souris en me remémorant mon rêve et articulai tout haut :

— Landen Parke-Laine, Landen Parke-Laine !

Je me redressai et m'étirai lentement. Il était presque dix heures. Je titubai dans la salle de bains, bus trois verres d'eau que je rendis aussitôt, me brossai les dents, bus à nouveau, m'assis avec la tête entre les genoux, puis regagnai mon lit sur la pointe des pieds pour éviter de réveiller mamie. Elle dormait dans le fauteuil avec un exemplaire de *Finnegans Wake* entre les mains. Il allait falloir que je présente mes excuses à Arnie et le remercie de ne pas avoir abusé de la situation. C'était incroyable que j'aie pu me ridiculiser de la sorte, mais d'un autre côté, toute la faute – ou presque – en incombait à Aornis.

Je me levai une demi-heure plus tard et descendis pour trouver Randolph et Lola en train de prendre leur petit déjeuner. Ils ne s'adressaient pas la parole, et à la porte, j'aperçus la valise de Lola.

— Thursday ! dit Randolph en m'offrant une chaise. Comment ça va ?

— Je suis cassée.

Lola posa devant moi une tasse de café fumant que j'inhalai avec gratitude.

— Cassée mais heureuse... J'ai réussi à récupérer Landen. Merci de votre aide hier soir et désolée de m'être conduite comme une imbécile. Arnie doit croire que je suis la reine des allumeuses.

— Non, c'est moi, ça, répondit Lola innocemment. Votre grand-mère nous a tout raconté, à propos d'Aornis et de Landen. On ne se doutait absolument pas de ce qui vous arrivait. Arnie a très bien compris ; il a dit qu'il repasserait prendre de vos nouvelles.

Je regardai la valise, puis Lola et Randolph qui s'ignoraient ostensiblement.

— Que se passe-t-il ?

— Je pars pour commencer à bosser dans *En avant, les filles*.

— Mais c'est une excellente nouvelle, Lola, déclarai-je, sincèrement impressionnée. Hein, Randolph ?

— Je pense bien. Elle aura tous les chiffons et les mecs qu'elle veut.

— Tu es aigri parce que tu n'as pas eu le rôle du mentor, rétorqua Lola.

— Pas du tout, dit Randolph, dissimulant mal sa rancœur. On m'a offert une participation dans le prochain Amis… un vrai roman. Une œuvre *littéraire.*

— Eh bien, bonne chance. Envoie-moi une carte, si ça ne te gêne pas trop d'avoir affaire à quelqu'un qui est dans la littérature de gare.

— Voyons, les gars, m'interposai-je, vous n'allez pas vous quitter comme ça !

Lola regarda Randolph qui détourna la tête. Elle soupira, me considéra un moment, puis se leva.

— Bon, fit-elle en s'emparant de sa valise, il faut que j'y aille. Une matinée entière d'essayages, et ensuite on répète jusqu'à six heures. Je n'ai plus une minute à moi. Mais on reste en contact, ne vous inquiétez pas.

Je me relevai, pressai un instant mes tempes qui m'élançaient douloureusement et la serrai dans mes bras.

— Merci pour tout, Thursday, dit-elle, les larmes aux yeux. Sans vous, je ne serais jamais arrivée à B-3.

Elle s'arrêta à la porte et se tourna vers Randolph qui regardait résolument par la fenêtre.

— Au revoir, Randolph.

— Au revoir, répondit-il sans bouger.

Lola me jeta un coup d'œil, se mordit la lèvre et, s'approchant de lui, déposa un baiser sur sa tête. Après quoi, elle me redit au revoir et partit.

J'allai m'asseoir à côté de Randolph. Une grosse larme roula le long de son nez et tomba sur la table. Je posai ma main sur la sienne.

— Randolph…

— Ça va, grogna-t-il. J'ai juste une poussière dans l'œil.

— Lui as-tu parlé de tes sentiments ?

— Non ! aboya-t-il. Et ce n'est pas à vous de me dicter ce que je dois faire ou ne pas faire !

Sur ce, il sortit en trombe et claqua la porte de sa chambre.

— Ohéééé ! fit une voix qui ressemblait à mamie Next. Tu es en état de monter ?

— Oui.

— Alors viens m'aider à descendre.

Je l'escortai au rez-de-chaussée, l'installai à table et allai chercher une paire de coussins dans le séjour.

— Merci de ton aide, mamie. Je me suis couverte de ridicule, hier soir.

— A quoi ça sert, la vie ? rétorqua-t-elle. Je t'en prie. C'est Lola et moi qui t'avons déshabillée, au fait, et pas les garçons.

— Au point où j'en étais, ça n'avait plus d'importance.

— Tout de même. Aornis aura beaucoup plus de mal à t'avoir dans le Monde Extérieur, mon petit ; d'après mon expérience des mnémonomorphes, une fois qu'on a éliminé le parasite mental, le reste suit. Crois-moi, tu ne l'oublieras pas de sitôt.

Nous bavardâmes pendant près d'une heure, mamie et moi, de Miss Havisham, de Landen, de bébés et d'Anton entre autres choses. Elle me parla de l'éradication de son propre mari, et de son retour. Je savais qu'il était revenu car sans lui, je n'aurais pas été là, mais ça m'intéressait de l'entendre. A midi, je me sentis suffisamment bien pour aller faire un saut dans *Les Hauts de Caversham*, histoire de prendre des nouvelles de Jack.

— Ah ! dit Jack en me voyant. Vous tombez pile. J'étais en train de réfléchir à une nouvelle version... Vous voulez venir jeter un œil ?

— Allons-y.

— Ça ne va pas ? Vous avez une petite mine.

— J'ai pris une énorme cuite hier soir. Ça va aller. A quoi avez-vous pensé ?

— Montez. J'aimerais vous présenter quelqu'un.

Je grimpai dans l'Allegro, et il me tendit un café. Nous étions garés en face d'une grande maison en brique rouge au nord de la ville. Dans le récit, nous la surveillons deux jours durant pour, finalement, voir apparaître le maire avec le parrain de la mafia, Angel DeFablio. Mais vu que le personnage du maire avait été expulsé du manuscrit pour des raisons inexpliquées, l'attente risquait d'être longue.

— Voici Nathan Snudd, annonça Jack en désignant un jeune homme sur la banquette arrière. Nathan est un forgeur de trame fraîchement diplômé du Puits et il a gentiment accepté de nous aider. Il a des suggestions à nous faire, et je voudrais bien que vous les entendiez. Mr. Snudd, Thursday Next.

— Bonjour, dis-je, lui serrant la main.

— La Thursday Next du Monde Extérieur ?

— Oui.

— Extraordinaire ! Dites-moi, pourquoi la colle n'adhère pas aux parois du pot ?

— Je ne sais pas. Quelles sont vos suggestions ?

— Eh bien, répondit Nathan d'un air docte, j'ai examiné ce qui vous restait en stock et j'ai mis au point un plan de sauvetage qui tient compte du budget, des personnages et des moments forts du roman en les optimisant au maximum.

— C'est toujours une énigme policière ?

— Oh oui, et le coup des combats truqués, on peut le garder aussi, je pense. J'ai acheté quelques procédés narratifs dans un entrepôt discount du Puits et les ai cousus dans la trame. Par exemple, au lieu d'une seule scène où Jack se fait suspendre par l'inspecteur principal Briggs, je me suis dit qu'on pourrait en avoir six.

— Et ça va marcher ?

— Bien sûr. Ensuite, il y aura l'épisode du « flic ripou », un collègue proche de vous qui perçoit des pots-de-vin et fricote avec la pègre. J'ai également une gouvernante sinistre entre deux âges que nous pourrions caser quelque part. A vrai dire, j'en ai dix-sept, des gouvernantes sinistres entre deux âges, qu'on peut dispatcher un peu partout.

— Il ne s'agit pas de Mrs. Danvers, par hasard ?

— Nous disposons d'un budget très serré, riposta Snudd froidement, ne l'oublions pas.

— Et quoi d'autre ?

— J'ai pensé à plusieurs filles à gangsters ou à une prostituée qui vous aide pour s'acheter une conduite.

— Une pute au grand cœur ?

— Les deux en un. Elles sont à un penny la dizaine en ce moment... on devrait en avoir cinq pour un demi-penny.

— Et ensuite, que se passe-t-il ?

— C'est le meilleur morceau. Quelqu'un essaie de vous tuer en faisant sauter votre voiture. J'ai acheté cette petite scène formidable où vous montez dans votre voiture et, juste avant de démarrer, découvrez un bout de fil électrique sur le tapis de plancher. C'est du tout cuit, et ce n'est pas cher. Je peux l'avoir au prix de gros chez mon cousin avec, en prime, des lingots d'or nazis disparus et la scène du *flic triste et solitaire, saoul dans un bar avec cigarette et whisky.* Vous êtes bien un flic triste et solitaire, un marginal avec un problème d'alcool, non?

Jack me regarda et sourit.

— Plus maintenant. Je vis avec ma femme, et on a quatre enfants espiègles et drôles.

— Pas avec ce budget, rit Snudd. Les acolytes comiques – gamins ou autres – coûtent une fortune.

On tambourina sur la vitre.

— Salut, Prométhée, dit Jack. Tu connais Thursday Next? Elle vient du Monde Extérieur.

Prométhée se tourna vers moi et me tendit la main. C'était un homme âgé d'une trentaine d'années, au teint olivâtre et aux cheveux noirs drus et bouclés. Il avait des yeux très sombres et un nez grec, tellement droit qu'on pouvait y placer une équerre.

— Du Monde Extérieur? Que pensez-vous de la manière dont Byron a repris mon histoire?

— Je l'ai trouvée excellente.

— Moi aussi. Quand va-t-on nous rendre les marbres d'Elgin?

— Aucune idée.

Prométhée, plus généralement connu comme le porte-feu, était un Titan qui avait volé le feu aux dieux pour le donner à l'humanité – bonne action ou délit, ça dépendait des journaux qu'on lisait. Pour le punir, Zeus l'avait fait enchaîner à un rocher du Caucase où un aigle venait lui picorer le foie nuit après nuit, foie qui repoussait durant la journée. Malgré cela, il avait l'air plutôt en forme. Sauf que je ne voyais pas très bien ce qu'il faisait dans *Les Hauts de Caversham.*

— Vous avez des ennuis, paraît-il? dit-il à Jack. L'intrigue qui part en sucettes?

— Mes efforts pour éviter que ça se sache sont vains, semble-t-il, marmonna Jack. Je ne veux pas semer la panique. Les Génériques ont un cœur d'or pour la plupart, mais en cas de problème, ils déserteront *Les Hauts* comme des rats qui quittent un navire… et un afflux massif de Génériques à la recherche d'un emploi dans le Puits risque de nous valoir une inspection sur-le-champ.

— Ah, fit le Titan, c'est délicat, en effet. Si jamais vous avez besoin de mes services…

— Comme trafiquant de drogue grec, par exemple? s'enquit Nathan.

— Non, rétorqua Prométhée, légèrement agacé, comme Prométhée.

— Ah oui?

Snudd ne put s'empêcher de rire.

— Et qu'allez-vous faire? Voler le feu à la famille DeFablio pour le donner à Mickey Finn?

Prométhée le toisa comme s'il était un demeuré… ce qu'il était probablement, du reste.

— Non, j'aurais pu être là en attendant mon extradition vers le Caucase, réclamée par les avocats de Zeus, et Jack serait chargé de la protection de témoin, pour me défendre contre les sbires de Zeus… un peu comme dans *Le Client*, mais avec des dieux à la place de la mafia.

— Si vous voulez mélanger les genres, il faudra repartir de zéro, répondit Snudd d'un ton méprisant. Ça exige plus d'argent et de compétence que vous n'en avez, les gars.

— Qu'avez-vous dit? fit Prométhée, menaçant.

— Vous m'avez entendu. Tout le monde imagine que c'est facile d'être un forgeur de trame.

Il pointa le doigt sur Prométhée.

— Sachez, espèce de Titan grec porte-feu à la gomme, que je n'ai pas étudié pendant quatre ans pour qu'un ex-détenu m'apprenne mon métier!

La lèvre de Prométhée frémit.

— O.K., gronda-t-il en retroussant ses manches. Toi et moi. Maintenant, tout de suite, sur ce trottoir.

— Allons, intervint Jack, conciliant, avec ça on n'ira pas bien loin. Snudd, vous devriez peut-être écouter Prométhée. Ce n'est pas inintéressant, ce qu'il dit.

— Pas inintéressant ?

Snudd descendit de voiture, prenant toutefois soin d'éviter Prométhée.

— Je vais vous dire, moi, ce qui n'est pas intéressant. Vous m'avez demandé mon aide, et je vous l'ai accordée... or voilà que je dois écouter les suggestions débiles du premier mythe qui passait par là. Ceci était une *faveur*, Jack : mon temps est précieux. Et puisqu'on en est aux suggestions tous azimuts, la vérité, c'est que le Grand Manitou lui-même ne pourrait remettre ce livre d'aplomb. Et vous savez pourquoi ? Parce que c'est des conneries à l'état pur. Si vous voulez bien m'excuser, j'ai deux intrigues secondaires à écrire pour des clients, des vrais, des qui paient !

Et, sans un mot de plus, il disparut.

— Bon débarras, dit Prométhée en s'installant sur la banquette arrière. Qui a besoin d'un crétin pareil ?

— Moi, soupira Jack. J'ai besoin de toute l'aide qu'on peut m'apporter. En quoi notre sort t'intéresse, au fait ?

— Ma foi, dit le Titan lentement, je me plais bien ici, et puis, faire réexpédier le courrier, ça me saoule. Qu'est-ce qu'on fait maintenant ?

— On va déjeuner ? suggérai-je.

— Bonne idée, acquiesça Prométhée. Je suis serveur chez Zorba dans la grand-rue... ils pourront nous faire un prix.

29

Mrs. Bradshaw et Salomon (Jugements) S.A.

Le coup de « l'officier de police suspendu par un chef récalcitrant » était un procédé courant dans la littérature policière. Généralement, ça arrive juste avant le deuxième acte qui finit mal, lorsque l'auteur s'arrange pour faire croire au lecteur que jamais son héros ne réussira à s'en sortir. Un deuxième acte qui finit mal préfigure souvent un troisième qui finit bien, mais pas toujours ; on peut finir mal un troisième acte, mais dans ce cas, mieux vaut que le deuxième finisse bien… et, par voie de conséquence, le premier aussi.

JEREMY FNORP
Les Hauts et les Bas entre actes

Le lendemain matin, j'allai travailler comme d'habitude, l'esprit clair et plus en forme que tous ces derniers jours. Randolph en revanche, inconsolable depuis le départ de Lola, avait broyé du noir toute la soirée et s'était mis en rogne parce que je l'avais cru quand il avait dit que tout allait bien. Mamie était sortie, et je dormis comme une souche pour la première fois depuis des lustres. Je rêvai même de Landen... sans qu'on nous interrompe, y compris au meilleur moment.

— Je partage votre chagrin pour Miss Havisham, me glissa Béatrice lorsque j'arrivai à Norland Park.

— Merci.

— Pas de bol, dit Falstaff au moment où je passais devant lui. C'est qu'elle avait de beaux restes, la Havisham.

— Merci.

— Miss Next ?

C'était l'Homme à la Cloche.

— Puis-je vous dire un mot ?

Je le suivis dans son bureau, et il ferma la porte.

— Tout d'abord, mes sincères condoléances pour Miss Havisham. Et ensuite, je vous ai fait transférer à un poste moins *exigeant.*

— Mais je vais bien, je vous assure.

— Je n'en doute pas. Cependant, dans la mesure où vous venez d'être titularisée et en l'absence de superviseur, nous préférons ne pas vous confier de missions sur le terrain jusqu'à nouvel ordre.

— « Nous » ?

Il prit son clipboard qui, à l'instant, l'avait alerté d'un bip. Havisham m'avait expliqué qu'il ne mettait jamais de papiers dans son sempiternel clipboard : les mots s'y affichaient directement, en provenance du Grand Central du Texte.

— Le Conseil des Genres s'intéresse personnellement à votre cas, dit-il après avoir parcouru le message. A mon avis, ils tiennent trop à vous pour risquer de vous perdre à cause du stress ; un collaborateur qui vient du Monde Extérieur, c'est plutôt exceptionnel, vous en conviendrez. Votre indépendance est un atout dont nous autres, on peut seulement rêver. Acceptez votre affectation de bon cœur, ainsi qu'on vous la propose, d'accord ?

— Je ne vais donc pas remplacer Havisham au sein de la Jurifiction ?

— Je crains que non. Plus tard peut-être, une fois que les choses se seront tassées. Qui sait ? Dans le Monde des Livres, tout est possible.

Il me remit un bout de papier.

— Présentez-vous chez Salomon au vingt-sixième étage. Bonne chance !

Je me levai, remerciai l'Homme à la Cloche et quittai son bureau. Les autres agents se turent sur mon passage, l'air navré. J'étais renvoyée sans aucune raison valable, et tout le monde le savait. Je m'assis derrière le bureau de Havisham et contemplai ses affaires. Ce n'était peut-être pas plus mal, me dis-je en soupirant. J'avais encore beaucoup à apprendre, et travailler pour le C. des G. était certainement formateur.

— Miss Next ?

C'était le commandant Bradshaw.

— Bonjour, monsieur.

Il sourit et souleva son casque.

— Ça vous dirait de venir boire un thé chez moi, sous la véranda ?

— Avec grand plaisir.

Toujours souriant, il me prit par le bras et nous transporta tous les deux dans *Bradshaw sur la piste du gros gibier*. Je n'étais jamais allée en Afrique de l'Est, ni dans notre monde ni dans celui-ci, mais c'était aussi beau que je l'imaginais à partir de toutes les descriptions avec lesquelles j'avais grandi. La maison de Bradshaw était une bâtisse coloniale avec une véranda face au soleil couchant ; des troupeaux de gnous et de zèbres déambulaient dans la brousse sous les acacias siffleurs en soulevant des nuages de poussière rouge.

— C'est beau, vous ne trouvez pas ?

— Magnifique, répondis-je en admirant le paysage.

— N'est-ce pas ? J'aime les femmes qui savent apprécier la beauté.

Il baissa la voix.

— Havisham était parmi les meilleures. Un peu rapide pour moi, mais alors, qu'est-ce qu'elle dépotait ! Elle avait beaucoup d'affection pour vous.

— Et moi pour elle.

— J'ai été jeter un œil sur l'épave de la Bluebird quand on l'a ramenée chez Wemmick, ajouta-t-il. Ça m'a bien l'air d'un accident, ma fille. Monsieur Crapaud en a été tout retourné, et en plus, il s'est mis dans un sale pétrin en se rendant sans autorisation dans le Monde Extérieur.

— Havisham ne vous a rien dit au sujet de Perkins ?

— Seulement qu'elle penchait pour l'hypothèse de l'assassinat.

— Pas vous ?

— Allez savoir. Au siège, ils pensent que c'est Deane, mais rien n'est sûr tant qu'on ne l'a pas arrêté. Vous connaissez la memsahib ? Chérie, je te présente Thursday Next... une collègue de travail.

Je levai les yeux et sursautai car Mrs. Bradshaw était en fait un gorille femelle. Grosse et velue, elle était vêtue en tout et pour tout d'un tablier à fleurs.

— Bonjour, dis-je, quelque peu décontenancée. Ravie de vous rencontrer, Mrs. Bradshaw.

— Bonjour, répondit-elle poliment. Désirez-vous un peu de cake avec votre thé ? Alphonse a préparé un excellent cake au citron.

— Très volontiers, merci, bredouillai-je.

Le gorille me scruta de ses yeux noirs profondément enfoncés.

— Parfait ! Je vous rejoins d'ici une minute. Trafford, tes pieds !

— Comment ? Oh ! fit Bradshaw en ôtant ses bottes du fauteuil d'en face.

Après le départ de sa femme, il se tourna vers moi et chuchota le plus sérieusement du monde :

— Dites-moi, vous n'avez rien remarqué d'anormal chez la memsahib ?

— Euh…, éludai-je, ne voulant pas le blesser, pas vraiment.

— Réfléchissez, c'est important. Il n'y a rien chez elle qui vous frappe comme étant inhabituel ?

— Ben… elle ne porte qu'un tablier, hasardai-je.

— Ça vous gêne ? s'enquit-il sans se départir de son sérieux. Chaque fois qu'un homme vient nous rendre visite, je lui demande de se couvrir. C'est un beau brin de fille, vous ne trouvez pas ? De quoi vous faire tourner la tête, hein ?

— Tout à fait.

Il se rapprocha avec son fauteuil.

— Rien d'autre ? fit-il en me dévisageant fixement. Rien du tout ? N'ayez pas peur de me vexer.

— Eh bien, commençai-je lentement, je n'ai pas pu m'empêcher de constater qu'elle était…

— Oui ?

— … un gorille.

— Hmm, dit-il, se laissant aller en arrière. Notre petit subterfuge ne vous a pas trompée, alors ?

— Je crains fort que non.

— Melanie ! cria-t-il. Viens donc te joindre à nous.

Mrs. Bradshaw sortit lourdement sous la véranda et s'assit dans un fauteuil club qui craqua sous son poids.

— Elle est au courant, Melanie.

— Oh ! fit Mrs. Bradshaw, cachant sa figure derrière un éventail. Comment avez-vous su ?

Un domestique parut avec un plateau de thé. Il le posa sur la table, s'inclina et se retira.

— Ce sont les poils ? demanda-t-elle, versant délicatement le thé avec ses pieds.

— En partie, oui.

— Je t'avais dit que la poudre ne les recouvrirait pas, lança-t-elle à Bradshaw sur un ton de reproche. Et il est hors de question que je me rase. Ça donne des démangeaisons. Un sucre ou deux ?

— Un, s'il vous plaît, répondis-je. Et ça pose problème ?

— Ici, pas du tout, dit-elle. J'apparais souvent dans les livres de mon mari, et il n'est précisé nulle part que je suis autre chose qu'un être humain.

— Ça fait plus de cinquante ans qu'on est mariés, renchérit Bradshaw. L'ennui, c'est qu'on est invités aux Livres d'Or la semaine prochaine, et la memsahib ne se sent pas très à l'aise en public.

— Qu'ils aillent au diable, rétorquai-je. Celui qui n'accepte pas que la femme de votre vie soit un gorille ne mérite pas de figurer au nombre de vos amis !

— Tu sais quoi, fit Mrs. Bradshaw, je crois qu'elle a raison. Qu'en dis-tu, Trafford ?

— Absolument, déclara-t-il avec un grand sourire. J'aime les femmes capables de traiter la patronne de gorille. Haut les cœurs ! Quelqu'un veut une tranche de cake ?

Je montai au vingt-sixième étage et traversai le vestibule, serrant le papier que m'avait remis l'Homme à la Cloche.

— Excusez-moi, dis-je à la standardiste, occupée à dispatcher les appels sur son NDBDP-phone, je dois me présenter chez Mr. Salomon.

— Septième porte à gauche, répliqua-t-elle sans me regarder.

Je m'engageai dans le couloir, au milieu d'un flot incessant de ronds-de-cuir qui allaient et venaient, cramponnés à des dossiers reliés de peau de buffle comme si leur vie entière en dépendait… ce qui était vraisemblablement le cas.

Je finis par trouver la bonne porte. Elle donnait sur une spacieuse salle d'attente, pleine de gens qui s'ennuyaient et qui fixaient le plafond, un ticket numéroté à la main. Il y avait une autre porte au fond, à côté d'un comptoir avec un seul et unique réceptionniste. Il regarda la feuille que je lui tendais, renifla et dit :

— Comment savez-vous que je suis fils unique ?

— Pardon ?

— Tout à l'heure, dans la description que vous venez de faire de moi.

— Seul et unique, ça veut dire que vous n'êtes pas deux.

— Ah… Vous êtes en retard. J'attendrai dix minutes, le temps que vous fassiez connaissance avec « Sa Seigneurie », puis je vous enverrai la première fournée. O.K. ?

— Si vous le dites.

Je poussai la porte. Derrière, il y avait une pièce tout en longueur, avec un bureau au fond. Un homme âgé et barbu, affublé d'une espèce de toge, était en train de dicter du courrier à une sténographe. Les murs de la pièce étaient tapissés de lettres émanant de clients satisfaits ; visiblement, il prenait sa mission très au sérieux.

— Merci pour votre lettre datée du sept courant,

disait-il. Je suis au regret de vous informer que notre institution ne traite plus les problèmes liés aux publicités qui inondent le réseau du NDBDP-phone. Je vous suggère donc d'adresser votre courroux à leur service réclamations. Cordialement, Salomon. Ça devrait suffire. Oui?

— Thursday Next, à votre disposition.

— Ah!

Se levant, il me tendit la main.

— C'est vrai que dans le Monde Extérieur deux ou plusieurs personnes sont capables de parler *en même temps*?

— Ça arrive très souvent, oui.

— Et les chats, est-ce qu'ils font autre chose que dormir?

— Pas vraiment.

— Je vois.

Il se rassit et m'invita à prendre place.

— J'ai été désolé d'apprendre la nouvelle pour Miss Havisham. Elle était l'un des meilleurs agents que la Jurifiction ait jamais eus. Y aura-t-il une cérémonie officielle?

— Mardi.

— Il faudra absolument que je pense à envoyer des fleurs. Bienvenue au Jugement de Salomon. Nous faisons surtout de l'arbitrage; quelquefois on délivre des autorisations aussi. On a besoin de quelqu'un pour surveiller tout ce petit monde dehors. Car il y en a qui s'emballent, certains jours.

— Vous êtes le roi Salomon?

Le vieil homme éclata de rire.

— Moi? Vous plaisantez, j'espère! Il n'y a pas assez de minutes dans une journée pour un seul Salomon; depuis le coup du partage du bébé, tout le monde réclame son arbitrage, à commencer par les disputes dans le tas de sable et jusqu'aux rachats d'entreprises. Il a donc fait ce que n'importe quel homme d'affaires avisé aurait fait à sa place : il a franchisé. Comment croyez-vous qu'il s'est payé le Temple, les chariots, les vaisseaux et que sais-je encore ? En revendant des terres à Hiram de Tyr ? Laissez-moi rire. Mon vrai nom, c'est Kenneth.

Je devais avoir l'air sceptique.

— Je sais ce que vous pensez. « Le Jugement de Kenneth », ça fait tarte ; c'est pour ça que nous sommes autorisés à arbitrer sous son nom à lui. Tout ça dans les règles, je vous rassure. Il faut acheter l'habit, se faire pousser la barbe et suivre un stage de formation, et ça marche très bien. Le véritable Salomon travaille à domicile ; ces jours-ci, il se consacre essentiellement aux énigmes de l'existence.

— Et que se passe-t-il si un franchisé rend un jugement inique ?

— C'est très simple, sourit Kenneth. Le contrevenant sera précipité dans la géhenne et condamné à être torturé sans merci, pendant une longue et douloureuse éternité, par des démons sadiques surgis des profondeurs de l'Enfer. Salomon est très strict là-dessus.

— Je vois.

— Bien. Faites entrer le premier client.

J'allai à la porte et appelai le détenteur du ticket numéro trente-deux. Un petit homme avec un attaché-case me suivit jusqu'au bureau de Kenneth. Ses genoux flageolaient, mais il réussit à se contenir.

— Votre nom ?

— Mr. Toves du Grand Central du Texte, Votre Eminence.

— Motif de votre visite ?

— Il me faudrait davantage de dérogations à la règle du « S après le E, sauf avant le T ».

— Davantage ?

— Dans le cadre de la mise en place de UltraWord™, Votre Honneur.

— O.K., allez-y.

— *Tête.*

— Accordé.

— *Bête.*

— Accordé.

— *Conquête.*

— Accordé.

— *Proteste.*

— Refusé.

— *Carpète.*

— Accordé.

— C'est tout pour le moment.

Le petit homme remit des papiers à Kenneth afin qu'il les signe.

— Le Jugement de Salomon, prononça Kenneth lentement, exempte ces mots de la règle 7b du code d'orthographe arbitraire établi par le Conseil des Genres.

Il apposa son cachet, et le petit homme se retira à la hâte.

— Suivant !

Mais j'étais en train de cogiter. Malgré les mises en garde contre les trois sorcières, leur prédiction concernant « le S après le E, sauf avant le T » venait de se réaliser à l'instant. D'ailleurs, « le chien aveuglé » avait bel et bien aboyé, le hérisson avait repassé et maîtresse Passante avait crié : « C'est l'heure ! C'est l'heure ! » Se pouvait-il qu'elles aient vu juste ? Allais-je réellement devenir Homme à la Cloche ? Et *quid* de « la règle de la triple lecture » ?

— Je suis un homme occupé, déclara Kenneth en me fusillant du regard. Ce n'est pas le moment de bayer aux corneilles.

— Pardonnez-moi, je pensais à ce que m'avaient dit les trois sorcières.

— Des charlatans ! grommela-t-il. Pis encore... *la concurrence* ! Si jamais vous les revoyez, tâchez de leur piquer leur fichier d'adresses. En attendant, voyons le client suivant.

C'était un groupe de personnages des *Hauts de Hurlevent*, tellement occupés à se faire la tête qu'ils ne me reconnurent même pas. Heathcliff, qui portait des lunettes noires, était escorté de son agent et d'un avocat.

— Je vous écoute.

— Le contentieux du récit à la première personne, annonça l'avocat, posant une feuille de papier sur le bureau.

— Voyons, dit Kenneth en examinant le rapport. Mr. Lockwood, Catherine Earnshaw, Heathcliff, Nelly Dean, Isabella et Catherine Linton. Tout le monde est là ?

Ils acquiescèrent. Heathcliff abaissa ses lunettes et m'adressa un clin d'œil.

— Bien, murmura Kenneth finalement, chacun de vous prétend au rôle de narrateur, c'est ça ?

— Non, Votre Splendeur, répondit Nelly Dean, c'est même carrément l'inverse. Nous autres, on ne veut pas de ça. C'est une punition pour tout honnête Générique... honnête ou *pas*, du reste.

— Tiens ta langue, soubrette ! hurla Heathcliff.

— Assassin !

— Répète-moi ça !

— Vous m'avez bien entendue !

Il y eut un tollé général, jusqu'à ce que Kenneth abatte

son marteau sur la table, ramenant l'ordre instantanément. Le Jugement de Salomon était l'ultime instance d'arbitrage : ses décisions étaient sans appel, et ils le savaient.

— Le Jugement de Salomon vous condamne tous à... mener le récit à la première personne.

— Hein ?! glapit Mr. Lockwood. C'est quoi, cette histoire de fous ? Comment pouvons-nous tous être la première personne ?

— C'est une sentence juste et équitable.

Joignant les bouts de ses doigts, Kenneth les contempla avec sérénité.

— Qu'allons-nous faire ? s'enquit Catherine, sarcastique. Parler tous en même temps ?

— Non. Mr. Lockwood, vous introduirez le récit, et vous, Nelly, en conterez la plus grosse partie avec des années de recul. Les autres auront leur mot à dire dans les proportions suivantes.

Il griffonna quelques mots au dos d'une enveloppe, signa et la leur tendit. Tout le monde maugréait, Nelly Dean la première.

— Mrs. Dean, dit Kenneth, vous êtes bon gré mal gré le seul élément de liaison entre toutes les familles. Estimez-vous heureuse que je ne vous aie pas donné tout le livre. Ceci est le Jugement de Salomon... Vous pouvez disposer !

Heathcliff sortit le premier, sans se préoccuper des autres, pendant que Nelly se plaignait amèrement.

— Suivant !

C'était l'empereur Jark. Il parut surpris de me voir et me dit que la disparition de Miss Havisham était une grande perte pour la Jurifiction. Je le fis entrer. En s'apercevant, les deux hommes tressaillirent... A l'évidence, ils s'étaient déjà rencontrés dans le passé.

— Jark !

Kenneth contourna son bureau et offrit un havane à l'empereur.

— Vieille canaille, va ! Ça fait des lustres que je ne t'ai pas vu. Qu'est-ce que tu deviens ?

— Souverain tyrannique de toute la galaxie, répondit Jark modestement.

— Non ? Ce bon vieux Jaja de la classe 5C à Ste Tabularasa... qui l'aurait cru ?

— C'est « l'empereur Jark » maintenant, mon pote, rétorqua-t-il entre ses dents.

— Je suis content pour toi. Qu'est-il arrivé au capitaine Achab ? Je ne l'ai pas revu depuis qu'on a quitté l'école.

— Achab ? fit l'empereur, fronçant les sourcils.

— Mais si, rappelle-toi. Une jambe en moins et plus cinglé que le Lièvre de Mars. Il avait mis le feu à son pantalon à la suite d'un pari et lâché des piranhas dans l'étang de l'école.

— Ah oui, celui-là ! La dernière fois que j'en ai entendu parler, il était convaincu d'être poursuivi par une baleine blanche... mais c'était il y a des années. On devrait organiser une réunion d'anciens élèves ; c'est si facile de se perdre de vue dans le Monde des Livres.

Ils ruminèrent en silence... leurs souvenirs de jeunesse sans doute.

— Alors, Jaja, mon vieux, en quoi puis-je t'être utile ?

— Ce sont les Rambosiens. Ils refusent purement et simplement de se soumettre.

— C'est gênant. Et pour quelle raison devraient-ils se soumettre, au fait ?

— La stabilité, mon pote. Les Rambosiens se livrent à des actes de satire féroce dans le quotidien de la Fédération Galactique, *Destination Etoiles*. Ils n'arrêtent pas de me tourner en dérision et de m'insulter dans leurs dessins humoristiques.

— Donc, tu veux les envahir ?

— Bien sûr que non, je ne tiens pas à gaspiller nos effectifs. Non, je veux qu'ils m'ouvrent les bras et me vénèrent comme leur seul Dieu véritable. Ils me céderont le pouvoir exécutif, en échange de quoi je leur accorderai la protection du puissant empire jarkien.

— Hmm, fit Kenneth, pensif. Ne serait-ce pas parce que la planète Rambosie se compose de dix-huit milliards de tonnes de précieuses noix muscades classe A, hein ?

— Absolument pas.

Mais personne n'était dupe.

— Très bien, déclara Kenneth. Le Jugement de Salomon te condamne à faire la paix avec les Rambosiens.

— Quoi ?

La mine orageuse, l'empereur bondit sur ses pieds et pointa le doigt sur Kenneth.

— Plus jamais tu ne joueras au golf au club des Hommes Blancs ! Je te ferai blackbouler au point que tu ne pourras pas déposer ton chapeau au vestiaire, même si tu viens accompagné du Grand Manitou en personne !

Il se drapa dans sa cape, renifla bruyamment et sortit en trombe.

— C'est toujours pareil, avec les tyrans, dit Kenneth. Dès qu'on leur tient tête, ils piquent une crise. Bien, qui est le prochain ?

30

Révélations

Le commandant Bradshaw a fait beaucoup de textsploration en son temps, avant que les catégories reculées des Livres Rebelles ne soient soumises à l'autorité du Conseil des Genres. Inexplicablement, un roman ne peut être visité que si quelqu'un a déjà trouvé le moyen d'y entrer… et d'en sortir. La cartographie que Bradshaw a dressée du Monde des Livres (1927-1949) relève d'une prouesse extraordinaire, et jusqu'à l'avènement du système de positionnement ISBN (1962), les cartes de Bradshaw ont été le seul et unique guide de voyage à travers la fiction. Mais la textsploration n'est pas toujours une réussite. Ambrose Pierce a disparu en essayant d'entrer dans Poe. Son nom est gravé parmi tant d'autres sur le Boujeumorial situé dans le hall de la Grande Bibliothèque.

RONAN EMPYRE
Une histoire de Gibbons

J'eus beau chercher, je ne parvins pas à retrouver les trois sorcières. Leurs prophéties me turlupinaient, mais pas au point de m'empêcher de dormir cette nuit-là. Ce fut quarante-huit heures plus tard, en rentrant d'une longue journée de jugements de Kenneth, que je trouvai Arnie dans la cuisine. Randolph et lui buvaient de la bière en discutant du bon usage des points de suspension pour marquer l'interruption dans le discours.

— On peut les utiliser à n'importe quel...

— Arnie, je vous dois des excuses.

Oubliant mes bonnes manières, je rougis comme une pivoine.

— Vous devez me prendre pour la reine des allumeuses.

— Ce serait plutôt Lola, ça. N'en parlons plus. Mamie nous a tout expliqué. Comment vous sentez-vous ? Vous avez recouvré la mémoire ?

— Pleinement, oui.

— Super. On se voit pour manger ensemble, un de ces jours... en tout bien tout honneur ? s'empressa-t-il d'ajouter.

— Avec plaisir, Arnie. Et merci d'être aussi... enfin, aussi compréhensif.

Il sourit et détourna les yeux.

— Une bière ? proposa Randolph qui semblait s'être remis du traumatisme causé par le départ de Lola.

— Il n'y a rien de non-alcoolisé ?

Il me passa une brique de jus d'orange.

— Tu vas lui dire ? demanda Arnie.

— Me dire quoi ?

— Je n'ai pas eu l'Amis, commença Randolph, mais j'ai été pressenti pour une apparition parlante dans le prochain Wolfe.

— Mais c'est formidable ! exultai-je. Quand ça ?

— Dans les deux ans à venir. En attendant, je ferai des remplacements. Le C. des G. a ouvert les livres de voyage comme destination de vacances pour les Génériques. Je dois remplacer le comte Aybon pendant ses quinze jours de congé dans le guide illustré de la région des lacs.

— Toutes mes félicitations.

Il me remercia d'un air absent et, se tournant vers le hublot, se perdit dans la contemplation du paysage.

— Et vous ? dit Arnie. Qu'allez-vous faire ? On raconte partout que vous avez été rétrogradée.

— Je n'ai pas été rétrogradée. Bon, O.K., peut-être bien.

— Il paraît que le prochain Homme à la Cloche, ce sera Harris Tweed, murmura Arnie. Malgré son manque d'expérience, la Jurifiction préfère avoir à sa tête quelqu'un qui vient du Monde Extérieur.

— Qu'est-ce qu'ils ont de spécial, ces gens-là ? s'enquit Randolph.

— Nous avons des facultés que peu de Génériques possèdent.

— Du genre ?

Je pris sur la table *Le Petit Prince* version UltraWord™ et le tendis à Arnie.

— Vous ne sentez rien ?

Il l'approcha de son visage et secoua la tête. Je lui repris le volume relié et reniflai délicatement. Mais au lieu de l'odeur de cuir, je sentis un parfum sucré de melon… le melon cantaloup. Cela me rappela l'épisode avec ce drôle de camion dans *Les Hauts de Caversham*. Un camion sans texture, un chauffeur-robot sans personnalité. Et j'eus un déclic.

— C'était un camion UltraWord™, murmurai-je, fouillant dans mon sac à la recherche du boulon informe que j'avais ramassé sur le lieu de l'accident.

L'ayant trouvé, je le flairai avec précaution, l'esprit en effervescence.

— A en juger par ce que je vois là, dit Arnie en feuilletant *Le Petit Prince*, les lecteurs vont se régaler.

— Sûrement, répondis-je pendant que Randolph essayait d'ouvrir le livre… en vain.

Je le lui pris, et le livre s'ouvrit facilement. Je le lui rendis, mais la couverture était comme verrouillée.

— Bizarre.

Arnie reprit le livre et l'ouvrit sans problème.

— C'est l'exemplaire de Havisham, dis-je lentement. D'abord, c'est elle qui l'a lu, puis moi, puis vous.

— Un livre qui peut être lu seulement par trois personnes, observa Randolph avec dédain. Moi, je trouve ça mesquin !

— Trois lecteurs seulement, soufflai-je.

Mon sang se glaça. Je venais de me rappeler la prophétie des trois sorcières : *Trois tours pour toi, et trois pour moi, et trois de plus…*

Peut-être que le nouveau système d'exploitation n'était pas aussi démocratique qu'il le prétendait. S'il était vrai que les livres UltraWord™ pouvaient être ouverts trois fois, pas plus, alors les bibliothèques n'auraient plus lieu d'exister. Et le camion angulaire, l'étrange boulon ? Qu'est-ce que tout cela signifiait ? Je frissonnai. S'ils étaient prêts à tuer pour masquer les failles du nouveau système, la règle de « la triple lecture » n'était probablement qu'un début. Et mon éviction n'était pas due au hasard : une apprentie éplorée risquait de poser des questions gênantes. Auquel cas, l'accident de Havisham n'en était pas un.

— Un problème ? demanda Arnie, percevant mon agitation.

— C'est possible. Miss Havisham était persuadée qu'il y avait quelque chose de louche dans UltraWord™. A mon avis, Perkins s'en est aperçu aussi... tout comme LeRoussi.

— Ils en ont parlé ? intervint Randolph qui, manifestement, étudiait le droit pour son prochain rôle dans Wolfe. Sans preuves, vous aurez du mal à vous faire entendre.

— Perkins et Havisham ne m'ont rien dit. Et tout ce que j'ai réussi à tirer à LeRoussi, ç'a été une sorte de charabia sur son lit de mort. Si ça se trouve, il m'a fourni les informations nécessaires, mais c'était tellement bourré de fautes d'orthographe que je n'ai pas compris un traître mot.

— Qu'est-ce qu'il a dit ?

— Il a dit : « Sosty ! Wode... Cone... alter ord... méfait woo ! », quelque chose comme ça.

Arnie échangea un coup d'œil avec Randolph.

— « Sosty », ça pourrait être Thursday, murmura ce dernier.

— Je m'en suis doutée, mais le reste ?

— Croyez-vous, fit Randolph pensivement, qu'en récitant ces mots à proximité d'un foyer de contamination vyrale, ils se remettraient en ordre ?

Il y eut un long silence, de ceux qui succèdent généralement à une révélation.

— Ça vaut le coup d'essayer, répliquai-je en réfléchissant.

Où allais-je dénicher un vyrus ortografique sans avoir à me justifier ?

Je me levai, vérifiai le chargeur de mon automatique et ouvris mon Guide de Voyage.

— Où allez-vous ? interrogea Arnie.

— Au GIRAF. Là-bas, ils pourront peut-être m'aider.

— Oui, mais le voudront-ils ?

Je haussai les épaules.

— La question ne se pose pas. Je n'avais pas l'intention de demander leur avis.

Les portes de l'ascenseur s'ouvrirent au dix-septième étage, réservé aux auteurs dont le nom commençait par un Q. Comme ils n'étaient pas nombreux, l'espace disponible avait été mis à la disposition du Groupe d'Intervention Rapide Anti-Fautes d'Ortografe. S'il sévissait un vyrus ortografique actif quelque part à la Jurifiction, ce ne pouvait être qu'ici.

Cet étage-là de la Bibliothèque était plus faiblement éclairé que les autres ; et tout de suite après les romans de Quiller-Couch commençaient les rangées de lits superposés à l'usage des DanverClones. Assises bien droit, les Danvers me suivirent des yeux en silence. Je n'étais pas très détendue, mais je ne voyais pas d'autre endroit où chercher.

J'arrivai au noyau central de la Bibliothèque, un vide circulaire bordé d'une balustrade en fer forgé au croisement des quatre couloirs. Celui que j'avais emprunté était occupé par les Danvers, ainsi que deux autres. Le quatrième couloir contenait des caisses de dictionnaires, et au-delà se trouvait la salle de quarantaine où j'avais vu LeRoussi pour la dernière fois.

J'avançai sans bruit sur la moquette moelleuse. La petite infirmerie était équipée pour accueillir toute personne infectée par le vyrus, avec ses rideaux isolants et ses bandages sur lesquels étaient imprimées en abondance des entrées de dictionnaire. Ils pouvaient soulager et circonscrire le mal, mais pas le guérir ; dès l'instant où il avait été exposé au vyrus, LeRoussi était fichu, et il le savait.

J'ouvris quelques tiroirs ici et là, mais ne trouvai rien.

Soudain, je remarquai une grosse pile de dictionnaires entassés dans un coin séparé par une corde du reste de la pièce. Je m'approchai, tout en répétant le mot « ambidextre ».

— Ambidextre... ambidextre... ambidextre... ambidexter...

Bingo ! J'avais trouvé.

— Miss Next ? Au nom du ciel, qu'est-ce que vous faites là ?

Je faillis sauter au plafond. Si ç'avait été Libris, j'aurais eu de quoi m'inquiéter... mais ce n'était que Tweed.

— Vous m'avez fait une de ces peurs !

— Désolé, fit-il en souriant. A quoi jouez-vous ?

— Il y a un problème avec UltraWord™, lui confiai-je.

Il regarda à droite et à gauche et baissa la voix.

— C'est ce que je pense aussi, siffla-t-il, mais je n'arrive pas à mettre le doigt dessus... J'ai l'impression qu'il utilise un programme « effacement mémoire » plus rapide que la version 8.3, afin d'inciter les lecteurs à relire le livre plus souvent. Le Conseil des Genres voudrait remonter ses taux d'audience ; la concurrence avec essais et documents est rude, et ça ne va pas s'arranger avec le temps.

Voilà qui confirmait mes soupçons.

— Et vous, qu'avez-vous découvert ? demanda-t-il.

Je me penchai plus près.

— UltraWord™ a une capacité limitée à trois lectures seulement.

— Nom d'un chien ! s'exclama Tweed. Autre chose ?

— Pour l'instant, rien. J'aurais voulu décrypter ce que LeRoussi m'avait dit avant de mourir. C'était complètement déformé, mais j'espérais pouvoir *reformer* ses mots en les répétant à proximité d'un foyer d'infection.

— Bonne idée. Mais il faut faire attention – une exposition prolongée risque de vous déformer à vie.

Il enfila une paire de gants de dicto-protection.

— Asseyez-vous là et répétez les paroles de LeRoussi, dit-il en plaçant une chaise à moins d'un mètre de la pile de dictionnaires. J'enlèverai les dictionnaires un par un, et on verra ce que ça donne.

— *Wode... Cone... alter ord... méfait woo*, récitai-je tandis que Tweed retirait un seul dictionnaire de la pile qui recouvrait le vyrus.

— *Wode... Cone... ulter ord... méfait voo.*

— Qui d'autre est au courant? Si ce que vous affirmez est vrai, ce savoir-là, trois personnes l'ont déjà payé de leur vie. Hélas, ça voudrait dire que nous avons une brebis galeuse à la Jurifiction.

— Je n'en es paz parli à la Jurifaction, le rassurai-je. *Wede... Caine... ulter ouord... méfié voo.*

Avec précaution, Harris enleva un deuxième dictionnaire.

— On ne sait plus à qui se fier, observa-t-il d'un air sombre. A qui en avez-vous parlé, exactement? C'est important, il faut que je sache.

Il ôta un troisième dictionnaire.

— *Twede... Caine... ulter ouord... méfié vous.*

Mon sang ne fit qu'un tour. *Twede.* Se pouvait-il que ce soit Tweed? M'efforçant de ne rien laisser paraître, je risquai un coup d'œil dans sa direction pour voir s'il m'avait entendue. J'avais de bonnes raisons de m'inquiéter; cet homme-là contrôlait un puissant foyer d'infection ortografique et, s'il retirait un dictionnaire de trop, le vyrus pouvait me transformer en Sauce Tex-Mex ou quelque chose d'approchant... sans que personne se doute de quoi que ce soit.

— Je pieu vous dressez une liszte, si vous woolez, dis-je en essayant de parler norqalement.

— Vous n'avez qu'à me le dire de vive voix, suggéra-t-il en souriant. Qui est-ce? Des Génériques que vous avez rencontrés dans *Les Hauts de Caversham*?

— Je l'ai crié sur les toits, vieux.

Son sourire s'évanouit.

— Maintenant je sais que vous mentez.

Nous nous fîmes face. Tweed n'était pas bête : il se rendait compte qu'il venait d'être démasqué.

— *Tweed*, énonçai-je, ayant enfin retrouvé l'orthographe d'origine. *Kaine... UltraWord... Méfiez-vous!*

Je m'écartai d'un bond, et il était temps; Tweed arracha trois dictionnaires d'un coup tout en bas de la pile, et le dicto-coffre s'affaissa sur lui-même.

Je me jetai à plat ventre tandis que le rayon émanant de la pile à demi écroulée transformait le lit d'hôpital en un tas de *pétales de lis* qui embaumèrent la pièce de leur parfum entêtant.

Je me ruai sur Tweed, moins rapide que moi. Mon discours revint instantanément à la normale.

— Perkins et LeRoussi? hurlai-je en le plaquant au sol. Qui d'autre? Havisham?

— Peu importe, cria-t-il.

Je le désarmai et pressai son menton contre la moquette.

— Sûrement pas! Qu'est-ce qui ne va pas dans UltraWord™?

— Mais rien, répondit-il, essayant de me raisonner. En fait, *tout* va bien. Réfléchissez deux minutes. Avec UltraWord™, contrôler le Monde des Livres devient un jeu d'enfant. Grâce à lui, des humains libres et évolués comme vous et moi peuvent hisser la fiction à des sommets insoupçonnés!

J'enfonçai mon genou dans le creux de ses reins, et il poussa un cri étranglé.

— Et que vient faire Kaine là-dedans ?

— UltraWord™ profite à tout le monde, Next. A nous ici, et aux éditeurs dans le Monde Extérieur. C'est le système idéal.

— Ah oui ? Tellement idéal que pour l'implanter, vous devez recourir à l'assassinat ?

— Dans la littérature, on a toujours assassiné à tour de bras... sans ça, on aurait perdu un million de lecteurs depuis belle lurette.

— Elle était mon amie, Tweed ! Et pas de la chair à canon pour un polar à deux sous !

— Vous commettez une grosse erreur, répliqua-t-il, le nez dans la moquette. Je peux vous offrir une position clé au Grand Central du Texte. Avec UltraWord™ entre nos mains, nous aurons le pouvoir d'intervenir dans la fiction comme bon nous semble. Vous avez changé la fin de *Jane Eyre*... on pourra en faire autant pour des milliers d'autres livres, afin de satisfaire notre public de lecteurs. Nous dicterons nos conditions aux bureaucrates rassis du Conseil des Genres et forgerons une nouvelle littérature, plus forte, qui propulsera le roman vers un succès sans égal !

J'en avais entendu assez.

— Vous êtes foutu, Tweed. Quand l'Homme à la Cloche apprendra ce que vous manigancez... !

— L'Homme à la Cloche n'est qu'un stupide pantin, Next. Il fait ce qu'on lui dit de faire. Ralliez-vous à moi. Des richesses et des aventures inédites vous attendent... Nous pouvons même vous réécrire votre mari.

— Pas question. Je veux le vrai Landen ou rien du tout.

— Vous ne verrez pas la différence. Prenez ma main, je ne vous la tendrai pas deux fois.

— Je ne marche pas.

— Dans ce cas, fit-il lentement, au revoir.

J'aperçus quelque chose du coin de l'œil et me penchai vivement à droite. Un manche de pioche rebondit sur mon épaule et frappa la moquette. C'était Uriah Hope. Pas étonnant que Tweed ne se soit pas affolé outre mesure. Je roulai sur le côté, esquivant le coup suivant, et rampai en arrière. Le coup d'après atterrit sur un bureau qu'il fracassa ; pendant qu'Uriah s'escrimait à dégager le manche coincé dans le bois, je me relevai et dégainai mon automatique. Mais je ne fus pas assez rapide ; il me cogna la main et le fit tomber. Je me précipitai de l'autre côté, où Tweed était en train de se remettre debout. Il m'empoigna par la cheville, et je m'étalai de tout mon long. Avec un cri féroce, Uriah bondit sur moi. Je basculai sur le dos et lui lançai mon pied en pleine poitrine. Emporté par son élan, il alla s'écrouler sur la pile de dictionnaires… et le vyrus ortografique. Tweed tenta de m'agripper, mais je fonçai dans le couloir où les DanverClones commençaient à s'animer.

— Tuez-la ! glapit Tweed.

Les Danvers affluèrent vers moi. Je sortis mon Guide de Voyage, l'ouvris à la bonne page et m'arrêtai net au milieu du couloir. Le salut n'était pas dans la fuite, mais dans la *lecture*. Au moment de disparaître, je sentis leurs doigts décharnés se cramponner à ma personne évanescente.

Je me transportai directement et sans incident à Norland Park. Je passai en courant devant le piquet de grève et le valet à tête de grenouille pour surgir un peu trop inopinément au Q.G. de la Jurifiction. J'entrai en collision avec la Reine Rouge qui perdit l'équilibre et entraîna dans sa chute Benedict et l'Homme à la Cloche. Je m'emparai du pistolet de Benedict, au cas où Tweed ou Hope débarqueraient pour me prendre par surprise. Se méprenant sur mes intentions, la Reine Rouge attrapa mon bras qu'elle tordit derrière mon dos, tandis que Benedict me ceinturait en criant :

— Une arme ! Protégez l'Homme à la Cloche !

— Attendez ! criai-je. Il y a un problème avec UltraWord™.

— Comment ça ? demanda l'Homme à la Cloche après qu'on m'eut désarmée. C'est une plaisanterie ou quoi ?

— Absolument pas. Tweed...

— Ne l'écoutez pas ! s'exclama Tweed qui venait de se matérialiser à l'instant. C'est une meurtrière ambitieuse qui ne reculera devant rien pour parvenir à ses fins.

L'Homme à la Cloche nous regarda l'un et l'autre.

— Vous avez des preuves de ce que vous avancez, Harris ?

— Oh oui, formula-t-il en souriant. Plus qu'il n'en faut. Heep, donnez-moi ça.

Uriah Hope – ou *Heep* à partir de maintenant – avait survécu au vyrus, mais celui-ci l'avait radicalement transformé. De *gracile*, il était devenu *servile ; cireux* au lieu de *fiévreux*, et *anémique* au lieu d'*animé*. Mais ce n'était pas le plus grave. Tweed avait tout prévu. A la main, Uriah tenait la taie d'oreiller souillée avec la tête de LeRoussi... enfin, pas la sienne, mais le procédé narratif qu'il avait payé au prix fort dans le Puits.

— On a trouvé ça chez Thursday, annonça Tweed, caché dans un placard à balais. Heep, voulez-vous ?

Le jeune homme au teint cadavérique et aux cheveux *huileux* plutôt que *bouclés*, posa la taie sur la table et sortit la tête en la tenant par la chevelure. Benedict étouffa une exclamation, et la Reine Rouge se signa.

— Bonté gracieuse, murmura l'Homme à la Cloche, mais c'est Godot !

31

Le vent tourne

Délit d'initié : terme argotique désignant la Manipulation Narrative Interne. Illégale depuis 1932 et contraire à l'article B17 (g) du code de la continuité narrative, cette façon de prendre des libertés avec l'intrigue est tellement répandue dans le Monde des Livres que pour faire régner la loi, il faut recourir aux mesures discrétionnaires. Si des manipulations mineures telles que la violation du dialogue sont généralement tolérées, des réajustements narratifs non autorisés font l'objet d'investigations impitoyables. L'exemple le plus célèbre est celui de Heathcliff, lorsqu'il a incendié les Hauts de Hurlevent. Condamné à une amende et à cent cinquante heures de travaux d'intérêt général dans *Les Œufs verts au jambon*, Heathcliff figure parmi les nombreux cas de procès retentissants intentés par la Jurifiction.

LE CHAT DE L'A.U. DE W.
Guide de la Grande Bibliothèque (glossaire)

Heep me saisit par le bras et le tordit violemment, me poussant contre une étagère.

— Mes excuses les plus humbles, Miss Next, geignit-il.

Le vyrus l'avait gangrené jusqu'au tréfonds de son âme.

— Imaginez un peu, moi, un A-7, qui arrête une charmante jeune personne telle que vous !

Je respirai par la bouche pour échapper à l'odeur de son haleine fétide. Il me confisqua mon Guide de Voyage et en profita pour m'effleurer les seins. Je me débattis, mais sans grand résultat.

— Ce n'est pas ma tête ! m'écriai-je, réalisant aussitôt l'absurdité de cette formule.

— Ça, nous en sommes convaincus, répondit Tweed posément. Pourquoi l'avez-vous tué ?

— Je ne l'ai pas tué. C'est LeRoussi, ajoutai-je inutilement. Il l'a achetée pour son prochain roman et me l'a donnée à garder.

— LeRoussi commettant un délit d'initié ? Vous avez autre chose pour salir la mémoire d'un mort ? Ça ne tient pas debout... et d'ailleurs, comment se fait-il que ce soit Godot ? Simple coïncidence ?

— C'est un coup monté, rétorquai-je. UltraWord™ est...

Je me tus. Mes instructeurs chez les OpSpecs m'avaient répété maintes fois que le pire dans une situation de stress est d'agir sans réfléchir et d'en dire beaucoup trop. J'avais besoin de temps... une denrée rare, s'il en fut.

— Nous avons les preuves de son implication dans trois autres meurtres au moins, déclara Tweed.

L'Homme à la Cloche pivota vers lui tandis qu'on m'enchaînait à des enclumes pour m'empêcher de me transporter ailleurs.

— Havisham ? demanda-t-il d'une voix frémissante.

— C'est ce que nous pensons.

— Ils vous mènent en bateau, monsieur, dis-je en m'efforçant de parler normalement. Il y a quelque chose de pourri au royaume du Monde des Livres.

— Ce quelque chose, c'est vous, Next, éructa Tweed.

Quatre agents de la Jurifiction morts dans l'exercice de leurs fonctions… et Deane qui reste introuvable. Je n'arrive pas à le croire : vous seriez allée jusqu'à tuer celle qui vous a tout appris ?

— Du calme, Tweed.

L'Homme à la Cloche rapprocha une chaise et me contempla tristement.

— Havisham s'était portée garante pour elle… ce n'est pas rien.

— Pour votre gouverne, monsieur l'Homme à la Cloche, dit Tweed, se perchant sur un coin de table, je viens de mener ma petite enquête. Godot mis à part, les preuves de la félonie de Next ne manquent pas.

— Ah oui ? persiflai-je. Par exemple ?

— Le mot de passe *saphir*, ça vous dit quelque chose ?

— Evidemment.

— Seuls huit agents de la Jurifiction avaient accès à *L'Epée des Zénobiens*, dit Tweed, et quatre d'entre eux sont morts.

— Ce n'est pas une preuve tangible, ça.

— En soi, non. Mais si on additionne les autres faits, ça commence à faire sens. Bradshaw et Havisham s'éjectent des *Zénobiens* en vous laissant seule avec LeRoussi ; à leur retour, quelques minutes plus tard, il est irrémédiablement contaminé par le vyrus. Beau travail, Next, très propre.

— Pourquoi ? demandai-je. Pourquoi aurais-je tué Miss Havisham ? Pourquoi aurais-je voulu tuer tous ces gens-là ?

— Vous avez tué Havisham parce qu'elle avait découvert que vous aviez triché à votre examen d'entrée à la Jurifiction. Vous voulez savoir comment ?

— Etonnez-moi.

— Question cinquante : Qui a écrit *Crapaud, baron Têtard* ?

— A.A. Milne, répliquai-je.

— Exact, acquiesça Tweed, mais jusque-là, personne n'a donné la bonne réponse. *Personne.* Même pas Miss Havisham. Pas une seule fois en cinquante ans. Tous ont répondu Kenneth Grahame. Ils en auraient mis leur main au feu. Vous vous êtes servie de la Jurifiction comme d'un tremplin pour satisfaire votre ambition dévorante. C'est dangereux, l'ambition. Ça vous porte un moment... avant de tuer sans discrimination.

— Quelle ambition ? Tout ce que je veux, c'est avoir mon enfant et rentrer chez moi.

— Le poste de l'Homme à la Cloche, annonça Tweed comme on abat une carte maîtresse. Vous saviez, n'est-ce pas, qu'il allait prendre sa retraite ?

— Tout le monde le sait.

— En tant que native du Monde Extérieur, vous avez la priorité, mais seulement après Bradshaw, Havisham, Perkins, Deane... et moi. Bradshaw a déjà exercé cette fonction : donc on ne le compte pas. Etais-je le prochain sur votre liste ?

— Je n'ai aucune ambition de devenir Homme à la Cloche et je n'ai pas tué Miss Havisham, marmonnai-je, réfléchissant à un plan d'action.

— Macbeth a nié ses ambitions aussi, dit Tweed en se penchant plus près.

— Quel rapport avec Macbeth ?

— Vous l'ignorez peut-être, mais les trois sorcières sont tenues de consigner toutes leurs prophéties. Elles n'aiment pas trop ça, mais elles n'ont guère le choix : pas de documents, pas d'autorisation à lire dans les entrailles de poulet. C'est aussi simple que ça.

Il tira une feuille de papier de sa poche.

— Le lendemain de votre arrivée, elles ont rédigé un rapport concernant une dénommée Thursday Next.

Voici ce qu'on y trouve. Prophétie numéro un : *Vous serez citoyenne de Swindon.* Prophétie numéro deux : *Vous serez agent de la Jurifiction à part entière.* Prophétie numéro trois : *Vous serez subséquemment Homme à la Cloche.*

Il posa le papier sur la table et le fit glisser vers moi.

— Est-ce que vous niez cela ?

— Non, répondis-je, morose.

— On appelle ça *le syndrome de Macbeth*, soupira l'Homme à la Cloche. Ce désir insensé de réaliser ses propres prophéties. Il s'avère presque toujours fatal. Et pas seulement pour l'intéressé, hélas. Aviez-vous l'intention de me tuer ou auriez-vous attendu mon départ à la retraite ?

— Je ne souffre pas du syndrome de Macbeth, mais même si c'était le cas, une défaillance de UltraWord™, aussi minime soit-elle, ne mérite-t-elle pas d'être examinée de plus près ?

— Il n'y a aucune défaillance, glissa Tweed. UltraWord™ bénéficie d'une technologie de pointe ; il est indéréglable, stable et totalement dénué d'erreurs. Dites-moi où est le problème... je suis sûr qu'on peut l'expliquer facilement.

J'hésitai. L'Homme à la Cloche était un type honnête. Devais-je lui parler de la *triple lecture* au risque de voir Tweed brouiller les pistes de plus belle ? Réflexion faite, probablement pas. Plus je creusais, et plus j'allais m'enferrer. J'avais besoin de temps pour me retourner, et le seul moyen, c'était de *m'évader.*

— Que vais-je devenir ?

— Expulsion définitive du Monde des Livres, répondit Tweed. Nous n'avons pas assez de preuves pour vous inculper, mais on a largement de quoi vous interdire l'accès à la fiction. Il n'existe pas de procédure d'appel. Je n'aurai qu'à faire ratifier cette décision par l'Homme à la Cloche.

— Ma foi, dit ce dernier en faisant tinter sa clochette,

je ne puis que me plier aux recommandations de Tweed. Fouillez-la pour lui confisquer tous les attributs du Monde des Livres avant de la renvoyer chez elle.

— Vous commettez une erreur, protestai-je avec véhémence, une très…

— Oooh ! fit Heep qui était en train de fourrager dans mes poches en essayant à nouveau de me tâter les seins. Regardez ce que j'ai trouvé !

C'était le *Soudain, un coup de feu retentit* !, le procédé narratif que LeRoussi m'avait confié à l'Agneau Déchiré.

— Un procédé narratif, Miss Next ? s'enquit Tweed en s'emparant du petit globe de verre. Vous avez les papiers qui vont avec ?

— Non, il s'agit d'une pièce à conviction. J'ai simplement oublié de la signaler.

— Le port de procédés narratifs tournants est strictement prohibé. Vous vous livrez à un trafic ? Qui est votre fournisseur ? Alors comme ça, on cherche à fourguer de la mauvaise camelote dans des romans pour adolescents ?

— Vous pouvez vous le carrer au cul, Tweed.

— Qu'avez-vous dit ?

— Vous m'avez très bien entendue.

Il vira au cramoisi. Il m'aurait frappée sans doute, mais tout ce que je voulais, c'était qu'il s'approche suffisamment pour que je puisse lui assener un coup de pied.

— Espèce d'ordure, siffla-t-il. J'ai su au premier coup d'œil que vous ne valiez pas grand-chose. Vous vous prenez pour le nombril du monde, Miss OpSpec de choc ?

— Au moins, je ne bosse pas dans les aérotrains, Tweed. Ici, vous êtes une grosse pointure, mais dans le monde réel, vous êtes un moins que rien !

Cela produisit l'effet escompté. Il fit un pas vers moi, et je lançai mon pied en direction de sa main. Le petit globe en verre vola au plafond. Heep, froussard comme il était, courut se planquer, mais Tweed et la Reine Rouge, conscients des dégâts que pouvait causer un procédé narratif tournant dans un espace clos, tentèrent de le rattraper. Ils y seraient peut-être parvenus s'ils n'étaient pas entrés en collision. Ils grognèrent à l'unisson, pendant que le globe de verre se fracassait au sol sous leur regard impuissant.

Soudain, un coup de feu retentit. J'ignorais d'où il provenait, mais je sentis son impact : la balle heurta la chaîne qui me retenait prisonnière, la brisant net. Sans reprendre mon souffle, je me précipitai vers la porte. Je ne savais pas où j'allais ; en l'absence du Guide de Voyage, j'étais piégée dans *Raison et Sentiments* qui n'était pas si vaste que ça. Tweed et Heep bondirent sur leurs pieds, mais une deuxième salve les cloua vite fait au plancher. Je franchis la porte et tombai sur... Vernham Deane, un pistolet au poing. Il le rengaina et me prit les deux mains.

— Accrochez-vous et videz votre esprit. Nous allons passer à *l'abstraction.*

Je m'efforçai de chasser toutes mes pensées et[1]...

— Bizarre ! dit Tweed, examinant l'endroit où il avait vu Thursday quelques instants plus tôt.

Il savait bien qu'elle ne pouvait se déplacer sans son livre ; pourtant, elle avait disparu, non pas progressivement comme à l'ordinaire, mais d'un seul coup.

1. Les bureaux de la Jurifiction s'évanouirent, et je me retrouvai dans un conduit souterrain. Il était suffisamment grand pour permettre la station debout ; cependant, je dus me plaquer contre la paroi pour échapper au flot incessant de mots qui s'écoulaient à toute vitesse dans les deux sens. De temps à autre, certains d'entre eux étaient déviés dans un tuyau vertical au-dessus de nos têtes.

— Où sommes-nous ?

Ma voix se réverbéra sur les parois en acier.

— Quelque part en sécurité, répondit Deane. Ils doivent se demander où vous êtes passée.

Heep et l'Homme à la Cloche se joignirent à lui. Heep tenait en laisse un livrier qui renifla le sol en jappant et en gémissant bruyamment, les babines enguirlandées de bave.

— Aucune piste? fit l'Homme à la Cloche, interdit. Pas le moindre indice sur la destination? Harris, que se passe-t-il?

— Je ne sais pas, monsieur. Si vous le permettez, je placerai des cribles textuels à chaque étage de la Bibliothèque. A partir de maintenant, Heep sera votre garde du corps; à l'évidence, Next a perdu la tête et va tenter de vous tuer. M'autorisez-vous à demander un mandat de liquidation d'urgence au Conseil des Genres?

— Non, je ne suis pas prêt à aller jusque-là.

— Nous sommes dans le Monde Extérieur… je veux dire, chez moi ?

— Mais non, petite sotte, fit Deane en riant. Nous sommes dans les conduits du NDBDP-phone.

— Non !

— Si. Venez, je vais vous montrer quelque chose.

Le conduit ouvrait sur une salle plus grande, une sorte de poste d'aiguillage d'où les messages circulaient d'un genre à l'autre. Les sorties les plus proches portaient les inscriptions « Crime », « Roman sentimental », « Thriller », « Comédie », mais il y en avait plein d'autres, véhiculant les messages du NDBDP-phone vers un sous-genre précis.

— Incroyable ! soufflai-je.

— Ce n'est rien, répondit Deane. Il y a des postes beaucoup plus importants que ça. La meilleure, c'est que ni le Grand Central du Texte ni le Conseil des Genres ne savent qu'on peut descendre là-dedans. Ceci est un refuge, Thursday. Pour échapper à l'œil omniprésent de la Jurifiction et au carcan rigide de la narration.

Je croisai son regard.

— Tweed pense que vous avez tué Perkins, LeRoussi et la petite servante.

Il marqua une pause et soupira.

— Tweed travaille avec le Grand Central du Texte pour préparer le lancement de UltraWord™. Il sait que je suis contre le nouveau système. Il m'a offert de réajuster *Le Seigneur des Hautes-Bourbes* pour s'assurer mon « soutien ».

— Il a essayé de vous acheter ?

— Et lorsque j'ai refusé, il a menacé de me tuer. C'est pour ça que nous nous sommes évadés.

— Nous ?

Ordonner la mort d'un être humain ? C'est hors de question.

Tweed tourna les talons, mais l'Homme à la Cloche le rappela.

— Thursday dit qu'il y a un problème avec UltraWord™. Pensez-vous que nous devrions alerter le Grand Central du Texte pour retarder son lancement ?

— Ne me dites pas que vous l'avez crue, monsieur ! s'exclama Tweed, choquée. Une menteuse et une meurtrière... pardon d'être aussi abrupt, mais combien de personnes doit-elle assassiner avant qu'on ne mette fin à ses agissements ?

— UltraWord™ nous dépasse tous, fit l'Homme à la Cloche lentement. Même si elle a tué, elle a peut-être découvert quelque chose. Je ne veux prendre aucun risque concernant le nouveau système.

— On peut toujours retarder le lancement, mais

— Absolument. La servante dont j'abuse au chapitre VIII avant de la jeter dehors. Elle meurt de tuberculose, et moi je sombre dans l'alcool. Croyez-vous qu'on aurait accepté ça ?

— Mais c'est ce qui arrive dans la plupart des romans de Farquitt... la jeune servante déshonorée par un maître sans cœur.

— Vous n'y êtes pas, Thursday. Mimi et moi, on s'aime.

— Ah ! répliquai-je en songeant à Landen. Alors là, ça change tout.

— Venez, lança Deane en me faisant signe. On a un campement dans un conduit abandonné.

Nous nous engageâmes dans un vaste tunnel surchargé de messages qui débouchait sur une autre salle. Là, nous empruntâmes le couloir le moins fréquenté : à peine deux ou trois messages par minute, et même ceux-là paraissaient perdus. Ils flottaient mollement dans l'air avant de s'évaporer. Ici, les parois métalliques étaient plus ternes, le sol était jonché de détritus, et le plafond fuyait.

— Pourquoi êtes-vous venu me chercher, Vern ?

— Parce que je ne crois pas que vous auriez tué Miss Havisham, et puis j'ai beau détester Farquitt, j'aime les livres. UltraWord™ est vicié. Havisham, Perkins, LeRoussi et moi étions tous à la recherche d'une preuve quand Perkins a été mangé.

Nous arrivâmes dans un espace occupé par une sorte de campement construit de bric et de broc... débris et bouts de bois qu'on peut récupérer discrètement dans le Monde des Livres. A travers la toile des tentes, on distinguait les reflets orangés des lampes à huile.

dans ce cas, vous ne serez plus en poste lorsqu'il aura lieu. Ne pensez-vous pas que l'Homme à la Cloche qui inaugurera UltraWord™ a toutes les chances d'entrer dans l'Histoire?

L'Homme à la Cloche se frotta pensivement le menton.

Heep accourut et chuchota quelque chose à l'oreille de Tweed.

— Notre source de renseignements, monsieur. Il semblerait que Next ait été victime d'un mnémonomorphe.

— Nom de Zeus! suffoqua l'Homme à la Cloche. Si ça se trouve, elle ne sait même pas ce qu'elle a fait!

— D'où ses protestations véhémentes, renchérit Tweed. Une femme qui n'a aucun souvenir de ses

— Vern !

Une jeune femme brune lui fit signe de la tente la plus proche. Deane se précipita pour la serrer tendrement dans ses bras. Elle était enceinte jusqu'aux yeux, et je les observai avec une pointe de jalousie. Inconsciemment, j'avais placé ma main sur mon propre ventre.

— Mimi, je te présente Thursday.

Je lui serrai la main, et elle m'offrit un cageot en guise de siège ; ce cageot, notai-je, avait jadis servi à stocker des verbes au passé simple.

— On chaparde pas mal de choses dans le Puits, expliqua Vern en préparant du café. Vu que ce n'est pratiquement pas surveillé.

— Alors, qu'est-ce qui ne va pas dans UltraWord™ ? demandai-je avec curiosité.

— Son principal défaut, c'est le besoin de tout contrôler. Le Monde des Livres vous semble trop policé ? Croyez-moi, c'est le royaume de l'anarchie comparé à l'avenir que nous réserve le G.C.T.

Sur ce, pendant plus d'une heure, il m'exposa en détail tout ce qu'il avait découvert. Malheureusement, cela reposait en grande partie sur des on-dit. Or, les rumeurs et les présomptions ne suffisaient pas – il nous fallait des preuves.

— Les preuves, fit Deane, c'est ça, le problème. Moi, je n'en ai pas. Perkins est mort en tentant de protéger l'unique preuve dont nous disposions, selon lui. Je vais vous la chercher.

Il revint avec une cage dans laquelle se trouvait une alouette.

Nous nous regardâmes, l'oiseau et moi.

— C'est ça, la preuve ?

actes ne se sent pas coupable. Alors, ai-je votre autorisation pour demander le mandat de liquidation d'urgence ?

— Oui.

L'Homme à la Cloche se rassit avec un soupir.

— Oui, allez-y... et assez tergiversé : UltraWord™ sera mis en place comme prévu.

Nous nous retransportâmes au siège de la Jurifiction. Tweed et Heep étaient seuls avec l'Homme à la Cloche, occupés à étudier un document qui, comme je le sus plus tard, était un mandat de liquidation à mon nom. Deane avait les mains en l'air. Je le tenais en joue... avec son arme à lui. Heep et Tweed échangèrent un regard nerveux.

— Je vous ramène Deane, annonçai-je, car je n'avais pas d'autre moyen de prouver mon innocence. Vern, dites-leur ce que vous m'avez dit.

— Allez au diable !

Je le frappai à la tête avec la crosse de son pistolet, et il s'effondra, momentanément assommé. En voyant le sang perler dans ses cheveux, j'esquissai une grimace ; par chance, personne ne le remarqua.

— C'est ce que m'a dit Perkins.

— Avez-vous une idée de ce qu'il entendait par là ?

— Pas la moindre, soupira Deane. Il a fini dans l'assiette du Minotaure bien avant d'avoir pu nous expliquer quoi que ce soit.

Je me penchai pour mieux voir et sentis une odeur de... *cantaloup.*

— C'est UltraWord™, soufflai-je.

— Ah bon ? répondit Deane, surpris. Comment le savez-vous ?

— C'est un don qu'on a, dans le Monde Extérieur. Vous l'avez toujours, votre exemplaire UltraWord™ du *Petit Prince* ?

Il me tendit le petit volume.

— Que comptez-vous faire ?

— J'ai un plan, lui dis-je, mais pour le mettre à exécution, il faut que je sois libre... et lavée de tout soupçon.

— Je peux arranger ça, déclara Deane en souriant. Venez, on y va avant que ça dégénère.

— Ça, c'est pour Miss Havisham !

— Miss Havisham ? répéta l'Homme à la Cloche.

— Eh oui. Espèce de salaud.

Deane se toucha la tête et regarda sa main.

— Garce ! marmonna-t-il. Je t'aurais eue aussi.

Il bondit sur moi avec une rapidité surprenante et me saisit à la gorge sans me laisser le temps de réagir. Nous roulâmes à terre, renversant une table au passage. Côté mise en scène, il n'y avait rien à redire.

— Cette petite catin de servante méritait la mort ! hurla-t-il. Comment a-t-elle osé ruiner ma vie, moi qui aurais pu connaître le bonheur ?

Incapable de respirer, je commençais à tourner de l'œil. Je voulais qu'on soit crédibles... et j'imagine que lui aussi.

Lui collant son arme sous le menton, Tweed obligea Deane à se relever. Il me cracha au visage pendant que j'essayais de reprendre mon souffle. Là-dessus, Heep se jeta sur lui, prenant un plaisir malsain à le rouer de coups, tout en s'excusant d'un air hautain chaque fois qu'il le frappait.

— Arrêtez ! cria l'Homme à la Cloche. Tout le monde se calme !

Ils poussèrent Deane, couvert de sang, sur une chaise, et Heep lui ligota les mains.

— Avez-vous tué Perkins ? demanda l'Homme à la Cloche.

Maussade, Deane hocha la tête.

— Ils allaient me balancer... Havisham et lui. LeRoussi et Mathias se sont juste trouvés là au mauvais moment. Dire que j'aurais pu vivre heureux ! sanglota-t-il. Pourquoi a-t-il fallu que cette catin se pointe avec son bâtard ? J'aurais dû épouser Miss O'Shaugnessy... Je rêvais de ce qu'aucun vil séducteur n'obtient jamais dans un Farquitt... !

— Et qu'est-ce que c'est? s'enquit l'Homme à la Cloche d'un ton sévère.

— Que mon histoire finisse bien.

— Pitoyable, ne trouvez-vous pas, Tweed?

— Pitoyable, monsieur, en effet, répondit Tweed d'une voix atone en me regardant me relever.

L'Homme à la Cloche déchira mon mandat de liquidation.

— Visiblement, nous vous avons sous-estimée, déclara-t-il, ravi. Je savais bien que Havisham n'aurait pas pu se tromper. Tweed, je pense que vous devez des excuses à Miss Next.

— Toutes mes excuses, fit Tweed entre ses dents.

— Parfait. Alors, Thursday, quel est le problème avec UltraWord™?

Le moment était délicat. Nous devions frapper plus haut que l'Homme à la Cloche. Libris et le Grand Central du Texte étant dans le coup, impossible de savoir comment ils réagiraient. Je me rappelai un défaut mis en évidence lors des premiers tests du nouveau système.

— Je crois qu'il y a une incompatibilité avec les transports aériens. Si on lit un livre sous UltraWord™ dans un dirigeable, cela peut détraquer les commandes manuelles.

— Ç'a été réglé, répondit l'Homme à la Cloche gentiment, mais merci quand même de votre diligence.

— Tant mieux. Puis-je prendre quelques jours de congé?

— Bien sûr. Et si vous trouvez d'autres irrégularités dans UltraWord™, je veux que vous me les signaliez à moi, et à moi seul.

— Oui, monsieur. Puis-je?

Je désignai mon Guide de Voyage.

— Evidemment ! Beau travail, la capture de Deane... hein, Tweed ?

— Oui, acquiesça Tweed d'un air lugubre, beau travail... Bravo, Next !

J'ouvris mon Guide de Voyage et me transportai dans l'antichambre de Salomon. Tweed n'entreprendrait rien auprès du Conseil des Genres, et tout se jouerait dans les trois jours à venir. L'Homme à la Cloche allait entendre ce que j'avais à lui dire, mais seulement en présence de sept millions de témoins.

32

La 923e Cérémonie des Livres d'Or

La Cérémonie annuelle des Livres d'Or a été créée en l'an 1063 avant notre ère. Les deux cents premières années, elle a été largement dominée par Eschyle et Homère qui raflaient la plupart des prix dans la trentaine de catégories existantes. Avec l'essor de la fiction et l'inclusion de la tradition orale, le nombre de catégories est passé à deux cents en 1423. Les récompenses techniques qui ont fait leur apparition vingt ans plus tard comprenaient « le Mot le Plus Usité » et « le Mot le Plus Assujetti aux Fautes d'Ortografe », définition qui aujourd'hui encore continue à susciter une polémique. En 1879, on comptait plus de six cents catégories, mais ni la longueur de la cérémonie, ni le scandale des votes truqués en 1964 n'ont entamé le prestige de cette manifestation, dont le succès n'est pas près de se démentir dans le Monde des Livres.

CMDT TRAFFORD BRADSHAW
Le Guide Bradshaw du Monde des Livres

Je me tenais dans les coulisses de la Salle aux Etoiles, parmi une longue file de quasi-célébrités qui attendaient leur tour d'aller lire les nominations. Le salon VIP où l'on nous avait parqués était aussi grand qu'un terrain de foot, et le brouhaha ambiant rappelait le bruit d'une cascade. J'avais passé la soirée à essayer d'éviter Tweed, mais chaque fois que j'arrivais à le semer, Heep prenait le relais. Il n'était pas le seul. Bradshaw m'avait indiqué Orlick et Legree, deux autres assistants de Tweed, dont il fallait se méfier aussi.

De toute la bande, Heep était le moins doué. Du moins côté discrétion.

— Ça alors! fit-il lorsque je surpris son regard sur moi. Je vous demande un peu, mon humble personne et vous qui venez du Monde Extérieur, nous voici tous les deux en train d'attendre la remise des prix!

Il se frotta les mains et tapota le bout de ses longs doigts.

— Grâce à vous et à l'accident avec le vyrus, j'ai été nominé pour « le Personnage le Plus Glauque dans un Roman de Dickens ». Et vous?

— Je suis censée remettre un prix, Uriah, pas en recevoir un... Au fait, pourquoi me suivez-vous?

— Je m'excuse, m'dame.

Il se trémoussa et joignit ses mains pour les empêcher de bouger.

— Mr. Tweed m'a chargé de garder un œil sur vous, en cas d'une éventuelle agression.

— Ah oui? répondis-je, nullement impressionnée par son histoire à dormir debout. Une agression de la part de qui?

— Ceux qui vous veulent du mal, évidemment. Les pro-Cath, les villageois de *Fido.* A tous les coups, c'est eux qui ont essayé de vous tuer chez Salomon, je parie.

Malheureusement, c'était vrai. Depuis l'arrestation de Deane, j'avais fait l'objet de deux attentats. La première fois, quelqu'un avait lâché un tigre dans le bureau de

Kenneth. Je crus tout d'abord que le Grand Martin avait fini par me rattraper… mais ce n'était pas lui. Bradshaw régla son compte à la bête : il l'expédia direct chez les Zénobiens. La seconde fois, ils engagèrent un tueur. Par chance, Heep écrivait si mal que ce fut Thursby du *Faucon maltais* qu'on descendit à ma place. Je ne devais ma survie qu'au fait de venir du Monde Extérieur ; si j'avais été une Générique, on m'aurait déjà effacée depuis longtemps.

— Faut qu'ils se serrent les coudes, les gens du Monde Extérieur, poursuivit Heep. Mr. Tweed dit…

— C'est excessivement gentil de sa part, l'interrompis-je, mais je n'ai besoin de personne. Bonne chance pour le prix ; je suis sûre que vous allez gagner.

— Merci.

Il se dandina d'un pied sur l'autre avant de s'éloigner, sans cesser pour autant de me surveiller d'une manière fort peu subtile.

On m'appela à l'entrée du plateau, où le présentateur était en train d'expédier le prix juste avant le mien. Avec son sourire factice et son brushing, il me fit penser à Adrian Lush.

— Ainsi donc, disait-il, la « téléportation » a gagné haut la main le prix de l'« Axiome le Plus Invraisemblable dans un Roman de S.-F. », devant « Ils vécurent heureux » qui a été notre gagnant de l'an passé. Je remercie tous les candidats, et en particulier Ginger Hebblethwaite venu le présenter avec moi.

Le public applaudit. Un jeune homme avec des taches de rousseur et un blouson d'aviateur le salua d'un signe de la main et, en sortant, me gratifia d'un clin d'œil.

Le présentateur prit une grande inspiration et consulta sa liste. Contrairement à chez nous, il n'y avait pas de télévision dans le Monde des Livres pour couvrir ce genre de manifestation. Les Génériques restés sur place pour assurer le service minimum suivaient la cérémonie grâce à une retransmission directe par NDBDP-phone depuis la Salle aux Etoiles. En l'absence de personnages habituels, la qualité d'un livre pouvait baisser imperceptiblement, d'où le désaccord qui pouvait survenir dans le Monde Extérieur sur la valeur littéraire d'un roman. Certains avaient dû le lire pendant la cérémonie des Livres d'Or.

— Notre prochain prix, mesdames, messieurs et… euh, *machins*, sera remis par le membre le plus récent de la Jurifiction. Après une éblouissante carrière dans le Monde Extérieur et un heureux dénouement offert à *Jane Eyre*, permettez-moi de vous présenter… Thursday Next !

J'entrai sous les applaudissements, un sourire de circonstance plaqué sur le visage, esquissai le geste d'embrasser le présentateur et me tournai vers la salle.

C'était immense. *Franchement* immense. La Salle aux Etoiles était la plus grande salle dévolue à un seul usage jamais décrite en littérature. Chacune des cent mille tables s'ornait d'un chandelier brillant de mille feux ; devant moi s'étendait à l'infini une multitude de petites lumières qui scintillaient comme des étoiles. Sept millions de personnages étaient réunis là ce soir, mais grâce à la technologie – fort pratique – du champ de déplacement temporel empruntée aux gars de la S.-F., chaque spectateur était assis à proximité de la scène et pouvait nous voir et entendre sans aucun problème.

— Bonsoir, dis-je en contemplant la mer de visages, je vais lire les nominations et annoncer le gagnant de la catégorie « Meilleur début de chapitre en langue anglaise ».

Je commençais à avoir chaud sous les projecteurs.

— Les nominés sont : *La Chute de la maison Usher* d'Edgar Allan Poe, *Retour à Brideshead* d'Evelyn Waugh et *Le Conte de deux cités* de Charles Dickens.

J'attendis la fin des applaudissements pour ouvrir l'enveloppe.

— Le gagnant est… *Retour à Brideshead !*

Le public applaudit à tout rompre. Je souris obligeamment, et le présentateur se pencha vers le micro.

— Magnifique ! s'exclama-t-il tandis que le vacarme s'apaisait. Ecoutons le paragraphe gagnant, voulez-vous ?

Il plaça le court extrait dans l'appareil d'Imagino-Transfert installé sur la scène. Il ne s'agissait pas d'un appareil enregistreur comme ceux qu'on utilisait pour fabriquer les livres dans le Puits. Celui-ci était un transmetteur. La machine lisait les phrases de Waugh qu'elle projetait directement dans l'imagination de son auditoire.

« Je suis déjà venu ici », dis-je ; j'étais déjà venu là ; avec Sebastian d'abord, il y avait plus de vingt ans, par un jour de juin sans nuages, lorsque les reines des prés fleurissaient dans les fossés, et que l'air embaumait toutes les senteurs de l'été ; c'était une journée particulièrement éclatante, et bien que je fusse revenu très souvent, c'était vers cette première visite que se tournait mon cœur en ce jour qui présidait à ma dernière venue…

Une fois que les applaudissements se turent, le présentateur annonça :

— Puisque Mr. Waugh ne peut pas être là ce soir, je demanderai à Sebastian de venir recevoir le prix en son nom.

Accompagné d'un roulement de tambour et de quelques accords de musique, Sebastian gravit les marches, m'embrassa sur la joue et serra chaleureusement la main du présentateur.

— Ciel! déclara-t-il en buvant une lampée dans le verre qu'il tenait à la main. C'est un grand honneur de recevoir ce prix au nom de Mr. Waugh. Je sais qu'il aurait souhaité remercier Charles dans la bouche de qui il a mis tous ces mots, ainsi que lord Marchmain pour son excellente scène de la mort, ma mère, bien sûr, Julia, Cords et…

Vingt minutes plus tard, lorsqu'il eut fini de remercier tous ceux dont les noms lui étaient passés par la tête, il prit la statuette des Livres d'Or et regagna sa table. Soulagée, je retournai dans les coulisses pendant que le présentateur entonnait dans mon dos :

— Pour la prochaine catégorie, de l'« Intrigue la Plus Incompréhensible, Tous Genres Confondus », j'ai le plaisir d'accueillir quelqu'un qui a bien voulu abandonner quelques heures sa lourde tâche de faire régner la terreur dans la galaxie. Mesdames, messieurs et machins, Sa Suprême Sainteté, l'empereur Jark!

— C'est à vous, glissai-je à l'empereur qui avait allumé une cigarette, histoire de vaincre le trac.

— Vous me trouvez comment? demanda-t-il. Assez terrifiant pour glacer d'effroi les cœurs de millions d'impitoyables formes de vie?

— Tout à fait, le rassurai-je. Vous avez l'enveloppe?

Il tapota son épaisse cape noire, exhuma l'enveloppe, sourit faiblement, prit une inspiration et entra en scène d'un pas énergique, parmi les cris d'épouvante et les huées.

Je descendis dans la Salle aux Etoiles au moment où le prix de l'« Intrigue la Plus Incompréhensible » était décerné pour la cinquième année d'affilée au *Mage* de John Fowles. Je jetai un coup d'œil à ma montre. Il restait encore une bonne heure avant la remise du dernier prix – le plus prestigieux –, celui du « Jeune Premier le Plus Ombrageux ». Heathcliff était clairement donné favori à sept contre deux. Il l'avait remporté soixante-seize fois de suite et, conscient qu'il y avait toujours quelqu'un pour vouloir lui voler la vedette, il changeait subtilement ses répliques et ses actes pour se maintenir à la première place. Il n'était pas le seul, du reste. Hamlet en avait remis une telle couche, côté démence, qu'on avait dû l'expédier en croisière pour qu'il se calme.

Je passai devant une tablée entière de lapins.

— Garçon ! appela l'un d'eux en tambourinant de la patte arrière pour attirer l'attention. Plus de feuilles de pissenlit pour la table huit, s'il vous plaît.

— Bonsoir, Miss Next.

C'étaient les Bradshaw. J'étais contente qu'ils aient osé braver les conventions : Mrs. Bradshaw s'était finalement décidée à venir.

— Bonsoir, commandant. Bonsoir, Mrs. Bradshaw… Très jolie, cette robe.

— C'est vrai ? répondit-elle nerveusement. Trafford aurait préféré quelque chose de long, mais moi, je trouve cette petite robe de cocktail Chanel tout à fait ravissante.

— Le noir, ça va bien avec vos yeux, lui dis-je.

Elle sourit modestement.

— J'ai la *chose* que vous m'avez confiée, chuchota Bradshaw. J'aime les femmes qui savent déléguer… Un seul mot, et elle est à vous !

— J'attends la présentation de UltraWord™, sifflai-je. J'ai Tweed sur le dos ; il ne faut surtout pas qu'il mette la main dessus !

— Ne vous inquiétez pas pour *ça*, fit-il en hochant la tête vers sa femme. La memsahib est au courant ; elle a l'air d'une petite chose fragile, mais quand elle s'énerve, parbleu, c'est une véritable furie.

Il m'adressa un clin d'œil, et je m'éloignai, le cœur battant. Heep était sur scène, mais Legree avait pris sa place et m'épiait subrepticement sept cents tables plus loin. Le champ de déplacement temporel jouait en sa faveur : toutes les tables étaient proches les unes des autres.

Soudain, je sentis un fort relent de bière.

— Miss Next !

— Sir John, bonsoir.

Falstaff m'examina de la tête aux pieds. Déjà que je n'avais guère l'habitude de me mettre en robe... Je croisai les bras d'un air défensif.

— Superbe, ma chère, superbe ! s'exclama-t-il sur le ton d'un connaisseur.

— Merci.

Normalement, je l'évitais, mais puisqu'on me surveillait, il était préférable que je parle au plus grand nombre de convives possible. Je ne voulais pas que Tweed et le GCT puissent repérer mes véritables alliés dans la foule.

— Je connais une chambre secrète, maîtresse Next, un vrai nid d'amour... Vous plairait-il de m'y accompagner ? Comme ça, vous saurez d'où me vient ce nom de Falstaff.

— Une autre fois.

— Ah bon ? fit-il, surpris de ma réaction.

— Je veux dire non, sir John, m'empressai-je de rectifier.

— Ouf ! lâcha-t-il en s'épongeant le front. Le jeu ne vaudrait pas la chandelle si vous consentiez à coucher avec moi. La résistance, maîtresse Next, est le plus alléchant des appâts.

— Si c'est la résistance que vous cherchez, répliquai-je en souriant, alors vous ne trouverez pas de femme plus complaisante à courtiser.

— Je m'en vais boire à cela !

Il rit à gorge déployée… expression qui avait dû être inventée spécialement pour lui.

— Il faut que je vous laisse, sir John. N'oubliez pas, pas plus d'un tonnelet de bière par heure !

Je tapotai sa grosse panse, aussi dure et bombée qu'une barrique.

— Sur mon honneur ! répondit-il, essuyant la mousse de sa barbe.

J'arrivai à la table de la Jurifiction. Béatrice et Benedict étaient en train de se chamailler, comme d'habitude.

— Ah ! dit Benedict sitôt que j'eus pris place. C'est la beauté qui souvent fait la fierté d'une femme, mais Dieu sait que Béatrice, elle en est fort démunie !

— Plaît-il ? rétorqua Béatrice. Avec une figure comme la vôtre, que des cannibales affamés ne toucheraient point !

— Avez-vous vu l'Homme à la Cloche ? demandai-je.

Ils ne l'avaient pas vu, et je les laissai à leur dispute tandis que Foyle venait s'asseoir à côté de moi. Je l'avais déjà croisé à Norland Park. Lui aussi faisait partie de la Jurifiction.

— Salut, fit-il, on n'a pas été présentés. Gully Foyle est mon nom ; la Terre est mon pays ; l'espace intersidéral, mon lieu de résidence, et la mort, ma destination. Je suis en charge de la science-fiction.

Nous échangeâmes une poignée de main.

— Thursday Next, dis-je. De Swindon. Comment trouvez-vous la cérémonie ?

— Pas mal. Je suis déçu que Hamlet ait remporté le prix du « Personnage Shakespearien Qu'On a le Plus Envie de Gifler »… moi, j'avais misé sur Othello.

— Sauf qu'Othello a eu le prix du « Personnage

Shakespearien le Plus Ballot », et ils n'aiment pas en décerner plusieurs à un seul et même candidat.

— C'est comme ça que ça marche ? Je trouve que leur système de vote n'a aucun sens.

— Il paraît que vous allez faire équipe avec l'empereur Jark, remarquai-je, histoire de meubler la conversation.

— J'espère que non, répondit Foyle. Ça fait un moment qu'on essaie de rehausser le niveau intellectuel et philosophique de la science-fiction ; les gens comme lui ne nous aident pas vraiment.

— Pourquoi ça ?

— Ma foi, comment vous l'expliquer ? Jark appartient à ce qu'on appelle un genre mineur, grand public, voire classique.

— En un mot, de la daube ?

— Oui, si vous voulez.

Il y eut une salve d'applaudissements : le présentateur venait d'annoncer le prix suivant.

— Mesdames, messieurs et machins, nous avons demandé à Dorothy de présenter le prochain prix ; malheureusement, elle a été kidnappée par des singes volants, si bien que je vais lire les nominations moi-même.

Il poussa un soupir. La défection de Dorothy n'était que la dernière déconvenue en date parmi les nombreuses petites contrariétés qui perturbaient le bon déroulement de la cérémonie. Un peu plus tôt, Rumplestiltskin avait pété un câble et agressé quelqu'un qui avait deviné son nom. Mary Elliot de *Persuasion* avait fait dire qu'elle était trop « souffrante » pour venir recevoir le prix du « Personnage le Plus Pénible d'Austen », et Boo Radley avait refusé tout net de quitter sa loge.

— Donc, poursuivit le présentateur, les nominés pour « Le Meilleur Mort de la Fiction » sont…

Il regarda le dos de l'enveloppe.

— Premièrement, le comte Dracula.

Il y eut quelques applaudissements entremêlés de huées.

— Eh oui, le Seigneur des Ténèbres en personne, fondateur de tout un sous-genre ; depuis son château des Carpates, son ombre plane sur le monde. Lisons plutôt.

Il glissa un extrait dans l'appareil d'ImaginoTransfert, et je ressentis un frisson glacé dans mon cou quand la description du Seigneur des Ténèbres pénétra dans mon imagination.

... Là, dans une des grandes caisses posées sur un tas de terre fraîchement retournée, gisait le comte ! Etait-il mort ou bien dormait-il ? Je n'aurais pu le dire, car ses yeux étaient ouverts, on aurait dit pétrifiés ; mais non vitreux comme dans la mort, et les joues, malgré leur pâleur, gardaient la chaleur de la vie ; quant aux lèvres, elles étaient aussi rouges que d'habitude. Mais le corps restait sans mouvement, sans aucun signe de respiration, et le cœur semblait avoir cessé de battre. Je me penchai, espérant malgré tout percevoir quelque signe de vie : en vain[1]*...*

Le public applaudit, et les lumières se rallumèrent.

— Du mort vivant au complètement mort, notre deuxième nominé est quelqu'un qui revient du tombeau pour avertir son ancien associé des horreurs qui l'attendent s'il ne change pas sa façon d'être. Tout droit sorti d'*Un chant de Noël...* Jacob Marley !

... Le même visage, exactement le même. Marley, avec sa perruque à queue de rat, son gilet habituel, sa culotte collante et ses bottes ; les glands de ses lacets, la queue de sa perruque, les basques de son habit, les cheveux qui couvraient sa tête, se dressaient roides autour de lui. La chaîne qu'il traînait lui entourait la taille ; elle était longue et se déroulait comme une

1. Traduction de Lucienne Molitor (Hachette, 1988).

queue ; et elle était faite (car Scrooge l'observa de près) de coffres-forts, de clefs, de cadenas, de Grands Livres, d'actes notariés et de pesantes bourses forgées dans l'acier. L'apparition était transparente, et Scrooge, qui regardait son gilet, put voir les deux boutons cousus par-derrière à son habit[1]...

Je jetai un coup d'œil en direction de Marley à la table du *Chant de Noël.* A travers sa silhouette translucide, on voyait Scrooge déballer un gros diablotin en compagnie de Tiny Tim.

Le présentateur attendit la fin des applaudissements pour annoncer la troisième nomination :

— Le spectre de Banquo, de *Macbeth.* Un ami assassiné et une vengeance sanglante sont au menu de cette pièce écossaise sur le pouvoir et la hantise au XIe siècle. Macbeth est-il maître de son destin, ou est-ce l'inverse ? Voyons cela.

Le Spectre reparaît.

MACBETH. — Arrière ! ôte-toi de ma vue ! Que la terre te cache ! Tes os sont sans moelle ; ton sang est glacé ; tu n'as pas de regard dans ces yeux qui éblouissent.

LADY MACBETH. — Ne voyez là, nobles pairs, qu'un fait habituel. Ce n'est pas autre chose. Seulement cela gâte le plaisir du moment.

MACBETH. — Tout ce qu'ose un homme, je l'ose. Approche sous la figure de l'ours velu de Russie, du rhinocéros armé ou du tigre d'Hyrcanie, prends toute autre forme que celle-ci, et mes nerfs impassibles ne trembleront pas. Ou bien redeviens vivant, et provoque-moi au désert avec ton épée ; si alors je m'enferme en tremblant, déclare-moi la poupée d'une petite fille. Hors d'ici, ombre horrible ! Moqueuse illusion, hors d'ici... !

Le Spectre disparaît[2].

1. Traduction de Marcelle Sibon (Gallimard, 1966).
2. Traduction de François-Victor Hugo.

— Le gagnant est…, annonça le présentateur, ouvrant l'enveloppe, le comte Dracula.

La salle croula sous les applaudissements. Le comte gravit les marches, serra la main au présentateur et prit sa statuette avant de se tourner vers le public. Il était blême et cadavérique, et je frissonnai involontairement.

— Tout d'abord, fit-il d'une voix douce, en zozotant légèrement, merci à Bram d'avoir admirablement rendu compte de mes activités. J'aimerais également remercier Lucy, Mr. Harker et Van Helsing…

— J'espère qu'il ne va pas fondre en larmes comme l'an dernier, dit quelqu'un tout près de mon oreille.

Je me retournai : c'était le Chat du Cheshire, perché en équilibre précaire sur le dossier d'une chaise.

Ce fut pourtant ce qui arriva. Le comte versa des torrents de larmes en remerciant le monde entier et achevant de se couvrir de ridicule.

— Comment trouvez-vous la cérémonie ? demandai-je au Chat, contente de voir un visage amical.

— Pas mal. Je crois qu'Orlando a été un peu froissé d'avoir perdu face au Chat Botté, pour le prix du « Meilleur Chat qui Parle ».

— Moi, j'avais parié sur vous.

— Ah oui ?

Le sourire du Chat s'élargit.

— Vous êtes gentille. Vous voulez un conseil ?

— Volontiers.

Je me penchai vers lui.

— Alors voilà, annonça-t-il d'un ton théâtral. Vous êtes prête ?

— Oui.

— Ne descendez jamais d'un autobus en marche.

— C'est un excellent conseil, je vous remercie.

— Je vous en prie, répondit le Chat avant de se volatiliser.

— Salut, Thursday.

— Salut, Randolph. Ça roule ?

— Oui, acquiesça-t-il, un peu dubitatif. Vous n'avez pas vu Lola ?

— Non.

— Ça ne lui ressemble guère, de manquer une fête, marmonna-t-il. Vous croyez que ça va ?

— Je crois que Lola est assez grande pour savoir ce qu'elle fait. Pourquoi ?

— J'ai l'intention de lui dire que je l'aime bien, déclara-t-il résolument.

— Pourquoi s'arrêter là ?

— Quoi, il faut que je lui dise que je l'aime *beaucoup* ?

— Et même plus que ça... mais c'est un bon début.

— Merci. Si vous la voyez, dites-lui que je suis à la table des Génériques, là où c'est placement libre.

Je lui souhaitai bonne chance, et il repartit. Je me levai et m'approchai du rideau derrière lequel des bookmakers prenaient les paris. Je misai cent sur Jay Gatsby pour le prix du « Jeune Premier le Plus Ombrageux ». Je ne pensais pas qu'il allait gagner ; je voulais juste que Tweed se prenne la tête pour essayer de comprendre ce que je manigançais. Puis je rendis visite à la table des *Hauts de Caversham* et m'assis à côté de Mary, spécialement revenue pour l'occasion.

— Que se passe-t-il dans le livre ? s'enquit-elle d'un ton indigné. Jack m'a dit qu'il avait opéré quelques changements en mon absence.

— Oh, pas grand-chose, répondis-je, mais ne vous inquiétez pas, nous n'écririons rien qui puisse vous incommoder sans vous consulter d'abord.

Son regard pivota vers Arnie qui était en train de plaisanter avec Agatha Diesel et le capitaine Nemo.

— Je l'espère bien, rétorqua-t-elle.

La soirée se poursuivait. Plus les prix étaient prestigieux, plus les personnalités qui annonçaient les nominations étaient célèbres. Je levai les yeux sur l'horloge. Plus que dix minutes avant le tant attendu « Jeune Premier Ombrageux ». Le pendant féminin de cette catégorie était largement représenté par Thomas Hardy : Bathsheba Everdene et Tess Durbeyfield avaient été nominées toutes les deux, pour se faire coiffer au poteau par une concurrente-surprise, lady Macbeth. Sylvia Plath avait été pressentie, mais disqualifiée parce que réelle.

Je retournai à la table de la Jurifiction tandis qu'un roulement de tambour annonçait le prix final. L'Homme à la Cloche me salua poliment d'un signe de la tête, et je regardai autour de moi. Il était temps de passer à l'action. Loin de sauver le Monde des Livres, UltraWord™ allait le mener à sa perte ; j'espérais que Mimi, dans les conduits du NDBDP-phone, était prête[1].

— Et maintenant, mesdames, messieurs et machins, le clou de cette soirée, le prix des 923e Livres d'Or du

1. Mimi se tenait à l'entrée du conduit relié au Grand Central du Texte, l'œil rivé à sa montre. Les mots allaient et venaient dans le tunnel, équipé d'une robuste grille en métal rouillé. C'était un crible textuel qui servait à filtrer les messages indésirables.

Elle fit signe à l'homme qui l'accompagnait et s'écarta.

Quasimodo – qui avait fini par trouver le refuge – grogna en réponse et plaça délicatement un exemplaire du *Das Kapital* à côté de celui de *Mein Kampf*, les séparant seulement à l'aide d'une mince feuille métallique. Il entoura ce « sandwich » d'élastiques et attacha une ficelle à la feuille de métal. Puis il fixa les livres à la grille et s'éloigna dans le tunnel en déroulant la ficelle. Il rejoignit Mimi dans le petit tuyau, rarement utilisé, d'un sous-genre intitulé « Calmar Action/Aventure » et attendit le signal de Thursday.

« Jeune Premier le Plus Ombrageux ». Pour lire les nominations, j'appelle le WordMaster Xavier Libris, venu en personne du Grand Central du Texte !

Ce dernier fut accueilli par un tonnerre d'applaudissements qui me prit de court… le GCT n'était pas une institution si populaire que ça. Je me mis soudain à douter. Et si Deane s'était trompé ? Mais je repensai à Perkins, à LeRoussi, à Havisham, et ma détermination revint. Je m'emparai de mon sac et me levai. Je vis Legree se raidir à la table de *La Case de l'Oncle Tom* et quitter son siège tout en parlant dans le parement de son habit. Je me dirigeai vers la sortie, et il m'emboîta le pas.

— Merci, merci beaucoup, dit Libris, levant les mains pour faire taire les applaudissements.

Hamlet, Jude Fawley et Heathcliff se tenaient côte à côte et n'avaient qu'une hâte : qu'il se dépêche afin qu'ils puissent venir chercher leur prix.

— Avant d'en revenir à la remise des prix, j'aurai quelques mots à vous dire sur le nouveau système d'exploitation.

Je me glissai dans les coulisses et m'approchai des portes battantes qui donnaient sur le salon VIP. Legree, qui me suivait, fut intercepté par la veuve de Mathias. Elle posa un sabot sur sa poitrine et le retint fermement pendant que Mrs. Hubbard le saisissait par un bras, et Miss Muffet par l'autre. Le tout fut mené si discrètement que personne ne s'en aperçut.

— Pour couper court à l'invasion des genres non littéraires qui ont tendance à prendre le pas sur la fiction, moi-même et l'équipe technique du Grand Central du Texte avons mis au point UltraWord™, un système d'exploitation qui nous offre plus de choix, plus d'idées, plus d'intrigues et plus de voies à explorer. Grâce à ces outils inédits, nous forgerons ensemble une nouvelle fiction, une fiction tellement riche que les lecteurs afflueront par millions. L'avenir est à nous, et l'avenir, c'est UltraWord™ !

— Où c'est que vous allez comme ça, ma p'tite dame ? s'enquit Uriah Heep en me barrant le passage.

— Laissez-moi passer, Uriah.

Il sortit son arme, mais s'arrêta net en s'entendant dire :

— Savez-vous ce qu'un Dégommeur peut faire à un A-7 comme vous, Heep ?

Bradshaw émergea de derrière un Triffide en pot, son fidèle fusil de chasse dans les bras. Heep, en vrai lâche qu'il était, jeta son pistolet et supplia de l'épargner.

Je franchis les portes battantes et tirai mon NDBDP-phone mobile de ma poche. Le salon était désert, mais à l'entrée de la scène, je tombai sur Tweed. Pendant que Libris continuait à s'adresser au public suspendu à ses lèvres, je me penchai vers lui.

— C'est pour ça que vous avez invité tous les Génériques des catégories C et D, Tweed ?

— Comment ça ?

— Pour pouvoir infléchir le vote ? Vos mensonges ont beaucoup d'impact sur le petit peuple du Puits... Donnez-leur le pouvoir de décider, et ils vous suivront comme un seul homme. Une fois que Libris aura fini, j'apporterai la controverse. Et quand *moi* j'aurai terminé, vous, Libris et UltraWord™ appartiendrez au passé.

— UltraWord™ est trop important pour qu'on vous laisse le fiche en l'air ! D'accord, il n'est pas parfait, mais il a des avantages qui l'emportent largement sur les inconvénients.

— Des avantages pour qui, Tweed ? Pour Kaine et vous ?

— Evidemment. Et pour vous aussi, si vous cessez de nous mettre des bâtons dans les roues.

— Avec quoi Kaine vous a-t-il acheté ?

— Il ne m'a pas acheté, Next. Nous avons *fusionné.* Ses relations dans le Monde Extérieur et ma position à la Jurifiction. Un personnage fictif dans le monde réel, et une personne réelle dans le monde de la fiction. C'est le meilleur partenariat qu'on puisse imaginer !

— Quand ils auront entendu ce que j'ai à dire, rétorquai-je posément, *jamais* ils ne voteront pour vous.

Tweed eut un sourire dédaigneux.

— Vous voulez mettre votre grain de sel, Thursday ? Allez-y, ne vous gênez pas. Couvrez-vous de ridicule. Mais rappelez-vous une chose : quoi que vous disiez, nous le réfuterons. Nous pouvons modifier les règles, changer les faits, déguiser la vérité… preuves *écrites* à l'appui. C'est ça, UltraWord™ : tout vient directement du Grand Central du Texte qui, comme vous l'avez bien compris, est entièrement contrôlé par Libris, Kaine et moi. Changer les faits est aussi facile que d'écrire un essieu défaillant sur la Bluebird… ou déverrouiller un cadenas, ou répandre le vyrus ortografique. Il suffit d'une simple pression sur une touche, Next. La Grande Bibliothèque est entre nos mains ; avec le texte source au bout de nos doigts, nous pouvons tout faire. L'Histoire nous glorifiera car c'est nous qui écrirons l'Histoire.

Il rit.

— Autant vouloir franchir une chute d'eau avec un canoë !

Il me tapota l'épaule d'un geste condescendant.

— Mais juste au cas où vous fomenteriez quelque chose, sachez que sept mille Mrs. Danvers surentraînées sont en état d'alerte, prêtes à intervenir sur mes ordres. Nous pouvons même écrire une rébellion… Le Conseil ne verra pas la différence entre une vraie insurrection et une insurrection écrite. Ce vote, nous allons l'avoir, Thursday.

— Peut-être. Mais je veux que les personnages entendent un autre son de cloche que le vôtre.

Je regardai Libris sur la scène.

— J'ajouterai, disait-il pendant que Heathcliff consultait impatiemment sa montre, que tous les personnages sans exception se verront accorder quatre semaines de congé annuel dans le livre de leur choix.

La salle se déchaîna : il leur offrait tout ce dont ils rêvaient, achetant les habitants du Monde des Livres à coups de promesses mirobolantes.

Tweed parla dans son NDBDP-phone mobile.

— Miss Next aimerait dire un mot.

Libris porta la main à son oreille et, se retournant, me balaya d'un regard méprisant.

— Mais avant de passer au vote, enchaîna-t-il, avant de s'élever tous ensemble vers des sommets radieux, j'ai cru comprendre que nous avons là un agent de la Jurifiction qui désire apporter la controverse à ma déclaration. C'est son droit. Et c'est votre droit d'exiger des preuves, si vous le souhaitez... d'ailleurs, je vous le recommande fortement. Mesdames et messieurs, machins... Miss Thursday Next!

— Allez-y, Mimi! murmurai-je dans mon NDBDP-phone[1].

1 Mimi hocha la tête à l'adresse de Quasimodo, qui tira sur la ficelle. La plaque métallique se détacha, et *Das Kapital* entra en collision avec *Mein Kampf* ; leurs idéologies opposées se mirent à générer de la chaleur. Les livres brunirent, se consumèrent et, tandis que Mimi et Quasimodo s'enfuyaient précipitamment, les deux volumes atteignirent le point critique et, parvenus à l'incandescence, explosèrent. La déflagration résonna dans les tuyaux, suivie d'un silence de mort. Ils avaient réussi. Le conduit du NDBDP-phone était détruit... Libris et Tweed étaient coupés du Grand Central du Texte.

Dans la Salle aux Etoiles, tout le monde réagit à l'explosion lointaine. Tweed recouvra son équilibre et me fit face.

— Qu'est-ce que c'est?

Je lui tapotai l'épaule d'un geste condescendant.

— Ça s'appelle remettre les compteurs à zéro, Harris.

33

UltraWord™

Encodeur de récit : nom donné aux machines d'Imagino-Transfert utilisées par le Grand Central du Texte pour faire parvenir les livres de la Grande Bibliothèque aux lecteurs du Monde Extérieur. Un seul étage contient cinq cents de ces colosses en fonte, cuivre étincelant et acajou verni. Une seule machine peut traiter jusqu'à mille lectures simultanées d'un même livre à la vitesse de six mots par seconde et par lecteur. Avec une centaine d'étages similaires, le GCT a la capacité de gérer cinquante millions de lectures différentes, même si les trente étages inférieurs ne servent généralement qu'à l'occasion très attendue de la sortie d'un best-seller. Grâce à la mise en place de UltraWord™, seulement douze machines seront nécessaires pour traiter jusqu'à cent millions de lectures simultanées à une vitesse atteignant vingt mots par seconde.

XAVIER LIBRIS
UltraWord™ : Expérience de Lecture Ultime

Me voyant apparaître sur scène, Hamlet et Jude Fawley échangèrent un coup d'œil et haussèrent les épaules. Heathcliff, dont ces tractations retardaient d'autant l'heure de gloire, me fusilla du regard. Curieusement, je n'avais pas le trac. Je ne ressentais qu'une sorte de jubilation muette… Plus tard, je devais vomir tripes et boyaux dans les toilettes, mais pour le moment, tout allait bien.

— Bonsoir, dis-je en m'adressant au public redevenu silencieux. Que nous ayons besoin d'intrigues supplémentaires, personne ne dira le contraire, mais il y a une ou deux choses que vous devriez savoir à propos de UltraWord™.

— Grand Central?! fit Tweed vainement dans son NDBDP-phone mobile. Ici Tweed pour le Grand Central du Texte, répondez, s'il vous plaît!

Le temps m'était compté. Sitôt qu'ils apprendraient au GCT ce qui s'était passé, ils pourraient écrire un nouveau réseau de communications.

— Premièrement, il n'y a pas de nouvelles intrigues. Pendant toute la durée des essais, pas une seule n'a été mise en évidence, ni même suggérée. Libris, voulez-vous nous esquisser les grandes lignes d'une « nouvelle intrigue »?

— Elles ne sont pas disponibles tant que UltraWord™ n'est pas opérationnel, répondit-il avec un regard noir en direction de Tweed qui s'efforçait toujours de contacter le Grand Central du Texte.

— Donc, elles n'ont pas été testées. Deuxièmement, continuai-je, UltraWord™ est équipé d'un dispositif de triple lecture. Fini, le prêt de livres. Les bibliothèques fermeront leurs portes; les bouquinistes feront partie du passé. Les mots peuvent libérer et instruire… mais pour le Grand Central du Texte, ils ne sont qu'une marchandise et rien d'autre.

Des murmures s'élevèrent parmi la foule. Ce n'était pas une simple formule descriptive, comme on en rencontre souvent en littérature ; non, les spectateurs commentaient ce qu'ils venaient d'entendre.

— Orlick ! cria Tweed. Filez au GCT – au pas de course, s'il le faut – et faites rétablir le NDBDP-phone.

— C'est grotesque ! s'étouffa Libris, au bord de l'apoplexie. Des mensonges, d'ignobles mensonges !

— Tenez, dis-je en jetant *Le Petit Prince* de Deane sur la table située juste en face de moi.

La technologie du champ de déplacement fonctionnait à merveille : un livre identique atterrit sur chacune des cent mille tables.

— Ceci est un livre UltraWord™. Lisez la première page, puis passez-le à votre voisin. Vous verrez combien de temps ça va durer.

— Tweed ? glapit Libris, de plus en plus agité. Faites quelque chose !

Je pointai le doigt sur lui.

— Le WordMaster Libris pourrait réfuter mes arguments sans difficulté, simplement en réécrivant les faits. Il aurait déjà déverrouillé le livre... si les communications avec le Grand Central du Texte n'étaient pas coupées. Sitôt qu'elles seront rétablies, chacun de ces livres sera débloqué. Perkins a été assassiné pour avoir découvert le pot aux roses. Il en a parlé à LeRoussi qui a été supprimé à son tour. Miss Havisham ne savait pas, mais comme le GCT la *soupçonnait* d'être au courant, il a fallu la faire taire aussi.

L'Homme à la Cloche s'était levé et se dirigeait vers le devant de la scène.

— Est-ce vrai ? demanda-t-il.

Ses yeux lançaient des éclairs.

— Non, Votre Clocheté, répondit Libris, sur mon honneur. Dès que nous aurons la ligne, nous réfuterons toutes les allégations erronées de Miss Next !

L'Homme à la Cloche me regarda.

— Allez-y, mon petit. Le public est à vous, mais pour combien de temps, je n'en ai pas la moindre idée.

— Troisièmement, et c'est ça qui est important, tous les livres rédigés sous UltraWord™ pourront être gérés directement depuis le Grand Central du Texte. Plus besoin de la Jurifiction. Tout ce que nous faisons sera à la portée des techniciens non qualifiés du GCT.

— Ah ! interrompit Libris. Nous y voilà... vous craignez pour votre poste, hein ?

— Non, Libris, pas pour mon poste. Ma place est dans le Monde Extérieur. Je suis prête à saluer un Monde des Livres où l'on n'a plus recours à une force de police... mais pas où nous allons perdre le Puits des Histoires Perdues !

Sept millions de gosiers exhalèrent un soupir de consternation.

— Plus besoin de forgeurs de trame, d'écholocalisateurs, d'imaginateurs, de boucheurs de trous et de correcteurs d'orthographe. Plus besoin de former des Génériques : les personnages seront bâtis avec un minimum d'éléments descriptifs pour remplir leur rôle. Je parle de la destruction globale de tout ce qui est intuitif en écriture... au profit de stéréotypes. Le Puits sera démantelé, et ce sont les techniciens du GCT qui écriront les livres sans plus avoir à passer par vous.

— Et qu'est-ce qu'on va devenir ? demanda quelqu'un au premier rang.

— Vous serez remplacés, répondis-je simplement, remplacés par une kyrielle de verbes et de noms communs. Plus d'espoirs, plus de rêves, plus d'avenir. Plus de vacances – vous n'en aurez pas besoin. Vous serez réduits à des mots sur une page, aussi inanimés que l'encre et le papier qui la composeront.

Il y eut un silence.

— Des preuves ! cria Libris. Tout ce que vous avez démontré jusqu'ici, c'est votre capacité à inventer des histoires comme n'importe quel forgeur de trame. Où sont vos preuves ?

— Très bien, dis-je lentement. Mrs. Bradshaw ? L'alouette, je vous prie.

Mrs. Bradshaw tira la petite cage de sous la table et me la remit.

— J'ai vu de mes propres yeux un personnage de UltraWord™. Ce sont des coquilles vides. Un livre existant qu'on lit sous UltraWord™, c'est excellent ; mais un livre *écrit* sous UltraWord™, c'est plat et dénué de sentiments – le SmileyBurger de la littérature. Le Puits, c'est peut-être beaucoup de fouillis et de gaspillage, mais c'est là qu'on a construit tous les livres… y compris les plus grands.

Je sortis l'alouette de la cage.

— Voici la preuve que Perkins a payée de sa vie.

Je posai l'oiseau dans l'appareil d'ImaginoTransfert, et sa description fut transmise au public.

Alouette, portée par le vent,
Gaiement tu jaillis dans le ciel,
Comme une flèche tu plonges dans le champ,
De ton chant tu salues le soleil.

Verse un peu d'allégresse dans mon cœur,
Danse et virevolte dans l'azur.
Lance tes trilles dans les hauteurs,
Chante l'été et chante l'amour

La salle réagit favorablement, et il y eut quelques applaudissements, malgré la tension qui regnait parmi les spectateurs.

— Qu'est-ce qui ne va pas ? m'interpella Libris. UltraWord™ fait un usage magnifique de la langue, non ?

L'Homme à la Cloche me regarda.

— Expliquez-vous, Miss Next.

— Ceci, répliquai-je, n'était *pas* une alouette UltraWord™. Je l'ai empruntée à la Bibliothèque ce matin.

Le public se tut pendant que Mrs. Bradshaw m'apportait un autre oiseau, en tout point semblable au premier.

— Et voici la version UltraWord™. On compare les deux ?

— Pas la peine, déclara Libris précipitamment. On a bien compris.

Il se tourna vers l'Homme à la Cloche.

— Il nous faut encore quelques semaines, monsieur, pour procéder aux derniers réglages…

— Allez-y, Thursday, dit l'Homme à la Cloche. Voyons ce que ça donne sous UltraWord™.

Je plaçai l'oiseau dans l'appareil qui transmit un descriptif sec et concis à l'auditoire.

Avec sa queue courte et ses larges ailes au bord de fuite plus clair, l'alouette est facilement reconnaissable en vol. On l'identifie également aux stries dans le plumage brunâtre de sa poitrine et aux motifs noirs et blancs sous la queue. Elle niche dans le sol. Quelquefois, il lui arrive de chanter.

— J'exige un vote immédiat ! s'exclama l'Homme à la Cloche, grimpant sur la scène[1].

Je regardai Tweed qui tapotait en souriant son NDBDP-phone mobile.

— Quel est le problème ? demandai-je[2].

— Hein ? fit l'Homme à la Cloche.

1. Thursday ! C'est Mimi, vous êtes là ?

2. Ils déroutent les messages vers les conduits secondaires en passant par Espionnage et Horreur. Si vous n'avez pas encore lancé le vote, faites-le tout de suite !

— Le vote ! Dépêchez-vous !

— Bien sûr, acquiesça-t-il, sachant pertinemment que le Grand Central du Texte ne s'avouerait pas battu tant que le vote n'avait pas eu lieu.

Car une décision entérinée par référendum, même le GCT ne serait pas en mesure de la réécrire.

— Parfait ! dit Tweed dans son mobile. On vient de rétablir les communications.

Il me sourit et fit signe à Libris, qui se détendit à vue d'œil, recouvrant comme par enchantement toute son arrogance.

— Très bien, annonça-t-il. L'Homme à la Cloche a appelé à voter, mais conformément à la loi, j'ai le droit de répondre aux critiques qui viennent d'être formulées à mon encontre.

— La controverse de la controverse ? protestai-je. La loi ne prévoit pas cela.

— Ah, mais si, répliqua Libris, suave. Vous désirez peut-être jeter un œil sur la Constitution du Monde des Livres ?

Il sortit le mince volume de son habit, et je sentis à distance une odeur de cantaloup. Désormais, la Constitution, ils pouvaient lui faire dire tout ce qu'ils voulaient. S'approchant de nous, Libris glissa tout bas à l'Homme à la Cloche :

— On peut employer la méthode douce ou la méthode forte. C'est nous qui fixons les règles. Vous êtes à deux doigts de la retraite. Joignez-vous à moi, et vous partirez tranquille. Mettez-vous en travers de mon chemin, et vous serez broyé.

Il pivota vers moi.

— En quoi cela vous concerne-t-il ? Personne dans le Monde Extérieur ne verra la différence. Vous aurez une semaine pour faire vos bagages et déménager... là-dessus, vous avez ma parole.

L'Homme à la Cloche le foudroya du regard.

— On vous a payé combien ?

— Je n'ai pas besoin qu'on me paie. L'argent ne signifie rien ici. Non, moi ce que j'aime, c'est la technologie. Plus de Puits des Histoires Perdues, plus de Génériques, plus de Conseil, plus de personnages de comptines en rogne. Tout passera par le GCT. Et vous savez la meilleure ? Plus d'auteurs. Plus d'échéances manquées. Plus de deuxièmes romans de qualité variable : chaque livre d'une série sera pareil au précédent. Quand un éditeur aura envie d'un best-seller, il n'aura qu'à contacter notre représentant exclusif dans le Monde Extérieur.

— Yorrick Kaine, murmurai-je.

— Absolument. Imaginez un peu les pertes financières induites par le prêt de livres ! Grâce à UltraWord™, les revenus publicitaires et la commercialisation de produits dérivés vont se chiffrer en milliards. Chacune des pages d'un livre comportera un lien vers des produits et des services. C'est tout bénéfice, Thursday, du point de vue artistique *et* financier. D'ailleurs, nous pensons à fondre ces deux mots en un seul. « Fintistique », qu'en dites-vous, hein ?

C'était encore pire que ce que j'avais cru. Comme si les fabriques de peinture avaient décidé de traiter directement avec les galeries d'art.

— Mais les livres ! m'exclamai-je. Ils seront illisibles !

— Dans quelques années, personne ne s'en rendra compte. Alors, monsieur l'Homme à la Cloche, vous marchez avec nous, oui ou non ?

— Plutôt mourir ! s'écria-t-il, tremblant de rage.

— Comme vous voudrez, rétorqua Libris.

J'entendis comme un bref crépitement, et l'Homme à la Cloche se raidit.

— Bien, décréta Libris. Finissons-en. Monsieur, voulez-vous réfuter les arguments de Miss Next point par point ?

— Avec plaisir, répondit-il lentement, d'une voix atone.

Atterrée, je me tournai vers lui. Ses traits étaient plus flous qu'avant... comme sur une photo ratée. Une fois de plus, l'odeur de melon envahit la scène.

— Mes amis, commença l'Homme à la Cloche. Miss Next se trompe entièrement...

Libris affichait un sourire triomphant. Je plongeai la main dans mon sac, mais mon pistolet avait été changé en marmelade.

— Tss, tss, chuchota Libris. C'est une arme qui appartient au Monde des Livres et qui se trouve donc sous notre contrôle. Quel dommage que vous ayez perdu votre browning au cours de votre altercation avec Tweed !

Il ne me restait plus qu'une seule carte. Je sortis mon Guide de Voyage et le feuilletai. Je ne m'arrêtai ni au Marqueur de Texte, ni au Chapeau Eject-O. Finalement, j'arrivai à la vitre avec, en dessous, une poignée peinte en rouge. La légende disait : EN CAS D'URGENCE ABSOLUE, BRISER LE VERRE. Si ça, ce n'était pas un cas d'urgence absolue, alors je ne voyais pas ce que cela pouvait être. Je fracassai la vitre, saisis la poignée et tirai de toutes mes forces.

34

En vrac

Contrairement à ce que prétendait le Grand Central du Texte, UltraWord ne fournit aucune nouvelle intrigue. Obsédé par son système d'exploitation révolutionnaire, l'ex-WordMaster Libris en était arrivé à mentir en permanence pour masquer ses failles. LIVRE V8.3 resta opérationnel pendant de longues années, même si un exemplaire UltraWord du *Petit Prince* est aujourd'hui visible au musée de la Jurifiction. Afin d'éviter un nouveau désastre, le Conseil des Genres prit la mesure qui s'imposait pour assurer l'inefficacité et l'innocuité du GCT : il nomma une commission à sa tête.

MILLON DE FLOSS
L'Après-UltraWord

Il faisait presque jour lorsque la cérémonie des Livres d'Or prit fin. Heathcliff était furieux qu'au milieu de tout ce branle-bas de combat, on ait oublié le dernier prix de la soirée ; je le vis parler rageusement à son imaginateur personnel une heure après l'apparition du

Grand Manitou. Il y aurait l'année prochaine, bien sûr, mais pour son record de soixante-dix-sept ans, c'était fichu, et il n'était pas content. Je me dis qu'il risquait de le faire payer à Catherine et à Linton à son retour à la maison, et c'est exactement ce qui se produisit.

Nul n'avait été plus surpris que moi par l'arrivée du Grand Manitou, après que j'eus tiré la poignée d'alarme. Pour les incroyants, ce fut un sacré choc, et pour les fidèles, pareillement. Elle avait si longtemps été une simple figure de rhétorique qu'il était quelque peu déroutant de la voir en chair et en os. Moi, je lui trouvai l'air d'une femme plutôt ordinaire, âgée d'environ trente-cinq ans, mais Humpty Dumpty me confia plus tard qu'il avait une silhouette en forme d'œuf. En tout cas, la statue de marbre qui trône maintenant dans le hall du Conseil des Genres représente le Grand Manitou tel que l'avait vu Mr. Price, le tailleur de pierre : avec un tablier de cuir, un maillet et un burin.

A son arrivée, le Grand Manitou comprit la situation au premier coup d'œil. Elle figea tout le texte à l'intérieur de la salle, verrouilla toutes les portes et décréta qu'un vote devait avoir lieu séance tenante. Elle convoqua le président du Conseil des Genres, et tout ce monde vota à l'unanimité contre UltraWord. Elle m'adressa la parole à trois reprises : tout d'abord, pour me dire que j'avais *l'esprit et la lettre*, ensuite pour me proposer le poste d'Homme à la Cloche, et finalement pour me demander si les boules à facettes dans les boîtes de nuit du Monde Extérieur étaient motorisées ou si c'était la lumière qui les faisait tourner. Je répondis « Merci », « Oui » et « Je ne sais pas », dans cet ordre précis.

La cérémonie achevée, je traversai lentement le Puits des Histoires Perdues qui s'éveillait tout juste et, parvenue à l'étagère qui contenait *Les Hauts de Caversham*, pénétrai dans le roman, épuisée mais heureuse. Le boulot d'Homme à la Cloche était prenant, mais d'un point de vue purement administratif. Je n'aurais plus besoin de me promener de livre en livre... l'idéal pour permettre à mes chevilles de gonfler en paix et organiser mon retour dans le Monde Extérieur une fois que le bébé Next et sa mère seraient suffisamment requinqués. Je poussai la porte du Sunderland et sentis le vieil hydravion tanguer légèrement sous mes pieds. Au début, ça me perturbait, mais maintenant je n'aurais échangé cette sensation-là contre rien au monde. Des vaguelettes clapotaient contre la coque, et quelque part au loin, une chouette hululait en regagnant son perchoir. Plus que jamais, j'eus l'impression d'être chez moi. Je me débarrassai de mes chaussures et me laissai tomber dans le canapé à côté de mamie, endormie sur la chaussette qu'elle était en train de tricoter, et qui mesurait bien trois mètres de long car, disait-elle, il fallait qu'elle « trouve le courage de contourner le talon ».

Je fermai les yeux et sombrai dans un sommeil profond, sans craindre qu'Aornis revienne me harceler. Je ne me réveillai qu'à dix heures... et encore parce que Pickwick me tirait par l'ourlet de ma robe.

— Pas maintenant, Pickers, marmonnai-je, ensommeillée.

Me retournant, je faillis m'empaler sur une aiguille à tricoter. Mais elle s'obstina jusqu'à ce que je me redresse, me frotte les yeux et m'étire bruyamment. Comme elle ne me lâchait toujours pas, je la suivis en haut, dans ma chambre. Là, sur le lit parmi les débris d'une coquille d'œuf, il y avait ce que je peux décrire seulement comme une boule de duvet avec deux yeux et un bec.

— Plock-*plock*, dit Pickwick.

— Tu as raison, acquiesçai-je, elle est très belle. Félicitations.

Le petit dodo cilla, ouvrit grand le bec et lança un strident :

— *Plick !*

Pickwick sursauta et me regarda anxieusement.

— Une ado rebelle, déjà ?

Pickwick poussa l'oisillon du bec, et il gloussa, indigné, avant de se poser.

— Tu ne vas pas la nourrir en régurgitant comme ces oiseaux marins dégoûtants, hein ?

En bas, la porte d'entrée s'ouvrit à la volée.

— Thursday ! hurla Randolph. Vous êtes là ?

— J'arrive !

Je laissai Pickwick avec sa progéniture et redescendis pour tomber sur un Randolph agité qui arpentait la pièce comme un lion en cage.

— Que se passe-t-il ?

— C'est Lola.

— Encore un soupirant qui te déplaît ? Franchement, Randolph, il faut que tu apprennes à gérer ta jalousie...

— Mais non, fit-il rapidement, il ne s'agit pas de ça. *En avant, les filles* n'a pas trouvé d'éditeur, et l'auteur a brûlé le manuscrit dans un accès de rage éthylique C'est pour ça qu'elle n'était pas à la cérémonie hier soir.

Je me mordis la lèvre. Quand un livre était détruit dans le Monde Extérieur, les personnages et les situations partaient au recyclage et...

— Oui, dit Randolph, lisant dans mes pensées. Lola va être vendue aux enchères !

Je me changeai à la hâte, et nous fonçâmes à la salle des ventes où les transactions allaient bon train. La plupart des scènes descriptives avaient déjà trouvé preneur ; les personnages secondaires avaient été vendus en un seul lot ; et on avait liquidé les voitures, les meubles et pratiquement toute la garde-robe. Je me frayai un passage parmi la foule et aperçus Lola, assise, la mine défaite, sur sa valise.

— Lola ! dit Randolph en la serrant dans ses bras. J'ai amené Thursday pour qu'elle s'occupe de toi.

Elle bondit sur ses pieds et me sourit... mais ce fut un pâle sourire, et il en disait long sur son désespoir.

— Allez, viens, déclarai-je, m'emparant de sa main. On s'en va.

— Pas si vite ! intervint un homme de haute taille, vêtu d'un costume impeccablement coupé. On n'enlève pas une marchandise tant qu'on ne l'a pas payée.

— Elle est avec moi.

Plusieurs videurs baraqués se matérialisèrent autour de nous.

— Certainement pas. Elle, c'est le lot quatre-vingt-dix-sept. Mais vous pouvez faire une offre, si ça vous intéresse.

— Je suis Thursday Next, le futur Homme à la Cloche, et Lola est avec moi.

— Je sais qui vous êtes et vous avez mon entière considération, mais les affaires sont les affaires. Je n'ai rien fait de mal. Vous pourrez partir avec la Générique dans dix minutes... à condition d'avoir remporté les enchères.

Je le foudroyai du regard.

— Je vais me faire un plaisir de fermer ce commerce infâme !

— Ah oui ? rétorqua l'homme. J'en tremble d'avance. Alors vous faites une offre ou bien je retire ce lot pour le mettre en adjudication ?

— Elle n'est pas un lot, éclata Randolph. Elle s'appelle Lola... et je l'aime !

— Vous me fendez le cœur ! Donnez-moi un prix ou déguerpissez, à vous de choisir.

Randolph lui lança son poing au menton, mais l'un des videurs l'empoigna et l'immobilisa sans effort.

— Surveillez votre Générique ou je vous ferai jeter dehors tous les deux ! Compris ?

Randolph hocha la tête, et on le relâcha. Nous restâmes au premier rang, à regarder Lola qui pleurait silencieusement dans son mouchoir.

— Messieurs ! Lot quatre-vingt-dix-sept. Jolie Générique B-4, numéro de code TSI-1404912-C. Beaucoup de charme. Une jeune personne aussi avenante et bien carrossée, c'est une occasion plutôt rare dans le métier. Son appétit insatiable du sexe, son côté légèrement ahuri et sa désarmante candeur alliés à une énergie inépuisable en font un produit idéal pour un livre « coquin ». J'attends vos offres.

Ça se présentait mal. *Très* mal. Je me tournai vers Randolph.

— Tu as combien sur toi ?

— Juste un billet de dix.

L'enchère était déjà montée à mille. Je n'avais pas le dixième de cette somme, ni ici ni chez moi... et rien à vendre non plus pour réunir l'argent nécessaire. Plus les offres se succédaient, plus Lola sombrait dans la dépression. Vu le montant, elle était bonne pour une série entière, sans parler des droits audiovisuels. Je réprimai un frisson.

— Six mille, là-bas ! annonça le marchand pendant que deux revendeurs connus poussaient les enchères à tour de rôle. Qui dit mieux ?

— Sept mille !

— Huit !

— Neuf !

— Je ne peux pas voir ça, dit Randolph, en larmes.

Lola le suivit des yeux tandis qu'il gagnait la sortie en jouant des coudes dans la foule.

— Qui dit mieux ? demanda le marchand. Neuf mille, là-bas… une fois… deux fois…

— J'OFFRE UNE IDÉE ORIGINALE ! criai-je, fouillant dans mon sac à la recherche de la petite pépite d'originalité offerte par Miss Havisham.

Dans un silence de mort, je brandis l'éclat luminescent et le posai d'un geste théâtral sur la table.

— Une pépite d'originalité pour une pétasse pareille ? siffla quelqu'un. Le futur Homme à la Cloche a une case en moins.

— C'est parce que je tiens à Lola, ripostai-je d'un air sombre.

Miss Havisham m'avait recommandé d'utiliser la pépite à bon escient… je me dis que c'était le cas.

— C'est assez ?

— C'est assez, répondit le marchand, examinant la pépite avec concupiscence à travers une loupe. Le lot en question est retiré de la vente. Miss Next, vous êtes l'heureuse propriétaire d'une Générique.

Lola faillit mouiller sa culotte, la pauvre, et se cramponna à moi pendant les cinq minutes qu'il fallut pour remplir les papiers.

Nous trouvâmes Randolph assis sur une bitte d'amarrage, le regard éteint, perdu dans la contemplation de la Mer de Texte. Se penchant, Lola murmura quelque chose à son oreille. Il bondit et l'étreignit avec un cri de joie.

— Oui, dit-il, oui, je le pense vraiment ! Du fond de mon cœur !

— Venez, les tourtereaux, leur lançai-je. Il est temps de quitter ce marché aux bestiaux.

Nous rentrâmes dans *Les Hauts de Caversham*; main dans la main, Randolph et Lola parlaient d'ouvrir un foyer d'accueil pour les Génériques victimes d'une mauvaise passe et réfléchissaient au moyen de récolter des fonds. Ni l'un ni l'autre n'avaient de quoi financer ce projet, mais en les écoutant, j'eus une idée.

La semaine suivante, peu après avoir été nommée Homme à la Cloche, je soumis ma proposition au Conseil des Genres : racheter *Les Hauts de Caversham* pour en faire un lieu de repos réservé aux personnages désireux de marquer une pause dans leurs activités quelquefois pénibles ou fastidieuses. Une sorte de village de vacances textuel, les animateurs en moins. A ma grande satisfaction, le Conseil accepta car cette mesure avait l'avantage de solutionner en prime le problème des comptines. Jack Spratt jubilait; les changements drastiques qu'il fallait opérer pour assurer l'accueil de visiteurs n'avaient pas l'air de l'effrayer.

— L'histoire de la drogue, c'est fini, lui dis-je pendant que nous déjeunions ensemble quelques jours plus tard.

— Que diable! s'exclama-t-il. Je ne l'aimais pas beaucoup, de toute façon. Est-ce qu'on a un boxeur de remplacement?

— L'histoire de la boxe, c'est fini aussi.

— Ah... Et le coup du blanchiment d'argent, quand je découvre que le maire prenait des pots-de-vin? Ça reste, hein?

— Pas tel quel, répondis-je lentement.

— On ne le garde pas non plus? Est-ce qu'on a encore un meurtre, au moins?

— Ça, oui.

Je lui tendis le nouveau synopsis sur lequel j'avais trimé la veille avec l'aide d'un imaginateur free-lance.

— Ah ! fit-il en le parcourant avidement. C'est Pâques à Reading... sale temps pour les œufs... et Humpty Dumpty est retrouvé fracassé au pied d'un mur dans un quartier malfamé de la ville...

Il tourna quelques pages.

— Et que deviennent le Dr Singh, Madeleine, les Agents Sans Nom 1 et 2 et tous les autres ?

— Ils sont toujours là. On a dû redistribuer les rôles, mais ça devrait marcher. La seule qui refuse de bouger, c'est Agatha Diesel... Je crains fort qu'elle ne vous donne du fil à retordre.

— Je m'occupe d'elle, répliqua Jack en lisant la dernière page pour savoir comment tout cela se terminait. Ça m'a l'air bien. Et les comptines, ils en disent quoi ?

— Je les vois tout de suite après.

Laissant le synopsis à Jack, je me transportai à Norland Park pour annoncer la nouvelle à Humpty Dumpty qui campait toujours avec son piquet de grève aux portes de la maison ; d'autres personnages de livres pour enfants s'étaient joints à eux.

— Tiens ! fit Humpty en me voyant. L'Homme à la Cloche. Les trois sorcières ne se sont pas trompées, tout compte fait.

— Elles se trompent rarement, répondis-je. J'ai une proposition à vous faire.

Les yeux de Humpty lui sortirent presque de la tête quand je lui eus exposé mon projet.

— Un centre de repos ?

— En quelque sorte. J'aurai besoin de vous pour coordonner tous les personnages qui risquent d'être largués dans un récit après avoir pratiqué les rimes pendant si longtemps ; par conséquent, vous serez mort dès le début de l'histoire.

— Vous n'allez pas me faire le coup du... *mur* ?

— J'ai bien peur que si. Qu'en dites-vous ?

— Ma foi, observa Humpty qui lisait le synopsis en souriant. Je soumettrai l'idée à mes camarades, mais je peux d'ores et déjà avancer sans craindre de me tromper qu'il n'y aura pas vraiment matière à discussion. Dans l'attente du scrutin, considérez donc que c'est une affaire qui marche.

Il fallut presque un an au Conseil des Genres pour démonter les moteurs UltraWord installés au Grand Central du Texte. D'autres arrestations suivirent mais, malheureusement, pas dans le Monde Extérieur. Vernham Deane fut relaxé ; lui et Mimi se virent décerner l'Etoile d'Or de Reading et bénéficièrent par ailleurs du réajustement narratif qu'ils attendaient depuis tout ce temps. Ils se marièrent et – fait sans précédent pour un méchant dans un roman de Farquitt – vécurent heureux, ce qui fit chuter sévèrement les ventes du *Seigneur des Hautes-Bourbes.* Harris Tweed, Xavier Libris et vingt-quatre autres employés du Grand Central du Texte furent jugés et reconnus coupables de « crimes contre le Monde des Livres ». Condamné à l'expulsion à perpétuité, Harris Tweed retourna à Swindon. Heep, Orlick et Legree furent renvoyés dans leurs livres, et les autres furent réduits en texte.

C'était le premier jour de l'afflux des réfugiés des comptines, et Lola et moi étions assises sur un banc de jardin dans *Les Hauts de Caversham.* Nous regardions Humpty Dumpty accueillir la longue file des arrivants pendant que Randolph distribuait les rôles. Tout le monde était ravi de la nouvelle organisation... mais moi, j'avais le cœur lourd. Landen me manquait, et j'y repensais chaque fois que j'essayais – en vain – de boutonner mon vieux pantalon par-dessus ma taille qui s'élargissait à vue d'œil.

— A quoi pensez-vous ?

— A Landen.

— Oh, fit Lola, posant sur moi ses grands yeux marron. Vous le retrouverez, j'en suis sûre... il ne faut pas vous décourager !

Je lui tapotai la main et la remerciai de ses mots gentils.

— Moi, je ne vous ai jamais remerciée de tout ce que vous avez fait, hasarda-t-elle. Randolph m'a manqué terriblement. Si seulement il m'avait avoué ses sentiments, je serais restée dans *Les Hauts* ou j'aurais recherché une place pour deux, même dans la catégorie C.

— Les hommes sont tous pareils. Mais je suis contente de vous voir heureux ensemble.

— J'aurais tellement aimé être un personnage principal, dit-elle, mélancolique. *En avant, les filles* était un bon rôle, mais dans un livre merdique... Croyez-vous qu'un jour je serai à nouveau l'héroïne ?

— Ecoute, Lola, certains diront que le héros d'un récit, c'est celui qui évolue le plus. Si on prend le moment où l'on s'est rencontrés au tout début de cette histoire et celui de maintenant, tout à la fin, les véritables héros, c'est Randolph et toi, sans l'ombre d'un doute.

— C'est vrai, ça.

Elle sourit, et nous nous tûmes brièvement.

— Thursday ?

— Oui ?

— Mais alors, qui a tué Godot ?

Achevé d'imprimer sur les presses de

BUSSIÈRE

GROUPE CPI

à Saint-Amand-Montrond (Cher)
en septembre 2006

FLEUVE NOIR
12, avenue d'Italie
75627 Paris Cedex 13

— N° d'imp. : 063389/1. —
Dépôt légal : octobre 2006.

Imprimé en France